Ellen Berg

Willst du Blumen, kauf dir welche

atb aufbau taschenbuch

Ellen Berg

Willst du Blumen, kauf dir welche

(K)ein
Romantik-Roman

atb aufbau taschenbuch

MIX
Papier aus verantwortungsvollen Quellen
FSC® C083411
www.fsc.org

ISBN 978-3-7466-3587-3

Aufbau Taschenbuch ist eine Marke
der Aufbau Verlag GmbH & Co. KG

3. Auflage 2020

Gesetzt in der Garamond Pro durch die LVD GmbH, Berlin
Druck und Binden CPI books GmbH, Leck, Germany
Printed in Germany

www.aufbau-verlag.de

Für alle, die Bücher lieben –
und an die Liebe glauben,
auch wenn's manchmal schwerfällt

Kapitel 1

Lena Hagedorn liebte Bücher über alles. Sofern man das richtige Gespür für Gedrucktes hatte, konnte man einfach nicht enttäuscht werden, so ihre feste Überzeugung. Bücher hatten keine Launen, keine schlechten Angewohnheiten, keine nervigen Kumpels. Sie waren zuverlässige Gesprächspartner in allen Lebenslagen und rund um die Uhr verfügbar. Mal ehrlich, von welchem Mann konnte man das alles schon behaupten? Bücher gingen sogar widerspruchslos mit einem ins Bett, wenn man das Verlangen danach spürte, und sie meckerten auch nicht rum, wenn man erst im Morgengrauen die Leselampe ausknipste. Männer hingegen …

Ach, lassen wir das. Viel zu kompliziertes Thema. Und vielleicht einer der Gründe, warum Lena ihre wahre Liebe zum Beruf gemacht hatte.

Seit zwei Monaten führte sie nun schon die kleine Buchhandlung »Lenas Leseparadies«, und noch immer fühlte es sich an wie frisch verliebt. Auch an diesem verregneten Freitagnachmittag überwältigten Lena wieder Glücksgefühle. Fast zärtlich betrachtete sie ihren neuen Wirkungsort. Die Wände leuchteten in ihrer Lieblingsfarbe Himmelblau; Bücherregale, Tische und der Verkaufstresen waren in weiteren Blau-Nuancen darauf abgestimmt. Als Farbtupfer diente eine gemütliche Leseecke mit fünf Sesseln in fröhlichem Sonnengelb, wo die Kunden in Ruhe schmökern durften. Kleine Halogenleuchten mit kobaltblauen Schirmchen, eine chromblitzende Espressomaschine sowie zwei blassblaue Hortensien rundeten die Einrichtung ab. Dazu ließ Lena dezente Hintergrundmusik laufen, am liebsten Mozart, an Regentagen auch Chopin. Oder Michael Bublé. Seine Samtstimme hatte es ihr angetan. Wenn dieser Sänger seine schmachtenden Balladen vortrug, fühlte sie sich so sacht umarmt, wie es noch kein Mann fertiggebracht hatte.

Und natürlich gehörte Dewey zum Laden. Das Beste, was Lena jemals passiert war.

Schon seit drei Jahren fungierte der rötlich braun getigerte Kater als ihr treuer Gefährte und Depressionsbetreuer in Personalunion. Lena hatte ihn nach jenem legendären Dewey benannt, der einst als Bibliothekskatze zu Weltruhm gelangt war. Eine herzwärmende Geschichte. In der Stadtbücherei von Spencer im amerikanischen Iowa fand man eines Tages ein winziges verwahrlostes Kätzchen in einer Bücherkiste – als blinden Passagier einer Buchspende sozusagen. Die Mitarbeiter päppelten das Kätzchen auf, bis es zu einem hübschen Kater herangewachsen war. Hunderte Leser beteiligten sich an einem Namenswettbewerb, und so erhielt der Kater den Namen Dewey. Man erzählte sich wahre Wunderdinge über ihn. Es hieß, er habe ein untrügliches Gespür für Menschen gehabt, traurige Besucher aufgemuntert und mit gelangweilten Kindern Verstecken gespielt.

Die Bibliothekarin schrieb mehrere Bücher über Dewey, und als passionierte Katzenliebhaberin hatte Lena sie natürlich alle verschlungen. Ihr eigener Kater machte seinem berühmten Namensvetter alle Ehre. Katzen waren ja generell für ihr phänomenales Einfühlungsvermögen bekannt, aber ihr Dewey besaß nahezu hellseherische Fähigkeiten. Er spürte immer ganz genau, wie es seinem Frauchen ging. Hockte Lena grübelnd hinter dem Verkaufstresen, brachte er sie mit absurden Sprüngen über Bücherstapel hinweg zum Lachen. Wirbelte sie hyperaktiv durch den Laden, blinzelte Dewey sie indigniert an, als wollte er sagen: Alles piano, schalt mal einen Gang zurück.

Auch auf die Kunden reagierte Dewey mit äußerster Feinfühligkeit. Er wusste einfach, wem er schnurrend um die Beine streichen durfte und bei wem er sich lieber ein bisschen zurückhielt. Alle mochten ihn. Manchmal wusste Lena gar nicht, wem ihre Stammkunden eigentlich einen Besuch abstatteten – ihr oder Dewey. Aber letztlich spielte das keine Rolle. Dies war ein Laden mit Seele, einer warmen, liebenden Seele. Ein echtes Leseparadies eben.

Allerdings hatte Lena die Erfahrung machen müssen, dass der Pfad zum Paradies tückische Weggabelungen aufwies, bei denen man nur zu leicht in Sackgassen geriet. Mit Mitte zwanzig hatte sie ihre Buchhändlerlehre geschmissen, einfach so, aus Daffke. Zu viele Flausen im Kopf, zu viel naiver Lebenshunger, so war sie aus ihrem kleinen Heimatstädtchen in die nächstgelegene Großstadt gezogen. Zehn Jahre hatte sie dort verbracht. Eine hektische, atemlose, verrückte Zeit.

Nur zu rasch hatte sie sich eingestehen müssen, dass all ihre hochfliegenden Wünsche und Träume in einem Chaos aus Gelegenheitsjobs und Teilzeitaffären gestrandet waren. Eine ernüchternde Bilanz. Dennoch hatte sie sich nie überwinden können, in ihre Heimat zurückzukehren. Bis zu jenem Montagmorgen vor drei Monaten, als Tante Hilde anrief. Frühmorgens um sieben und mit einer schrillen Alarmstimme, die selbst dickwandige Likörgläser zum Bersten bringen konnte – sofern Lena denn welche besessen hätte.

Die vermaledeite Arthrose in den Hüften werde täglich schlimmer, hatte Tante Hilde geklagt, noch dazu stehe ihr kleines Damenmodengeschäft vor dem Aus. Ob Lena nicht herkommen und ihr ein bisschen helfen könne? Platz gebe es ja genug in der großen Altbauwohnung. Und bei der Gelegenheit könne man doch den mau laufenden Modeladen wieder in Schwung zu bringen, der ihr so sehr am Herzen liege.

»Tante Hilde, ich komme!«, hatte Lena spontan ausgerufen. Nur das mit dem Laden müsse sie sich noch mal überlegen.

In Wahrheit musste sie absolut überhaupt gar nichts überlegen. Der Anruf war ihr ganz persönlicher Weckruf gewesen. Ein Wink des Schicksals. Und die Chance, das Angenehme mit dem Nützlichen zu verbinden. Schon länger sorgte sich Lena um ihre kränkelnde Tante. Es war an der Zeit, der alten Dame die Zuneigung und Aufmerksamkeit zurückzugeben, die Lena als Kind bei ihr genossen hatte. Sie war vier gewesen, als ihre Eltern bei einem tragischen Autounfall ums Leben kamen, und ihre früh verwitwete Tante hatte sie mit offenen Armen aufgenommen. Nicht zuletzt die Liebe zu Büchern verdankte Lena ihrer Tante, die eine Leseratte vor dem Herrn war. Sogar in ihrem verkramten Modeladen »Für die Dame« verschlang sie dicke Wälzer.

Wild entschlossen hatte Lena ihren öden Callcenter-Job gekündigt, einen Umzugswagen bestellt und die letzten Ersparnisse zusammengekratzt, um sich ihren lang gehegten Traum zu erfüllen: eine eigene Buchhandlung. Das war nur konsequent. Wer leidenschaftlich gern Torte futterte, eröffnete eine Konditorei; und wer wie Lena in Büchern lebte und liebte, war doch geradezu berufen, einen Buchladen zu führen, oder?

Natürlich hatte es einiger Überzeugungsarbeit bedurft, bis Tante Hilde einsah, dass man mit steingrauen Popeline-Kostümen und schweißtreibenden Kunstseidenblusen in Farbstellungen wie Schlammgrau-Aubergine keinen Blumentopf mehr gewinnen konnte. Selbst Seniorinnen wollten heutzutage nicht mehr aussehen wie Kaffeefahrtjunkies auf Ginseng.

Also wurde ein Neustart beschlossen. Mit Büchern. Glücklicherweise gehörte Tante Hilde das schmale, alte Haus mitsamt dem altbackenen kleinen Modegeschäft, das sich zwischen eine Drogerie und einen Ein-Euro-Shop zwängte. Sie kamen überein, dass Lena anfangs keine Miete zahlen musste. Sobald der Buchladen brummte, würde sie alles auf Heller und Pfennig zurückzahlen. Ehrensache. Schlussendlich hatte Lena Tante Hildes betagte Ladenhüter auf Ebay verhökern dürfen, die Geschäftsräume in Eigenregie renoviert – und ihr Leseparadies eröffnet.

Während sie ein paar herumliegende Bücher zuklappte und einsortierte, schaute sie kurz zu Dewey. Er hatte seinen Lieblingsplatz im Schaufenster eingenommen und beobachtete die Passanten, die geduckt durch den grauen Nieselregen hasteten.

»Stimmt's, Dewey? Dir gefällt es hier auch viel besser als in der Stadt?«, fragte Lena.

Ein lang gezogenes Maunzen antwortete ihr. O ja, auch für Dewey war die neue Situation topp. In Lenas Stadtwohnung hatte er viele Stunden allein ausharren müssen, hier war ihm abwechslungsreiche Gesellschaft sicher. Er genoss sogar die gemeinsamen Spaziergänge mit Lena. Bereitwillig ließ er sich ein Halsband anlegen und streifte mit seinem Frauchen durch die grüne Umgebung wie ein braves Hündchen. Schräg? Nein, so war Dewey nun mal: ein Traum von einem Kater.

Mit einem Seufzer der Erleichterung dankte Lena ihrem Schicksal, dass sie in ihr Heimatstädtchen zurückgekehrt war. In ein winziges Provinznest, genauer gesagt, das wenig mehr zu bieten hatte als den Charme der Entschleunigung. Spötter hätten das Wort verschlafen benutzt.

Lena war es gerade recht. Eine schmucke Kleinstadt, in der tagsüber Friedhofsstille herrschte und nachts der Hund begraben war – warum denn nicht? Sie hatte sich so viele Nächte in angesagten Großstadtclubs um die Ohren geschlagen, dass es für die nächsten hundert Jahre reichte. Mindestens. Außerdem hatte sie nicht nur bis zum Anschlag gefeiert, sie war auch mehr als genügend Kerlen begegnet, die ihren Schmetterlingen im Bauch empfindliche Bruchlandungen beschert hatten. Hopp und Ex, sozusagen.

Ein Grund mehr für Lena, ihr Liebesleben runterzufahren

und das große Glück in Büchern zu suchen. Sie wollte kein Dauergast im Heartbreak Hotel mehr sein. Abenteuer ohne Reue fanden doch sowieso nur im Kopf statt. Liebe, Lust und Leidenschaft, tolle Männer, ritterliche Helden, hemmungsloser Sex, ungetrübt von jedwedem Herzschmerz – das alles widerfuhr einem doch nur zwischen zwei Buchdeckeln. Wozu also weiteren Frust in der hässlichen Realität sammeln, wenn man erfüllende Liebe in Büchern finden konnte?

Da Lena ihr Leben wie auch ihr Gefühlsleben vorzugsweise durch Buchtitel charakterisierte, gab es natürlich auch schon die passenden Titel dazu. Ihre städtische Existenz hatte sie *Die unerträgliche Leichtigkeit des Seins* getauft, ihre kleinstädtische Vollbremsung *Die Entdeckung der Langsamkeit.* Wurde eigentlich schon erwähnt, wie verrückt Lena nach Büchern war?

Gedankenverloren trat sie zu Dewey und kraulte ihm das rötlich braune Fell, was er mit genussvoll geschlossenen Augen und einem sonoren Schnurren quittierte. Ihr Blick schweifte hinaus zur Straße. Nur wenige Autos pflügten durch die Wassermassen auf dem Asphalt, wobei sie hohe Fontänen aufwirbelten. Auch auf dem Bürgersteig vor dem Laden war nicht viel los. Den lieben langen Tag hatte sich gerade mal ein Kunde in Lenas Leseparadies verirrt. Okay, noch lief die Buchhandlung nur so lala. Na und? Optimismus war schließlich auch eine Ressource.

»Das wird schon, Dewey«, sprach sie mehr sich selbst als ihrem Kater Mut zu. »Regenwetter ist Lesewetter.«

Dummerweise schienen die wenigen vorbeieilenden Passanten diese unbestreitbare Tatsache zu verkennen. Dem Aufdruck ihrer Einkaufstüten nach zu schließen, deckten sie ihren Bedarf nebenan in der Drogerie oder leisteten sich irgendeinen Schnickschnack aus dem Ein-Euro-Shop. Lenas Buchladen ließen sie links liegen. Doch weder das trübe Wetter noch die leere Kasse konnte ihrer Hochstimmung etwas anhaben. Obwohl sie heute nur ein einziges Buch verkauft hatte, einen pupstrockenen Steuerspar-Ratgeber, hätte sie diesen wunderbaren Laden für kein Geld der Welt gegen ihren alten Job eingetauscht. Das hier war die Erfüllung ihrer Träume. Ein Leben mit Büchern, für Bücher, durch Bücher.

Noch Fragen? Ja, so einige, aber … ihr Blick fiel auf die Uhr. Halb fünf schon! Herrje, es gab noch so viel zu tun! Stühle rücken, Gläser polieren, Schnittchen vorbereiten zum Beispiel.

Um ihren Buchladen in Schwung zu bringen, hatte Lena nämlich beschlossen, regelmäßig Lesungen zu veranstalten. Irgendetwas musste sie ja tun, um der Internetkonkurrenz die Stirn zu bieten. Klar, per Mausklick Bücher ordern wurde immer beliebter. Doch kein noch so bequemes Onlineshopping konnte das Erlebnis eines leibhaftig anwesenden Autors ersetzen. Jetzt mussten die Gäste des heutigen Abends nur noch haufenweise Bücher kaufen, dann würde die Veranstaltung in Lenas Leseparadies ein voller Erfolg werden. Vielleicht konnte sie mit den Lesungen sogar neue Stammkunden gewinnen. Zahlende Stammkunden wohlgemerkt, die nicht nur ausgiebig in den Neuerscheinungen blätterten und einen Espresso nach dem anderen tranken, um dann ohne Buch wieder abzuziehen. So weit der Plan.

Eine nasse Bö wehte Lena ins Gesicht, als sie ihren Plakataufsteller nach draußen auf den Bürgersteig schleppte und vor dem Laden aufbaute. Nachdem sie das sperrige Teil neben einem Blumenkübel geparkt hatte, strich sie sich eine feuchte Haarsträhne aus dem Gesicht. Dann las sie noch einmal die Ankündigung.

Die ultimative Liebesformel – der neue Bestseller von Benjamin Floros! Heute Lesung um 19 Uhr, anschließend Wein und Häppchen.

Klang doch ganz vielversprechend. Stirnrunzelnd betrachtete Lena das Plakat. Falls man dem Foto darauf trauen konnte – aber welchem Foto konnte man noch trauen in Zeiten von Instagram-Filtern? –, sah dieser Benjamin Floros aus wie eine gelungene Kreuzung aus George Clooney und Brad Pitt. Markantes, gebräuntes Gesicht, gewinnendes Lächeln, Grübchen im Kinn. Durch das fast kinnlange dunkle Haar, das in zwei weichen Wellen sein Gesicht umrahmte, war auch ein Schuss Johnny Depp dabei.

Zu schön, um echt zu sein, überlegte Lena. Gebräunt, geföhnt, gut aufgelegt, so sehen Gebrauchtwagenhändler aus. Oder Fitnessstudiobesitzer. Aber doch keine Buchautoren!

In dieser Hinsicht verfügte sie schon über einige Erfahrungen. Zwei, um präzise zu sein. Leider waren ihre ersten beiden Lesekandidaten die absolute Katastrophe gewesen. Der eine hatte verspannt und verklemmt in einem fusseligen Wollpullover dagesessen und irgendwas Unverständliches in seinen schütteren Bart genuschelt. Der zweite Autor war so introvertiert gewesen, dass er gar nicht erst lesen, sondern nur seine millimeterdünnen Gedichtbände signieren wollte. Lautes Vorlesen widerspreche seiner geistigen Haltung. Tante Hilde nebst zwei Kaffeekranzfreundinnen – im Übrigen das einzige Publikum – hatten ihm gehörig den Marsch geblasen, so dass er unverrichteter Dinge geflohen war.

Benjamin Floros spielte da schon in einer ganz anderen Liga. Ihn bezeichneten Lenas Stammkundinnen übereinstimmend als Knaller. Da er in der Nachbarstadt lebte, hatte er sich tatsächlich breitschlagen lassen, in Lenas Leseparadies aufzutreten, wenngleich er normalerweise Hallen füllte, wie er nicht müde wurde zu betonen, als Lena mit ihm telefoniert hatte. So ein Honk! Immerhin, eine volle Bude war bei diesem glattgebügelten Womanizer garantiert.

Die ultimative Liebesformel. Haha. Lena hatte nur ein Achselzucken dafür übrig. Sie verstand es einfach nicht. Im Mittelalter waren die Leute auf die Liebestränke windiger Quacksalber reingefallen, und heute ließen sie sich immer noch Liebesformeln andrehen. Nun, für ihre Buchhandlung konnte dieser Humbug natürlich nur von Vorteil sein. Zwanzig Exemplare des Floros-Machwerks lagen signierbereit auf ihrem Verkaufstresen und warteten darauf, die Besitzerin zu wechseln.

Sie ruckelte ein bisschen an dem Aufsteller herum. Breit grinsend pestete sie darauf Benjamin Floros an, als wollte er sagen: Dich krieg ich auch noch rum! Es war ihr ein Rätsel, wieso die Frauen reihenweise auf diesen Typen flogen. Sage und schreibe fünfundzwanzig Gäste hatten sich für den heutigen Abend angesagt, so viele wie noch nie. Lauter Frauen, das verstand sich von selbst, und sämtlich unbemannt. Alles, was weiblich und ledig war in dieser kleinen Stadt, wollte unbedingt den brillanten Erfolgsautor kennenlernen, der allen Ernstes behauptete, das Geheimnis der Liebe gelüftet zu haben.

Nun ja, ohnehin war Lenas Stammkundschaft überwiegend weiblich. Bei den meisten Männern lief es doch so: Wenn sie sagten, dass sie unbedingt etwas für ihren Kopf tun müssten, gingen sie zum Friseur und daddelten beim Haareschneiden auf ihrem Handy herum. Wenn eine Frau etwas für ihren Kopf tun wollte, las sie ein Buch. Punkt.

Mittlerweile goss es in Strömen. Fröstelnd huschte Lena unter das Vordach der Buchhandlung und schaute hoch zum wolkenverhangenen Himmel. Von wegen Altweibersommer! Obwohl es erst Anfang September war, mischte sich schon der November ein. Nur gut, dass der Plakataufsteller eine wasserdichte Beschichtung aus Plexiglas hatte.

Lena wollte gerade zurück in den Laden gehen, als sie zwischen den Passanten ihre Freundin Michelle entdeckte. Das war auch nicht sonderlich schwer. Im Grau in Grau der triefenden Jacken und Mäntel wirkte Michelle in etwa so unauffällig wie ein Feuermelder. Mit ihrem riesigen rot-weiß gepunkteten Schirm und dem knallroten Schlauchkleid unter ihrem offenen Trenchcoat war sie ein echter Hingucker. Ihr hellblondes Haar hatte sie zu einer Marilyn-Monroe-Gedächtnis-Frisur auftoupiert, noch dazu stöckelte sie barfuß in roten hochhackigen Sandaletten durch die Pfützen.

Lena unterdrückte ein Schmunzeln. Kaum kam dieser Floros in die Stadt, und schon drehten die Frauen durch. Das konnte ihr nicht passieren. Wie immer trug Lena Jeans und Sneakers, dazu ein geräumiges Kapuzenshirt in ihrer Lieblingsfarbe. Himmelblau passte einfach zu ihrem kastanienbraunen »Wuschelkopf« – O-Ton Tante Hilde – und ihren blauen »Vergissmeinnichtaugen«, auch dieser höchst schmeichelhafte Ausdruck stammte von ihrer Tante.

Inzwischen hatte Michelle die letzten Meter zum Laden zurückgelegt und blieb ehrfurchtsvoll vor dem Plakat stehen.

»Hi. Oh. Wow«, hauchte sie.

Normalerweise war sie nicht auf den Mund gefallen, beim Anblick von Benjamin Floros schien es ihr jedoch die Sprache zu verschlagen.

»Hallo, Michelle, schön, dass du da bist.« Lena umarmte ihre Freundin, dann zeigte sie mit spitzem Finger auf das Plakat. »Na, schon aufgeregt, den großen Liebesguru zu treffen?«

»Was denn sonst? Ich meine, sieh ihn dir doch an – was für ein Sahneschnittchen!«, schwärmte Michelle, mit der Lena zahlreiche Erinnerungen aus Schulzeiten sowie das Faible für Bücher teilte, keineswegs jedoch den Männergeschmack. »Die ultimative Liebesformel! Das klingt toll! Bin ja mal gespannt, was das smarte Leckerli uns in puncto Liebe beibringt.«

»Nichts, was wir nicht schon wüssten«, entgegnete Lena augenrollend. »Und nichts, was nicht schon als blanker Unsinn enttarnt worden wäre. Verlieben nach Formel, wie unseriös ist das denn?«

»Moooment.« Michelle schüttelte die Wassertropfen von

ihrem Schirm und klappte ihn zu, bevor sie ebenfalls unter dem Vordach Schutz vor dem Regen suchte. »Warum hast du noch mal diesen Floros eingeladen?«

»Weil sich seine Bücher verkaufen wie Klopapier während der Corona-Krise«, erwiderte Lena wahrheitsgemäß. »Und weil die gesamte weibliche Kundschaft darauf brennt, ihn anzuhimmeln. Analog, wohlbemerkt. Das sagt doch alles. Er behauptet, die todsichere Glückstrefferquote beim Online-Dating gefunden zu haben, dabei geht nichts über den persönlichen Kontakt.«

»Sagt die Frau, die seit wie vielen Jahren analog nach dem Richtigen sucht? Fünf? Zehn?« Michelle legte den Kopf schräg und musterte ihre Freundin von oben bis unten. »So geht das nicht weiter, Süße. Es wird langsam Zeit für was Festes. Du bist vierunddreißig. In deinem Alter sind andere Frauen schon zweimal geschieden.«

Dolle Feststellung. Lena holte tief Luft.

»Weißt du was? Wenn im Fernsehen Fußball läuft, sind plötzlich alle Bundestrainer. Und wenn die Leute eine unverheiratete Frau über dreißig sehen, sind plötzlich alle Beziehungsexperten.«

»Na ja, dass du emotional untersommert bist, fällt auch dem Laien auf«, unkte Michelle.

Unhörbar stöhnte Lena in sich hinein. Was war so erstrebenswert daran, auf Teufel komm raus den Erstbesten zu heiraten, wenn es dann doch in die Hose ging? Nur um zu beweisen, dass man irgendwann von irgendwem gewollt worden war?

»Es gibt keinen Grund zur Torschlusspanik, auch ohne Mann bin ich sehr, sehr glücklich«, sagte sie mit Nachdruck. »Deshalb will ich auch gar nicht suchen. Falls ich mich überhaupt noch mal auf einen Mann einlasse, will ich gefunden werden. Verstehst du? Gefunden!«

»… ja, von einem Polizisten, der dich dereinst in deiner Wohnung auffindet, weil es im Hausflur so streng gerochen hat, und der dann deine anonyme Bestattung organisiert.«

»Sehr witzig«, lächelte Lena. »Ich meine, gefunden werden wie … wie bei Jane Austen, der englischen Schriftstellerin. Da begegnen die Frauen dem Richtigen durch die Magie des Schicksals. Und nicht, weil ein kalter Algorithmus darauf programmiert ist, sie nach allen Regeln des Online-Datings zu verkuppeln.«

In Michelles Gesicht malte sich ein spitzbübischer Zug. Scherzhaft schlug sie sich die flache Hand vor die Stirn.

»Jane Austen, richtig! *Stolz und Vorurteil*, der Titel würde perfekt zu dir passen.«

»Wie meinst du das denn? Dass ich zu stolz bin und Vorurteile habe?« Lena zog einen Flunsch. »Deine Offenheit in allen Ehren, aber ich wäre froh, wenn du das noch irgendwie zu einem Kompliment umbiegen könntest.«

»Na jaaa, du bist halt – speziell«, eierte Michelle herum. »So wie diese blaustrumpfigen Heldinnen bei Jane Austen eben.«

»Dann wäre aber *Verstand und Gefühl* der bessere Titel für mich«, hielt Lena dagegen. »Man beachte die Reihenfolge. Erst der Verstand, dann das Gefühl. Ich lasse mir weder vom Erstbesten den Kopf verdrehen, noch falle ich auf irgendeinen

Online-Schwindel rein. Da gehe ich lieber mit einem Buch ins Bett. Glaub mir, in einem einzigen Roman findest du mehr Liebe als in fünf Jahren Realität.«

»Du musst wirklich sehr verzweifelt sein«, seufzte Michelle mit dem nachsichtigen Lächeln einer Mutter, die ihr Kind liebt, aber auch etwas seltsam findet.

»Ich weiß, du meinst es gut«, lenkte Lena ein. »Aber ich denke gar nicht daran, mich nach der Floros-Methode auf den digitalen Marktplatz zu stellen und ›Hier!‹ zu schreien. Ich meine – wer verliebt sich denn schon in ein Online-Profil?«

»Seit den neunziger Jahren so ziemlich jeder.«

Eine Pause entstand, in der Lena in den Regen starrte und Michelles Miene unvermittelt ernst wurde. Mit der Spitze ihres Regenschirms stocherte sie in einem Spalt zwischen den Steinplatten des Bürgersteigs herum.

»Du hast dich verändert, Lena. Das heißt, die Jahre in der Großstadt haben dich verändert.« Sie hob den Kopf und sah ihrer Freundin forschend in die Augen. »Manchmal denke ich, ich kenne dich gar nicht mehr. Versteh mich nicht falsch. Du bist immer noch so liebenswert und gescheit wie früher. Nur beim Thema Männer machst du dicht. Als wärst du in Serie enttäuscht worden. Oder schwer vermittelbar.«

Entgeistert schaute Lena in das kaum gealterte Gesicht ihrer Freundin, deren sorgfältig kirschrot geschminkte Lippen ein großes fragendes O formten. Damals, zu Schulzeiten, waren sie unzertrennlich gewesen. Doch nach zehn Jahren Abwesenheit an eine Teenagerfreundschaft anzuknüpfen, die irgendwann im Sande verlaufen war, erwies sich als verflixt schwierig. Spuren der alten Vertrautheit waren noch auszumachen, aber auch eine gewisse Entfremdung.

So nah und doch so fern, fiel Lena mal wieder ein Buchtitel ein. In der Großstadt hatte sie gelernt, eigenständig zu werden, unbekümmert darum, was »die Leute« sagten. Michelle hingegen war hier in der Provinz geblieben und per Fernstudium Grundschullehrerin geworden. Sie hatte brav geheiratet, zwei entzückende Kinder bekommen und tat auch nach ihrer Scheidung alles dafür, sich den Kleinstadtregeln der »Leute« anzupassen. Was unter anderem bedeutete, dass sich ihr gesamtes Streben auf den nächsten Richtigen konzentrierte.

»Sorry, bin ich dir zu nahe getreten?«, fragte sie, als Lena nichts erwiderte.

Och nö, du hast nur gerade ein bisschen auf meinen Gefühlen rumgetrampelt, hätte sie erwidern können. Lena ließ es jedoch bleiben, weil Michelle letztlich eine treue Seele war, die das Herz auf dem rechten Fleck hatte.

»Du bist eben der Typ *Für immer vielleicht«,* murmelte sie stattdessen. »Du hast ja nicht mal die Illusion ewiger Liebe, trotzdem muss es unbedingt ein Kerl sein. Für dich ist man wohl nur im Zweierpack ein vollwertiger Mensch, deshalb bin ich so was wie ein Alien in deinem Universum.«

Beschwichtigend legte Michelle einen Arm um ihre Schultern.

»Du bist klasse, wirklich, aber irgendwie wirkst du, hm …« Sie räusperte sich ausgiebig. »Entschuldige bitte das ›schwer vermittelbar‹. Gefällt dir anspruchsvoll besser? Oder mit veralteten Vorstellungen unterwegs? Soweit ich weiß, hat Jane Austen im neunzehnten Jahrhundert gelebt. Und es sind Romane, keine Tatsachenberichte. Gefunden werden ohne Online-Dating – wie stellst du dir das vor in diesem winzigen Nest?«

Lena machte eine wegwerfende Handbewegung. In früheren Jahren hatte sie sich durchaus auf den einschlägigen Portalen herumgetrieben, weil in ihrem Liebesleben nix und niente lief. Allerdings mit ernüchternden Resultaten.

»In den ewigen Jagdgründen des Internets tummeln sich doch nur dubiose Aufreißer, die Affären wollen, keinen Ehering.« Sie warf einen Blick auf das penetrant grinsende Konterfei von Benjamin Floros, bevor sie sich wieder ihrer Freundin zuwandte. »Wie hirnrissig ist es da, dass dieser Floros allen Ernstes behauptet, man könnte auf einer Dating-App den Mann fürs Leben finden, das fehlende Puzzlestück, das haargenau zu den eigenen Wünschen, Träumen, Vorlieben passt. Weiß der denn nicht, dass auf diesen Portalen gelogen wird, dass sich die Balken biegen?«

Nachdenklich knabberte Michelle an ihrer Unterlippe herum.

»Du glaubst also ernsthaft, dein Märchenprinz kommt ausgerechnet in unser kleines Nest geritten, erkennt die Prinzessin in dir und nimmt dich huckepack mit auf sein Schloss?«

»Ja.« Lena lächelte. »Genau so stelle ich mir das vor. Vorher muss Aschenputtel allerdings noch Häppchen belegen, Gläser polieren und Stühle aufstellen. Hilfst du mir?«

»Na hör mal, willst du mich etwa beleidigen?«, protestierte Michelle gespielt entrüstet. Mit geübten Griffen knetete sie ihr auftoupiertes Blondhaar in Form. »Wieso wäre ich wohl sonst so früh hier aufgekreuzt?«

»Weil du dir einen Platz in der ersten Reihe sichern willst?«, lachte Lena, froh, das Thema zu wechseln. »Damit das lesende Sahneschnittchen dich bloß nicht übersieht? Wer weiß, vielleicht träumst du ja davon, als Kirsche auf seinem Kuchen zu landen.«

»Blödsinn«, schnaubte Michelle.

Lena ahnte jedoch, dass sie voll ins Schwarze getroffen hatte. Wahrscheinlich planten auch die anderen weiblichen Gäste des heutigen Abends, den ach so phantastischen Benjamin Floros zu umgarnen. War doch klar wie Korn. Spätestens beim anschließenden Glas Wein würde er sich vor Avancen kaum retten können. Als Hahn im Korb. Oder als Fuchs im Hühnerstall? In der Buchbranche munkelte man von Scharen schockverliebter Groupies, die sich nach seinen Lesungen um ihn rissen. Es hieß auch, Benjamin Floros sei kein Kostverächter. Denn – finde den Fehler! – der formidable Mister Ich-weiß-wie-man-sich-den-perfekten-Partner-angelt war dem Vernehmen nach immer noch Single.

»Komm, Schatz, wir gehen rein«, beendete Lena die Diskussion. »Sonst frierst du dir noch deine nackten Zehen ab.«

»Ja, und meine Föhnfrisur verliert ihr Volumen.«

Michelle folgte Lena, die den Laden durchquerte und die Tür zum Hinterzimmer öffnete. Neben Katzenfutterdosen, arbeitslos gewordenen Schaufensterpuppen und allerlei Krimskrams lagerten dort ihre Klappstühle, das Ergebnis wochenlanger Beutezüge durch Gebrauchtmöbel-Websites.

Gemeinsam bauten sie die Klappstühle im Halbkreis um den Lesetisch auf, kritisch beäugt von Dewey, der jedoch rasch begriff, dass sich hier eine neue Versteckspielvariante anbot. Es war putzig, zu beobachten, wie er ein ums andere Mal unter einem Stuhl verschwand, dann wieder mit einem Satz auf den nächsten hechtete und dabei immer Lena im Auge behielt.

»Sorry, Dewey, ich kann jetzt nicht mit dir spielen«, sagte sie entschuldigend. »Dafür bekommst du nachher eine Extraportion Hühnerleber. Abgemacht?«

Dewey schien einverstanden zu sein, denn er sprang auf einen der gelben Lesesessel, wo er sich zu einem kleinen Fellknäuel zusammenrollte, während Lena vier Gläserkartons auf den Verkaufstresen hievte, in denen Tante Hildes gute Bleikristallgläser darauf brannten, vom Staub ihres Vitrinendaseins befreit zu werden. Nur selten wurden diese Gläser hervorgeholt. Tante Hilde trank kaum Wein. Sie schwor auf Eierlikör.

Unterdessen hatte Michelle ihren Trench ausgezogen und warf ihn scheinbar absichtslos – ganz so, als sei sie in Gedanken und wisse überhaupt nicht, was sie tat – auf einen Klappstuhl direkt vor dem Lesetisch.

»Kannst gleich zwei Stühle reservieren«, schmunzelte Lena, die das kleine Schauspiel aus dem Augenwinkel beobachtet hatte. »Tante Hilde will auch kommen.«

»Ach, äh, ja?« Ein wenig schuldbewusst drapierte Michelle den Mantel so, dass zwei Plätze belegt wurden. »Hätte ja nicht gedacht, dass sich ausgerechnet Tante Hilde für Liebesformeln interessiert.«

»Da kennst du sie aber schlecht. Verlass dich drauf, sie hat es faustdick hinter den Ohren. Tolles Outfit übrigens, Süße.«

Erfreut strich Michelle über den Stoff des hautengen roten Kleids, das ihre Kurven bestens zur Geltung brachte. Danach holte sie eine Puderdose aus der Handtasche und überprüfte den ordnungsgemäßen Auftrag ihres Lippenstifts.

»Wo übernachtet Benjamin Floros eigentlich?«, fragte sie. »Hier gibt es doch nicht mal ein anständiges Hotel, nur eine Pension mit Aussicht auf einen Supermarktparkplatz.«

Eine merkwürdige Frage. Spekulierte Michelle etwa auf ein Frühstück mit dem Bestsellerautor? Lena warf ihr ein Küchenhandtuch zu und nahm sich selbst eines.

»Keine Sorge, das verwöhnte Beststeller-Schnuckelchen fährt nach der Lesung gleich wieder nach Hause.« Sie hielt ein Glas gegen das Licht, bevor sie es blank rieb. »Sind nur fünfzig Kilometer, das schafft der abends mit dem Auto in einer schlappen Dreiviertelstunde.«

»So nah wohnt er?«, staunte Michelle, die ebenfalls ein Glas genommen hatte und eifrig drauflospolierte.

Lena konnte sich ein amüsiertes Lächeln nicht verkneifen. »Was dachtest du denn? Hast du etwa geglaubt, eine Lichtgestalt wie dieser Floros residiert auf Wolke sieben?«

»Nee, nee, es ist nur …«

Die Ladenglocke unterbrach Michelle, ein sanfter Gong, der an Klangschalenklänge erinnerte. Falls sie gehofft hatte, das Objekt ihrer Begierde treffe bereits ein, wurde sie enttäuscht. Es war Tante Hilde. In ihrem schneeweißen Haar steckten stachelige Lockenwickler, über ihr großformatig geblümtes Hemdblusenkleid aus Polyester hatte sie einen Mantel aus anthrazitfarbenem Wildlederimitat mit gleichfarbigem Kunstfellkragen geworfen.

Wahrlich kein Wunder, dass der Laden »Für die Dame« still und leise eingegangen ist, dachte Lena. Dennoch mochte sie Tante Hildes antiquierten Style. Verkäuflich waren solche Klamotten nicht unbedingt, zu Tante Hildes eigenwilliger Persönlichkeit passten sie jedoch. Im Übrigen hätte Tante Hilde auch einen Kartoffelsack tragen können. Man musste sie einfach mögen mit den schelmisch blitzenden Augen und den authentisch erlebten und erlachten Falten im runden Gesicht. Für ihre dreiundsiebzig wirkte die alte Dame bemerkenswert vital. Nur ein leichtes Nachziehen des linken Beins verriet, dass sich ihre Hüftarthrose im fortgeschrittenen Stadium befand.

»Na, ihr fleißigen Lieschen?«, begrüßte sie die beiden Freundinnen. »Gebt ihr auch gut auf meine Bleikristallgläser acht?«

»Selbstverständlich«, versicherte Lena. »Wir behandeln sie wie rohe Eier.«

»Sag mal, Kind«, schwer atmend stützte sich ihre Tante am Verkaufstresen ab und deutete mit dem lockenwicklergeschmückten Kopf in Richtung Schaufenster, »der da draußen auf dem Plakat, kommt der etwa heute Abend hierher?«

»Du meinst den sandgestrahlten Typen auf dem Foto? Ja, genau der«, nickte Lena.

»Oho! Aha.« Tante Hilde senkte verschwörerisch die Stimme. »Wisst ihr, was wir früher gesagt haben, wenn so ein Prachtkerl ante portas stand? Mädels, zieht einen frischen Schlüpper an!«

»Tante Hilde!«, rief Lena entrüstet.

»Herrlich«, gluckste Michelle. »Es gibt halt Dinge, die ändern sich nie.«

»Willst du damit etwa sagen …« Lena verstummte. Nein, sie wollte sich nicht vorstellen, was Michelle unter ihrem sexy Schlauchkleid trug. »Wir müssen noch die Schnittchen belegen«, setzte sie ungewohnt streng hinzu.

Sie ärgerte sich selber über ihren Gouvernantenton. Was war nur mit ihr los? Warum reagierte sie so allergisch auf diese harmlosen kleinen Albereien? Weil ihr der Hype um Benjamin Floros gewaltig auf den Senkel ging?

»Genau, Schnittchen fürs Sahneschnittchen!«, kicherte Michelle los. »Wer weiß, vielleicht gibt's heute noch eine Tortenschlacht. So als emotionale Lockerungsübung für unsere unterverliebte Lena. Unterverliebt ist nämlich mindestens so gefährlich wie unterzuckert.«

Dafür heimste sie ein belustigtes Blinzeln von Tante Hilde und erneutes Augenrollen von Lena ein.

»Kein Bedarf, er gehört euch«, versuchte sie, die Unterhaltung abzukürzen. »Für mich ist dieser Floros in etwa so attraktiv wie ein Kasten Knete. Was mich vor solchen Typen schützt, ist nicht nur meine reiche Lebenserfahrung, sondern vor allem meine ausgedehnte Lektüre. Mit der Liebe kenne ich mich aus.«

»Wenn du dich da mal nicht täuschst, Kind«, lächelte ihre Tante milde. »Es sind immer die besten Schwimmer, die ertrinken.«

»Um Himmels willen!« Lena schluckte. »Was soll das denn bitte schön heißen?«

»Wer sich vor allen Gefahren gefeit glaubt, geht am schnellsten unter«, erklärte Tante Hilde, womit einmal mehr bewiesen war, dass man die geistige Frische älterer Damen nicht unterschätzen durfte.

»Und so ein wortgewandter Buchautor könnte dir sehr, sehr gefährlich werden«, fügte Michelle hinzu. »Ich hab den Floros schon ein paarmal im Fernsehen gesehen, ist ja sagenhaft, wie der reden kann. Der ist echt, Sekunde, wie heißt das noch – elegant? Nein, ela…, elu…«

»… quent«, ergänzte Lena. »Du meinst eloquent.«

»Hauptsache, er kriegt überhaupt den Mund auf«, warf Tante Hilde ein. »Weißt du noch, Kind? Der Dichter, der nicht lesen wollte?«

»Oje, erinnere mich bloß nicht an den«, stöhnte Lena. »Der totale Reinfall. Wenn der Ja oder Nein sagte, war das schon verbale Ekstase.«

»Was ihm an Höflichkeit fehlte, machte er durch Unverschämtheit wett«, befand Tante Hilde knapp.

»Dabei schreibt er so wunderschöne Gedichte, sonst hätte ich ihn schließlich gar nicht eingeladen«, erklärte Lena. »Falls du mal reinschauen möchtest, Michelle, sein jüngstes Werk, *Die Trauer der Schmetterlinge,* steht in meiner Goldenen Sammlung.«

Diese Goldene Sammlung gab Zeugnis von der ganzen Bandbreite ihrer literarischen Ambitionen. In einem Extraregal hinter dem Ladentresen bewahrte Lena Exemplare ihrer Lieblingsbücher auf, eigens zusammengestellt für jene Kunden, die das Besondere zu schätzen wussten. So richtig begeistert wirkte Michelle zwar nicht gerade, glitt jedoch pflichtschuldigst hinter den Tresen und baute sich vor dem Regal auf.

»Also, ich weiß nicht«, Tante Hilde schob einen vorwitzig verrutschten Lockenwickler zurück an seinen Platz, »früher haben wir *Brehms Tierleben* gelesen, da stand nichts über traurige Schmetterlinge drin.«

Mit schräg gelegtem Kopf überflog Michelle die Buchrücken. Schließlich zog sie einen Band heraus.

»Ich hab's! Also, nicht den Schmetterlingsdepri, vielmehr den idealen Buchtitel, der auf Lena passt.«

»Da sind wir ja mal gespannt«, brummte Tante Hilde.

»Also, ich bin ja mehr so: *Geh, wohin dein Herz dich trägt.* Aber für Lena passt das hier: *Die Einsamkeit der Primzahlen.*« Michelle hielt das Buch hoch. »Mal im Ernst: Wer denkt sich so was Beklopptes aus?«

»Der Titel ist unzutreffend, immerhin hat Lena ja mich«, entgegnete Tante Hilde. »Ihr Problem ist nicht die Einsamkeit. Für die meisten Männer ist sie einfach zu schlau.«

»Ja, Lesen gefährdet die Dummheit, das ist lange bekannt.« Lena streifte Michelle mit einem wolkigen Blick. »Jedenfalls lässt mich dieser Floros völlig kalt. Formeln, Rezepte, Analysen – der Mann hat die Erotik eines Amputationsbestecks.«

Michelle schüttelte so heftig den Kopf, dass ihre blonden Locken flogen. Sie nahm eines der Floros-Werke vom Bücherstapel auf dem Verkaufstresen und hielt es Lena hin. Auch auf dem Buchcover grinste Benjamin Floros den Lesern entgegen.

»Schau dir diese Augen an«, sagte sie verzückt. »Das könnten die Augen deiner Kinder sein.«

»Boah, nee, also wirklich, Michelle.« Lena nahm sich ein weiteres Glas und rieb so resolut darauf herum, als wollte sie auch gleich Benjamin Floros eine Abreibung verpassen. »Ich schwör euch: Wenn so einer um meine Hand oder irgendein anderes Körperteil anhalten würde, wäre ich schneller weg, als ihr gucken könnt. So was wie den gibt's doch im Dutzend billiger.«

»In meiner Jugend sagte man das anders«, lächelte Tante Hilde. »Alle Männer sind gleich langweilig – bis auf den, den man gerade kennengelernt hat.«

Kapitel 2

Bücherverkaufen war ein Business und ein Beruf, gewiss. Und doch war es so viel mehr. Daran, welches Buch ein Kunde auswählte, erkannte Lena sofort, wie er sich sah und was ihm fehlte. Bücher konnten helfen, die perfekte Marmelade zu kochen oder unauffällig die Steuererklärung zu frisieren. Sie entführten in Traumwelten, wenn der Alltag knirschte vor Ereignislosigkeit, und sie durchpulsten die Adern mit Stromstößen des Grauens, wenn jemand das Gefühl der Lebendigkeit in blutrünstigen Thrillern suchte.

Für Lena war es ein unterhaltsames Spiel. Sie konnte fast punktgenau sagen, ob sich jemand zu Tode langweilte oder ob er der nüchternen Realität mit einem Liebesroman die vermisste Romantik verpassen wollte. Sie sah natürlich auch, ob sich jemand nach fernen Ländern sehnte oder lieber Zeitreisen ins Mittelalter unternahm, in eine düstere Wirklichkeit voller Willkür und Gewalt. Daher waren Bücher auch ein psychologischer Lackmustest. Manchmal offenbarte die Wahl eines Buchs sogar intimste Geheimnisse, und der Käufer gab sie preis, ohne sich dessen wirklich bewusst zu sein.

Was die Interessentinnen der *Ultimativen Liebesformel*

suchten, bedurfte keiner weiteren Erläuterung. Bereits um Viertel nach sechs wurde Lenas Leseparadies förmlich überrannt. Um zwanzig nach sechs gab es nur noch Stehplätze, um halb sieben musste Lena ein eilig gekritzeltes Schild an die Eingangstür hängen: *Wegen Überfüllung geschlossen.* Wahnsinn. Sie kam aus dem Staunen gar nicht mehr heraus. Mit ungewöhnlich vielen Gästen hatte sie gerechnet, aber doch nicht gleich mit so einem Ansturm. An die vierzig Frauen quetschten sich in ihr kleines Leseparadies!

Ungläubig musterte Lena die wenigen jungen und die vielen nicht mehr ganz so jungen Damen, die gespannt auf den Stargast der Veranstaltung warteten. Alle hatten sich mächtig aufgerüscht. Nur beim jährlichen Feuerwehrball sah man so viele schicke Kleider und offenherzig gestaltete Dekolletés. Der Verbrauch von Make-up und Haarspray musste heute sprunghaft angestiegen sein. Auch am Parfüm war nicht gespart worden. Schwaden schwerer Düfte von Moschus bis Maiglöckchen waberten durch den Raum und nahmen Lena fast den Atem.

Dewey hatte sich vor dem Trubel auf den Verkaufstresen geflüchtet, von wo er mit eingezogenem Kopf die Gäste beobachtete. Nichts entging seinen bernsteinfarbenen Augen, die unruhig hin und her wanderten. Seine rhythmisch zuckende Schwanzspitze verriet, dass er jederzeit sprungbereit war, falls er ein sicheres Versteck brauchte.

»Hey, mein Kleiner, keine Angst«, flüsterte Lena ihm zu. »Das ist hier wie Kirmes, nur mit Büchern. In gut zwei Stunden ist der Spuk vorbei.«

Jetzt fragte sich nur noch, wo Benjamin Floros blieb. Lena hatte ihn gebeten, etwa eine Dreiviertelstunde vor Veranstaltungsbeginn da zu sein. Doch als der Minutenzeiger ihrer Armbanduhr auf die volle Stunde rückte, war immer noch nichts von der Attraktion des Abends zu sehen. Seine Handynummer hatte er nicht rausgerückt – so was blieb bei einem Promi wie ihm natürlich streng geheim. Lena konnte nur beten, dass er den Termin nicht einfach verschwitzt hatte. Oder war er sich etwa doch zu fein, in einem popeligen kleinen Provinzbuchladen aufzutreten?

Unterdessen machte sich merkliche Unruhe unter den Damen breit. Fragende Blicke flogen in Lenas Richtung, überall wurde gewispert und getuschelt. Michelle tippte hektisch auf ihrem Handy herum, weil sie meinte, es könnte sich vielleicht unbemerkt eine Naturkatastrophe ereignet haben, die die Straßen unpassierbar machte. Sogar Tante Hilde sah dauernd auf die Uhr, wozu sie jedes Mal ihre Brille aufsetzen musste, die sie aus Schönheitsgründen in ihrer Handtasche trug statt auf der Nase. Ihr schlohweißes Haar saß untadelig bis zum letzten Löckchen, ihr jagdgrünes Kunstlederkostüm und der grün-lila Seidenschal zeugten davon, dass auch sie sich von ihrer besten Seite zeigen wollte.

Fünf nach sieben. Zehn nach sieben. Mit jeder weiteren Minute, die verstrich, steigerte sich Lenas Nervosität. Das Stimmengewirr wurde immer lauter, bis schließlich um fünf vor halb acht eine couragierte Dame ganz offen fragte, wann es denn nun endlich losgehe.

»Gleich, ganz bestimmt«, wurde sie von Lena vertröstet, die

inzwischen mit Panikattacken kämpfte, »Herr Floros ist, ähm, auf dem Weg.«

Es war bereits halb acht und Lena kurz vor dem Kollaps, als jemand an die verschlossene Ladentür bummerte. Alle Köpfe drehten sich ruckartig um. Im selben Augenblick fingen sämtliche Frauen an zu klatschen und zu jubeln wie Teenager auf einem Justin-Bieber-Konzert. Nur Lena blieb cool. So cool, wie man halt sein konnte, wenn einem die Galle bis zum Zäpfchen stand. Was bildete sich dieser Typ eigentlich ein? Kam eine halbe Stunde zu spät und winkte nun auch noch seinen Fans zu, als sei er so was wie der Messias? Innerlich kochend schloss Lena die Ladentür auf.

»Herzlich willkommen«, presste sie mit ihrem letzten Rest Contenance hervor.

»Tut mir leid, ich hatte noch einen wichtigen Termin«, strahlte Benjamin Floros mit seinem eingetackerten Gebrauchtwagenhändlerlächeln, aber es war nur zu klar, dass ihm nichts, absolut gar nichts leidtat. »Und Sie sind noch mal …?«

»Ich bin Lena Hagedorn, die ganz, ganz leicht verstimmte Geschäftsführerin dieser Buchhandlung. Wir haben telefoniert.«

Sie verabscheute ihn für die beiläufige Art, mit der er ihr kaum mehr als einen flüchtigen Blick schenkte, um sogleich Ausschau nach den weit attraktiveren Frauen im Raum zu halten. Alles an ihm strahlte eine provozierend gute Laune aus, vom Scheitel seines kinnlangen Haars bis zur Sohle seiner cognacfarbenen Cowboystiefel.

»Volles Haus, alle Achtung«, stellte er hochzufrieden fest, während er seine nussbraune Lederjacke von den Schultern streifte und auf einen Bücherstapel im Schaufenster schmiss. »Dann können wir ja loslegen.«

Ohne Lena eines weiteren Wortes zu würdigen, marschierte er auch schon durch das elektrisiert raunende Publikum zum Lesetisch. Dort ließ er sich nicht etwa auf dem dazugehörigen Stuhl nieder, sondern setzte sich superoberlässig auf die Tischkante. Auch mit seiner engen Jeans und dem bunt gemusterten Hemd, dessen drei obere Knöpfe offen standen, machte er den Lockeren.

Typisch Berufsjugendlicher, dachte Lena verdrossen, musste aber zugestehen, dass der leibhaftige Benjamin Floros weit einnehmender wirkte als der auf dem Foto – jünger, auch jungenhafter und nicht so unnatürlich gebräunt. An ihrer spontanen Abneigung konnte das nichts ändern. Benjamin Floros war ein arroganter Pinsel, daran gab es nichts zu rütteln. Andererseits war er ihr Gast.

Sei Profi, Lena, schärfte sie sich ein. Der Typ ist die Pest, jawohl, trotzdem musst du deinen Ärger runterschlucken und dafür sorgen, dass diese Lesung den angemessenen Rahmen erhält. Du hast eine Eröffnungsrede vorbereitet, also halte sie jetzt. Sie kramte einen eng beschriebenen Zettel aus ihrer Hosentasche und holte schon Luft, als Benjamin Floros ihr zuvorkam.

»Einen wunderschönen guten Abend, die Damen! Kompliment, ich glaube, ein dermaßen bezauberndes Publikum hatte ich noch nie.«

Schlagartig wurde es mucksmäuschenstill. Man hätte nicht nur die berühmte Stecknadel fallen hören können, nein, in der knisternd aufgeladenen Stille hätte jedes zu Boden fallende Staubkörnchen ein ungeheures Getöse verursacht.

»Wirklich, ich freue mich sooo sehr, hier zu sein«, beteuerte Benjamin Floros treuherzig. »Danke, dass Sie zu meiner Lesung gekommen sind – aber mal unter uns: Schlafen Sie bei Lesungen auch immer gleich ein?«

Zustimmender Applaus und Gelächter antworteten ihm. Mit der Genugtuung des erfolgsverwöhnten Starautors nahm er die Ovationen entgegen, bevor er den Geräuschpegel mit beschwichtigenden Gesten seiner Hände dämpfte.

»Okay, okay, das nehme ich dann mal als ein Ja. Deshalb werde ich Ihnen das Wichtigste aus meinem Bestseller *Die ultimative Liebesformel* einfach erzählen. So wie ich es guten Freunden erzählen würde.« Er zwinkerte verschwörerisch. »Nein, wie ich es nur sehr, sehr guten Freundinnen erzähle. *By the way* – darf ich euch duzen?« Er schaute in die begeistert nickenden Gesichter. »Hey, ich darf! Danke, ihr seid großartig, wisst ihr das?«

Mit dieser unverhohlenen Anbiederei erzeugte er weiteren frenetischen Applaus. Puh, der hat sie schon im Sack, stellte Lena halb entnervt, halb anerkennend fest. Benjamin Floros ist die moderne Variante des Rattenfängers von Hameln. Und deine Rede, an der du drei Tage rumgetüftelt hast, kannst du knicken.

»Wo wir ganz unter uns sind, möchte ich euch was fragen«, fuhr der Rattenfänger vertraulich fort. »Wer von euch glaubt an Romantik? Na?«

Michelle, die an seinen Lippen hing wie eine Verdurstende am Wasserhahn, riss beide Arme hoch.

»Ich! Ich glaube an Romantik!«

»Ah, sehr schön.« Er beugte sich leicht zu ihr vor. »Dürfte ich deinen Namen erfahren?«

»Mi-Michelle«, stammelte Lenas Freundin, deren Wangen die Farbe ihres Kleids annahmen.

»Glückwunsch, sehr aparter Name«, säuselte Benjamin Floros. »Und, Michelle, *ma belle*? Was ist romantisch für dich?«

»Äh, na ja, also …«, sie zerschmolz fast auf ihrem Klappstuhl und musste obendrein die neidischen Blicke aushalten, die sich in ihren bebenden Rücken bohrten, »hm … Kerzenschein, Blumen, Sonnenuntergänge, sanfte Musik, so was in der Art.«

»Perfekt, Michelle!«, wurde sie von Benjamin Floros gelobt. »Und wenn dich jetzt ein sehr, sehr begehrenswerter Mann zu einem Candle-Light-Dinner einlädt, mit Aussicht auf einen Sonnenuntergang, mit Blumen und romantischer Musik, wie hoch ist die Chance, dass du dich in ihn verliebst?«

Michelle machte ein Gesicht wie eine Schülerin, die eine Niete in Mathe war, aber plötzlich das Gefühl hatte, sie könnte im Handumdrehen eine knifflige Gleichung lösen.

»Sehr hoch«, krächzte sie aufgeregt.

Benjamin Floros warf ihr eine Kusshand zu.

»Danke, Michelle. Genau richtig. Und – genau falsch.«

Als sei eine kalte Dusche auf sie niedergeprasselt, fuhr sie zusammen. Ein Raunen ging durchs Publikum. Alle sahen einander irritiert an, nur Tante Hilde schien vollkommen unbeeindruckt zu bleiben. Wie eine Sphinx residierte sie in ihrem gelben Sessel, den Lena noch in letzter Sekunde in die erste Reihe geschoben hatte.

»Sie sind mir ja ein Schlingel, junger Mann«, meldete sich Tante Hilde ungefragt zu Wort. »Ich weiß schon, worauf Sie hinauswollen.«

Das gefiel dem selbst ernannten Frauenversteher nun gar nicht. Mit einem Anflug von Schadenfreude registrierte Lena, wie sich eine Knitterfalte in seine glattgebügelte Stirn schlich.

»Ach ja? Dann bin ich ja mal gespannt«, sagte er mit schlecht gespielter Neugier.

»Das ganze Romantikgedöns vernebelt uns Frauen doch nur das Hirn«, erläuterte Tante Hilde seelenruhig ihre Theorie. »Da denkst du, du verliebst dich in den Kerl, dabei verliebst du dich nur in das romantische Drumherum.«

Lena tanzte innerlich Samba. Das war, in wenigen Sätzen zusammengefasst, genau das, wofür Benjamin Floros in seinem Buch ungefähr hundert Seiten gebraucht hatte. Tante Hilde versemmelte ihm soeben seine wortreiche Argumentationsstrategie. Falls ihn das wütend machte – und es machte ihn garantiert wütend –, ließ er es sich nicht anmerken.

»Bravo! Ein Applaus für – wie heißen Sie, werte Dame?«

»Hilde. Kannst aber auch du sagen, haben wir doch schon geklärt«, antwortete Tante Hilde cool.

Für den Bruchteil einer Sekunde sah Benjamin Floros aus, als hätte er in ein Stück Seife gebissen. Dann straffte er sich.

»Schön. Sehr, sehr schön, Hilde. Ich liebe reife Frauen mit Lebenserfahrung.«

Himmel, ist der Typ durchschaubar, dachte Lena grollend. Mit solchen Bemerkungen sammelte er natürlich weitere Pluspunkte bei seinem deutlich nachgereiften Publikum. Es wurmte sie, wie unverfroren er mit den Gefühlen dieser Frauen spielte. Fast bereute sie schon wieder, ihn eingeladen zu haben, auch wenn sie heute Abend mehr Bücher verkaufen würde als sonst in einer ganzen Woche. Aber Verkaufen war nicht alles. Sie wollte ihre Kundinnen glücklich machen. Ob die mit der *Ultimativen Liebesformel* glücklich wurden, stand in den Sternen.

»Michelle, *ma belle*, ich hoffe, ich habe dich nicht vor den Kopf gestoßen«, flötete Benjamin Floros und lächelte Lenas Freundin so arglos an, als hätte er sie nicht gerade aufs Glatteis geführt. »Falls doch, war es nur der heilsame Zusammenstoß von Illusion und Realität. Denn eines musst du wissen: Romantik ist Gift für dich.«

»Äh, wieso denn?«, piepste Michelle.

Sie hatte sich immer noch nicht ganz von der kalten Dusche erholt und zog eingeschüchtert den sorgsam frisierten Kopf zwischen die Schultern.

»Weil Romantik den Blick dafür verstellt, wer wirklich zu dir passt«, antwortete Benjamin Floros so flüssig wie einstudiert. »Man sollte lernen, die Dinge nüchtern zu analysieren. Die perfekte Beziehung beruht auf diversen klar definierten Übereinstimmungen und wenigen einander ergänzenden Gegensätzen. Deren Kombination lässt sich präzise errechnen. Will heißen: Für jede, wirklich jede Lady hier im Raum habe ich die ultimative Liebesformel!«

In der atemlosen Pause, die folgte, hörte man plötzlich ein empörtes Miauen. Hach, Dewey. Lena, die am Verkaufstresen lehnte, kraulte ihn verzückt. Selbstverständlich spürte ihr Kater, dass hier ein Schaumschläger allererster Güte kubikmeterweise heiße Luft verquirlte – davon ging Lena jedenfalls aus. Benjamin Floros tat natürlich so, als habe er Deweys Zwischenruf nicht gehört.

»Bevor ich meine Liebesformel erläutere, die im Übrigen das Ergebnis neuester empirischer Forschungen ist und mathematisch exakt von mir errechnet wurde, müssen wir erst noch den Romantikschwindel beseitigen.« Er hob die Arme wie ein Wanderprediger. »Wisst ihr, was die großartige Hollywood-Schauspielerin Katharine Hepburn gesagt hat?«

Schweigen. Selbst Tante Hilde schien diesmal keinen Schimmer zu haben, worauf er hinauswollte.

»Frauen von heute warten nicht auf das Wunderbare, sie inszenieren ihre Wunder selbst!«, rief er so euphorisch, als hätte er soeben die Rezeptur für ein lebensrettendes Medikament entdeckt.

Andächtig ließen alle im Raum den Satz nachwirken. Das klang unwiderstehlich gut. Nach emanzipierten Amazonen, die sich nahmen, was sie brauchten, statt raffinierten Verführern ins Netz zu gehen – zu denen streng genommen auch Benjamin Floros zählte, wie Lena fand. Doch er ließ sich nicht in die Kategorie des primitiven Machos einsortieren. Nein, was er da verkündete, hatte einen modernen, zeitgemäßen Touch.

»Du willst Romantik?«, fragte er, als er seine funkelnden

Augen wieder auf Michelle richtete. »Dann warte nicht auf den Mann, der sie dir auf dem Silbertablett serviert. Frauen von heute lieben wohlüberlegt. Für die Romantik sorgen sie selber, damit sie nicht auf die Tricks der Männer reinfallen.«

»Ach, echt?«, hauchte Lenas Freundin etwas verdattert.

»Was sonst!«, bekräftigte Benjamin Floros. »Du willst Kerzen? Blumen? Sonnenuntergänge? *The whole shit?*«

»Hm.« Michelle sah Hilfe suchend zu Tante Hilde, die mit verschränkten Armen dasaß und keine Miene verzog. »Also ...«

»Erste Lektion: Willst du Kerzen, kauf dir welche!«, rief er. »Zweite Lektion – und jetzt alle! – willst du Blumen?«

»Kauf dir welche!«, schallte es ihm im Chor entgegen.

Lena hätte sich nicht gewundert, wenn Benjamin Floros an dieser Stelle mit einer Spendenbüchse rumgegangen wäre. Ganz eindeutig hatte dieser komische Heilige das Zeug zum Sektenführer. Es war faszinierend. Und ziemlich gruselig.

»Bereit für die nächste Lektion?«, fragte er aufgeräumt.

In das allgemeine »Ja!« stimmte sogar Michelle ein. Nach dem kleinen Dämpfer war sie wieder Feuer und Flamme für den Mann, der alles wusste. Angeblich. Geschmeidig rutschte er von der Tischkante und lief vor dem Lesetisch auf und ab, ganz der dynamische Entertainer. Vor einer vollschlanken rothaarigen Dame, deren gutmütiges Gesicht beseelt leuchtete, blieb er stehen.

»Darf ich auch deinen Namen erfahren?«

»Oh, ich ... äh«, sie schrak regelrecht zusammen, »... ich heiße Anne.«

Er ging vor ihr in die Hocke, so dass er von schräg unten in die weit aufgerissenen Augen der Dame schaute. Auch so eine raffinierte Finte, die Lena mühelos durchschaute. Benjamin Floros machte sich körperlich klein, um bloß nicht zu dominant zu wirken. So was kam an. Aber wie.

»Anne«, sagte er weich, »wenn ich dich jetzt umarmen würde für, sagen wir mal, zehn Minuten, weißt du, was dann mit dir passiert?«

Das Kopfkino der Angesprochenen musste unfassbare Bilder produzieren. Sie presste die Lippen so fest aufeinander, als hätte sie Angst, aus Versehen ihre wildesten Phantasien auszuplaudern. Gebannt starrte sie Benjamin Floros an, der in seiner unbequemen Position ein bisschen auf und ab wippte. Er musste Muskeln aus Beton haben.

»Ich sag's dir«, gurrte er. »Wenn wir beide uns umarmen, schüttet dein Körper automatisch einen Cocktail aus Dopamin und Oxytocin aus. Letzteres wird auch Kuschelhormon genannt. Dieser Cocktail hat die bewusstseinstrübende Wirkung von etwa fünf Gin Tonics. Am Ende findest du mich wahnsinnig anziehend – ob du willst oder nicht.«

»Sie will«, brummte Tante Hilde. »Sowieso.«

Mühelos federte Benjamin Floros in die stehende Position zurück. Er bedachte Lenas Tante mit einem Blick, an dem ein Sonnenstrahl abgebrochen wäre, sprach jedoch weiter, ohne auf ihre Bemerkung einzugehen.

»Was ich damit sagen will: Körperkontakt ist im frühen Stadium des Kennenlernens so gefährlich wie eine Droge. Auf diese Weise erklärt sich auch, wie es zu One-Night-Stands kommt.« Er schaute in die erwartungsvollen Gesichter. »Wer von euch hatte denn schon mal einen One-Night-Stand? Na?«

Binnen Sekunden baute sich eine Mauer des Schweigens vor ihm auf. Bis zu diesem Augenblick hatten alle Frauen im Raum darauf gebrannt, persönlich angesprochen zu werden – selbst auf die Gefahr hin, wie Michelle vorgeführt zu werden. Aber jetzt? Wer verriet denn schon freiwillig solche schlüpfrigen Ausrutscher?

»Ich«, sagte Tante Hilde.

Lena, die immer noch am Tresen lehnte und Dewey streichelte, musste sich beherrschen, um nicht laut loszuprusten. Tante Hilde war wirklich einmalig. Sie pfiff auf das Gerede »der Leute«, immer schon. Sie pfiff auch auf die Meinung der anwesenden Frauen, die neugierig ihre Hälse reckten, um einen Blick auf die alte Dame zu erhaschen, die so freimütig aus dem Nähkästchen plauderte. Benjamin Floros hingegen machte keinen Hehl mehr aus seiner Verärgerung. Man sah ihm deutlich an, dass ihm die quietschfidele Seniorin in der ersten Reihe nur noch auf die Nerven ging.

»Danke, Hilde«, fertigte er sie kalt ab. »Sonst noch jemand?«

Todesmutig hob Lena eine Hand. Sie konnte nicht länger ihr Herz zur Mördergrube machen.

»Also, ich hatte auch schon mal einen One-Night-Stand. Vorher würde mich allerdings interessieren, was die reizende alte Dame in der ersten Reihe zu sagen hat.«

Zum ersten Mal an diesem Abend schaute Benjamin Floros Lena richtig an. Obwohl sie einige Meter trennten, spürte sie seinen durchdringenden Blick körperlich. Ihre Haut brannte, ihr Puls raste. Es war ihr höllisch unangenehm. Und auch wieder nicht. Herrje, was stimmte nicht mit ihr?

»Also schön, dein Wunsch sei mir Befehl«, ging er souverän auf ihre Bitte ein. »Hilde? Dein Erlebnis? Die Kurzfassung?«

»Mehr als eine Kurzfassung gibt es sowieso nicht zu erzählen«, erwiderte Tante Hilde ungerührt. »Das ist ja der Witz an einem One-Night-Stand, wenn ich es recht sehe. Nun gut. Feuerwehrball, ein paar Jägermeister zu viel, ein fescher Mann, der seinen Arm um mich legte, ein Techtelmechtel, das so schnell vorbei war, wie es angefangen hatte. Kurz genug?«

»Sehr schön, sehr, sehr schön«, spulte Benjamin Floros seine Standardantwort ab.

»Hätte aber auch mehr draus werden können!«, ging Lena dazwischen. Sie platzte fast. »Solche zufälligen Begegnungen können manchmal Schicksal sein. Vielleicht ist nicht alles exakt berechenbar. Vielleicht gibt es so was wie romantische Fügungen, und dann …«

»Halt, stopp«, winkte ihr Kontrahent ab. »Ich spüre da eine gewisse Abwehr.«

Lena schlang ihre Finger ineinander. Was für eine Zwickmühle! Sie durfte ihren Stargast nicht bloßstellen. Sie wollte aber auch nicht alles schlucken, was er da von sich gab.

»Ich meine ja nur, dass die Möglichkeit besteht … also, dass Herz und Herz schicksalhaft zusammenfinden.«

»Tja«, er warf ihr einen trainiert mitfühlenden Blick zu, »das erlebe ich öfter. Gerade Frauen begegnen meinen Thesen mit einer gewissen Skepsis. Sie gehen das Ganze zu sentimental an. Dazu kann ich nur sagen: Ich bin nicht der Koch – ich bin nur der Kellner, der die Wahrheit serviert. Mutter Natur hat das Menü zusammengestellt. Sie will Babys. Deshalb bringt uns unser Hormonsystem um den Verstand, wenn uns jemand Sympathisches näherkommt. Von Liebe kann da gar keine Rede sein. Nur von Begierde, Verlangen, Rausch. Meist folgt die Ernüchterung schon am nächsten Morgen, wenn der Verstand wieder einsetzt. Danach geht's nur noch bergab. Gefühle? Zuneigung? Beziehung? Fehlanzeige.«

Lena wusste gar nicht mehr, was sie sagen sollte. Im Grunde ihres Herzens wusste sie, dass Benjamin Floros recht hatte. Es stimmte, manchmal reichte eine kleine Berührung, ein leidenschaftlicher Kuss, und schon wurde man wider besseres Wissen schwach. Genau deshalb hatte sie das Thema Männer auf Eis gelegt und ließ sich lieber von Liebesromanen verführen.

»Was folgt daraus?«, setzte Benjamin Floros seinen Vortrag fort. »Erstens: Wir brauchen ein systematisches Auswahlverfahren. Zweitens: Das Kennenlernen sollte unbedingt auf Distanz erfolgen, per Chat. Und erst wenn zweifelsfrei erwiesen ist, dass es sich um den Richtigen handelt …« Er senkte lasziv die Lider. »Bäämmm!«

Dieses »Bäämmm« löste fast so etwas wie eine La-Ola-Welle im Publikum aus. Alle erschauerten wohlig. Benjamin Floros hatte seine Zuhörerinnen fest im Griff. Er betörte sie, er verführte sie und tat damit alles, was er soeben als falsch deklariert hatte. Das war der Trick, wie Lena jetzt aufging. Theoretisch appellierte er an den Verstand der Frauen, praktisch eroberte er ihr Herz. Nur eine Frau aus der hintersten Reihe – Lena erkannte in ihr eine Stammkundin, die nahezu süchtig nach Liebesromanen war – schnippte ungeduldig mit den Fingern.

»Moment, aber ist das alles dann nicht sehr gefühllos? Ich finde Lenas Einwand berechtigt. Es gibt doch auch so was wie Schicksal. Und Liebe auf den ersten Blick.«

»Danke für deine Frage.« Benjamin Floros stellte sich auf die Zehenspitzen, um seine Gesprächspartnerin besser sehen zu können. »Darf ich wissen, wie du heißt?«

»Sophie«, antwortete Lenas Stammkundin.

Mit konzentriert zusammengekniffenen Augen nahm er sie ins Visier. So, als wollte er sich ihre Erscheinung genau einprägen, um eine adäquate Antwort zu finden. Sophie trug ein buntes Sommerkleid und eine schmale Perlenkette, ihr dunkelblondes Haar hatte sie zu einem improvisierten Knoten gezwirbelt. Mit der Präzision eines Scanners betrachtete Benjamin Floros ihr hübsches Gesicht, auf dem der Schatten bitterer Enttäuschungen lag.

»Also, meine liebe Sophie«, setzte er freundlich zu einer Erwiderung an, »diese Art, sich zu verlieben, ist herrlich. Aber sie ist wie das Faible für Junkfood in einer billigen Imbissbude. Man weiß schon vorher, dass man hinterher Sodbrennen bekommt. Trotzdem geht man immer wieder hin, weil es in dem Moment so lecker schmeckt. Bei der vermeintlichen Liebe auf den ersten Blick ist es genauso. Das Gehirn sagt Nein, die Sehnsucht sagt Ja. Ich verstehe dich, Sophie. Und ich finde deine Offenheit sehr sympathisch. Aber ich verspreche dir: Ab heute wirst du im Fünfsternerestaurant der Liebe speisen. Ohne Sodbrennen. Ohne Reue.«

Zweifelnd verzog Sophie den Mund. Sie tauschte einen Blick mit Lena, dann zuckte sie die Achseln.

»Käme auf einen Versuch an.«

»Großartig, Sophie, phantastisch!« Benjamin Floros klatschte in die Hände. »Du hast den ersten Schritt in ein erfülltes Liebesleben gewagt! Ein Applaus für Sophie!«

Alle klatschten gehorsam, nur Lena rührte keinen Finger. Sie fasste es einfach nicht. Wie konnte man diesem Menschenfänger derart blauäugig auf den Leim gehen? Weil er so gut aussah – jedenfalls nach klischeehaften Kriterien? Weil er seine Thesen so locker rüberbrachte? Oder weil jede Frau im Raum gern glauben wollte, ihr Leben könnte sich mit einem Schlag ändern? Für Lena hatte Benjamin Floros die Glaubwürdigkeit eines Hütchenspielers in der Fußgängerzone. Widerwillig hörte sie zu, wie er nun von den Gefahren des analogen Datings berichtete.

»Blue-Stalling ist der neue Trend.« Er legte eine Kunstpause ein und blickte selbstgefällig in die Runde, wohl wissend, dass keiner irgendwas mit diesem komischen Begriff anfangen konnte. »*To stall* heißt hinhalten – das kennt ihr, oder? Da denkt ihr schon längst, ihr seid in einer Beziehung, doch wenn ihr dann das Wort Beziehung aussprecht, macht der Mann plötzlich einen Rückzieher. Er will auch nicht eure Freunde und schon gar nicht eure Familie kennenlernen. Wenn ihr mein Buch gelesen habt, kann euch das nicht mehr passieren.«

Damit heimste Benjamin Floros erneut lebhafte Zustimmung ein. So wie mit dem Begriff des »Jekylling«, angelehnt an *Dr. Jekyll und Mr. Hyde,* was bedeutete, dass selbst die nettesten Männer auf einmal eine kalte, bösartige Seite zeigen konnten – dann nämlich, wenn eine Frau sie festnageln wollte. Auch dieses schuftige Verhalten war den meisten Frauen im Publikum offenkundig vertraut. Er traf einen Nerv, das musste man ihm lassen.

Eine knappe Stunde dauerte Benjamin Floros' Performance, in der er fast alle weiblichen Gäste einmal direkt ansprach. Da sämtliche anwesenden Frauen schon mehr oder weniger schlechte Erfahrungen mit Männern hinter sich hatten, waren sie nur zu bereit für etwas Neues, Innovatives. Gegen Ende kam Benjamin Floros dann zum Wesentlichen. Zum für ihn Wesentlichen.

»Eure ganz persönliche Liebesformel erhaltet ihr online«, erklärte er. »Mit jedem Buchexemplar wird euch ein spezieller Code überreicht. Auf meiner Website gebt ihr einfach den Code ein, dann habt ihr Zugang zu einem Test. Am Ende errechnet mein exklusiv entwickelter Algorithmus ein individuell zugeschnittenes Suchprofil. Das gebe ich in die zehn größten Dating-Portale ein. Anschließend unterbreite ich den infrage kommenden Männern denselben Test. Und – Simsalabim! – präsentiere ich euch geeignete Kandidaten.«

Voller Genugtuung wartete er die begeisterten »Ahs« und »Ohs« ab, die unweigerlich folgten. Hätte er zu Lena geschaut, so wäre ihm kaum entgangen, was sie als Buchhändlerin von diesem umständlichen Aushändigen eines Codes hielt: gar nichts. Sie hatte sogar eine Klausel des Verlags unterschreiben müssen, die Codes nicht unbezahlt unter dem Ladentisch wegzugeben. Als ob sie sich auch noch als Puffmutter für seinen digitalen Kontakthof hergeben würde. Nee, da hatte sich dieser Floros aber geschnitten.

»Viel Glück!«, rief er aus, um sich sogleich zu korrigieren: »Nein, Glück braucht ihr ab heute nicht mehr. Nur das Vertrauen in meine Methode. Ihr werdet genau den Mann treffen, der zu euch passt.«

»Mit Rückgabegarantie?«, fragte Tante Hilde, die sich auffällig lange zurückgehalten hatte.

Benjamin Floros wischte ihre Frage mit einer Handbewegung beiseite.

»Nicht nötig. Mein System funktioniert.« Er hob seine Stimme. »Danke fürs Zuhören! Dort hinten auf dem Tresen liegen meine Bücher, gern signiere ich euch euer persönliches Exemplar.«

Er hatte es kaum verkündet, als auch schon alle Damen von ihren Klappstühlen hochschossen und zum Verkaufstresen drängelten – was Dewey veranlasste, mit einem gewaltigen Satz auf das Bücherregal mit der Goldenen Sammlung zu hechten. Maunzend tat er seinen Unmut über den plötzlichen Tumult kund. Jede wollte die Erste sein, da und dort wurden auch die Ellenbogen eingesetzt. Verständlicherweise. Zwanzig *Ultimative Liebesformeln* hatte Lena bestellt, eine großzügige Order für ihre Verhältnisse, doch nun waren es an die vierzig Kundinnen, die sie haben wollten.

»Keine Sorge!«, rief sie, während ein Buch nach dem anderen über den Verkaufstresen ging. »Ich bestelle morgen früh Nachschub!«

Unterdessen bildete sich bereits eine Schlange vor dem Lesetisch, an dem Benjamin Floros Platz genommen hatte. Er signierte seine Bücher mit einem edlen Füllfederhalter; Lena sah es trotz des Gewühls. Gerade war Michelle dran, die sich schon vorab ein Exemplar gesichert hatte und jetzt mit dem Heilsbringer onlinegestützter Liebe schäkerte. Analog. Was sonst. Michelle brauchte keinen Test, um für diesen blasierten Gockel zu schwärmen.

»Kann ich mit Karte zahlen?«, fragte eine Kundin.

Nur widerstrebend riss sich Lena von Michelles Anblick los. Sie spürte einen Beschützerinstinkt. Doch Michelle war kein Teenager mehr, sondern Mitte dreißig, alt genug also, ihre eigenen Fehler zu begehen.

»Ja, gern mit Karte«, murmelte Lena mechanisch.

Erst in diesem Moment gewahrte sie, dass Sophie vor ihr stand. Wie gern hätte Lena sie gewarnt, bloß nicht zu viel von der Liebesformel zu erwarten. Aber hatte sie überhaupt das Recht dazu? Was wusste sie denn schon? Manches, was Benjamin Floros von sich gab, klang leider ziemlich plausibel.

»Er ist toll, oder?«, wisperte Sophie, während sie ihre PIN in die Kartenmaschine eingab. »Ich meine, der scheint wirklich was von der Liebe zu verstehen.«

»Irgendwie ja«, lavierte Lena herum. »Oh, ich sehe gerade – du hast das letzte Exemplar erwischt. Dann kann ja jetzt der gemütliche Teil beginnen. Bleibst du noch auf ein Glas Wein?«

Bedauernd schaute Sophie zu Benjamin Floros, der förmlich umzingelt wurde.

»Würde ich gern. Aber ich muss nach Hause. Du weißt ja,

alleinerziehend mit zwei Kindern, da kann man sich nicht stundenlang einen Babysitter leisten.«

So etwas hörte Lena öfter. Frauen wie Sophie waren stille Heldinnen. Niemand dachte darüber nach, wie sie das eigentlich alles schafften – Job, Kinder und dann noch höchst spärliche Möglichkeiten, jemanden kennenzulernen. Wie denn, wenn man abends zu Hause bleiben musste? Michelle hatte Glück, ihre Mutter sprang so oft ein wie gewünscht. Für Sophie, deren Eltern weit weg wohnten, gestaltete sich das soziale Leben weit schwieriger. Online-Dating bedeutete für sie eine echte Chance, deshalb hütete sich Lena, ihr das Buch auszureden.

»Schade, dann ein andermal«, sagte sie nur. »Demnächst werde ich eine Kinderbuchautorin einladen, dann kannst du deine Kleinen mitbringen, und es gibt Tante Hildes Haferflockenkekse.«

»Da komme ich gern«, strahlte Sophie. »Ich wollte dir schon längst mal sagen, dass dein Buchladen ein echter Lichtblick ist. Noch haben das nicht alle in unserem Städtchen gemerkt. Leider. Halte durch, ja?«

»Versprochen. Bis bald, Sophie.«

Lena verstaute das Kartengerät in einer Schublade, legte die Zettel mit den Codes dazu und schloss die Kasse ab. Dann holte sie einige Flaschen Weißwein aus dem Kühlschrank, der unter dem Verkaufstresen stand. Zum Glück besaß Tante Hilde genügend Gläser für die vielen Gäste, weil sie früher immer große Familienfeiern ausgerichtet hatte. Deshalb hatte Lena rechtzeitig Nachschub besorgen können.

Während sie die Flaschen öffnete, kam ihr in den Sinn, dass sich Tante Hilde sicherlich freuen würde, wenn ihre Nichte heiratete und Kinder bekam. Ausgesprochen hatte ihre Tante das nie, aber sie war nun mal ein Familienmensch. Überhaupt blühte Tante Hilde in Gesellschaft auf, auch heute. Angeregt unterhielt sie sich mit der rothaarigen Dame namens Anne. Durch die Gästeschar kämpfte sich Lena zu ihr durch und reichte ihr ein gefülltes Glas.

»Na, wie hat es dir gefallen?«, erkundigte sie sich vorsichtig.

»Erzähle ich dir später, Kind.« Tante Hilde lächelte unergründlich. »Soll ich die Schnittchen holen?«

»Nein, bleib bitte sitzen, ich mach das schon.«

»Ich helfe dir, Schatz!«, juchzte Michelle, die erhitzt und glücklich zu ihnen trat. »Was für ein irrer Abend! Was für ein toller Mann! Meine Gänsehaut hat Gänsehaut!«

Lena hätte ihr eine Menge dazu sagen können. Aber sie lächelte nur. Trotzdem zu lächeln gehörte manchmal zu den freundschaftserhaltenden Maßnahmen.

»Wer weiß, vielleicht verabredet er sich demnächst mit mir«, flüsterte Michelle mit einem konspirativen Unterton. »Ich glaube, Benjamin mag mich.«

»Glaubst du, aha. Wie willst du Näheres herausfinden?«

Ein siegesgewisses Lächeln huschte über Michelles gerötetes Gesicht.

»Revolutionäre Technik: Ich werde ihn fragen.«

Kapitel 3

Lena hatte schon so einige Lesungen in anderen Buchhandlungen besucht. Oft war es spannend, die Urheber eines Werks zu erleben. Zuweilen zogen sich diese Abende aber auch zäh wie Kaugummi. Es gab halt Autoren, denen man anmerkte, dass sie sich lieber ins letzte Mauseloch verkrochen, als vor Publikum aufzutreten – wie Lena aus eigener leidvoller Erfahrung in ihrem Leseparadies wusste. Danach ging den Gästen auch rasch der Gesprächsstoff aus, und sie verdrückten sich eilig. Heute war das absolute Gegenteil der Fall. An spannenden Themen mangelte es sowieso nicht, und es war kaum zu übersehen, dass Benjamin Floros mithilfe seiner Liebesformel ein Feuerwerk der Gedanken und Gefühle entzündet hatte.

Schon als Lena mit den Häppchenplatten aus dem Hinterzimmer in den Ladenraum zurückkehrte, war die kleine Party in vollem Gange. Überglücklich blieb sie stehen. So hatte sie sich das immer vorgestellt: eine Lesung, die ihre Gäste beschwingte und miteinander ins Gespräch brachte. Der gemütliche Laden eignete sich aber auch perfekt dafür. Die himmelblauen Wände, die Regale, in denen Hunderte Buchrücken wie verheißungsvolle Versprechen schimmerten, das dezente

Licht der kleinen Leselampen, all das verlieh dem Raum eine unglaubliche Magie.

Zusätzlich umschmeichelte Michael Bublés Samtstimme die Herzen. *Have I Told You Lately That I Love You* – habe ich dir in letzter Zeit eigentlich mal gesagt, dass ich dich liebe? Lena seufzte. Gefühlte zehn Jahre hatte das niemand mehr zu ihr gesagt.

Sie schaute wieder zu den Gästen. Überall wurde lebhaft diskutiert. Selbst die zurückhaltendsten Frauen erzählten auf einmal von ihren Liebesdesastern, für die sie nun so schicke Begriffe wie Blue-Stalling und Jekylling verwenden konnten.

Der Abend war ein voller Erfolg. Lena schwebte wie auf Wolken. Es fühlte sich so wunderbar an, trotz des Wermutstropfens, dass ausgerechnet ein Schwachmat wie Benjamin Floros der Urheber dieser gelungenen Veranstaltung war. Lässig hingefläzt am Lesetisch hielt er Hof wie ein Sonnenkönig; rund um ihn saßen, standen und knieten seine Bewunderinnen. Selbst Tante Hilde hockte dort, löcherte ihn jedoch mit unbequemen Fragen, wie Lena belustigt registrierte. Bei Tante Hilde biss er mit seiner Charmeoffensive auf Granit. Geschah ihm nur recht.

Eineinhalb Stunden später fühlte sich die kleine Party schon nicht mehr ganz so gut an. Die Häppchen waren bis zum letzten Krümel aufgefuttert, die Weinflaschen geleert und Lena todmüde. Aber niemand dachte auch nur daran, aufzubrechen. Woran das lag? Na, an wem wohl. Benjamin Floros quasselte immer noch in einem fort. Für so einen müsste man ein Laberlimit einführen, dachte Lena entnervt. Er hatte sich unauffällig eine eigene Weinflasche gekapert, aus der er sich großzügig bediente. Irgendwie wurde Lena das Gefühl nicht los, dass er leicht einen im Tee hatte.

Stumm räumte sie die Gläser zurück in die Kartons, stumm fütterte sie Dewey, der schläfrig hinter dem Verkaufstresen kauerte. Immer noch stumm sah sie zu, wie Benjamin Floros in der ungeteilten Aufmerksamkeit seiner Fans badete.

Um halb elf entschied Lena, dem Schauspiel ein Ende zu bereiten. Mit aller gebotenen Höflichkeit wies sie darauf hin, dass sie den Laden nun schließen müsse. Die Begeisterung hielt sich in den erwartbaren Grenzen. Dennoch, eine Dame nach der anderen trollte sich, die Hälfte mit einem Buch unter dem Arm und der Beteuerung, dieser Abend sei das *ultimative* Highlight gewesen. Sogar Michelle zog ab, nachdem Tante Hilde sie dazu verdonnert hatte, oben in der Wohnung die Gläser zu spülen. Nur Benjamin Floros machte keinerlei Anstalten zu gehen.

»Wie, schon vorbei?« Hingegossen auf seinem Stuhl blitzte er Lena unternehmungslustig an. »Das war aber eine sehr kurze After-Show-Party.«

»Ich führe eine Buchhandlung, keine Eventarena«, ließ sie ihn kühl wissen. »Obwohl ich zugeben muss, dass Sie eine ganz schön ausgebuffte Show abgezogen haben.«

»Danke. Sind Sie immer so?«

»Falls Sie bescheiden und zurückhaltend meinen: ja.«

Lachend nahm er einen Schluck Wein direkt aus der Flasche, dann legte er seine Füße in den Cowboystiefeln auf den Lesetisch, als sei er hier zu Hause.

»Nichts wäre naiver, als auf Bescheidenheit hereinzufallen. Meist ist das nur ein Mangel an Geist, noch häufiger versteckte Eitelkeit.«

Lena blieb der Mund offen stehen. Das waren – wörtlich! – Sätze von Mr. Darcy aus *Stolz und Vorurteil.*

»Sie haben, ähm … Jane Austen gelesen?«, fragte sie einigermaßen entgeistert.

»Ich habe sie sogar sehr genau gelesen.« Er lächelte gerissen. »Wer ein guter Polizist werden will, geht bei Einbrechern in die Lehre. Und wer sich in die weibliche Seele einfühlen will, sollte von Jane Austen lernen. Da findet man die starken, hochsensiblen Charaktere, die auch Frauen von heute auszeichnen.«

Lena war immer noch baff. Sie kannte keinen, wirklich absolut keinen einzigen Mann, der jemals Jane Austen gelesen hätte. Gleichzeitig ärgerte es sie, wie raffiniert Benjamin Floros die Früchte seiner Lektüre einsetzte.

»Mit Ihrer Empathienummer und Ihren hohlen Versprechungen setzen Sie diesen armen Frauen doch nur einen Floh ins Ohr«, grummelte sie.

»Ach, immer noch auf Krawall gebürstet?«, entgegnete er grinsend. »Oder eifersüchtig?«

»Worauf denn?«, giftete sie heftiger als gewollt. »Dass Sie meinen Kundinnen den Kopf verdrehen und sie zu gefügigen Lämmchen machen, die wie hypnotisiert Ihre Bücher kaufen? Und das, weil diese Frauen der Meinung sind, sie könnten auf diese Weise ein Stückchen Benjamin Floros mit nach Hause nehmen?«

Wieder lachte er sein durchtriebenes Hochstaplerlachen.

»Wieso sollte ich Verantwortung für Meinungen übernehmen, die ich gar nicht vetrete.«

Ein weiterer wortgetreuer Satz von Mr. Darcy. Lena war außer sich. Und ziemlich durcheinander. Denn hätte es sich nicht um den unausstehlichen Benjamin Floros gehandelt, sie wäre restlos begeistert gewesen. Ein Mann, der so flüssig Jane Austen zitieren konnte, kam der Erfüllung ihrer kühnsten Träume gleich. Umso mehr ärgerte sie, dass der Kerl, der vor ihr auf dem Stuhl herumlümmelte und sich ihren letzten Wein hinter die Binde kippte, ein geschmeidiger Scharlatan war.

»Jetzt kommen Sie mir mal nicht mit Jane Austen!«, schleuderte sie ihm entgegen.

»Waren wir nicht schon beim Du?«, fragte er vergnügt.

»Du oder Sie, ist doch jetzt auch egal.« Demonstrativ begann Lena, die Klappstühle zur Seite zu räumen. »Hier ist Feierabend. Besten Dank und guten Heimweg.«

Nachdenklich verfolgte er ihre Aufräumaktion. Auf einmal wirkte er gar nicht mehr so selbstgewiss, sondern fast schuldbewusst.

»Auf irgendeine Weise habe ich dich verletzt«, stellte er leise fest.

»Das ist vollkommen unmöglich.« Mit einem lauten Knall klappte Lena einen Stuhl zusammen. »Wir können nur von Menschen verletzt werden, die uns etwas bedeuten.«

Erneut betrachtete er sie mit diesem Scannerblick, der ihr durch und durch ging.

»Dann lasse ich dich also kalt?«

Diese direkte Frage brachte Lena nun doch ein wenig aus dem Konzept. Das ist nur eine Masche, du bist gar nicht gemeint, versuchte sie sich zu beruhigen. Dennoch konnte sie nicht verhindern, dass ihr das Blut in die Wangen schoss. Natürlich kam Benjamin Floros nicht im Entferntesten für sie infrage. Aber da war auch noch etwas anderes in ihr, ein irrwitziges Fünkchen Interesse. Sie wischte sich mit dem Ärmel ihres himmelblauen Kapuzenshirts über die glühende Stirn.

»Erraten, Sie lassen mich völlig kalt«, schwindelte sie, während sie tapfer seinem Blick standhielt. »Eiskalt.«

»Ach, dann spielst du im anderen Team?«

Verständnislos sah sie ihn an. Was meinte er bloß?

»Okay, ich präzisiere mal meine Frage.« Er neigte sich ein wenig vor und unterzog sie einer weiteren intensiven Musterung. »Stehst du auf Frauen?«

Unverschämtheit! Wie eingebildet musste man sein, um solch einen Quark abzusondern? Na ja, Abfuhren war der Typ offenbar nicht gewohnt. Der schaute Frauen einmal an, und schon wollten sie Babys von ihm.

»Nur weil ich nicht in Ohnmacht falle, wenn Sie aufkreuzen, sagt das noch lange nichts über meine sexuelle Orientierung«, schnaubte Lena. »Ich habe nichts gegen Lesben, aber ich stehe ganz klar auf Männer. Nur eben nicht auf solche wie Sie.«

Das saß. Er schwieg eingeschnappt. Die Atmosphäre war plötzlich so frostig, dass es Lena nicht gewundert hätte, wenn sich zwischen ihnen Atemwolken gebildet hätten.

Es war Dewey, der das Eis brach. Mit der Eleganz eines Leoparden schlich er sich an und schnupperte an den Jeanshosenbeinen von Benjamin Floros. Dann rieb er schnurrend sein rötliches Fell daran. Wie bitte? Lena staunte Bauklötze. Dewey musste sehr, sehr müde sein, anders war seine momentane Fehleinschätzung menschlicher Qualitäten nicht zu begründen.

»Hey, wen haben wir denn da?« Benjamin Floros pfiff leise durch die Zähne. »Du bist ja ein Prachtstück, mein Kleiner.«

Mit seinem besten Augenaufschlag schaute Dewey zu ihm hoch. Dann sprang er dem Mann auf den Schoß, den sein Frauchen soeben als Persona non grata abqualifiziert hatte. Behutsam kraulte Benjamin Floros den weichen Nacken des Katers.

»Ist das deiner?«, fragte er.

»Hm ja«, antwortete Lena mürrisch. »Er heißt Dewey.«

»Wow. Wie die Bibliothekskatze aus Iowa?«

Es war wirklich zum Heulen. Erst Jane Austen. Dann das Händchen für Katzen. Und nun wusste dieser Blödmann auch noch über Deweys Namensvetter Bescheid. Lena fühlte sich wie im falschen Film. Wieso mussten all diese wunderbaren Eigenschaften einem Mann gehören, den sie nicht ausstehen konnte?

»Bevor ich gehe, möchte ich mich bei dir entschuldigen«, schlug er auf einmal einen versöhnlichen Ton an. »War ein langer Tag, da rutscht einem schon mal das eine oder andere raus. Frieden?«

Lena rang sich ein schmallippiges »Okay« ab, was er mit dankbarem Nicken registrierte.

»Da ich ein Feind des Nikotins bin, können wir leider keine Friedenspfeife rauchen«, erklärte er, »aber vielleicht hast du noch irgendwo einen Schluck zu trinken? Einen Absacker, bevor ich gehe?«

Zaudernd stand Lena da. Ja, es gab noch eine Flasche Sherry im Hinterzimmer, das Geschenk von Michelle zur Ladeneröffnung. Doch wieso sollte sie mit diesem Typen Sherry trinken?

»Nur einen kleinen Versöhnungsschluck«, wiederholte er seine Bitte und vollführte eine einladende Geste mit der linken Hand. »Dann bist du mich los.«

Lena Hagedorn, du bist komplett verrückt, schalt sie sich, als sie ins Hinterzimmer tapste und die Sherryflasche aus dem Durcheinander von Katzenfutterdosen, Kartons und Schaufensterpuppen hervorzog. Du hättest diesen Floros einfach rausschmeißen sollen. Nun, sie hatte es nicht getan. Aus Beweggründen, die sie lieber nicht so genau analysieren wollte.

Als Lena wieder im Ladenraum erschien, schmuste Benjamin Floros vertraut mit Dewey. Mit ihrem Kater, der es auch noch genoss! Sie versuchte, diesen Verrat zu ignorieren.

»Hier ist Sherry«, sagte sie knapp. »Aber die Gläser sind alle weg, ich habe nur noch Espressotassen.«

»Kein Problem«, versicherte Benjamin Floros.

Zwei Minuten später saßen sie einander in den gelben Sesseln gegenüber und prosteten sich mit den Espressotassen zu. Das hier ist so was von falsch, dachte Lena, und zwar in jeder Hinsicht. Hoffentlich macht der bald die Biege.

»Erzähl mir was von dir«, forderte er sie auf, nachdem sie den Sherry gekostet hatten, der herbsüß und cremig schmeckte.

»Da gibt's nicht viel zu erzählen.« Eingehend betrachtete sie ihre Sneakers. »Ich bin Anfang dreißig, habe einen Buchladen und bin glücklich.«

»Du bist vierunddreißig. Das hat mir deine Freundin Michelle verraten.«

»Sag ich doch, Anfang dreißig«, beharrte sie auf ihrer Aussage, während sie sich vornahm, ihrer redseligen Freundin bei nächster Gelegenheit das blondierte Köpfchen zu waschen. »Wie gesagt, und …«

»Single«, vervollständigte er den Satz.

Mann, Mann, Mann. Wahrscheinlich auch so ein superdiskreter Hinweis von Michelle.

»Ähm, ja«, bestätigte sie. »Wobei Single es nicht wirklich trifft.«

»Was wäre denn adäquat? Allein lebend? Einsam?«

»Ich bin nicht einsam«, widersprach sie selbstbewusst. »Ich habe Bücher, ich habe Freunde, und ich wohne mit meiner Tante zusammen.«

»Glückwunsch.«

Es kam sarkastisch rüber. So, als mache er sich über sie lustig. Von wegen Frieden. Der geballte Groll, der sich an diesem Abend in Lena aufgestaut hatte, stieg wie eine heiße Welle in ihr hoch.

»Ich sag dir jetzt mal was«, zog sie blank, unwillkürlich ins Du wechselnd, »für mich bist du ein Hochstapler. Deine Liebesformel funktioniert doch nie im Leben. Also spar dir deine abfälligen Kommentare über Singlefrauen.«

»Hohoho, da hat aber jemand Druck auf'm Stift!«, witzelte er, deutlich angeheitert.

»Nee, ich habe nur genug von dieser ganzen Verlade.« Sie stürzte ihren Sherry runter und goss sich einen weiteren ein. »Ist doch alles Schwindel. Ein lukrativer Schwindel, um das Wichtigste daran hervorzuheben. Du machst dein Geld mit den Sehnsüchten wehrloser Frauen.«

Sekundenlang saß er wie versteinert da. Dann griff er zur Sherryflasche, goss sich ebenfalls einen weiteren Schluck in seine Espressotasse und kippte ihn in einem Zug. Danach richtete er seinen Blick wieder auf Lena.

»Ich werde dir beweisen, dass das kein Schwindel ist«, sagte er auftrumpfend.

»Ach, und wie willst du den Beweis erbringen? Mit kitschtriefenden Liebesbriefen deiner Leserinnen?«

»Nein, mit dir.« Er füllte seine Espressotasse ein weiteres Mal. »Selbst für eine schwierige Kandidatin wie dich lässt sich mit meiner Formel der perfekte Mann errechnen.«

»Träum weiter«, winkte Lena ab. »Außerdem bin ich nicht schwierig. Nur anspruchsvoll.«

Dewey, der es sich neben Benjamin Floros auf dem Sessel bequem gemacht hatte, blinzelte sie erstaunt an. Ihm konnte Lena nichts vormachen. Dewey schien ganz genau zu wissen, dass sie nicht nur hohe Ansprüche hatte, sondern vor allem panische Angst vor weiteren emotionalen Bruchlandungen. Deshalb flüchtete sie ja lieber in Bücher, in denen die Welt noch in Ordnung war. Unwillig betrachtete sie Benjamin Floros, der breitbeinig in seinem Sessel hing und seinerseits Lena betrachtete wie ein exotisches Insekt.

»Vielleicht könnten wir in irgendeine Nudelbude gehen«,

schlug er vor, »dann erklär ich dir in Ruhe, wie du an den Richtigen gerätst.«

»In eine – was?«

»Na, zum Italiener oder so.«

»Es gibt hier keinen Italiener«, grummelte Lena. »Dies ist eine Kleinstadt mit einer Würstchenbude und zwei, drei Gastwirtschaften, die Jägerschnitzel auf der Karte haben. Aber selbst die sind zu. Es ist nämlich schon ganz schön spät.«

Das war ein beherzter Wink mit dem Zaunpfahl. Benjamin Floros überhörte ihn. Er schien viel zu sehr mit seiner fixen Idee beschäftigt zu sein, Lena an den Mann zu bringen, um auf so etwas wie die fortgeschrittene Uhrzeit oder seine erschöpfte Gastgeberin Rücksicht zu nehmen. Also musste Lena wohl deutlicher werden.

»Ich schätze die Zeit, die wir miteinander verbringen, wirklich sehr, aber sind wir bald fertig?«, fragte sie unverblümt.

»Du bist ja eine echte Stimmungskanone.« Er rutschte etwas tiefer in seinen Sessel. »Weißt du eigentlich, wie viele Ehen ich schon gestiftet habe?«

»Ich fürchte, ich werde es gleich erfahren.«

»Hunderte, vielleicht Tausende«, behauptete er.

Lena fuhr sich ungeduldig durchs Haar. Falls er sie mit Zahlen beeindrucken wollte, war er bei ihr an der falschen Adresse.

»Oh, ich vergaß, du bist *Der Herr der Ringe* – aber ich glaube nicht an diesen Quatsch, ich glaube an Schicksal.«

»Das Schicksal ist ein mieser Verräter«, erwiderte er obenhin.

Ein Schauer überlief ihren Rücken. *Das Schicksal ist ein mieser Verräter* war ebenfalls ein Buchtitel. Noch eine Gemeinsamkeit. So ein verdammter Mist. Wie konnte es sein, dass es so viele Übereinstimmungen gab, obwohl der Mann dazu die totale Fehlbesetzung war?

»Trotzdem will ich, dass das Schicksal das nächste Kapitel meines Liebeslebens aufschlägt, nicht ein seelenloser Algorithmus«, entgegnete sie trotzig.

Eine Einlassung, mit der sie Benjamin Floros zu einem kleinen Heiterkeitsanfall inspirierte.

»Oh, ich würde gern in deiner Phantasiewelt leben, in der es sicherlich auch Einhörner und gute Feen gibt«, lachte er. »Noch lieber würde ich dir allerdings helfen, mit meiner Methode den Richtigen zu finden.«

Er wollte sie also allen Ernstes mit seinem Zahlenblödsinn verkuppeln. Lena fand das einfach nur abgeschmackt.

»Nein, danke«, zischte sie. »Ich brauche keine Hilfe, ich brauche Hindernisse – das facht meinen Ehrgeiz an. Wie langweilig und banal ist es denn, sich den angeblich Richtigen nach Plan auszusuchen? Wo bleiben da das Abenteuer, das Herzflimmern, das Bangen und Hoffen, die jede große Liebe begleiten?«

Benjamin Floros genehmigte sich einen weiteren Sherry, bevor er weitersprach. Allmählich fragte sich Lena, wie er noch heil nach Hause kommen wollte, wenn er sich derart hemmungslos abfüllte.

»Du liest zu viele Liebesromane«, diagnostizierte er mit der gewichtigen Miene eines Arztes.

»Nein«, sie zeigte auf die wohlgefüllten Regale, die sie wie eine schützende Hülle umgaben, »Bücher sind tragbares Glück.«

»Und wenn ein Buch zu Ende ist? Was dann?«

Oje. Davor fürchtete sich Lena immer am meisten: dass sie den letzten Satz las und wieder ganz allein mit der Wirklichkeit war.

»Dann kommt die große Leere, stimmt's?«, sagte Benjamin Floros zwischen zwei Schlucken. »Vergiss mal kurz die Bücher. Mich interessiert die Realität. Wann hattest du dein letztes Date?«

Mit dieser Frage brachte er Lena nun vollends ins Schleudern. Sie musste sogar nachrechnen. Es war vier Jahre her und ein trauriger Tiefpunkt ihres frei flottierenden Großstadtlebens gewesen. Doch niemals hätte sie diese niederschmetternde Erfahrung vor ihm ausgebreitet.

»Ich habe dauernd Dates«, flunkerte sie auf gut Glück.

»Super!« Etwas schwerfällig richtete sich Benjamin Floros auf und stach mit seinem rechten Zeigefinger in ihre Richtung. »Dann hast du doch sicherlich nichts dagegen, wenn ich dir ein paar Kandidaten präsentiere, die ich persönlich für dich aussuche.«

»Du willst – mein Liebesleben *ultimieren*? Geht's noch?«

»Kneifst du etwa?«

Sekundenlang lieferten sie sich ein Blickduell. Lag es am Sherry? An der späten Stunde? Lena hätte es nicht sagen können, doch zu ihrer eigenen Verwunderung stimmte sie dem hirnrissigen Vorschlag zu.

»Okay, von mir aus …«, brummte sie. »Kommt ja sowieso nichts dabei raus. Präsentiere mir ruhig deine Kandidaten. Wetten, dass keiner für mich dabei ist?«

»Wette angenommen.« Befriedigt lehnte er sich zurück und schlug die Beine übereinander. »Wer verliert, lädt den anderen zum Essen ein.«

So, jetzt hatte sie den Salat. Eine Wette. Wie doof war das denn? Höchste Zeit, dieses unmögliche Gespräch zu beenden, bevor sie sich auf noch mehr Schwachsinn einließ. Lena stand auf, stellte jedoch im selben Moment fest, dass sie äußerst wackelig auf den Beinen war. Auweia. Alkohol war sie nicht gewohnt, und schon gar nicht Sherry auf Wein. Es war buchstäblich eine Schnapsidee gewesen, mit Benjamin weiterzubechern. Kraftlos sank sie zurück in ihren Sessel.

»Sorry, der Sherry hat mich gekillt«, ächzte sie. »Ich bin reif fürs Bett. Und wenn ich dorthin kriechen muss. Schluss für heute.«

»Nein, bleib noch eine Minute, bitte!«, rief er beschwörend. »Jetzt wird's doch gerade erst spannend. Wie lief dein letztes Date?«

Lena zerbröselte innerlich. Zielsicher war er zu ihrem wunden Punkt zurückgekehrt. Das Date vor vier Jahren war eine ziemliche Katastrophe gewesen. Nur ungern erinnerte sie sich an jenen Abend, als sie mit einem Kollegen aus dem Callcenter ausgegangen war. Er hatte schon länger mit ihr geflirtet. Ein netter Kerl, gut aussehend, gut gebaut, gute Manieren. Alles schien zu passen. Sie hatten denselben Arbeitsplatz, dasselbe Alter und schwärmten beide für Literatur. Also hatten sie sich in einem Pizzalokal getroffen, das mit rot-weiß karierten Tischdecken, romantischem Kerzenschein und einer legendären Holzofenpizza punktete.

Wie es gelaufen war? So, wie es meistens lief. Man redete über dies und das, stellte freudig ein paar Gemeinsamkeiten fest und fand Gefallen aneinander. So weit, so normal. Beim Dessert, einem üppig dimensionierten Tiramisu, hatte dann der Kollege namens Damian über den Tisch hinweg nach Lenas Hand gegriffen und ihr tief in die Augen geschaut. Ob man vielleicht noch irgendwo einen Drink nehmen könnte. Im Übrigen habe er einen phantastischen Amaretto daheim – total lecker auf Eis.

Lena hatte spontan die Flucht ergriffen. Ohne weitere Erklärung war sie aus dem Lokal gestürmt, weil sie doch schon wusste, wie das alles enden würde.

In den Romanen, für die sie schwärmte, lernten die Heldinnen einen Mann kennen, weil es das Schicksal so beschlossen hatte, und dann wurde das große Glück daraus. Dating hingegen hatte etwas schrecklich Nüchternes, wie bei einem Examen: Man prüfte und begutachtete einander, nahm eventuell eine schnelle Liebesnacht mit, danach blieb jedoch alles offen. Davon konnte Lena mehr als ein Liedchen singen. Kaum jemand ihrer Dating-Partner der vergangenen Jahre hatte sich die Zeit genommen oder die Geduld aufgebracht, sie wirklich kennenzulernen. Es war ein Abchecken, mehr nicht. Und sofern sich Lena auf ein erotisches Abenteuer eingelassen hatte, war die Flamme so rasch erloschen, wie sie aufgelodert war.

Nie endete es so wie in ihren Liebesromanen. Das Leben war nicht fair. Und weil dieser Film in ihrem Kopf schon beim Dessert gelaufen war, hatte sie bei ihrem letzten Date Reißaus genommen und mit Damian aus dem Callcenter nie wieder ein Wort gewechselt.

»Ich bin weggelaufen«, brach die Wahrheit aus ihr heraus, bevor sie sich bremsen konnte. »Ich bin zu oft enttäuscht worden, verstehst du? Deshalb komme ich immer nur bis zum ersten Kapitel. Schon vor dem zweiten kriege ich eine Heidenangst, dass es im letzten Kapitel kein Happy End gibt.«

O nein, warum hatte sie das denn jetzt gesagt? Lena erschrak über ihre eigene Offenheit. Schließlich saß sie hier nicht im Beichtstuhl, sondern vor einem Mann, der für ihre klägliche kleine Geschichte sicher nur Spott übrig hatte. Oder?

Zu ihrer größten Verblüffung schien Benjamin jedoch nicht im Mindesten daran interessiert zu sein, sie mit Hohn zu übergießen. Stattdessen spürte sie so etwas wie Mitgefühl. Mehr noch, staunend stellte sie fest, dass er solche heiklen Situationen aus eigener Erfahrung kennen musste. Anders war nicht zu erklären, warum sein jungenhaftes Gesicht plötzlich grau und müde wirkte und warum ein bitterer Zug um seinen Mund lag. Er mochte ein gefeierter Starautor sein, den die Frauen umschwirrten wie die Motten das Licht, glücklich oder auch nur zufrieden wirkte er jdoch keineswegs.

»Danke für deine Ehrlichkeit«, sagte er nach einer Weile.

»Geschenkt«, murmelte sie. »Liegt wohl daran, dass ich heute ein bisschen durch den Wind bin.«

»*Vom Winde verweht*, Scarlett?«

»Kannst du bitte mal aufhören, mit Buchtiteln um dich zu werfen?«, begehrte sie auf. »Das ist nämlich meine Domäne.«

Schmunzelnd lehnte er sich zurück. Und da war sie wieder, diese unbekümmerte gute Laune, die ihm zwischendurch abhandengekommen war.

»Ich weiß. Michelle war so freundlich, mich darüber aufzuklären, dass du ebenfalls eine Vorliebe für Buchtitel hast. Ich bin nämlich nahezu versessen darauf, die passenden Titel für mein Leben zu finden.« Er unterbrach sich. »Das heißt, für dich hat Michelle ja schon etwas Nettes gefunden: *Die Einsamkeit der Primzahlen,* haha. Nur durch eins und sich selbst teilbar.«

»Dann bist du *Das Herz der Finsternis*«, konterte Lena schlagfertig.

»Och, ich dachte immer, *Der kleine Prinz.*«

»Denkste.« Sie verschränkte die Arme hinter dem Kopf und sah ihn herausfordernd an. »Im Grunde deines Herzens bist du ein Melancholiker. *Bonjour tristesse.*«

Gedankenverloren nagte er auf seiner Unterlippe herum, was Lena in ihrem Urteil bestätigte, dass der große Benjamin Floros bei Weitem nicht der selbstsichere Eroberer war, der er vorgab zu sein. Doch was kümmerte sie das? Sein Seelenheil ging sie nichts an. Sie sehnte sich nur noch nach ihrem warmen Bett und nach ein paar Seiten schläfrigen Lesevergnügens, bevor dieser anstrengende Tag endlich, endlich vorüber sein würde.

»Feierabend«, gähnte sie, während sie sich schwankend aus ihrem Sessel hochschraubte. »Ich muss jetzt wirklich schlafen gehen.«

Auch Benjamin Floros erhob sich, geriet dabei jedoch gefährlich ins Taumeln und fiel fast auf Dewey, der in letzter Sekunde erschrocken beiseitesprang.

»Gibt es hier …«, ächzte er mit schwerer Zunge, »… so was wie ein Hotel? Ich glaub, ich kann nicht mehr fahren.«

»Ich bin sogar sehr sicher, dass du nicht mehr fahren kannst. Du kannst ja nicht mal gerade stehen.«

»Also?« Sein Blick war leicht glasig, mit beiden Händen stützte er sich auf der Sessellehne ab. »Wie komme ich zum nächsten Hotel?«

»Gar nicht«, antwortete sie misslaunig. »Es gibt keins. Nur eine Pension, aber der Empfang ist nur tagsüber besetzt.«

Er starrte sie an, als hätte sie soeben verkündet, dass Sonne, Mond und Sterne vom Himmel verschwunden seien.

»Und jetzt?«, fragte er sichtlich erschüttert.

In Windeseile überschlug Lena die Optionen. In seinem Zustand kam eigentlich nur ein Taxi infrage. Doch bis das aus der Nachbarstadt angezuckelt kam, würde locker eine Stunde vergehen – was noch mehr sinnfreies Gerede statt Schlaf bedeutete. Die zweite Option bestand darin, dass er an Ort und Stelle im Sessel übernachtete. Innerlich aufstöhnend entschied sie sich für die dritte Option.

»Du kannst mit hochkommen und bei meiner Tante auf dem Sofa schlafen.«

»Ernsthaft?« Seine Augen weiteten sich entrüstet. »Auf einem Sofa?«

Ach, anspruchsvoll war der gnädige Herr auch noch. Lenas Geduldsfaden war mittlerweile zum Zerreißen gespannt.

»Hättest dir eben vorher überlegen müssen, ob es sinnvoll ist, dir hier die Kante zu geben«, befand sie. »Entweder du nimmst mit dem Sofa vorlieb, oder du musst hier im Buchladen übernachten.«

»Damit deine Kundinnen mich morgen früh durchs Schaufenster begaffen können? Nein, dann lieber das Sofa.«

Lena bückte sich, um Dewey auf den Arm zu nehmen, der miauend vor ihr saß. Auch er hatte Sehnsucht nach dem Bett. Nach Lenas Bett, an dessen Fußende er sich immer einkuscheln durfte.

»Und los geht's«, befahl sie. »Aber sei bloß leise. Tante Hilde schläft bestimmt schon.«

Wie angestochen wirbelte Benjamin zu ihr herum.

»Tante Hilde? One-Night-Stand-Hilde aus der ersten Reihe?«

»Genau die«, gluckste Lena schadenfroh. »Du wirst heute bei deinem größten Fan nächtigen.«

Kapitel 4

Neben der Lektüre gehörte Schlafen zu Lenas großen Leidenschaften. Wegen der Träume. Sie träumte farbig und mit Ton, und manchmal träumte sie sogar die Geschichten weiter, die sie gerade las. Schon zu Kinderzeiten war das so gewesen. Als sie *Heidi* gelesen hatte, war sie im Traum mit dem Geissenpeter über blühende Almwiesen gelaufen. Als sie *Die Schatzinsel* verschlang, war sie nachts über ein sonnenverbranntes Eiland gestreift und hatte sich vor Long John Silver gefürchtet, dem einbeinigen Schiffskoch mit dem Papagei auf der Schulter. Ähnlich war es ihr auch mit *Ronja Räubertochter* ergangen und später mit Büchern wie *Der Name der Rose* oder *Stolz und Vorurteil*. Wenn Lena dann erwachte, brauchte sie immer eine Weile, bis sie in die Realität zurückfand.

Heute Morgen war es nicht anders. Als etwas Weiches, Feuchtes ihre Wange streifte und sie die Augen aufschlug, klopfte ihr Herz zum Zerspringen. Ängstlich sah sie sich um. Wie durch einen Schleier erkannte sie erst nach und nach ihr vertrautes Zuhause, unendlich erleichtert, dass sie warm und sicher in ihrem Bett lag, heilfroh auch, Dewey zu sehen. Zart maunzend stupste er sie an.

Zum ersten Mal seit langer Zeit war sie von einem Alptraum heimgesucht worden. Von einem schrägen noch dazu, der keineswegs aus einem Buch stammte. Schlaftrunken rieb sie sich die schmerzende Stirn. In ihrem Traum war sie in einer Art Kommandozentrale gefangen gewesen, wo ein futuristisch uniformierter Käpt'n Benjamin Floros an einem Pult mit tausend Schaltern und Tasten saß. Was er da tat? Er beamte lauter Männer in den Raum, die für Lena bestimmt waren. Vergeblich hatte sie nach einem Ausweg aus dem Hightech-Labyrinth mit den spiegelnden Metallwänden gesucht und sich schließlich angstschlotternd unter dem Schaltpult versteckt. Bis Dewey sie erlöste.

»Danke, Süßer«, sie legte einen Arm um ihren Kater, zog ihn sacht an sich und strich über sein rötlich getigertes Fell, »du hast mich gerettet.«

Aufmerksam schaute er sie an. Seine hellen, bernsteinfarbenen Augen leuchteten so intensiv, dass sie sogar die sonnengelben Wände des Schlafzimmers überstrahlten. Lena hatte den Raum selber renoviert und in eine kleine Privatbibliothek verwandelt, mit schönen Gründerzeitregalen aus Kirschholz und einem dicken, himmelblauen Sessel, in dem sie abends las. Hier im Schlafzimmer bewahrte sie ihre Schätze auf. Die zerlesenen Bücher ihrer Kindheit; die Werke, die sie durch die Jugendzeit begleitet hatten; die wichtigsten Bücher ihres Erwachsenenlebens. Das hier war ihre Welt.

Unwillkürlich schweiften ihre Gedanken zum Traum zurück. Brrr, was für ein grässlicher Alptraum. Aber gottlob nur ein Phantasieprodukt ihres überreizten Hirns. Oder? Plötzlich wurde ihr schockhaft bewusst, dass Käpt'n Benjamin Floros sehr, sehr real war. Er befand sich sogar hier in der Wohnung!

Ruckartig setzte sie sich auf und horchte. Kamen da Stimmen aus der Küche? Vage erinnerte sie sich daran, wie sie mit Benjamin die Treppe zum ersten Stock hochgewankt war – es musste ein Bild für die Götter gewesen sein, als sie sich zu zweit am Geländer hochgehangelt hatten. Mit der flachen Hand hämmerte sich Lena an die Stirn. Was war gestern Abend nur in sie gefahren? Wie hatte sie diesem unsäglichen Typen auch noch Tante Hildes gutes altes Biedermeiersofa mit dem geblümten Chintzbezug anbieten können?

»Ach, Dewey«, seufzte sie. »Ich glaub, dein Frauchen hat gestern Mist gebaut.«

Miauend gab er ihr recht.

»Na ja, du hast aber auch nicht gerade geglänzt«, sagte sie vorwurfsvoll. »Wie konntest du dich nur mit diesem Benjamin Blödmann anfreunden?«

Mit deutlichen Anzeichen des Schuldbewusstseins legte Dewey den Kopf schräg. Seine Barthaare zitterten, sein Näschen vibrierte. Dann sprang er mit einem eleganten Satz vom Bett und lief zur Tür, an der er mit einer Pfote kratzte. Es war eine unmissverständliche Aufforderung: Er wollte das Katzenklo aufsuchen und danach sein Frühstück verputzen. Womit Lenas Gedanken wieder zur Küche wanderten.

»Warte, Dewey«, wisperte sie, während sie eilig aufstand und in ihren pfirsichfarbenen Frotteebademantel schlüpfte, »ich muss erst mal schauen, ob die Luft rein ist.«

Darauf bedacht, keinerlei Geräusch zu machen, huschte sie

auf nackten Füßen zur Tür, die sie einen kleinen Spaltbreit öffnete. Sofort sauste Dewey davon. Ganz deutlich hörte Lena jetzt die sonore Stimme des Frauenverstehers und Tante Hildes knarzigen Alt. Was war da los? Fetzten sich die beiden etwa? Sie lauschte gespannt. Nein, es schien eine Unterhaltung auf normaler Betriebstemperatur zu sein. Merkwürdig. Tante Hilde erlag doch wohl nicht auch noch den Verführungskünsten dieses aalglatten Hallodris?

Auf Zehenspitzen schlich Lena über den langen schummrigen Flur der Altbauwohnung in Richtung Badezimmer. Als sie an der Küche vorbeikam, musste sie feststellen, dass deren Tür sperrangelweit offen stand. Zwei interessierte Augenpaare richteten sich auf sie.

»Einen wunderschönen guten Morgen!«, rief Benjamin unerträglich gut gelaunt. »Na? Alles überstanden? Hübscher Bademantel. Die Farbe steht dir ausgezeichnet.«

Du mich auch, dachte Lena verstimmt. Es war so ungerecht. Ein dumpfer Kopfschmerz drückte sie nieder, aber dieser unkaputtbare Floros wirkte so taufrisch, als hätte er am gestrigen Abend nur Wasser getrunken.

»Komm doch herein, Kind«, sagte Tante Hilde, die in einem fensterkittgrauen Kittelkleid – sie nannte die Farbe vornehm »Taupe« – am Frühstückstisch saß. »Ich habe einen extrastarken Kaffee gekocht.«

»Muss mir erst die Zähne putzen«, nuschelte Lena.

Damit tapste sie weiter zum Badezimmer. Zweimal schloss sie ab, dann starrte sie in den Spiegel über dem Waschbecken. Verflixt. Von taufrisch konnte keine Rede sein. Der lange

Abend hatte deutliche Spuren in ihrem Gesicht hinterlassen. Mit vierunddreißig – also, Anfang dreißig – steckte man alkoholische Gelage plus Schlafmangel eben nicht mehr so nebenbei weg.

Als sie zehn Minuten später zur Küche zurücktrottete, mit tadellos geputzten Zähnen und notdürftig gekämmtem Haar, fühlte sie sich schon etwas besser. Betont gleichmütig schlenderte sie in die gemütliche Wohnküche. Sie hatte der Versuchung widerstanden, ihr blasses Gesicht mit getönter Tagescreme und ein wenig Lipgloss aufzupeppen. Zu ihrer Jeans trug sie einen weiten grauen Hoodie. Benjamin Floros sollte bloß nicht denken, dass sie sich extra für ihn aufhübschte.

Abgesehen von seiner Anwesenheit hatte sich seit Ewigkeiten nichts in der Küche verändert. Angefangen bei den türkisfarbenen Jugendstilkacheln über den altmodischen Gasherd bis zur antiquierten Möblierung war in dieser Küche die Zeit stehen geblieben. Um einen soliden runden Nussbaumtisch standen vier Stühle aus demselben Holz, deren geflochtene Lehnen da und dort kleine Löcher aufwiesen. Darüber hing eine elektrifizierte Petroleumlampe mit bunt bemaltem Porzellanschirm. Die Wände zierten nachgedunkelte Stickbilder mit sinnigen Sprüchen wie »Morgenstund' hat Gold im Mund« und »Die Liebe höret nimmer auf«.

Ob Tante Hilde diese Sinnsprüche beherzigte, war schwer zu sagen, denn sie hatte die Wohnung nebst Inventar von ihren Eltern übernommen. Nur die Bücher auf dem Fensterbrett waren ihre eigenen Errungenschaften – und zeugten von eigenwilligen Lesevorlieben. Einträchtig standen so unterschiedliche Werke wie *Krieg und Frieden* und diverse Gedichtanthologien neben sämtlichen *Harry Potter*-Bänden. Nach eigenem Bekunden las Tante Hilde »querbeet«, blieb sich in ihrem Urteil aber stets treu. Feuilletonkritiken waren ihr komplett schnuppe. Ein gutes Buch spricht für sich, lautete ihre Überzeugung, was Lena großartig fand. Auf dem großen Buffet der Bücher suchte sich Tante Hilde einfach aus, was ihr gefiel und ihre Aufmerksamkeit fesselte.

Besonders mochte sie die Gedichte von Heinz Erhardt. Lena war ein kleines Mädchen gewesen, als sie zusammen »Die Made« auswendig gelernt hatten: »Hinter eines Baumes Rinde wohnt die Made mit dem Kinde. Sie ist Witwe, denn der Gatte, den sie hatte, fiel vom Blatte …« Und natürlich war sie auch mit allerlei Weisheiten aufgewachsen, die Tante Hilde ihrer Lektüre entnommen hatte. Dazu gehörte ein Satz Anton Tschechows, den Lena erst als erwachsene Frau verstanden hatte: dass sich Frauen am liebsten an die Männer erinnerten, mit denen sie lachen konnten. Viele solcher Männer hatte Lena noch nicht kennengelernt. Eigentlich keinen.

»Da bist du ja wieder, Kind«, lächelte Tante Hilde erfreut. »Setz dich und greif zu, schau, Benjamin hat sogar schon Brötchen geholt.«

Lena sah zum Tisch. Tatsächlich, im Brotkorb türmten sich Brötchen in sämtlichen Varianten – weiße längliche, dunkle runde, dazu eckige mit Kürbiskernen, winzige Dinkelbrötchen, tennisballgroße Rosinenbrötchen und apart gewellte süße Franzbrötchen. Ihr lief das Wasser im Mund zusammen. In einer Aufwallung von kindischem Trotz beherrschte sie sich jedoch. Lieber wäre sie auf der Stelle verhungert, als ein Brötchen zu essen, das dieser aufdringliche Benjamin Floros besorgt hatte.

»Sehr nett von Ihnen, Herr Floros«, quetschte sie zwischen den Zähnen hervor, »leider habe ich absolut keinen Appetit.«

Bewusst siezte sie ihn. Die Vertraulichkeiten, zu denen sie sich am gestrigen Abend hatte hinreißen lassen, mussten aufhören. Sofort. Sie schämte sich dafür, dass sie ihm in einem schwachen Moment und unter Einfluss von Alkohol so einiges offenbart hatte, was sie besser für sich behalten hätte. Puh, wie peinlich.

»Nanu, ist Ihnen vielleicht irgendwas auf den Magen geschlagen?«, erkundigte er sich scheinheilig. »Schade um die Brötchen.«

»Aber einen Kaffee nimmst du doch bestimmt.« Tante Hilde erhob sich und holte eine Tasse aus dem uralten Küchenschrank mit den weiß-grün karierten Scheibengardinen. Daneben stand eine museumsreife Kaffeemaschine auf der Arbeitsplatte. Sie goss die Tasse bis zum Rand voll und reichte sie Lena. »Kaffee liebt dich, Kaffee fragt nicht, wo du letzte Nacht gewesen bist.«

»In meinem Bett, Tante Hilde, wo sonst.«

Lena trank einen Schluck von dem dunklen Gebräu. Ihre Tante verfügte über viele Qualitäten, Kaffeekochen gehörte nicht dazu. Um ihre Hausfrauenehre nicht zu beleidigen, tat Lena immer nur so, als ob sie den schlappen Filterkaffee mochte. In Wahrheit sehnte sie sich schon nach ihrer Espressomaschine im Laden. Über den Tassenrand hinweg linste sie zu Dewey, der sich über den Inhalt einer Dose Hühnchen in

Gelee hermachte, dann zu Benjamin Floros, der sich soeben frohgemut den Rest eines Marmeladenbrötchens in den Mund schob.

»Tja, ich muss euch jetzt leider allein lassen«, verkündete Tante Hilde. »Ich habe einen Friseurtermin.«

Was sollte das denn bitte heißen? Lenas Tante ging nur alle Jubeljahre zum Friseur, außerdem saßen die gestern frisch eingedrehten Löckchen immer noch wie eine Eins. Lena hatte sich schon auf ein sportliches Wortgefecht zwischen Benjamin und Tante Hilde gefreut – und jetzt wurde sie mit diesem Honk allein gelassen?

»Aber, aber«, stotterte sie. »Du kannst doch nicht …«

»Was sein muss, muss sein«, schnitt Tante Hilde ihr ungewohnt resolut das Wort ab. »Bis später, Kind, und vergiss bitte nicht, die leckeren Brötchen wegzupacken, bevor du gehst.«

Damit marschierte sie aus der Küche und ließ eine eigentümlich aufgeladene Stille zurück. Nur die Kaffeemaschine blubberte vor sich hin. Und jetzt?

Mit einigem Unbehagen schaute Lena zu Benjamin Floros. Selbst im harten Morgenlicht, das durchs Fenster fiel, sah er unverschämt gut aus. Auf eine beneidenswerte Weise stand ihm das leicht Verkaterte, und selbst die etwas zerzausten, vom Duschen noch feuchten Haare sahen toll aus. Von den goldbraunen Augen überhaupt nicht zu reden, die Lena im dezenten Licht des Buchladens gar nicht aufgefallen waren. Augen, in denen man versinken konnte, tiefgoldbraun und schimmernd wie Ahornsirup.

»Wirklich keine Lust auf Frühstück?«, brach er das lastende

Schweigen. »Die Brötchen sind köstlich, Tante Hildes handgerührte Erdbeermarmelade auch. *Es muss nicht immer Kaviar sein.*«

Klar, schon kam der nächste Buchtitel angeflogen. Lena trank ihre Tasse aus, um ein bisschen Zeit zu gewinnen. Wie verklickerte sie diesem eingebildeten Fatzke bloß, dass er unerwünscht war? Am besten auf die unmissverständliche Art.

»Leider habe ich auch nicht viel Zeit«, ließ sie ihn abblitzen. »Um zehn muss ich meinen Laden öffnen, vorher sollten Sie freundlicherweise verschwunden sein.«

»Ach, deshalb wieder beim Sie? Weil ich verschwinden soll?«, feixte er.

»Siezen finde ich absolut angemessen«, erwiderte sie frostig, »schließlich kennen wir uns kaum, und ich bin auch kein Mitglied Ihres Fanclubs.«

Er nahm sich ein Kürbiskernbrötchen, das er mit energischen Bewegungen des großen geriffelten Küchenmessers aufschlitzte.

»Gut, wie Sie wollen. Nur auf der Wette muss ich leider bestehen.«

Lena fiel fast die Kaffeetasse aus der Hand.

»Welche Wette?«

»Na – unsere!«, bekräftigte er. »Schon vergessen? Wir haben gestern Abend eine Wette abgeschlossen, und da ich ein Ehrenmann bin und Sie eine verlässliche Person, ziehen wir das natürlich durch. Versprochen ist versprochen.«

Jetzt fiel es Lena wieder ein. Er wollte ihr den perfekten Partner aufdrängen. Hallo? Sie hatte sogar davon geträumt!

Verzweifelt zermarterte sie sich das Hirn, wie sie sich aus der Affäre ziehen könnte. Viel Spielraum blieb ihr nicht.

»Vielleicht ein andermal«, sagte sie gedehnt.

»Nichts da«, protestierte er. »Wir machen es hier und gleich. Falls die Küchenuhr da oben richtig tickt, ist es erst Viertel vor neun. Den Test haben Sie in weniger als zehn Minuten absolviert, alles andere können Sie mir überlassen.«

Auch Lena schaute zur Küchenuhr, einem altmodischen Exemplar mit gusseisernem Gehäuse, das an die Bahnhofsuhren vergangener Zeiten erinnerte.

»Ich muss aber noch duschen, Haare föhnen, meine Mails checken, die Klappstühle im Laden wegräumen und …«

»Papperlapapp«, bremste er ihren Redefluss. »Setzen Sie sich. Es dauert nicht lange.«

Widerwillig nahm sie ihm gegenüber Platz. Währenddessen hatte er sein Smartphone aus der Hosentasche gezogen. Als er das Display aktivierte, sah Lena, dass jede Menge Nachrichten aufpoppten.

»Huhu, Fanpost am frühen Morgen?«

»Normal«, winkte er ab und scrollte durch die Nachrichten. »Oh, ich sehe gerade: Auch Michelle hat mir schon geschrieben. Ihre überaus charmante, hübsche Freundin.«

»Ich weiß, wer Michelle ist«, fauchte Lena.

Herrgott, musste er ihr wirklich derart plump unter die Nase reiben, dass sie selbst keineswegs seinem Beuteschema entsprach? Michelle war natürlich ein ganz anderes weibliches Kaliber, mit ihren rasanten Kurven und ihrer Marilyn-Monroe-Frisur. Sicherlich eine Frau ganz nach dem Geschmack von

Benjamin-ich-bin-unwiderstehlich-Floros. Und Michelle hatte sogar schon seine Handynummer ergattert. Donnerwetter.

»Wissen Sie, ich habe mich nie für eine Frau entscheiden können, weil die Auswahl so groß ist«, sprach er unaufgefordert weiter. »Die Welt der Dating-Apps ist groß und bunt. Früher musste man auf den Zufall warten, heute kann man jeden Abend mit einer anderen ausgehen – was ich natürlich auch tue. Ist das nicht grandios?«

Lena fand es einfach nur furchtbar. Und es bestätigte ihren Eindruck, dass Benjamin Floros ein Romeo war, der mal hier, mal da nippte, aber niemals das ganze Glas austrank. Damit gehörte er haargenau zu der Sorte Männer, mit der sie ganz, ganz schlechte Erfahrungen gemacht hatte. Benjamin Floros war die wandelnde Bestätigung dafür, dass Dating die so ziemlich sinnloseste Methode war, den Richtigen zu finden.

Mit kleinen Schmatzgeräuschen lockte sie Dewey an, der bereitwillig auf ihren Schoß sprang und sich mit geschlossenen Augen an sein Frauchen schmiegte. So, wie es sich gehörte. Und jetzt? Benjamin Floros war immer noch mit seinem Smartphone beschäftigt. Nachdem er ein paar Nachrichten überflogen hatte, legte er das Handy auf den Tisch und wechselte in ein Programm, das aus lauter Tabellen bestand, wie Lena auf dem Display erkennen konnte.

»So, los geht's!«, verkündete er frohgemut. »Bereit für die ultimative Liebesformel?«

»Nee«, muffelte Lena. »Entweder man verlässt sich auf sein Glück, oder man glaubt zu wissen, was man tut. Das Ergebnis ist dasselbe.«

Dummerweise ließ sich dieser Floros nicht mal ansatzweise ins Bockshorn jagen.

»Weit gefehlt, werte Frau Hagedorn. Und Sie dürfen sowieso nicht kneifen, Wette ist Wette.«

Erbost knetete sie ihre Hände. Woher nahm er die Unverfrorenheit, sie mit seiner bescheuerten Liebesformel zu belästigen? Er tippte sogar schon in den Tabellen herum, was wohl bedeutete, dass er die ersten Testfragen ohne sie beantwortete. Frechheit!

»Ich eigne mich nicht fürs Online-Dating, weil ich ganz klar der analoge Typ bin«, versuchte sie, ihn zu bremsen. »Nennen Sie mich ruhig konservativ. Die digitale Welt ist mir absolut suspekt.«

»Nicht mal in den Social Media unterwegs?«, erkundigte er sich, ohne aufzuschauen.

»Es gibt eine Facebook-Seite von Lenas Leseparadies.«

»Facebook?« Er warf ihr einen spöttischen Blick zu. »Wie alt sind Sie? Sechzig? Heutzutage ist man auf Instagram und Tinder unterwegs. Wussten Sie, dass es auf Tinder neuerdings einen Panikbutton gibt? Das wäre doch was für Sie.«

Seine Arroganz kannte wirklich keine Grenzen. Pikiert ließ Lena Dewey von ihrem Schoß gleiten, stand auf und goss sich ein Glas Mineralwasser ein.

»Ich eigne mich überhaupt nicht für dieses ganze Zeug à la Tinder und Co.«

»Ach was, mit Anfang dreißig« – er betonte die Worte mit triefender Ironie – »sind Sie viel zu jung, um zu behaupten, Sie wären zu alt für den Scheiß.« Unbeirrt trug er weiter irgendetwas in seine Tabellen ein. »Ich gebe mal einen Radius von sechzig Kilometern für die Suche ein, das macht es einfacher für eventuelle Dates. Wieso leben Sie eigentlich in diesem Kaff?«

Diese Frage war Lena schon so oft gestellt worden, dass sie sich für solche Gelegenheiten eine gut klingende Antwort zurechtgelegt hatte.

»Ich bin lieber ein Fisch in einem kleinen Teich als ein kleines verlorenes Planktonpünktchen im großen, großen Meer.« Verstohlen spähte sie zum Handydisplay. »Und wieso schreiben Sie da eigentlich Sachen rein, ohne mich zu fragen?«

»Weil Frauen wie Sie zu falschen Aussagen neigen.«

»Sie denken, ich würde betrügen? Das ist ja wohl die Höhe!«, empörte sich Lena.

Er biss von seinem Kürbiskernbrötchen ab und trank einen Schluck Kaffee, bevor er seelenruhig weitertippte.

»Nein, das ist hinreichend bekannt«, entgegnete er genüsslich kauend. »Gewisse Frauen wollen sich bei derartigen Tests in ein besseres Licht rücken, deshalb wird häufig geschummelt. Das verfälscht natürlich das Testergebnis. Mit der Wahrheit kommt man weiter.«

Damit hatte er sie als potenzielle Mogelpackung kategorisiert. Lena verdrehte die Augen zur Decke.

»Und Sie meinen, Sie wüssten alles über mich.«

»Nein, nicht alles.« Ein mokanter Zug spielte um seine Lippen. »Irgendwelche Vorlieben im Bett?«

Vollkommen überrumpelt starrte Lena ihn an. Das war eine unzulässig intime Frage. Und doch … Sie schluckte. Es ging ja gar nicht anders, als sich auszumalen, welche erotischen Vorlieben ihr Gegenüber wohl haben mochte. Unmöglich, es zu erraten; unmöglich auch, es nicht brennend gern erfahren zu wollen hätte Jane Austen geschrieben. Plötzlich brannten ihre Wangen.

»Was ich im Bett am liebsten mag?«, wiederholte sie mit belegter Stimme. »Schlafsocken und ein gutes Buch.«

»Komisch, warum überrascht mich das nicht?«

»Ich weiß, das ist bei Männern keine populäre Erkenntnis, aber Frauen denken nicht dauernd an das Eine«, verteidigte sie sich, so gut es ging.

Allein schon, dass er nicht auf ihre Antwort reagierte, brachte sie zur Weißglut. Wie absichtslos fuhr er sich durchs Haar, was das dekorative Durcheinander auf seinem Kopf noch attraktiver machte.

»Haben Sie optische Präferenzen, was den Mann Ihrer Träume betrifft?«

Schlaumeier. Erwartete er etwa, dass jetzt eine Beschreibung kam, die auf ihn passte? Da hatte er sich aber geschnitten.

»Aussehen ist unwichtig«, sagte Lena im Brustton der Überzeugung. Sie verschwieg, dass sich gut aussehende Männer nun mal leider nicht für sie interessierten. »Es kommt doch darauf an, mit wem man sich emotional und intellektuell versteht. Mit wem man auf einer einsamen Insel leben könnte. Und wen es auch nicht stört, wenn im Alter der Lack abblättert.« Sie funkelte ihn herausfordernd an. »Was soll ich mit einem hirnlosen, emotionslosen Adonis? Spaß haben? Glauben Sie mir, ich hatte diese Art Spaß. Ein unterhaltsames, aber zeitlich begrenztes Vergnügen.«

Aufmerksam hatte er zugehört, um sogleich wieder etwas in seine Tabellen einzutragen.

»Womit wir dann auch schon beim letzten Punkt angekommen wären.« Er ließ von seinem Handy ab und verschränkte die Arme. »Wir brauchen ein aussagekräftiges Foto von Ihnen.«

Oje, da erwischte er sie nun auf dem völlig falschen Fuß. Es gab keine schmeichelhaften und schon gar keine aussagekräftigen Fotos von Lena. Sie mochte es überhaupt nicht, fotografiert zu werden. Wenn jemand eine Kamera auf sie richtete, fühlte sie sich sofort unwohl, egal, ob es sich um eine Profikamera oder eine Handykamera handelte. Die wenigen Schnappschüsse, die von ihr existierten, sahen immer nach Verschrecktes-Reh-starrt-nachts-ins-Scheinwerferlicht aus.

»Das Aussehen definiert eine Art oberflächlichen Marktwert, sagt aber nichts über die inneren Werte«, trat sie die Flucht nach vorn an. »Ich will keinen Mann, der mich nach meinem Äußeren beurteilt. Außerdem habe ich kein geeignetes Foto.«

»Vielleicht haben Sie deshalb keinen geeigneten Partner?« Leise lachte er in sich hinein. »Sorry, aber langsam kommt es mir vor, als wären Sie ein Buch, das keiner lesen will. Vielleicht liegt's am Cover?«

»Was wollen Sie denn damit sagen?«, fragte sie unwirsch.

»Na ja, Sie sind unzweifelhaft eine hübsche Frau, allein in Ihre«, er malte mit den Fingern Gänsefüßchen in die Luft,

»Vergissmeinnichtaugen könnte man sich verlieben, aber Ihre Klamotten …«

Unter finster zusammengezogenen Augenbrauen warf sie ihm einen tödlichen Blick zu.

»Was ist damit?«

Mit dem Kopf deutete er auf Lenas grauen Hoodie.

»Sie verstecken sich in Ihrer Kleidung. Das Kapuzenshirt da ist Ihnen mindestens drei Nummern zu groß. So wie das von gestern Abend.«

Ach, daher wehte der Wind. Instinktiv zog Lena die Knie ans Kinn und umschlang sie schützend mit den Armen. Also war Benjamin Floros doch nichts weiter als ein primitiver Macho, der auf figurbetonte Klamotten stand. Hätte sie sich ja denken können. Schließlich fuhr er auf Michelle ab, die ihre Weiblichkeit offensiv zur Schau stellte.

»Ich brauche keine sexy Kleider«, machte sie ihrem Ärger Luft. »Die Männer, die zu mir passen, sollen in mir nicht das sexy Weibchen sehen, sondern eine echte Partnerin auf Augenhöhe, mit der sie Gedanken austauschen können und über Bücher reden und … »

»Sekunde mal«, intervenierte Benjamin Floros. »Das klingt so, als würden Sie von einem guten Kumpel sprechen, nicht von einem Lover.«

»Das Wort Lover mag ich so wenig wie das Wort Kumpel, aber okay, Letzteres trifft es in etwa«, gestand sie ihm zu.

»Dann haben Sie ein Problem.«

Was sollte das denn nun wieder heißen? Energisch schob sie das Kinn vor.

»Wieso?«

»Männer, die mit ihrem besten Kumpel ins Bett gehen wollen, interessieren sich selten in sexueller Hinsicht für Frauen.« Er lachte über seine eigene doofe Pointe. »Jedenfalls lautet mein Rat: Wenn es zu einem Date kommt, sollten Sie möglicherweise etwas Feminines tragen. Und nicht Pullis, in denen man zelten kann.«

»Das nennt man körperfern!«

»Eben. Ihr Geist ist unzweifelhaft gut beieinander, darüber hinaus wirken Sie jedoch ausgesprochen, tja, körperfern.« Seine Finger – langgliedrige, sensible Finger – spielten mit dem angebissenen Kürbiskernbrötchen herum. »Ehrlich, ich zerstöre nur ungern Ihre Herz-Schmerz-Illusionen, aber kein Mann verliebt sich nur in innere Werte. Weil selbige, wie der Name schon sagt, innen drin sind. Im Herzen. Im Kopf. Im Bauch natürlich auch, deshalb heißt es ja Bauchgefühl. Neben den mentalen und charakterlichen Übereinstimmungen und Gegensätzen, von denen ich gestern Abend sprach, bedarf es daher auch einer gewissen körperlichen Anziehungskraft.«

Die sie für Benjamin Floros offenbar nicht besaß, so viel hatte Lena inzwischen begriffen. Es war niederträchtig. Und frauenfeindlich. Körperliches konnte doch keine echte Bindung ersetzen. Irgendwann erlahmte das erotische Interesse sowieso, und dann kam es darauf an, ob man eine emotionale Beziehung aufgebaut hatte. Aber es lohnte sich gar nicht, weiter darüber zu diskutieren. Benjamin Floros war für Lena gestorben. Und damit auch diese abartige Wette. Schluss mit dem faulen Zauber!

Abrupt stand sie auf und ging zum Kühlschrank. Nachdem sie sich einen Joghurt geangelt und einen Löffel aus der Besteckschublade geholt hatte, trat sie ans Fenster. Demonstrativ drehte sie ihrem Widersacher den Rücken zu. Sollte er doch warten, bis er schwarz wurde. Ostentativ tat sie so, als ob da draußen vor dem Küchenfenster sensationelle Dinge zu beobachten seien – statt der Mülltonnen, die unordentlich aufgereiht neben einem schadhaften Maschendrahtzaun standen.

»Sie sagen ja gar nichts«, versuchte er nach einer Weile, an das versiegende Gespräch anzuknüpfen.

»Warum sollte ich?« Lena ließ einen Löffel Joghurt auf der Zunge zergehen. »Ihr Machogelaber geht mir gewaltig auf die Ketten. Nach Ihrer Methode finde ich nie, wirklich nie einen geeigneten Mann. Was ich übrigens schon wusste, bevor Sie Ihren oberflächlichen frauenfeindlichen Krempel abgelassen haben.«

Überraschenderweise sagte Benjamin Floros nichts dazu. Lena wartete eine gefühlte Minute, dann wandte sie sich halb um. Konzentriert tippte er auf seinem Handy herum. Seine Finger tanzten in irrwitziger Geschwindigkeit über das Display, eine einzelne Haarsträhne hing ihm in die Augen. Er musste vollkommen in seine zweifelhafte Beschäftigung vertieft sein, denn er schien weder Dewey zu bemerken, der miauend neben seinem Stuhl hockte, noch Lena, die ihm missvergnügt zusah. Wahrscheinlich schrieb er irgendwelche Nachrichten an seine weiblichen Fans.

»Ich geh duschen«, sagte sie schroff.

Immer noch keine nennenswerte Reaktion. Nur ein beiläufig gemurmeltes »Mmmja« war zu hören. Frustriert und verärgert stampfte Lena aus der Küche. Es war so unfassbar dämlich. Nein, *sie* war unfassbar dämlich. Da hatte sie gestern Michelle vor einem Fehler bewahren wollen, dabei hatte sie selber den größten Bock geschossen – und jetzt eine unterirdisch geschmacklose Wette an der Hacke. Niemals hätte sie Benjamin Floros eine Übernachtungsgelegenheit anbieten dürfen. Nie nicht!

Sie nahm sich extra viel Zeit für ihre Morgentoilette. Aber auch nachdem sie ausgiebig geduscht, ihr Haar geföhnt und doch noch ein wenig Lipgloss aufgetragen hatte, war ihr Zorn keineswegs verraucht. Ich muss diese Wette für nichtig erklären, überlegte sie. Mit etwas existenziell Wichtigem wie der Liebe treibt man keine albernen Scherze. Schon aus Gründen der Selbstachtung zog sie wieder ihre Jeans und den weiten grauen Hoodie an. Jetzt erst recht! Innerlich geladen schlich sie zur Küche und schaute um die Ecke. War Benjamin Floros endlich weg? Nein, war er nicht. So wie sie ihn verlassen hatte, saß er auf seinem Küchenstuhl. Doch er strahlte, als er sie erblickte.

»Sie werden es nicht glauben! Ich habe schon zwei ernst zu nehmende Kandidaten für Sie!«

»Aber Sie haben doch noch gar kein Foto von mir hochgeladen«, war das Erste, was Lena dazu einfiel.

»Hey, auf einmal so auf Äußerlichkeiten erpicht?«, lachte er, als sei ihm ein besonders guter Streich gelungen. »Ich habe einfach das Foto von Ihrer Facebook-Seite kopiert und dazugestellt.«

»Ach du lieber Himmel!«, entfuhr es Lena.

Das Foto, das Michelle neulich aufgenommen hatte, zeigte sie zusammen mit Dewey verkrampft lächelnd hinter dem Verkaufstresen – mit einer besonders unvorteilhaften Notfrisur, die Tante Hildes »Wuschelkopf«-Etikett wahrlich verdiente.

»Sehen Sie, Ihre inneren Werte überzeugen«, zog Benjamin Floros sie nun auch noch auf. »Wenn ich es richtig sehe, haben wir zwei Volltreffer gelandet. Beide Männer sind Bombe.«

»Kein Interesse«, erwiderte sie schnippisch.

»Nicht so schnell, werte Lady.« Er deutete im Sitzen eine Verbeugung an. »Darf ich Ihnen das heutige Liebesmenü unterbreiten?«

»Nein, danke.«

»Dann verpassen Sie vielleicht das Beste. Wir haben hier Alexander, Anfang dreißig, also – wirklich Anfang dreißig«, er zwinkerte ihr zu, »Bibliothekar mit Vorliebe für englische Literatur, lange Spaziergänge und klassische Musik. Perfekter Match, würde ich sagen.«

Lena war viel zu verblüfft, um weiter die Widerspenstige zu mimen. Ihr schwirrte der Kopf. Himmel, klang das vielversprechend! Bis auf eine Kleinigkeit.

»Woher wussten Sie das mit den Spaziergängen und der klassischen Musik?«, nahm sie Benjamin Floros ins Verhör.

»Die Spaziergänge sieht man, pardon, Ihren Schuhen an. Da kleben ganze Grasbüschel dran.«

Reflexartig schaute sie an sich herab. Es stimmte, ihre Sneakers zeigten deutliche Spuren ausgedehnter Waldspaziergänge.

»Und die klassische Musik?«

»Nun, ich habe mir erlaubt, einen Blick in Ihr Zimmer zu werfen, während Sie unter der Dusche standen. Rührenderweise horten Sie ja noch CDs, das machte die Recherche einfach. Mozart, Chopin – bei Alexander sind Sie bestens aufgehoben, er bevorzugt dieselben Komponisten. Und er mag sogar Michael Bublé.«

Zufrieden über seine detektivischen Fähigkeiten lehnte er sich zurück, was Dewey als Einladung auffasste, ihm auf den Schoß zu springen. Innig rieb er seinen Kopf an Benjamin Floros' Hemdbrust. Doch Lena hatte kein Auge für Deweys neuerlichen Verrat. Wie in Schockstarre stand sie da, unfähig, auch nur ein Wort über die Lippen zu bringen. Das gab's doch alles nicht. Wie unter einer Käseglocke hörte sie die Stimme des Mannes, der ihr soeben den perfekten Partner präsentiert hatte.

»Erwähnte ich schon, dass Alexander keinerlei Wert auf Kleidung legt? Und er hat sogar einen Kater, namens …«, Benjamin Floros schaute aufs Display, »… namens Cheshire Cat.«

Cheshire Cat? Wie die Katze aus *Alice im Wunderland*? Es gab also tatsächlich einen Mann, der Katzen mochte und sie noch dazu mit einem literarisch inspirierten Namen versah? Lenas Mund klappte auf und wieder zu.

»Diesen Alexander haben Sie erfunden«, stieß sie tonlos hervor.

»Nein, er ist der Beweis dafür, dass meine Methode funktioniert«, triumphierte Benjamin Floros. »Im wahren Leben hätten Sie ihn niemals getroffen, dabei ist er der ideale Mann für Sie. Er geht kaum aus und vergräbt sich am liebsten in seinen Büchern.« Leicht theatralisch hob er die Hände. »Bedauerlicherweise wollen Sie ihn ja nicht kennenlernen. Oh, ich sehe gerade, es gibt noch einen dritten Kandidaten. Schade, schade. Die muss ich wohl alle löschen.«

Mit einem Ausdruck größter Betrübnis, in den sich ein freches Grinsen mischte, ließ er seinen rechten Daumen über dem Display schweben.

»Halt! Stopp!« Lena schrie fast. »Vorher will ich diesen Alexander sehen!«

»Ach nee.« Das Grinsen von Benjamin Floros wurde immer breiter. »Fand da nicht gerade jemand, dass Fotos auf Dating-Profilen vollkommen überflüssig sind?«

»Geben Sie schon her.«

Lena machte zwei schnelle Schritte auf ihn zu und entriss ihm das Handy. Mit großen Augen schaute sie auf das Profilfoto. Es zeigte einen Mann in ihrem Alter, der vielleicht etwas zu gut im Futter war, aber einen durchaus sympathischen Eindruck machte. Und so richtig gut aussehende Männer interessierten sich ja sowieso nicht für Lena. Dieser hier war wenigstens annehmbar.

»Also, sein Doppelkinn hat was«, flachste Benjamin Floros.

»Zum Glück besteht die Welt nicht nur aus Schönlingen wie Ihnen«, revanchierte sie sich.

»Holla, Sie finden mich schön?«

Das nannte man wohl ein Eigentor. Aber Lena dachte gar nicht daran, weiter darauf einzugehen. Fasziniert betrachtete sie Alexander, den Mann, den die ultimative Liebesformel für sie errechnet hatte. Beziehungsweise Benjamin Floros.

»Und der zweite?«, fragte sie, vergeblich darum bemüht, das Zittern in ihrer Stimme zu kontrollieren.

Geschickt entwand er ihr das Handy und wechselte das Profil.

»Arne-Christian«, las er vom Display ab, »Ende dreißig, in einem Buchverlag beschäftigt, mag Festivals mit klassischer Musik – vorzugsweise Mozart, Chopin – und spielt sogar Querflöte. Sehr erotisch, wenn ich mir die Bemerkung erlauben darf. Er liebt die Natur, lange Spaziergänge und Katzen. Der Name seiner Katze lautet Lukrez. Sie wissen schon, wie der römische Dichter und Philosoph.«

»Und wie der Kater des französischen Philosophen Jacques Derrida«, murmelte Lena ergriffen.

Sie war platt. Absolut platt. Niemals hätte sie damit gerechnet, dass ein Computerprogramm solche Wunderdinge hervorbringen könnte. Real existierende Männer, die den perfekten Gleichklang versprachen.

»Und jetzt?«, flüsterte sie gleichermaßen erregt wie erschrocken. »Wann soll ich Alexander und Arne-Christian treffen?«

Die schönen schmalen Hände von Benjamin Floros kraulten hingebungsvoll Deweys Nacken.

»Erst mal gar nicht. Sie wissen ja, sonst erliegen Sie der sinnlichen Romantik des Moments. Sie werden einander zunächst nur schreiben. Eine Woche, mindestens. Danach folgt ein Telefonat. Und erst dann entscheiden Sie, ob Sie ein Date wollen.«

»Und wenn ich Alexander und Arne-Christian sofort sehen will?«, fragte Lena mehr aus Aufsässigkeit als aus dem Wunsch heraus, irgendwelche Internetbekanntschaften zu treffen.

Indigniert ließ Benjamin Floros sein Handy sinken. Auf einmal wechselte seine unbekümmerte Miene zu einem Ausdruck, der Lena an ihren spaßbefreiten ehemaligen Chef im Callcenter erinnerte.

»Keine Chance«, sagte er streng. »Ich werde Ihre Kommunikation persönlich begleiten, was mir als Urheber des Programms problemlos möglich ist.«

Lena fiel die Kinnlade runter.

»Sie wollen mich überwachen?«

»Nur so behalte ich die Kontrolle über unsere Wette. Sonst vermasseln Sie noch alles. Übrigens …«, er verstaute sein Handy in der Hosentasche und lächelte überlegen, »wenn Sie nicht weiter nach dem Motto *Hundert Jahre Einsamkeit* leben wollen, habe ich einen kleinen Tipp fürs erste Date: Seien Sie bloß nicht Sie selbst.«

Das gab's doch nicht. Lena wusste nicht, was sie schlimmer fand: dass er ihr schon wieder einen Buchtitel um die Ohren gehauen hatte oder dass er ihr nahelegte, sich zu verstellen.

»Ich soll nicht ich selbst sein? Wozu dann der ganze Zirkus?«

Behutsam drückte er Dewey an sich, dann schaute er sie schelmisch an.

»Scherz. Natürlich sollen Sie die komplizierte, bücherverrückte, lebensängstliche Frau sein, die Sie nun mal sind.«

Kapitel 5

Immer, wenn Lena ein neues Buch aufschlug, spürte sie diese besondere Magie des Beginns. Eine kribbelnde Aufregung wie vor einer Reise ins Ungewisse. Und tatsächlich nahmen einen ja Bücher auf eine Reise – oft mit unbekanntem Ziel. Lena ließ sich gern ins Blaue entführen. Ebenso gern mochte sie es aber auch, wenn sie schon ahnte, wohin die Reise ging. Bei Liebesromanen zum Beispiel. Dann genoss sie die gewundenen Umwege, bis die schicksalsgeprüften Liebenden vom Happy End für alle überstandenen Strapazen belohnt wurden.

Nach diesem Muster sollten auch reale Liebesgeschichten ablaufen, fand Lena. Sie brauchte Umwege und Hindernisse, ganz so, wie sie es Benjamin Floros erläutert hatte. Kribbeln, Bangen, Hoffen, ja, sogar ein Hauch Drama durfte sein.

Aktuell wollte sie allerdings nichts von alledem. Lena war längst noch nicht so weit, jemand Neuen in ihr Leben zu lassen, egal, ob mit oder ohne Hindernisse. Daher fühlte sie sich etwas überrollt, als ihr Benjamin Floros die Links von Alexander und Arne-Christian an die Mailadresse des Ladens schickte. Ihre Angst vor weiteren Enttäuschungen tat ein Übriges, um am Sinn des digitalen Liebesexperiments zu zweifeln. Nur ihr Stolz hielt sie davon ab, das Ganze abzublasen.

Alexander. Arne-Christian. Zwei Namen, so verlockend, so beängstigend. Was, wenn ihr einer der beiden wirklich gefiel? Schon wegen der Wette durfte das nicht passieren.

Innerlich aufgewühlt räumte sie den Frühstückstisch ab und stellte das Geschirr in die Spülmaschine. Im hohen Bogen flogen die übrig gebliebenen Brötchen in den Brotkasten. Dann schaute sie zur Küchenuhr. Halb zehn. Höchste Zeit, ihren Laden in einen vorzeigbaren Zustand zu bringen. Sie nahm Dewey auf den Arm, fest entschlossen, ihren ungebetenen Frühstücksgast Benjamin Floros endgültig aus der Wohnung zu komplimentieren. Offenbar merkte er gar nicht, wie fehl er hier am Platze war. Seelenruhig stand er am Fenster und blätterte in einem Gedichtband aus Tante Hildes Sammlung. Sie räusperte sich geräuschvoll.

»Ihr Gastspiel ist beendet, Herr Floros, gute Heimreise!«

Nach kurzem Zögern stellte er das Buch zurück auf die Fensterbank und ließ sich von Lena zur Wohnungstür geleiten. Sobald sie im Hausflur standen, warf sie die Tür mit einem heftigen Knall zu, quasi als Ausrufezeichen hinter den beiden unausgesprochenen Worten: Das war's!

»Und? Schon gespannt auf Ihre Kandidaten?«, fragte Benjamin Floros, als sie gemeinsam die Treppe hinunterstiegen, die sie in der Nacht nur mit viel Gestolper und Gekicher bewältigt hatten.

»Also, ich mache diesen Quatsch wirklich nur wegen der

Wette mit«, hielt Lena den Ball flach. »Sie wissen ja. *Große Erwartungen* enden nur zu oft mit riesigen Enttäuschungen.«

Er ging gar nicht erst auf ihre Anspielung auf den Charles-Dickens-Roman ein, sondern schaute sie von der Seite mit diesem Röntgenblick an, unter dem sie sich schrecklich nackt fühlte.

»Ich weiß, was Sie denken.«

»Das glaube ich kaum.« Lena konzentrierte sich eisern auf die Treppenstufen, um seinem Blick auszuweichen. »Sie haben den Test ja selber ausgefüllt.«

»Sie wollen lieber das ganz große Romantikding und den Prinzen, der Sie auf sein Schloss entführt, nicht wahr, Frau Hagedorn?«

Wie bitte? Lena schnappte nach Luft. Es war unheimlich, wie genau dieser Mann sie kannte, obwohl er sie doch letztlich gar nicht kannte. Ja, sie wollte genau das, was er ablehnte: Romantik satt.

Mittlerweile hatten sie das Erdgeschoss erreicht. Schwungvoll öffnete Lena die schwere holzgeschnitzte Haustür, bevor Benjamin Floros es tun konnte, und trat hinaus. Draußen schien die Sonne so strahlend vom Himmel, als wollte sie sich für das Regenwetter vom Vortag entschuldigen. Eine spätsommerlich warme Brise streichelte Lenas Gesicht, angenehm lauwarm wie wohltemperiertes Badewasser. Geblendet vom Sonnenlicht beschattete sie die Augen mit der freien Hand.

»Wo steht denn Ihr Auto? Lassen Sie mich raten – der dicke rote Sportwagen da vorn, das ist Ihrer.«

»So viel zum Thema Menschenkenntnis, werte Lena Hagedorn«, erwiderte er mit einem amüsierten Seufzer. »Ich habe gar kein Auto. Nicht mal einen Führerschein. Aber ich komme vorwärts.«

Statt den Sportwagen oder ein anderes Auto anzusteuern, ging er zu einem altmodischen vanillegelben Motorroller, der neben dem Plakataufsteller auf dem Bürgersteig stand. Aus dem Gepäckfach holte er einen schwarz glänzenden Helm.

»Sie fahren Vespa?«, staunte Lena.

»Ich liebe es. Da nimmt man alles viel intensiver wahr, die Natur, die Fortbewegung, die Geschwindigkeit.« Er setzte den Helm auf und zurrte den dazugehörigen Gurt unterm Kinn fest. »Falls Sie Hilfe mit Alexander oder Arne-Christian brauchen, rufen Sie mich an. Hilde hat meine Handynummer.«

Wieso gab er Tante Hilde seine Nummer? Lena unterdrückte den Impuls, ihn danach zu fragen.

»Sie wollen mich also nicht nur überwachen, sondern auch noch coachen?«

»Glauben Sie mir, Sie werden's brauchen.« Durch das leicht getönte Plexiglas des Sichtfensters funkelte er sie an. »Als Neuling in der Welt der Dating-Apps tappt man erst mal in die üblichen Fallen. Zeigen Sie nicht zu viel Überschwang, wenn Sie Feuer fangen. Anfüttern und hinhalten ist bei der digitalen Verführung oberstes Gebot.«

Als ob sie Lust auf dieses blöde Spiel hätte! Aufgebracht strich Lena über das weiche Fell von Dewey, der sich schnurrend in ihre Arme schmiegte.

»Ich erhebe keinerlei Anspruch auf eine Verführungskunst,

die darin besteht, einen vortrefflichen Mann hinzuhalten und zu quälen.«

Sekundenlang starrte Benjamin Floros sie an wie vom Donner gerührt. Dann vergrub er seine Hände in den Hosentaschen.

»Ich fasse es nicht. *Stolz und Vorurteil*?«

»Sie zitieren doch selber ganze Sätze daraus«, entgegnete Lena voller Genugtuung, dass sie ihn mit seinen eigenen Waffen geschlagen hatte.

»Eins zu null für Sie.« Anerkennend hob er einen Daumen. »Aber der Punkterückstand wird demnächst aufgeholt. Ciao, bella.«

Mit der Lässigkeit eines Cowboys bestieg er die Vespa, winkte noch einmal, und im nächsten Moment knatterte er auch schon davon. Etwas verwirrt blieb Lena zurück. Sie wurde nicht richtig schlau aus Benjamin Floros. Warum wollte er ausgerechnet ihr beweisen, dass sein System funktionierte? Weil er ein penetranter Rechthaber war? Na, besten Dank auch.

»Lena!«, hörte sie auf einmal eine helle Frauenstimme. »Leeena!«

Völlig außer Atem stand plötzlich Michelle vor ihr, mit wehendem Blondhaar und feuerrot geschminktem Kussmund. Sie musste gerannt sein, trotz der wenig geländegängigen Flipflops mit Strassverzierung, die sie heute Morgen trug. Damit hatte sie eine messerscharfe Röhrenjeans und ein rosa Top mit der Glitzeraufschrift *Bitch* kombiniert.

»War das gerade Benjamin?«, hechelte sie aufgeregt. »Was wollte er? Hat er hier etwa übernachtet?«

»Er hat auf Tante Hildes Sofa geschlafen, leider war er gestern Abend nicht mehr fahrtüchtig.« Lena umarmte ihre hyperventilierende Freundin und legte ihr behutsam Dewey in die Arme. »Hältst du ihn bitte mal kurz? Danke dir.«

Argwöhnisch musterte Michelle erst Dewey, dann Lena.

»Wie, nicht mehr fahrtüchtig? Du musst mir alles erzählen!«

»Gib mir eine Sekunde für einen Espresso, ja? Dann berichte ich dir haarklein, was vorgefallen ist.«

Ohne weitere Erklärung schleifte Lena erst mal den Plakataufsteller mit dem eingetackert lächelnden Benjamin-Floros-Foto zum Eingang des Buchladens und schloss dann die Tür auf. Nachdem sie das sperrige Teil an den Verkaufstresen gelehnt hatte, sichtete sie beklommen die Spuren des nächtlichen Gelages. Vor den einander gegenübergerückten gelben Sesseln standen immer noch die beiden Espressotassen und die leere Sherryflasche auf dem Boden. War es wirklich erst wenige Stunden her, dass sie hier ihre dunkelsten Seiten offenbart hatte? Einem unausstehlichen Mann, der sich als der ultimative Liebesexperte aufspielte? Unauffällig hob sie die Flasche auf und versenkte sie im Papierkorb neben dem Verkaufstresen. Dann schaltete sie die Espressomaschine ein.

»Er hat mir geschrieben!«, platzte es aus Michelle heraus. »Ich kann nicht mehr schlafen, nicht mehr denken, nicht mehr atmen! Benjamin ist – ist er nicht Granate? Meine Entrophine explodieren fast!«

»Endorphine«, murmelte Lena. »Und ich glaube nicht, dass die Dinger explodieren können.«

Sie machte sich keinerlei Illusionen über Benjamin Floros. Wahrscheinlich spielte er nur ein bisschen mit Michelle. So ein Schuft. Aber wer wollte einer guten Freundin schon derart schlechte Nachrichten überbringen? Sie rang sich ein aufmunterndes Lächeln ab.

»Das ging ja schnell mit euch. Freut mich für dich.«

»Ja, aber wieso ist er dann einfach weggefahren?«, lamentierte ihre Freundin. »Wenn er heute Morgen noch hier war, hätte er mich doch … na ja, wir hätten einen Kaffee trinken können oder so. Warum hat er sich nicht bei mir gemeldet?«

Eine komplizierte Frage. Eine millionenfach gestellte Frage auf dem Schlachtfeld der Liebe. Warum zum Teufel meldeten sich Männer nie dann, wenn man es am meisten ersehnte? Man sah die blauen Häkchen neben der WhatsApp-Nachricht, man wusste, dass sie gelesen worden war, und dann? Kam nichts. Lena fühlte sich ein bisschen überfordert von derlei Rätseln – weshalb sie ja auch Bücher vorzog. Die blieben einem keine Antwort schuldig.

»Wenn er sich nicht meldet, ist das vielleicht nur seine Art, zu zeigen, dass er an dir interessiert ist«, antwortete sie ausweichend.

»Oder ist das deine Art, mir zu zeigen, dass du mich nicht ernst nimmst?« Michelle ließ Dewey auf den Boden gleiten, dann stemmte sie die Hände in die Hüften. »Was ist da zwischen euch gelaufen?«

»Nichts«, versicherte Lena. »Gar nichts.«

Mit einem kleinen Plumpser ließ sich Michelle in einen der gelben Sessel fallen. Lena sah ihr an, dass sie schwer mit sich kämpfte. Auch das gehörte wohl zu einer Frauenfreundschaft, die gerade erst wieder festen Boden gewann: Wenn ein Mann dazwischenfunkte, stellte sich die Vertrauensfrage – auch wenn das in diesem konkreten Falle völlig unbegründet war.

»Keine Spielchen, bitte«, stöhnte Michelle. »Das ertrage ich nicht. Ich bin gerade in der sensiblen Phase meines Monatszyklus.«

»Falls du Geschichten aus *Tausendundeiner Nacht* erwartest, täuschst du dich«, versuchte Lena, sie zu beruhigen. »Von eitel Sonnenschein kann gar keine Rede sein. Ich habe ihm gestern nach der Lesung noch kräftig Kontra gegeben. Daraufhin haben wir eine Wette abgeschlossen, dass er es schafft, mich mit seiner Liebesformel an den Mann zu bringen.«

»Dich.« Michelle zog ein Gesicht, als hätte Lena ihr gerade erklärt, dass Bäume von oben nach unten wuchsen. »Das schafft der nie.«

»Weiß ich doch, sonst hätte ich mich ja auch gar nicht darauf eingelassen«, beteuerte Lena.

Sie stellte eine Tasse unter das silberne Auslaufrohr der Espressomaschine und fabrizierte einen köstlich duftenden Espresso, den sie Michelle reichte. Nachdem sie sich ebenfalls einen Espresso genehmigt hatte, begann sie mit viel Gerumpel und Getöse, die Klappstühle ins Hinterzimmer zu tragen. Dabei schossen ihr so viele Gedanken über Liebe, Freundschaft und Loyalität durch den Kopf, dass sie Mühe hatte, alles ordnungsgemäß zu verstauen – sowohl die Stühle als auch ihre Gedanken und Gefühle. Vor allem die Gefühle. Dewey schien ihren ramponierten seelischen Zustand zu spüren. Er wich nicht von Lenas Seite. Als sie kurz innehielt, um sich zu sammeln, schaute er sie fragend an.

»Hey, mein Kleiner, alles gut«, flüsterte sie und ging im Gerümpel des Hinterzimmers in die Hocke, um ihn zu streicheln.

»Lena?«, rief Michelle. »Kommst du mal bitte?«

Ihre Stimme klang auf einmal schneidend. Mit einer unguten Vorahnung lief Lena zum Verkaufsraum, der schon wieder ganz passabel aussah. Auch Michelle war nicht untätig geblieben. Sie hatte die gelben Sessel wieder ordentlich in die Leseecke gerückt und den Boden von heruntergefallenem Krimskrams gesäubert. Doch das war nicht alles. Vorwurfsvoll zeigte sie auf zwei benutzte Espressotassen und die leere Sherryflasche, die sie aus dem Papierkorb gefischt haben musste.

»Ernsthaft, Lena? Ihr habt meinen Sherry vernichtet? Zu zweit? Ohne mich?«

Mit peinlich berührter Miene heftete Lena ihren Blick an die verräterische Flasche. Sie wusste ja selber, dass es falsch gewesen war.

»Tut mir leid, der Wein war alle, und dieser Floros wollte unbedingt noch einen Absacker. Komm mal runter, Michelle. Dass ich ihn nicht leiden kann, weißt du doch. Ich bin deine Freundin, nicht deine Konkurrentin. Und was Benjamin Floros betrifft – eine Frau wie ich ist für ihn in etwa so attraktiv wie ein Sack Kartoffeln.«

»Das würde ich nur zu gern glauben.« Missmutig pfefferte Michelle die Flasche zurück in den Papierkorb. »Trotzdem.

Ich lerne nicht alle Tage einen phantastischen Mann kennen, der sich dann lieber mit meiner Freundin unterhält. Oder sollte ich besser sagen: zuschüttet?«

Brennende Eifersucht loderte auf einmal in ihren Augen. Dies war wohl der Zeitpunkt, an dem Lena deutlicher werden musste.

»Süße, er will mich verkuppeln, nicht erobern. Denkst du, er würde mich sogar schon heiß auf geeignete Kandidaten machen, wenn er auch nur das geringste Interesse an mir hätte?«

Das schien Michelle einzuleuchten. Ein kleiner Hoffnungsschimmer hellte ihre düstere Miene auf.

»Dann hat er also doch vielleicht was für mich übrig.« Sinnend betrachtete sie den Glitzeraufdruck ihres T-Shirts. »Ich meine, mir ist bewusst, dass ich ein bisschen tussig rüberkomme, aber Benjamin steht auf das Bitchige. Ich weiß es. Ich fühle es! Das wird was ganz Großes mit uns!«

Oje. Ganz eindeutig gehörte Michelle zu jenen Frauen, die es zu einiger Kunstfertigkeit brachten, sich etwas vorzumachen. Illusionen waren ihre Spezialität. Michelle glaubte auch an Wundercremes und Wunderdiäten. Zu Teenagerzeiten hatte sie auf der Waage immer den Bauch eingezogen, in der Annahme, auf diese Weise könnte sie ihr Gewicht ein bisschen runterschummeln.

»Mach dir bitte keine allzu großen Hoffnungen«, sagte Lena, sorgsam Worte wählend, die verletzungsfrei klangen. »Einer wie Floros ist nicht von ungefähr Single. Der Schuster hat immer die schlechtesten Schuhe.«

Sie überließ es ihrer Freundin, daraus zu folgern, dass der

selbsternannte Liebesexperte höchstwahrscheinlich ein Beziehungschaot war. Oder sogar zu den notorischen Bindungsverweigerern gehörte.

»Was seinen Charakter betrifft, ist er vielleicht nicht ganz formbeständig«, fügte sie vorsichtshalber hinzu.

»Da muss eben nur noch die Richtige kommen«, orakelte Michelle. »Jedenfalls hatte ich Gänsehaut wie ein frisch gerupftes Hühnchen, als er gestern Abend mit mir sprach.« Ein träumerischer Zug umflorte ihre Augen, während sie rezitierte: »Seine Stimme war warm und verführerisch wie dunkler Schokoladenkaramell.«

»Echt jetzt, Michelle? *Fifty Shades of Grey?*« Kopfschüttelnd stellte Lena ihre Tasse unter das Auslaufrohr, um sich einen weiteren Espresso zu gönnen, der sie für Tante Hildes schaurigen Filterkaffee entschädigte. »Übertreibst du nicht ein bisschen?«

»In jedem schnurrenden Kater schlummert ein Tiger«, entgegnete Michelle und deutete auf Dewey, der sich genüsslich im Schaufenster sonnte.

Lena folgte ihrem Blick. Ja, Dewey lag im Schaufenster, was nicht ungewöhnlich gewesen wäre – hätte er sich nicht in eine schicke braune Lederjacke eingekuschelt. So, wie Benjamin Floros die Jacke gestern vor seinem Auftritt achtlos beiseitegeworfen hatte, lag sie immer noch zwischen einem Stapel Reiseführer und dem Liebesromanklassiker *P.S. Ich liebe dich*. Als hätte Lena nicht schon genug Ärger mit dem Mann! Jetzt musste sie auch noch die Lederjacke des schusseligen Erfolgsautors an seinen Verlag schicken. Sie wandte sich wieder ihrer Freundin zu.

»Bleib mal auf dem Teppich, Michelle. Da waren gestern auch noch zwei, drei andere Frauen, mit denen dein Inkognito-Tiger geflirtet hat.«

Konzentriert rieb sich Michelle die Nasenwurzel. Immer schneller bewegte sich ihr perfekt manikürter Zeigefinger auf und ab.

»Ach, ich weiß nicht mehr, was ich denken soll«, seufzte sie schließlich. »Vielleicht macht er mir ja die Elsa.«

»Die – was?«

»Ist eine Form von Ghosting, was du wüsstest, wenn du gestern Abend besser zugehört hättest«, erklärte Michelle mit dem überlegenen Tonfall einer Person, die das, was sie selber erst kürzlich aufgeschnappt hatte, plötzlich für unverzichtbare Allgemeinbildung hielt. »Beim Ghosting verschwindet der Mann spurlos, ohne sich jemals wieder zu melden. Beim Elsaing – das kommt von Elsa, der Eiskönigin aus dem Disneyfilm – zeigt der Mann noch kurz die kalte Schulter, bevor der Kontakt dann einfriert.«

Ach du grüne Neune, dachte Lena. Das war mal wieder ein echter Floros-Klopper. Er gab den ältesten miesen Männermaschen der Welt einen schicken Namen, und schon hörte es sich wie etwas sensationell Neues an. Fast konnte man meinen, dass die schicken Begriffe ein Vorwand für gewisse Männer waren, ihr mieses Verhalten ganz normal zu finden. Auch Benjamin Floros?

»Du musst Vertrauen in den Lauf der Dinge haben«, sagte sie eher halbherzig.

»Du aber auch.« Michelle klimperte mit ihren sorgfältig getuschten Wimpern. »Ich würde mir ja mal gern die Typen ansehen, die Benjamin für dich ausgesucht hat.«

Womöglich wollte sie nur nachprüfen, ob ihre Freundin die Wahrheit über die Wette gesagt hatte. Aber Lena war nur noch froh, endlich über etwas anderes als Benjamin Floros reden zu können.

»Ich zeige sie dir gern. Drei Kandidaten gibt es schon, von zweien habe ich Links zu den Profilen. Es gibt phänomenale Übereinstimmungen, was Literatur, klassische Musik, Spaziergänge und Katzen angeht. Benjamin Floros wusste übrigens bestens über mich Bescheid, weil ihm meine superdiskrete Freundin einiges über mich verraten hat.«

Michelles Stirn glättete sich, ein kleines Lächeln erschien auf ihren Lippen.

»Nichts, was er nicht selber rausgefunden hätte, Schatz.«

Lena ließ es lieber dabei bewenden. Sie umrundete den Verkaufstresen, holte ihren Laptop aus dem Fach darunter hervor und klappte ihn auf. Nachdem sie das Mailprogramm geöffnet hatte, klickte sie den ersten der beiden Links an, die Benjamin Floros gesendet hatte. Alexander. Gemeinsam beugten sich die beiden Freundinnen über das Profilfoto, das auf dem Monitor des Laptops erschien.

»Ist das ein Mann oder eine Frau?«, gluckste Michelle.

»Sehr witzig«, knurrte Lena. »Gut, er hat ein Milchgesicht und einen etwas überhöhten Body-Mass-Index, aber er teilt meine wichtigsten Interessen.«

»Guck mal, das XXL-T-Shirt.« Giggelnd zeigte Michelle auf das Foto. »Bestimmt trägt dein Klassikfan weite Jogginghosen dazu. Wenn sich solche Männer bücken, rutscht die Hose runter, und du siehst die Kunst der Fuge.«

Offenkundig tat es ihr gut, sich durch despektierliche Bemerkungen über diesen Alexander von ihrem eigenen Gefühlsdurcheinander abzulenken.

»Er liest, er hört klassische Musik, er hat einen literarischen Kater namens Cheshire Cat – das ist alles, was zählt«, entgegnete Lena mit ausdrucksloser Miene.

Michelle unterzog das Profil einem erneuten Check.

»Fassen wir mal zusammen. Alexander, zweiunddreißig, buchaffin, übergewichtig. Aber siehst du das Regal im Hintergrund? Da stehen ja lauter Computerspiele, keine Bücher!«

Irritiert beugte sich Lena vor, um das Foto genauer zu betrachten, als Michelle in teenagerhaftes Lachen ausbrach.

»Wo ist dein Humor geblieben? Na klar stehen da Bücher!«

Und zwar alles, was Lena mochte. Jane Austen, die Brontë-Schwestern, Charles Dickens, Mary Shelley, das volle Programm. Michelle kicherte immer noch, als sie nun auch Alexanders nachlässige Körperhaltung kommentierte, die vertrocknete Grünpflanze auf seinem Schreibtisch, die nackte Glühbirne, die über ihm von der Decke baumelte.

»Sieht jedenfalls nett aus, dein Milchgesicht«, schloss sie ihre Begutachtung ab. »Schreib ihm was.«

Lena zuckte so heftig zurück, als könne ihr Alexander zu nahe kommen, wenn sie sein Profilbild länger anstarrte.

»Ich hab noch nie den ersten Schritt getan. Die Initiative sollte schon vom Mann ausgehen, finde ich.«

»Komm schon«, aufmunternd stupste Michelle sie mit dem Ellenbogen an, »sei nicht so spießig.«

»Ich bin nicht spießig«, parierte Lena den Vorwurf, »ich bin nur dezent, zurückhaltend, an traditionelle Formen gewöhnt und, ähm … ja, okay, ich *bin* spießig.«

Michelles Wangen röteten sich vor lauter Eifer.

»Lass ihn wissen, dass es dich gibt, Lena. Schreib ihm was. Irgendwas. Jetzt!«

»Wie – ich soll jetzt sofort was in den Laptop schreiben?«

»Nein, in dein Tagebuch.« Übermütig knuffte Michelle sie in die Schulter. »Natürlich gleich hier. Was sonst?« Ohne weitere Einwände abzuwarten, klickte sie das Feld an, in dem man persönliche Nachrichten unterbringen konnte. »Ich bitte um Ideen.«

Lena dachte nach. Der erste Satz war der wichtigste. Und der schwierigste. Er durfte nicht simpel klingen, aber auch nicht gekünstelt. Nicht zu vertraulich, nicht zu distanziert. Eine Spur humorvoll vielleicht, aber bloß nicht krampfhaft witzig. Es musste ein formvollendeter, ebenso beiläufiger wie inhaltsreicher, aussagekräftiger Satz sein, und … Das Klackern der Tastatur riss sie aus ihren Überlegungen. Fassungslos sah sie, dass Michelle bereits etwas eingetippt hatte. Drei Buchstaben. Drei kümmerliche kleine Buchstaben.

hey

»Hey?« Jetzt war es Lena, die hyperventilierte. »Du hast einfach nur *hey* geschrieben? Und dann auch noch ohne Großschreibung?«

»Ist doch mal ein Anfang«, sagte Michelle schulterzuckend.

»Bei einem gebildeten Mann wie Alexander müsste man viel subtiler vorgehen«, jammerte Lena, »der reagiert doch nicht auf so eine lapidare Begrüßungsformel!«

»Hat er schon.« Zufrieden deutete Michelle auf den Monitor. »Schau mal.«

hey, was geht?

So banal, so geheimnislos. Schwer atmend starrte Lena auf die drei Wörter, die an Belanglosigkeit kaum zu überbieten waren.

»Jetzt bist du wieder dran«, flötete Michelle mit einer Engelsgeduld, der man die professionelle Selbstbeherrschung anmerkte. Als Grundschullehrerin war sie es gewohnt, Erstklässlern das Abc beizubringen. Letztlich betrachtete sie Lena wohl als Abc-Schützin der digitalen Kommunikation. »Entspann dich bitte. Mehr als ein kleiner Dating-Unfall kann nicht passieren. Sind ja noch zwei weitere Typen im Rennen.«

Lena gab sich geschlagen. Schließlich musste sie ihrer Freundin beweisen, dass sie keinerlei amouröse Ambitionen in Bezug auf Benjamin Floros hegte, sondern – wenn überhaupt – an diesem Alexander interessiert war. Nach deutlich kürzerem Überlegen als vorhin tippte sie eine Antwort ein.

Alles schön so weit. Was liest du gerade?

danke, dass du fragst, kam es prompt zurück, *habe mal wieder eine emily-bronte-phase – sturmhöhe*

Michelle, die den Chat gespannt mitverfolgte, schlug die Hände über dem Kopf zusammen.

»Kein heterosexueller Mann liest freiwillig so einen Schmarrn!

Vielleicht hat sich Benjamin ja vertan und aus Versehen auf Grindr gesucht?«

»Nein, nein«, murmelte Lena, immer noch fasziniert von der Parallelität der literarischen Vorlieben. »Auch Heteros interessieren sich für solche Romane.«

Wohlweislich verschwieg sie, dass Benjamin Floros sogar Jane Austen las – wenn auch aus ganz anderen Gründen. Sie wollte keine Wunden bei ihrer Freundin aufreißen, die sich gerade in den unmöglichsten Mann aller Zeiten verguckt hatte.

Ich liebe Sturmhöhe, tippte sie stattdessen.

ich auch!, schrieb Alexander, *finde ich klasse, wie emily die leute mit ihrer unkonventionellen art schockte*

Es gab weniges, was Lena mehr hätte begeistern können. Kein Zweifel, Alexander war ein Wahlverwandter. Ehe sie sich's versah, befand sie sich auch schon inmitten der schönsten Fachsimpelei über die legendären Brontë-Geschwister.

Lena hätte stundenlang mit Alexander chatten können. Es machte einfach Klick; bei jedem Satz, den sie schrieb, bei jedem Buch, das sie erwähnte, kam eine passgenaue Antwort. Sie überhörte sogar die Ladenglocke und fand erst in die Wirklichkeit zurück, als plötzlich Tante Hildes Gesicht neben dem Laptopmonitor auftauchte.

»Ist er schon weg?«

Blinzelnd schaute Lena in die von Lachfalten umkränzten Augen.

»Von wem sprichst du, Tante Hilde?«

»Na, von Benjamin. Gar nicht so übel, der junge Mann.«

»Sag ich doch!«, rief Michelle von der Leseecke herüber, wo sie eher lustlos in Bildbänden herumblätterte. »Da schlägt ein warmes Herz in seiner Brust, Lena. Das wirst du schon noch rausfinden, wenn du ihn erst mal näher kennst.«

»Eher friert die Hölle zu«, brummte sie.

Mittlerweile war Lena regelrecht angesäuert. Es musste so was wie eine ansteckende Krankheit sein. Erst Michelle, dann Dewey, jetzt auch noch Tante Hilde. Der Benjamin-Floros-Fanclub vergrößerte sich mit einer Geschwindigkeit, die geradezu unheimlich war.

»Stell dir vor, Tante Hilde, er hat eine Wette mit Lena laufen, dass er sie verkuppelt«, gluckste Michelle, die aufstand und zum Verkaufstresen tänzelte, um die Neuigkeiten brühwarm zu servieren. »Lena chattet sogar schon mit einem Liebeskandidaten.«

Es stand kaum zu vermuten, dass Tante Hilde wusste, was Chatten war, aber ihre Geistesgegenwart reichte vollauf, um den Sinn des Gesagten zu erfassen.

»Das höre ich gern, so habe ich es mir erhofft«, erwiderte sie erfreut.

Irgendwas in Lena begann zu läuten. Hatte Tante Hilde etwa ihre Hände im Spiel? Und Benjamin Floros auch noch ermutigt, diese selten dämliche Wette durchzuziehen? War das der wahre Grund, warum sie heute so auffällig schnell die Küche verlassen hatte? Kritisch musterte Lena ihre Tante, die einen beigefarbenen Popelinemantel über das kittgraue Kittelkleid geworfen hatte. Ihre weißen Löckchen saßen unverändert untadelig, wie einbetoniert.

»Du warst nicht beim Friseur.«

»Ich?« Verlegen betastete Tante Hilde ihren Kopf. »Nun ja, ich wollte mir die Spitzen schneiden lassen, aber dann …«, sie schaute zu Michelle, »kam was dazwischen.«

Die Ankunft eines Kunden unterbrach das kitzlige Gespräch. Es war ein älterer Herr mit einem verwegenen weißen Oberlippenbärtchen, der eine Pepitajacke sowie eine karierte Schlägermütze trug, die auch Sherlock Holmes gefallen hätte. Angesichts ihres überschaubaren Kundenstamms konnte Lena mit Sicherheit sagen, dass sie ihn noch nie hier gesehen hatte.

»Einen schönen guten Tag«, begrüßte sie den älteren Herrn, wobei sie mit geübtem Blick überlegte, welche Bücher ihn interessieren mochten. »Was kann ich für Sie tun? Vielleicht ein Krimi in historischer Kulisse? Oder etwas aus der Ratgeberabteilung?«

»Weder noch.« Er zeigte auf den Plakataufsteller, der immer noch am Verkaufstresen lehnte. »Das da, das hätte ich gern.«

Es wurde ziemlich still im Raum. Leicht perplex starrte Lena in das gutmütige, ein wenig verwitterte Altherrengesicht unter der Detektivmütze. Hätte er nach einem brutalen Thriller gefragt, ihre Verwunderung hätte kaum größer sein können.

»Sie wollen die *ultimative Liebesformel*?«

»Ganz genau«, bestätigte er. »Leider habe ich die gestrige Lesung verpasst. Muss ja ein dolles Ding gewesen sein. Meine Tochter hat mir in den höchsten Tönen davon vorgeschwärmt.«

Damit war für Lena die Welt wieder in Ordnung. Es hatte ihr nämlich einen Stich gegeben, dass sie sich so in ihm getäuscht haben sollte.

»Ach so, verstehe, dann wollen Sie das Buch für Ihre Tochter bestellen.«

»Keineswegs.« Er ruckelte an seiner Mütze und streifte Tante Hilde mit einem schwer zu deutenden Blick, bevor er sich wieder Lena zuwandte. »Wissen Sie, man muss mit der Zeit gehen, auch wenn man zu den älteren Semestern gehört. Und eines dürfte doch wohl klar sein: Die Liebe höret nimmer auf.«

Lena stutzte. War das nicht einer der Stickbildersprüche?

»Wie recht Sie haben.« Ein kleiner Seufzer entrang sich Tante Hildes Kehle. »Das junge Gemüse denkt ja, ab sechzig sei man scheintot. Aber das Herz bleibt immer siebzehn.«

»Nicht nur das Herz«, hüstelte der ältere Herr. »Auch eine betagte Zitrone hat noch viel Saft.«

Alle lachten etwas verkrampft. Lena beendete das Chatprogramm und rief die Website ihres Buch-Grossisten auf.

»Ich wollte sowieso gerade Nachschub bestellen«, erklärte sie. »Heute ist Samstag, bis Montagnachmittag dürfte Ihr Exemplar der *Ultimativen Liebesformel* da sein. Soll ich Sie benachrichtigen? Oder möchten Sie einfach vorbeikommen?«

»Ich schaue gern wieder rein, Bücher sind meine große Passion«, erwiderte er, wobei er den Verkaufsraum noch einmal näher in Augenschein nahm. »Ist mal was anderes, dieser Buchladen. Sehr ansprechend.«

»Darf ich Sie noch auf einen Espresso einladen?«, fragte Lena, die sich über das Kompliment freute.

»O nein, so etwas trinke ich nie«, wehrte der ältere Herr freundlich, aber bestimmt ab. »Ich gehöre zu den Menschen, die noch einen guten alten Filterkaffee zu schätzen wissen. Ehrlich gesagt habe ich nie verstanden, wie man dieses bittere italienische Espressozeug runterkriegen kann.«

»Ganz meine Meinung«, pflichtete Tante Hilde ihm bei.

Ohne Frage fand sie Gefallen an dem seltsamen Kauz, der Bücher las, auf Filterkaffee schwor und eine Vorliebe für Stickbildersprüche hatte. Von saftigen Zitronen ganz zu schweigen. Umständlich zog sie ihren Mantel aus, worauf ihr der ältere Herr – ganz Kavalier – zu Hilfe eilte.

»Oh, danke schön«, lächelte sie.

So ganz nebenbei öffnete sie den oberen Knopf ihres Kittelkleids, wobei eine kleine Goldkette mit Herzmedaillon zum Vorschein kam. Was wird das?, dachte Lena konsterniert. Ein Seniorenflirt? Vielleicht hatte Benjamin Floros dieses unschuldige kleine Städtchen ja komplett verhext?

Mittlerweile war auch Dewey auf den neuen Kunden aufmerksam geworden. In der vergangenen halben Stunde hatte er sich im Schaufenster gesonnt, mit einer gewichtigen Miene, als sei gemütliches Rumliegen ein verantwortungsvoller Job. Jetzt lief er federnd heran, mit vorgestrecktem Kopf und erhobenem Schwanz, stoppte jedoch in einigem Abstand vor dem älteren Herrn, als sei er mitten in der Bewegung erstarrt.

»Herrje, eine Katze.« Lenas neuer Kunde sog die Luft scharf durch die Nase ein. »Wie misslich. Ich habe nämlich eine Katzenallergie.«

Das wäre nicht weiter schlimm gewesen, wenn sich nicht

eine gewisse Enttäuschung in Tante Hildes Gesicht gemalt hätte. Sie liebte Katzen genauso wie Lena. Zu allem Unglück nieste der ältere Herr nun auch noch.

»Tut mir leid«, entschuldigte sich Lena, »so eine Allergie ist natürlich eine dumme Sache. Michelle? Könntest du bitte kurz mit Dewey vor die Tür gehen?«

Verständnislos schaute Michelle vom einen zum anderen. Sie hatte sich einen Diätratgeber geschnappt, den sie so heftig umklammerte, als hinge ihr Leben davon ab, ein paar Kilo abzunehmen.

»Wieso denn ich?«

Wie begriffsstutzig konnte man sein? Lena tauschte einen konspirativen Blick mit Tante Hilde.

»Weil Dewey es liebt, von dir durch die Gegend getragen zu werden?«

»Nur keine Umstände«, mischte sich der ältere Herr ein, dem diese Komplikation sichtlich unangenehm war. »Reservieren Sie mir einfach ein Buch. Mein Name ist Hansen, Bert Hansen.«

»Bert wie Ernie und Bert?«, vergewisserte sich Lena, die seinen Namen auf einen herumliegenden Zettel notierte.

»Nein, Bert wie Bertolt Brecht, der Schriftsteller, von dem ich im Übrigen gar nichts halte – bis auf seine Gedichte, die schätze ich sehr.«

»Sie lesen Gedichte?« Tante Hilde hob verzückt die Hände. »Ich auch!«

»Ich pflege sie sogar auswendig zu lernen«, erwiderte Herr Hansen hoheitsvoll.

Damit wollte er sich wohl als besonders kultivierter Zeitgenosse zu erkennen geben. Mittlerweile tippte Lena auf pensionierter Oberstudienrat. Doch was auch immer er war, Tante Hilde kam jetzt richtig in Fahrt.

»Kennen Sie das?«, fragte sie. »Ein Gänseblümchen liebte sehr ein zweites gegenüber?«

»Drum rief's: Ich schicke mit 'nem Gruß dir eine Biene rüber«, erwiderte er schmunzelnd.

Sogleich übernahm wieder Tante Hilde.

»Da rief das andere: Du weißt, ich liebe dich nicht minder, doch mit der Biene, das lass sein …«

»… sonst kriegen wir noch Kinder!«, riefen sie im Chor und kringelten sich vor Lachen.

Danach wurde es still im Raum. Es war die Sorte Stille, die bis oben hin vollgestopft war mit ungesagten Sätzen. Michelle, die den beiden mit offenem Mund zugehört hatte, warf Lena ein schiefes Lächeln zu.

»Ich weiß nicht, was hier läuft, aber das war wirklich Eins-a-Stuss.«

Kapitel 6

Das erste Date mit einer Internetbekanntschaft entsprach in etwa dem Moment, wenn man ein Buch von der Plastikhülle befreite: Auf einmal wurde etwas, was vorher nur abstrakt existiert hatte, zu einem sinnlichen Erlebnis. Jedenfalls empfand es Lena so. Erst wenn sie die Plastikfolie aufriss, konnte sie das Buch mit eigenen Augen sehen. Sie konnte es anfassen, aufschlagen, sogar daran schnuppern – was Lena immer tat, denn jedes Buch hatte einen charakteristischen Geruch – und danach die Buchstaben lesend verschlingen. Beim ersten Date lief es ähnlich. Wobei man dabei natürlich etwas zurückhaltender vorging. Niemand fasste den Auserwählten sofort an, niemand beschnüffelte ihn buchstäblich, aber mit den Augen durfte man ihn durchaus schon mal verschlingen.

So weit die graue Theorie. Womöglich würde sie schneller als gedacht einen weiteren Praxistest bestehen müssen. Und das lag an Michelle. Seit der ältere Herr und kurz darauf Tante Hilde abgezogen waren, wurde sie nicht müde, Lena ein sofortiges Date einzureden. Gleich am heutigen Abend! Sie hatte herausgefunden, dass Alexander nur eine Stunde mit dem Bus entfernt wohnte, und drängte darauf, man könne sich doch auf halbem Wege treffen. Unentwegt sprach Michelle von Nägeln mit Köpfen, Töpfen mit Deckeln und davon, dass Lena raus aus ihrem Schneckenhaus müsse.

»Sieh's doch mal so«, fügte sie ihren bereits vorgetragenen Argumenten ein weiteres hinzu, »du bist der analoge Typ, das sagst du selbst andauernd. Warum also deine Zeit mit Chatten verschwenden, wenn du Alexander ganz unkompliziert sehen kannst?«

Lena, die nebenher damit beschäftigt war, die Online-Kataloge der Verlage nach interessanten Neuerscheinungen zu durchforsten, sah von ihrem Laptop auf.

»Dreißig Minuten Busfahrt nennst du unkompliziert?«

»Es ist Sams-tag-a-bend« – mit einem dunklen Vorwurf in der Stimme betonte Michelle jede einzelne Silbe –, »und wenn ich es recht sehe, verbringst du deine Samstagabende seit Menschengedenken allein.«

»Danke, dass du mich daran erinnerst.«

Samstagabend, der Horror aller Singles. Den Großteil ihres Lebens hatte Lena diesen ikonischen Abend aller Paare im Jogginganzug auf der Couch verbracht, romantische Komödien geschaut und ihr Selbstmitleid mit Schokolade zugeschaufelt. Erst seit sie beschlossen hatte, die Liebe nur noch in Büchern zu suchen, war es besser geworden. Allenfalls ein kleiner Phantomschmerz regte sich noch, wenn man sie darauf hinwies, dass ihre Samstagabende in der Einzelzelle stattfanden.

»Hör mal, Süße«, Michelle rutschte von der Kante eines Büchertischs, auf dem sie mehr gehangen als gesessen hatte,

»euer Chat lief doch wie geflutscht. Alles, was es jetzt noch zu bereden gibt, kann auch bei einem schönen Abendessen besprochen werden.«

»Aber Benjamin Floros hat …«

»… ja, ich weiß, er hat dir zu einer Woche Mindestabstand geraten. Na und? Ist er dein Anstandswauwau?«

»Natürlich nicht. Wäre ja wohl auch noch schöner.«

Die Ladenglocke ertönte. Zwei Kundinnen, eine elegante Dame im besten Alter und ein junges Mädchen, das offensichtlich ihre Tochter war, marschierten zielstrebig auf den Verkaufstresen zu. Ohne Notiz von irgendwelchen anderen Büchern zu nehmen, bestellten sie die *Ultimative Liebesformel.* Lena hatte längst aufgehört, sich darüber zu wundern. Benjamin Floros' falsche Versprechungen verkauften sich wie warme Semmeln.

Als die Kundinnen wieder gegangen waren, rief sie das Chatprogramm auf. Unschlüssig überflog sie noch einmal Alexanders Profil, unterstützt von Dewey, der auf den Tresen gesprungen war und ihr interessiert zuschaute.

»Nun gib mal deinem Herzen einen Stoß«, bohrte Michelle weiter. »Was hast du schon zu verlieren?«

»Meine Wette.«

Meine Ruhe, meine Freiheit, meine Unabhängigkeit, mein Herz, setzte Lena in Gedanken hinzu.

»Und wenn schon«, versuchte Michelle ihre Bedenken zu zerstreuen. »Benjamin hat dir Ratschläge gegeben, keine Fußfessel angelegt. Du bist ein freier Mensch.«

»Was du nicht sagst.«

Bis auf ihre notorischen Ängste vor einem Date hatte Lena im Grunde kein größeres Problem damit, Alexander sofort zu treffen. Mehr noch, insgeheim fand sie Gefallen an der Idee, ihr eigenes Ding aus dieser Wette zu machen. Schon aus Trotz. Selbst wenn Benjamin Floros wirklich den Chatverlauf kontrollierte – na und? Er konnte sie nicht festbinden. Außerdem wurde sie das Gefühl nicht los, dass Michelle noch eine ganz andere Strategie verfolgte. Lena hatte keineswegs die kleine Eifersuchtsattacke vergessen. Vielleicht wollte Michelle ja sichergehen, dass Lena nicht doch ein Auge auf Benjamin Floros geworfen hatte?

Diese Überlegung gab den Ausschlag. Lena mochte Michelle sehr. Gewiss gab es Unterschiede zwischen ihnen, aber die Sympathie überwog. Nur: Solange dieser Floros zwischen ihnen stand, jedenfalls nach Ansicht von Michelle, würde immer ein Schatten auf das zarte Pflänzchen dieser gerade erst neu erblühenden Frauenfreundschaft fallen. Also weg mit dem Schatten.

»Ich mach's«, nickte sie todesmutig.

Im selben Moment überlief ein eiskalter Schauer ihren Körper. Große Güte, wie sollte sie diesen Abend heil überstehen? Immerhin war sie komplett aus der Übung, was Dates betraf. Obwohl kaum zu vermuten stand, dass sie sich in das Milchgesicht verliebte, erfasste sie gehöriges Lampenfieber. Dewey merkte sofort, dass etwas nicht stimmte. Maunzend hob er eine Pfote, wie ein Verkehrspolizist, der eine unsichtbare Warnkelle hochhielt. Michelle hingegen wirkte hochzufrieden.

»Glückwunsch, das ist die richtige Entscheidung!«, jubelte sie. »Endlich kommst du mal raus aus deiner Komfortzone!« Wie ein Cheerleader-Girl riss sie die Arme hoch, dazu wackelte sie hingebungsvoll mit den Hüften. »Willst du Blumen? Kauf dir welche! Willst du Männer? Hol sie dir!«

Dass Lena Angst vor der eigenen Courage hatte, schien Michelle zu entgehen – oder sie ignorierte es absichtlich. Hauptsache, Date. Es musste ihr wirklich viel daran liegen, Lena baldigst an der Seite eines anderen Mannes zu wissen.

»Und wenn Alexander keine Zeit hat?«, probierte es Lena mit dem letzten Strohhalm, an den sie sich noch klammern konnte.

Unter Einsatz ihrer manikürten Hände wedelte Michelle den Einwand beiseite. Mit unnachgiebiger Geduld, sozusagen.

»Dann triffst du dich eben mit dem anderen. Wie hieß er noch?«

»Arne-Christian.«

Ermattet stützte sich Lena auf dem Verkaufstresen ab. Wie konnte es sein, dass binnen eines halben Tages ihr gesamtes Leben durcheinandergewürfelt wurde? Das hatte sie nur diesem verwünschten Benjamin Floros zu verdanken. Sie hätte ihn gar nicht erst einladen dürfen. Das Ganze war ein Riesenfehler gewesen.

»Keine Sorge, du bist nicht allein, Süße.« Sehr ernst, sehr feierlich trat Michelle hinter den Verkaufstresen und legte beide Hände auf Lenas Schultern. »Meine Kinder sind an diesem Wochenende mit der Oma in einem Erlebnispark, also habe ich alle Zeit der Welt für dich. Gib mir ein, zwei Stunden, dann komme ich mit einer Auswahl geeigneter Klamotten zurück. Und mit meinem Make-up-Koffer. Es kann nicht schaden, wenn du dich ein bisschen zurechtmachst.«

Genau das hatte Benjamin Floros Lena auch geraten, was sie umso mehr auf die Palme brachte.

»Das wäre eine Vorspiegelung falscher Tatsachen! Ein Mann sollte wissen, was ihn erwartet!«

»Unsinn, jeder Mann weiß, dass aus der überirdischen Göttin beim ersten Date im Laufe der Zeit eine ganz normale Frau in ausgeleierten Jogginghosen wird«, sagte Michelle beschwichtigend. »Es geht ja nur um den ersten Eindruck. Vorschlag: Ich style dich ein bisschen, danach entscheidest du, ob du so bleiben willst oder ob du in deinem schlunzigen Hoodielook loswackelst.«

Das klang nach einem fairen Angebot. Ohnehin wollte Lena ihre Freundin nicht vor den Kopf stoßen. Nicht nach dem unerfreulichen Eifersuchtsgeplänkel.

»Okay, schön«, gab sie nach. »Aber erwarte nicht zu viel von der Dehnbarkeit meines Geschmacks. Ich stehe nun mal nicht auf das feminine Styling.«

Wieder ertönte die Ladenglocke. Diesmal betrat ein junger Mann in Jeans und Polohemd die Buchhandlung. Durch zwei spiegelnde Brillengläser hindurch musterte er die beiden Freundinnen, dann steuerte er fluchtartig das Regal mit den Fachbüchern an.

»Kundschaft«, wisperte Michelle. »Also, sobald der Typ weg ist, schreibst du Alexander und verabredest dich mit ihm, versprochen?«

»Ja, versprochen«, stöhnte Lena.

»Und grüß Tante Hilde von mir.« Michelle kicherte übermütig. »Da flogen ja ganz schön die Funken mit diesem älteren Herrn. Wer weiß, am Ende verliebt ihr euch beide? Du und Tante Hilde?«

Lena fand das eine so furchterregend wie das andere, deshalb beschränkte sie sich darauf, ihrer Freundin einen Kuss auf die Wange zu hauchen. Im Hochgefühl, dass ihre Mission erfüllt war, verließ Michelle den Laden.

»Suchen Sie etwas Spezielles?«, erkundigte sich Lena, nachdem sie einmal kräftig durchgeatmet hatte.

Der Kunde drehte sich halb zu ihr um. Seine Augen hinter den Brillengläsern wurden kugelrund vor Schreck.

»Nein, also, das heißt, ähm, ja, doch«, stammelte er. »Irgendwas mit Psychologie.«

Hörte sich nach einem interessanten Beratungsgespräch an. Lena kam hinter dem Verkaufstresen hervor, um ihm bei der Qual der Wahl behilflich zu sein.

»Eher Fachbuch oder eher Ratgeber?«

»Wenn ich das, hm, wüsste.« Verlegen presste er ein paarmal die Lippen zusammen. Irgendwie schien es ihn größte Überwindung zu kosten, überhaupt einen Ton von sich zu geben. »Im Grunde, na ja, möchte ich meine, tja, also, wie sagt man, ähm, meine Schüchternheit überwinden.«

Grübelnd schaute Lena ihn an. Komisch. Er sah gar nicht so aus, als hätte er Grund zu übertriebener Schüchternheit. Seine Gesichtszüge waren ebenmäßig, eine dunkelblonde Haartolle fiel ihm kokett in die Stirn, und der Dreitagebart stand ihm ausgezeichnet. Auch die gut geschnittene Jeans und das modische dunkelblaue Poloshirt sahen nicht gerade nach einem verschrobenen Einsiedler aus. Aber man durfte eben nicht vom Äußeren aufs Innere schließen. Auch hinter einer einnehmenden Fassade konnte es knirschen im Gebälk. Sie zog ein Taschenbuch mit knallrotem Cover aus dem Regal und hielt es ihm hin.

»Hier, das wäre was für Sie, darin geht es um Kommunikation. Wie man Gespräche führt, zum Beispiel.«

Lange starrte er auf das rote Cover.

»Na jaaa, das ist vielleicht etwas zu, hm, theoretisch.« Fast schuldbewusst schielte er zum Verkaufstresen. Zum Plakataufsteller, genauer gesagt. »Ich wollte mehr, also, was ich meine, ist, dass ich, o Gott, das ist wirklich peinlich, entschuldigen Sie, also dass ich Schwierigkeiten habe, Frauen anzusprechen, und da wäre doch diese Dings, diese Formel …«

Er brach ab, als Dewey sich näherte und mit der Anmut eines jungen Tigers um seine Beine strich.

»Die Liebesformel«, korrigierte Lena ihn ein kleines bisschen entnervt.

Sollte sie ihm mitteilen, was sie davon hielt? Die Buchhändlerin in ihr sagte Ja; die mitfühlende Frau in ihr formulierte ein klares Nein. Es war einfach grundfalsch, einen derart gehemmten Typen mit einer lachhaften Formel abzuspeisen.

»Sicher, die Liebesformel ist eine gute Ergänzung, wenn man mehr aus sich rausgehen und Kontakte knüpfen will, das möchte ich gar nicht bestreiten«, redete sie mit Engelszungen auf ihn ein. »Aber im wahren Leben hilft das auch nicht weiter. Da wäre es doch besser, sich mit den Gründen für die Schüchternheit zu beschäftigen, um sie zu überwinden.«

Sonderlich überzeugt schien er nicht von ihren Worten zu sein. Unsicher schaute er zu Dewey, der sich vor ihn auf den Boden gesetzt hatte und ihn mit seinen bernsteinfarbenen Augen beobachtete.

»Vielleicht, na ja, eines nach dem anderen«, erwiderte er, »also, ich fang dann mal, genau, mit dieser, also, ähm, ultimativen Formel an. Haben Sie das, tja, Buch denn da?«

Lena gab es auf. Benjamin Floros hatte gewonnen. Wieder einmal.

»Die Bestellung ist schon unterwegs«, antwortete sie resigniert. »Am Montagnachmittag werde ich genügend Exemplare vorrätig haben. Gern lege ich Ihnen eines zurück.«

»Ja, hm, tun Sie das.« Seine Nasenflügel bebten, seine Hände nestelten nervös an den Gürtelschlaufen seiner Jeans herum, während er abwechselnd Dewey und irgendeinen Punkt an der Decke fixierte. »Ähm, also, danke.«

Oha, der hat echt Probleme, dachte Lena voller Mitgefühl. So fluchtartig, wie er zum Regal gegangen war, lief er aus dem Laden und ließ eine ganze Wolke aus Fragezeichen zurück. *Hundert Jahre Einsamkeit*, auf den passt der Titel wirklich, überlegte Lena. Zu ihrer eigenen Verwirrung musste sie feststellen, dass sie ihn am liebsten in den Arm genommen und einmal fest gedrückt hätte. Richtig verloren hatte er gewirkt. Nachdenklich schlenderte sie zum Verkaufstresen zurück und klickte das Chatprogramm an. Hui. Also los.

Hi Alex, spontan Zeit?, schrieb sie tapfer. *Würde mich gern ein bisschen über Bücher unterhalten.*

In Michelles Welt wäre das ein absoluter Abtörner gewesen. Alexander antwortete ohne Umschweife.

geht klar. wo wohnst du denn eigentlich?

Eine heikle Frage. Wenn Lena darauf antwortete, konnte er sie jederzeit finden, auch wenn das Date ein Desaster wurde.

Kennst du die Alte Liebe?, tippte sie, während vor ihrem geistigen Auge ein gemütliches Landgasthaus mit Butzenscheibenfenstern und Hirschgeweihen erschien, in dem sie manchmal mit Tante Hilde Schnitzel aß. *Das Lokal müsste ganz in deiner Nähe liegen.*

ups, kenn ich nicht, finde ich aber raus. wann?

Um halb acht?

gebongt

Freu mich, wollte Lena noch schreiben, ließ es aber bleiben. Nein, sie freute sich nicht. Und wenn, dann höchstens auf eine Unterhaltung, in der es mal nicht um Hobbys, Urlaubsreisen und ähnlich banalen Alltagskram ging, der für gewöhnlich beim ersten Date zur Sprache kam. Wenigstens konnten sie ohne die üblichen Verlegenheitsthemen sogleich über Literatur reden.

Die nächsten zwei Stunden verbrachte Lena damit, ihre eher tröpfelnde Kundschaft zu bedienen. Ein Lichtblick war es da schon, als eine Gruppe bunt gekleideter quietschvergnügter Teenager in den Laden einfiel wie ein exotischer Vogelschwarm.

Siebenmal bestellten sie die gelbe Reclamausgabe von Kafkas *Das Schloss*. Für die Schule. Natürlich. Ihr wahres Interesse galt den Instagram-Accounts, die sie sich gegenseitig zeigten. Eines der Mädchen trug ein rosa T-Shirt mit dem Aufdruck *Too late to die young* – zu spät, um jung zu sterben. Sie war vielleicht siebzehn.

Halb so alt wie ich, dachte Lena und fühlte sich plötzlich uralt. Es war lange, lange her, dass sie so ein ausgelassen schnatternder Teenager gewesen war, unbedarft, unbesorgt, ohne Angst vor irgendwas.

Danach diskutierte sie mit einer älteren Stammkundin über die Handlung diverser Liebesromane und nahm weitere Bestellungen der *Ultimativen Liebesformel* entgegen. Als sie die übliche mittägliche Flaute nutzte, um Dewey einen kleinen Lunch in Form einer Dose Thunfisch vorzusetzen, stürmte Michelle in den Laden. In einer Hand trug sie einen Kleidersack, in der anderen ein Kosmetikköfferchen. Das verhieß nichts Gutes.

»Du, Michelle, das ist lieb gemeint, aber …«

»Halt, sag nichts«, nahm ihre Freundin ihr den Wind aus den Segeln, »erst lässt du mich machen, dann fällst du ein Urteil.«

Fünf Minuten später tapste Lena in einem volantverzierten neongrünen Minikleid aus dem Hinterzimmer und fühlte sich so schlimm verkleidet wie seit Kinderzeiten nicht mehr. Das Kleid erinnerte sie an ein Faschingskostüm, in dem sie als Frosch verkleidet zur Schulparty gekommen war und die Hänseleien der anderen Kinder hatte ertragen müssen. Niemand durfte sie so sehen. Gebückt schlich sie zur Leseecke, wo Michelle mit dem geöffneten Kosmetikköfferchen auf sie wartete.

»Phantastisch! Das ist es! Ehrlich, zum Verlieben!« Michelle schien selbst überrascht von ihrer stetig wachsenden Begeisterung zu sein. »Genauso trägt man das jetzt zwischen Kapstadt und Paris! Steht dir super, so was Elegantes!«

Lena wand sich in dem Kleid. Der Stoff kratzte auf ihrer Haut, der Saum endete im nicht messbaren Bereich kurz unter dem Po, das Dekolleté war einfach nur Panne. Man sah sogar ihren BH hervorblitzen.

»Nichts für ungut, Michelle«, druckste sie herum, »wahrscheinlich haben wir nicht ganz deckungsgleiche Vorstellungen von Eleganz.«

»Du hast *gar* keine Vorstellungen von Eleganz.« Schon während Lenas Freundin es sagte, dämmerte ihr wohl, dass sie ein bisschen zu weit gegangen war, denn sie setzte ein versöhnliches Lächeln auf. »Na ja, du lernst eben noch. Und von mir kann man sehr viel lernen, glaub mir. So, ge-nau so darfst du dich Alexander zeigen. Jetzt noch ein bisschen Make-up, und dein Abend ist geritzt!«

Eines wusste Lena ganz genau: In diesem grellgrünen Flatterfähnchen würde sie nie und nimmer auch nur einen Schritt vor die Tür setzen. Andererseits wollte sie Michelle auch nicht beleidigen. Irgendwie war es ja rührend, wie sich ihre Freundin ins Zeug legte. Um des lieben Friedens willen ließ Lena deshalb auch noch die kosmetische Verschönerungsaktion über sich ergehen. Diese bestand darin, dass Michelle pfundweise Puder auf ihr Gesicht stäubte und dann mit allerlei Stiften darauf herummalte. Es war eine Tortur, die etwa fünfzehn Minuten dauerte, in denen gottlob kein Kunde auftauchte.

»Das flasht«, juchzte Michelle, als sie ihr Werk mit der Miene eines Künstlers begutachtete, der soeben ein Meisterwerk erschaffen hatte. »Was so ein bisschen Farbe doch ausmacht! Warum schminkst du dich nie?«

»Sorry, Farben und Formen habe ich im Kindergarten geschwänzt«, lispelte Lena.

Michelles Euphorie konnte das keineswegs dämpfen. Aufgeregt kramte sie ihre Spiegeldose aus der Handtasche und hielt sie Lena vor die Nase.

»Bitte sehr. Na, wie sieht das aus?«

Wie Frankenstein nach einem Verkehrsunfall, wäre die aufrichtige Antwort gewesen. Der Anblick, der sich Lena bot, war einfach nur schauderhaft. Ein schwarzer Lidstrich zog sich breit wie eine Treckerspur über ihren Wimpernansatz, darüber hatte Michelle dramatischen dunkelbauen Lidschatten verteilt. Der Mund war mittels Konturenstift unnatürlich vergrößert worden und leuchtete in Pink, die Wangen in einem kranken Orangeton.

»Jetzt sag doch mal was«, drängelte Michelle. »Die Smokey Eyes habe ich super hinbekommen, oder?«

»Smokey Eyes.«

Mehr als dieses schwache Echo brachte Lena nicht zustande. Es gab nur einen einzigen Gedanken, der sie beseelte: Sie musste ihre Freundin so schnell wie möglich loswerden, um zu duschen – bevor sie sich noch vor ihren Kunden zum

Gespött machte. Lena betete, dass nicht gerade jetzt jemand den Laden betrat. Doch Michelle wollte erst einmal ihre Lorbeeren einheimsen.

»Schau in dieses Gesicht! Es ist das Resultat meiner Recherche der aktuellen Make-up-Trends!«, redete sie sich weiter in Begeisterung. »Lena, Süße, wenn du auch nur ein bisschen Energie darauf verwenden würdest, dir YouTube-Tutorials reinzuziehen statt immer nur Bücher, könntest du das irgendwann auch. Fürs Schminken braucht man kein Diplom.«

Vielleicht doch, dachte Lena. Michelles Do-it-yourself-Methode hätte allenfalls an Halloween als vorzeigbar durchgehen können.

»Tja, dann bin ich ja wohl ausgehfertig«, flunkerte sie und schenkte ihrer Freundin ein Abschiedslächeln. »Ich wünsche dir noch ein tolles Wochenende. Wir können ja morgen telefonieren, dann erzähle ich dir, wie das Date gelaufen ist.«

»Wie du meinst, aber …«

Mitten im Satz verstummte Michelle, weil die Ladenglocke ertönte. Beide Freundinnen schauten synchron zur Tür. Michelle stieß einen spitzen Schrei aus, Lena blieb der Atem stehen. Nein. Bitte nicht. Nicht das. Nicht jetzt! Wie die Inkarnation ihrer schlimmsten Alpträume spazierte Benjamin Floros herein. In Jeans, Cowboystiefeln, schickem blau-weiß gestreiftem Oberhemd. Scheibenkleister. Und sie sah aus wie das Joker-Clownsgesicht im Batmanfilm. Welches grausame Schicksal dachte sich solche Gemeinheiten aus?

»Benjamin!« Michelle flog ihm förmlich entgegen und warf

sich in seine Arme. »Das ist ja toll! Ach was, das ist obergenial! Da könnten wir ja gleich zusammen …«

»Sekunde, Michelle.« Leicht betreten schob er sie von sich und hielt sie mit ausgestreckten Armen auf Abstand. »Ich wollte eigentlich nur meine Lederjacke abholen und bei der Gelegenheit verhindern, dass … oh. Oha.«

Soeben hatte er Lena entdeckt, die sich unauffällig ins Hinterzimmer verkrümeln wollte. Zu spät.

»Nicht weglaufen, Frau Hagedorn!«, rief er. »Sie sehen ja umwerfend aus! Ich habe Sie kaum erkannt!«

»Sag ich doch!«, rief Michelle.

Eine Art Ganzkörperbeben erfasste Lena. Sie konnte nicht sprechen. Nicht mal denken. Alles, was ihr Hirn hervorbrachte, klang eher nach Comic-Abteilung. Würg, ächz, seufz – so was in der Art. Ihr Wunsch, im Boden zu versinken, war mindestens so stark wie ihr Bedürfnis, sich gründlich zu waschen.

»Schön, Sie zu sehen«, säuselte Benjamin Floros, während er näher kam.

»Also, das kann ich nicht so richtig zurückgeben.« Lena zuppelte gleichzeitig das Dekolleté hoch und den Rocksaum runter, was darauf hinauslief, dass das Dekolleté unverändert zu weit ausgeschnitten und der Saum unverändert zu kurz war. »Was machen Sie überhaupt hier?«

»Meine Wettpartnerin Lena Hagedorn vor einem voreiligen Date bewahren?«

Das war an Impertinenz kaum zu überbieten. Irgendwann hörte der Spaß auch mal auf.

»In anderer Leute Chats rumschnüffeln – das beweist

Klasse«, grummelte Lena. »Sie würden mir einen großen Gefallen tun, wenn Sie wieder verschwinden.«

Er musterte sie noch einmal von oben bis unten, dann hob er entschuldigend die Arme.

»Tut mir leid, Sie befinden sich in einem Experiment, das zugleich eine Wette ist. Mit großer Sorge habe ich gelesen, dass Sie heute diesen Alexander treffen wollen. Das würde alles kaputt machen und die Wette gleich mit.«

»Denke ich eher nicht«, warf Michelle ein.

Lena hörte gar nicht hin. Ihr reichte es. Aber so was von.

»Ihre Wette können Sie sich in die Haare schmieren«, fauchte sie. »Und falls ich dieses unwürdige Spiel dadurch verloren habe, trete ich meinen Wettverlust gern an Michelle ab. Bitte schön, Sie dürfen mit ihr essen gehen.«

»Au ja!«, jubelte Michelle. »Bin dabei!«

»Nein, nein, so kommen Sie mir nicht davon, das wäre zu einfach«, widersprach Benjamin Floros.

»Ist mir Banane.« Lena straffte ihre Schultern und bog den Rücken durch. »Ich bin Ihnen nichts schuldig.«

»Dann … dann …«, man konnte sehen, wie fieberhaft es hinter seiner Stirn arbeitete, »treffen Sie sich eben mit Arne-Christian.«

Völlig verblüfft, wie schnell er umgeschwenkt war, sah Lena in sein Gesicht, das noch vom Fahrtwind seiner Vespatour gerötet war.

»Wieso das denn jetzt?«

Wie ein Zirkuspferd, das die Musik hört und sogleich lostrabt, verfiel er in seinen Vortragston.

»Nun, zu den Parametern meiner Formel gehört auch eine Attraktivitätsskala von eins bis zehn. Arne-Christian ist eine sieben Komma fünf. Das ist gut. Also für Sie.«

Lena verstand nur Bahnhof.

»Wie jetzt – was denn für eine Skala?«

Er schwieg, was bei einem redegewandten Mann wie Benjamin Floros verdächtig wirken musste. Lena tippte ihm mit einem Finger auf die Hemdbrust.

»Moment mal, bestimmt haben Sie auch für diesen Schwachsinn eine Formel, oder?«

»So ist es«, erwiderte er gemessen. »Die Erfahrung zeigt, dass es nur maximal zwei Punkte Attraktivitätsdifferenz zwischen Partnern geben darf, damit die Beziehung von Dauer ist.«

Inzwischen ging Lena ein Licht nach dem anderen auf.

»Und ich bin eine …?«

»Gestern dachte ich, na ja, eine vier Komma fünf. Das hätte gut zu Alexander gepasst, der gerade mal eine zwei Komma fünf ist. Aber so heiß, wie Sie heute aussehen, sind Sie eine acht, also wäre die Attraktivitätspanne zu groß.«

»In diesem Aufzug würde ich nie zu einem Date gehen!«, protestierte Lena. »Das ist das Kleid meiner Freundin, und sie hat mir nur aus Spaß Smokey Eyes geschminkt!«

»Schön, dass ich das auch mal ganz nebenbei erfahre«, sagte Michelle verschnupft.

»Trotzdem«, Benjamin Floros fuhr sich schon nicht mehr ganz so selbstsicher durchs Haar, »jetzt sind Sie eine glatte acht, was Alexander ausschließt.«

Lena wankte zur Leseecke, wo sie sich aufstöhnend auf einem der gelben Sessel niederließ.

»Schon mal darüber nachgedacht, wie menschenverachtend das alles ist? Und jetzt kommen Sie mir bloß nicht mit dem Koch-und-Kellner-Gesülze.«

»Wo liege ich denn auf deiner Skala, Benjamin?«, schaltete sich Michelle ein, die unterdessen vollauf damit beschäftigt gewesen war, ihn anzuhimmeln.

Er überhörte die Frage. Auftrumpfend baute er sich vor Lena auf.

»Sie können die Skala albern nennen, unsinnig, bescheuert, sogar menschenverachtend. Ich nenne es Empirie. Die Paarforschung hält jede Menge Studien bereit, die meine Behauptungen bestätigen.«

Lena hatte mehr als genug gehört. Warum sprach sie überhaupt noch mit dem Honk? Sie setzte sich ganz gerade hin und bog den Rücken durch.

»Sehr geehrter Herr Floros, mit Verlaub, Sie können sich mitsamt Ihrer blöden Skala gehackt legen. Die Wette ist hiermit annulliert. Ich bin raus.«

In die unbehagliche Stille hinein hörte man das flappende Geräusch von Michelles Flipflops. Ganz dicht trat sie an Benjamin Floros heran.

»Wo gehen wir denn nun essen, Benjamin?«

Kapitel 7

Viel zu lange hatte Lena nur die Abenteuer im Kopf zugelassen. Jetzt wollte sie wenigstens versuchsweise der papiernen Welt entkommen und sich in die Wirklichkeit stürzen. Raus aus den Buchdeckeln, rein ins Leben!

Woher ihr plötzlicher Sinneswandel rührte? Das wusste sie selber nicht so genau. Vielleicht wollte sie ja allen ein Schnippchen schlagen, die in ihr so was wie ein altjüngferliches Neutrum sahen. »Bücherverrückt« und »lebensängstlich« hatte Benjamin Floros sie genannt und auf seiner unsäglichen Attraktivitätsskala ganz weit unten einsortiert. Auch das »schwer vermittelbar« von Michelle hallte noch durch Lenas Kopf. So was ließ man nicht auf sich sitzen.

Recht schnell war Benjamin Floros am Mittag auf seiner Vespa abgedüst, so schnell, dass er wieder seine Lederjacke vergessen hatte, für die er doch eigentlich gekommen war. Typisch Mann. Komplett unstrukturiert. Danach hatte Lena Michelle getröstet, was ein hartes Stück Arbeit gewesen war, und nach Ladenschluss oben in der Wohnung ausgiebig geduscht. Mehr Vorbereitungen waren nicht nötig gewesen. Sie hatte *keine* hübsche Spitzenunterwäsche angelegt – der All-Time-

Favorite-Tipp von Tante Hilde. Sie hatte sich *nicht* die Beine rasiert – ein Last-Minute-Tipp von Michelle, die außerdem was von Kondomen genuschelt hatte.

Nach der Dusche war Lena einfach wieder in Jeans und Hoodie geschlüpft. Ein Hauch Lipgloss, fertig. Das heißt … nun ja, um der Wahrheit die Ehre zu geben: Sie hatte schon im Hausflur gestanden, als sie noch mal zurückgesaust war, um den grauen Hoodie gegen eine himmelblaue Bluse und eine gleichfarbige Jeansjacke auszutauschen. Das war dann aber auch alles gewesen.

Nun hockte sie in einem schlingernden Linienbus, der mit grölenden Jugendlichen angefüllt war und komisch roch. Samstagabend halt. Lena lenkte sich mit Lektüre ab. Während Mädchen kreischten, Bierflaschen kreisten und absurde Trinkspiele veranstaltet wurden, hatte sie nur Augen für ihr Buch: *Die Dornenvögel,* ein Klassiker der verbotenen Liebe. Himmelstürmende Leidenschaften, himmelhohe Hindernisse – ein Traum. Natürlich hatte Lena den Roman schon früher einmal gelesen. Dennoch traten ihr wieder Tränen der Rührung in die Augen, als sie die Vorrede las: *Denn das Beste ist nur zu erreichen unter großen Opfern …*

Verglichen mit dieser herzzerreißenden Geschichte war das Opfer, das sie heute brachte, kaum der Rede wert. Eine Busfahrt mit der entfesselten Jugend, mehr nicht. Aber sie war ja auch nicht in den wunderschönen Pater Ralph de Bricassart verliebt, sondern hatte ein Date mit einem milchgesichtigen Bücherfan, der in Gesellschaft einer vertrockneten Topfpflanze unter einer Glühbirne hauste. So weit, so unromantisch.

Das Lokal, das sie als Treffpunkt vorgeschlagen hatte, lag am Stadtrand ebenjener Großstadt, die sie erst vor Kurzem verlassen hatte. Inmitten von Schrebergärten, hinter denen die gezackte Skyline der Hochhäuser aufragte, lag das Gasthaus »Alte Liebe«. Dort würde sie Alexander kennenlernen. Und zwar richtig, ohne Plastikhülle sozusagen.

Ihre Ängste waren wie weggeblasen. Warum sollte sie aufgeregt sein? Auf Lena wartete kein Prinz, nur ein anregendes Gespräch über Literatur. Das hatte sie auch Michelle gesagt. Praktisch veranlagt, wie ihre Freundin nun mal war, hatte Michelle erwidert, Lena könne Alexander ja immer noch »friendzonen«, falls der Funke nicht übersprang – was so viel bedeutete wie dass sich eine platonische Freundschaft daraus ergeben könnte. Diese Perspektive gefiel Lena. Ein Freund, mit dem sie stundenlang über Bücher reden konnte, das hatte was.

Gedankenverloren sah sie aus dem Fenster. Die Sonne war fast untergegangen, ein zartvioletter Dunst legte sich über die herbstlich abgetönte Landschaft. Schön. Nur der Prinz fehlte, der am Horizont hätte erscheinen sollen, als Silhouette zunächst, dann in seiner ganzen Pracht, mit schimmernder Rüstung auf seinem stolzen Schimmel einherreitend. Aber solche phantastischen Männer gab es nur in Bücherwelten.

Lena vertiefte sich wieder in ihren Roman. Zwischendurch trudelten alle möglichen Nachrichten von Michelle ein.

Viel Glück! – Bleib locker! – Schreib mir sofort, wenn dir was nicht geheuer vorkommt!

Als Lena eine halbe Stunde später aus dem Bus stieg, vibrierte ihr Handy erneut. Nanu? Die Message kam von einer

Nummer, deren Zahlenfolge ihr nichts sagte. Vielleicht Alexander? Ohnehin hatte sie noch ein bisschen Zeit, also hockte sie sich auf die Bank des Buswartehäuschens und öffnete die Nachricht. Gut, dass Lena saß. Es gab Messages, die man besser im Sitzen las.

Da Sie ja wild entschlossen sind, meine Warnungen in den Wind zu schlagen, hier noch ein Tipp: Wenn Alexander eine humorvolle Bemerkung macht, tun Sie wenigstens so, als ob Sie's amüsant finden. Eine Frau, die einen Mann bei einem Witz hängen lässt, muss mit der bösen Überraschung rechnen, dass er dann wiederum in erotischer Hinsicht nur eine Hängepartie abliefern kann. Hochachtungsvoll, Benjamin Floros

Das war derart schräg, dass Lena alle guten Vorsätze vergaß, nie wieder ein Wort mit dem Herrn der Ringe zu wechseln.

Nicht Ihr Ernst, schrieb sie zurück. *Mangelnde Bewunderung erzeugt Erektionsprobleme?*

Genau, antwortete er. *Und nicht vergessen: Demonstrative geistige Überlegenheit einer Frau kastriert die Herren der Schöpfung sogar.*

Klar. Leise lachte Lena in sich hinein, als sie antwortete.

Scheint Ihr persönliches Dilemma zu sein, Herr Floros, kein allgemeines Männerproblem. ☺

Darauf kam keine Erwiderung mehr. Trotzdem wartete Lena noch ein bisschen. Ihre Uhr zeigte zwar Schlag halb acht, aber hieß es nicht: Eine Frau, die pünktlich beim Rendezvous erscheint, sei viel zu früh dran? Fünf Minuten später erhob sie sich, dehnte ihren von der Busfahrt steifen Rücken und steuerte das Gasthaus »Alte Liebe« an. Zwei altmodische Gaslaternen flankierten den Eingang. Mit dem liebevoll restaurierten Fachwerk und dem tief hängenden Schindeldach sah das Lokal ausgesprochen anheimelnd aus.

Genau richtig, dieses bodenständige Ambiente, dachte Lena. In so einem Laden achtet jeder auf den anderen, da kann mir nichts passieren. Gut, Alexander sah nicht gerade aus, als ob er Frauen K.-o.-Tropfen in den Drink träufeln würde – aber wusste man's?

Drinnen empfing sie ein gemütlicher Schankraum, mit honigfarbenem Holz getäfelt, von Hirschgeweihen geschmückt und schweren Essensdünsten durchweht. Hier wurde solide Hausmannskost serviert. Fast alle Tische waren bereits besetzt. Viele Familien mit Kindern waren dabei, die sich lautstark Schnitzel, Schweinenacken und Königsberger Klopse schmecken ließen. Es gab nur einen Tisch, an dem eine einzelne Person saß. Ein Mann. Er trug ein himmelblaues Sweatshirt, was Lena als gutes Omen auffasste. Den Kopf gesenkt, starrte er unverwandt auf sein Handy. Vor ihm stand ein Glas frisch gezapftes Bier auf dem massiven Holztisch.

Plötzlich wurde Lena nun doch ein wenig nervös. Aber eben nicht so herrlich flirrend nervös wie vor den besseren ihrer zurückliegenden Dates. Noch wusste sie nicht, ob sie froh darüber sein sollte.

Während sie sich durch die Tische mit dem dazugehörigen Lachen und Stimmengewirr arbeitete, stellte sie irritiert fest, dass der Mann, dem sie sich näherte, zwar Alexander ähnelte, aber irgendwie anders aussah als auf dem Profilfoto – schlanker, auch muskulöser. Eine Blitzdiät mit integriertem Sportprogramm? Ausgeschlossen. Wer postete denn schon ein unvorteilhaftes Profilfoto? Eher war es doch umgekehrt: Man lud uralte Bilder hoch, auf denen man rank und schlank und faltenfrei in die Kamera lächelte. Das wusste selbst Lena. Sehr merkwürdig. Je näher sie dem Tisch kam, desto mehr wuchs ihr Befremden.

»Hallo, bist du Alexander?«, sprach sie den Mann an, als sie direkt vor ihm stand.

Er sah auf. Gelassener, als man hätte vermuten können bei einem Typen, dem ein erstes Date bevorstand.

»Oh, hallo. Ja.«

Eine klemmige Pause entstand, in der sie einander neugierig beäugten.

»Meinst du – ja, wie: Ich bin Alexander, oder – ja, wie: Setz dich doch?«, fragte Lena etwas verwirrt.

Er legte sein Handy beiseite und zeigte auf den Stuhl gegenüber.

»Nimm Platz. Ich muss dir erst mal was sagen.«

Immer noch verwirrt sank Lena auf den Stuhl. Aus der Nähe betrachtet und von der schmiedeeisernen Lampe über dem Tisch beleuchtet, bestand nur noch eine vage Ähnlichkeit zwischen dem anwesenden Alexander und dem Chat-Alexander. Irgendetwas lief hier total unrund. Sie musste Michelle alarmieren. Für alle Fälle.

»Sorry, ist was Wichtiges«, murmelte sie, während sie ihr Handy zückte.

Das ist gar nicht Alexander! Das ist ein wildfremder Typ!, tippte sie mit fliegenden Fingern eine WhatsApp. *Was soll ich tun?*

Merk dir sein Gesicht, damit du es später dem Phantomzeichner der Polizei beschreiben kannst!, textete Michelle in Schallgeschwindigkeit zurück.

Sehr hilfreich. Lena legte das Handy auf den Tisch.

»Also? Was ist hier los?«

»Ich bin Johannes, der Bruder von Alexander«, erklärte ihr Gegenüber so ruhig, als sei es das Normalste der Welt, sich in ein fremdes Date zu schleichen.

»Der – Bruder.«

Es kostete Lena einige Mühe, ihre entgleisenden Gesichtszüge in den Griff zu bekommen. Doch der Mann, der definitiv nicht ihr Date war, betrachtete nur gleichmütig die Kohlensäurebläschen, die in seinem Bierglas aufstiegen, als er zu einer ausführlicheren Erläuterung ansetzte.

»Alexander ist eine Art Eremit. Er hat Schwierigkeiten, jemanden zu treffen, den er nicht richtig kennt und deshalb noch nicht einschätzen kann. Ich bin gewissermaßen, wie soll ich sagen – der Vorkoster.«

»Der – Vorkoster.«

Herrjemine! Der Bruder. Der Vorkoster. Lena war bewusst, dass sie nur alles nachplapperte wie ein Papagei. Aber mehr fiel ihr gerade nicht ein. Es war einfach zu krass. Da verabredete sie sich mit einem Mann, und der schickte stattdessen seinen Bruder?

»Es ist so, dass Alexander leider nur sehr wenige und sehr schlechte Erfahrungen mit derartigen Verabredungen hat«, erklärte Johannes so geläufig, als hätte er diese Sätze schon des Öfteren aufgesagt. »Manche Frauen wollen nur ihren Marktwert testen. Oder eine schnelle Affäre. Oder einen Vater für ihr zukünftiges Kind.«

Das war ein starkes Stück. Zumal es im Chat hauptsächlich um englische Literatur gegangen war. Außerdem war Alexander nun wirklich nicht der Typ Mann, von dem Frauen schnelle Affären und haufenweise Kinder wollten.

»Das heißt, du willst erst mal testen, ob ich eine echte Beziehung möchte?«, fragte Lena vollkommen perplex.

»Genau.« Ihr Gegenüber kramte Stift und Zettel heraus. »Da sind noch einige Fragen offen.«

Eine junge, hübsche Kellnerin in einem dirndlartigen roten Kleid mit grüner Schürze erlöste Lena vorerst aus der bizarren Situation.

»Darf's schon etwas zu trinken sein, die Dame? Und danach die Speisekarte?«

»Nein, danke«, wehrte Lena so freundlich ab, wie es in ihrer Gemütsverfassung möglich war. »Kein Getränk. Keine Speisekarte.«

Sie dachte gar nicht daran, mit einem Mann zu speisen, der sie auf ihre Beziehungstauglichkeit testen wollte. Ohnehin fühlte sich ihr Magen an wie eine Waschmaschine im Schleudergang. Ihr war richtiggehend übel. Alexanders Bruder hingegen bestellte Rippchen mit Pfeffersauce, als sei das hier eine Art vorgezogenes Familientreffen. Danach bedachte er Lena mit einem aufmunternden Blick.

»Und du? Wirklich keinen Hunger? Ich lade dich ein, wenn du willst.«

»Auf keinen Fall. Muss gleich wieder los.« Sie wollte schon

aufstehen, um schnurstracks den Rückzug anzutreten, als sie sich eines Besseren besann. »Was mich noch interessieren würde – wie sieht denn der Fragenkatalog aus, der darüber entscheidet, ob ich die Richtige für deinen Bruder bin? Ist das so eine Art Literaturexamen?«

Wie angewurzelt verharrte die Kellnerin am Tisch. Sie schien genauso brennend an den Antworten interessiert zu sein wie Lena.

»Nun mal nicht so kratzbürstig, Fräulein«, erwiderte Johannes gönnerhaft und trank einen Schluck von seinem Bier. »Klar habe ich Fragen. Aber auch der persönliche Eindruck zählt, sonst wären wir ja nicht hier.«

»Wohl wahr.« Lena zog eine kleine Grimasse. »Auch ich hätte mir gern einen persönlichen Eindruck verschafft. Von Alexander, wohlgemerkt.«

Die Kellnerin, die immer noch mit gespitzten Ohren neben dem Tisch stand, hob unauffällig einen Daumen. Es tat Lena gut, eine Zeugin für diesen Irrsinn zu haben. Sie beugte sich ein wenig zu Johannes vor, der einen weiteren Schluck Bier nahm. Je länger sie ihn ansah, desto stärker wurde wieder die Ähnlichkeit mit Alexander sichtbar. Dieselbe Haarfarbe, ein ins schlammig Graue tendierendes Braun. Die gleichen verschwommenen Augen, der gleiche teigige Teint. Aber sie wollte Männer ja nicht nach Äußerlichkeiten bewerten.

»Intellektuell versteht ihr euch schon mal bestens, hab ein bisschen mitgelesen bei eurem Chat«, sagte er, wobei er sich mit dem Handrücken den Schaum von den Lippen wischte. »Allerdings möchte Alexander auch wissen, ob du was gegen

Saubermachen hast, ob du kochen kannst und beim Bügeln …«

»Stopp!«, rief Lena so laut, dass die Kellnerin erschrocken zusammenzuckte und sich einige Gäste im Lokal zu ihr umdrehten. Mit gedämpfter Stimme sprach sie weiter. »Er will eine belesene Putzfrau, die am Herd steht, während sie bügelt? Sehe ich das richtig?«

»Hätte ich netter formuliert, trifft die Sache aber in etwa«, bestätigte Alexanders Bruder grienend. »Soll ja was Festes sein. Alexander braucht eine Frau, die auch mal zupacken kann. Ein buchverrückter Traumtänzer mit zwei linken Händen ist er schließlich selber.«

Lena spürte, wie auf ihrer Stirn eine Zornesader pulsierte, was sehr, sehr selten vorkam.

»Ich dachte, mit einem Online-Flirt wäre ich schon am tiefsten Punkt angekommen. Jetzt stelle ich gerade fest, dass man noch tiefer sinken kann.«

»Auf den Schreck vielleicht einen Korn?«, fragte die Kellnerin mitfühlend. »Sehen Sie mal, ich habe hier noch einen auf meinem Tablett, der war überzählig.«

Lena steckte ihr Handy ein und erhob sich. Ihre Geduld war ebenso am Ende wie ihre Beherrschung.

»Nein danke, keinen Korn. Pass mal auf, Johannes, falls du denkst, ich mach mich hier zum Obst, bist du auf dem falschen Dampfer. Schöne Grüße an Alexander. Er braucht keine Frau, er braucht eine Therapeutin.« Dann wandte sie sich an die Kellnerin. »Sie sind wunderbar. Und jetzt nehme ich doch noch den Korn. Vielen Dank.«

Sie stürzte den Schnaps hinunter, dann stapfte sie erhobenen Kopfes durch das Lokal Richtung Ausgang; entgeistert, enttäuscht und so aufgebracht, dass sie gar nicht wusste, wohin mit ihren schäumenden Gefühlen. Sie hatte es gewusst. Von Anfang an. Die Welt des Online-Datings war ein Marktplatz, auf dem man wie eine Ware gehandelt wurde. Diese entwürdigende Prozedur hatte sie nicht nötig. Keine Frau hatte das nötig. Draußen angekommen schleppte sich Lena zum Bushäuschen, ließ sich auf die Wartebank fallen und rief Michelle an. In kurzen Zügen schilderte sie ihr Ungemach.

»Und dann hat sich dieser Johannes auch noch irgendeine windige Erklärung zusammengemurkst«, schloss sie ihren Bericht ab. »Ich sag nur: *Früchte des Zorns*! Nie wieder! Online-Dating ist durch!«

»Nein, nein, warte, Lena, so darfst du es nicht sehen, das wäre fatal.« Aus dem Lautsprecher des Handys strömten Michelles schwere Atemzüge. »Das ist wie bei einem Autounfall! Man muss sich sofort wieder hinters Steuer setzen, sonst fährt man nie wieder!«

Vor Lenas Augen tanzten kleine Sterne. Oder waren es Mücken? Ihr war ein bisschen schwindlig.

»Wenn ich das richtig interpretiere, willst du, dass ich mir noch einmal so einen Wahnsinn antue? Geht's noch?«

»Süße, ich habe schon Arne-Christian für dich klargemacht«, zwitscherte Michelle wie ein gut gelaunter Kanarienvogel. »War doch abzusehen, dass du mit Alexander nichts anfangen kannst. Man muss immer zweigleisig fahren, alte Regel. Deshalb …«

»Wie bitte?« Lena fiel aus allen Wolken.

»Klargemacht? Was soll das heißen?«

Wieder hörte sie schweres Atmen, dann das Ploppen eines Korkens und Schluckgeräusche. Michelle zischte manchmal abends einen Prosecco. Offenbar musste sie sich Mut für das Folgende antrinken, was ganz, ganz böse Vorahnungen in Lena auslöste.

»Michelle. Was – hast – du – getan?«

»Ach, weißt du, dein Mail-Programm war noch offen, als du heute Nachmittag mal kurz auf der Toilette warst, da habe ich den zweiten Link angeklickt und Arne-Christian geschrieben«, zwitscherte Michelle munter weiter. »Er freut sich riesig auf dich. Um neun. Nur ein paar Kilometer weiter in der Verführ-Bar, die kennst du doch? Der Bus Linie 31 bringt dich hin, der müsste gleich abfahren. Hab schon alles für dich durchgecheckt.«

Lena blieb die Spucke weg. Wie konnte Michelle nur so etwas tun! Hinter ihrem Rücken! Es war einfach unfassbar.

»Schatz? Hörst du mich?«, flötete es aus dem Handy.

Entkräftet schloss Lena die Augen.

»Sei so gut und gönn mir einen kleinen Moment für eine emotionale Reaktion.«

Selbige bestand darin, dass sie das Mikro zuhielt und dreimal hintereinander ein Wort ausstieß, für das Tante Hilde ihr früher den Mund mit Seife ausgewaschen hätte. Aber Dampf ablassen musste sein. Sonst wäre sie geplatzt wie eine Bratwurst. Einen hässlichen Streit wollte sie jedoch vermeiden, nachdem sie schon Michelles Eifersucht geweckt und das Umstyling verworfen hatte. Sie musste ihre Botschaft einigermaßen diplomatisch rüberbringen.

»Michelle? Es wird schneller gehen, wenn du nichts mehr sagst. Hör zu, ich weiß dein Engagement sehr zu schätzen«, das entsprach sogar der Wahrheit, »und ich denke gern noch mal über ein zweites Date nach«, das hatte Lena ganz gewiss nicht vor, »aber für heute ist Schluss. Ich bin total erschöpft.«

»Erschöpft?« Michelles Stimme glitt ins Schrille. »Ich habe zwei Kinder! Ich bin seit zehn Jahren erschöpft!«

Darauf ließ sich schwerlich etwas erwidern. Als alleinerziehende Mutter befand sich Michelle im Hamsterrad eines anstrengenden Alltags, während Lena ja nur Dewey versorgen musste, den Haushalt schmiss, Tante Hilde zum Arzt begleitete, den gesamten Einkauf erledigte, die Wohnung schrubbte, die Steuererklärung machte, sich um den Laden kümmerte, Kunden beriet, Lesungen organisierte …

»Oder willst du aufgeben, weil dein Herz für Benjamin schlägt?«, ließ Michelle die Katze aus dem Sack.

Lenas Herz klopfte so laut, dass es in ihrem Brustkorb dröhnte. Da war es wieder, dieses Misstrauen, das nur ein Mann erzeugen konnte. Und schon stand wieder dieser vermaledeite Benjamin Floros zwischen ihnen.

»Süße, das deutest du ganz, ganz falsch«, sagte sie etwas lahm.

»O nein, ich hab da was in deinen Augen gesehen, als er heute mit dir geredet hat. So einen gefährlichen Glanz.«

»Das bildest du dir nur ein.« Mit den Kappen ihrer Sneakers schob Lena unsichtbare Steinchen auf dem Asphalt hin und her. Es war vertrackt. Ihr blieb keine Wahl. »Muss es denn unbedingt heute sein?«

»Na, Arne-Christian wartet doch schon auf dich in der Bar. Stell dir vor, er hat sogar britische Vorfahren! Und du liebst England!«

Auch wenn er vom Mars gekommen wäre, hätte er Lena nicht weniger interessieren können.

»Das wird episch!«, tirilierte Michelle. »Ich sag nur: Jane Austen! Du wirst es nicht glauben – er hat sogar einen handgeschriebenen Brief von Jane Austen ersteigert. Ein Auto, na, du weißt schon, Autodings.«

»Autograph.«

»Und dann spielt er Querflöte. Und geht zu Konzerten. Dein Leben wird ein anderes sein mit ihm. Bunter! Schöner! Ein Leben mit Literatur und Musik!«

Für Lena klang das nach den Versprechungen auf Beipackzetteln überteuerter Cremes: Schon nach zwei Wochen leuchtet Ihre Haut, die Falten sind geglättet, die Konturen wieder straff. Wer's glaubt, wird selig.

In diesem Moment hielt ein Bus der Linie 31 neben dem Wartehäuschen. Zischend öffnete sich die Tür. Es war ein Reflex, als Lena aufstand und in den Bus stieg. Es war immer noch ein Reflex, als sie ihre Monatskarte vorzeigte und sich auf einen freien Sitz drückte. Keine Frage, sie litt unter akutem Hirnausfall.

»Schatz?«, quäkte es aus dem Handy. »Bist du noch da?«

»Ja.« Lena nickte, obwohl Michelle sie gar nicht sehen konnte. Mit leerem Kopf nickte es sich bekanntlich leichter. »Melde mich später bei dir.«

Sie fühlte sich wie in einem Film, dessen Drehbuch andere geschrieben hatten. Gern hätte sie ein bisschen vorgespult, zu der Stelle, an der sie wieder in ihrem Bett lag. Kurz überlegte sie, ob sie sich Arne-Christians Profil anschauen sollte. Aber wozu? Die Wirklichkeit toppte alles.

Viel zu schnell hielt der Bus in der Innenstadt, wenige Meter zu Fuß von der Straße entfernt, an deren Ende die »Verführ-Bar« lag. Deren Name war selbstredend Programm. Das Etablissement galt als klassische First-Date-Location. Eine stilvoll kuschelige Bar mit hellen Ledersesseln und rosa Plüschteppich, deren legendärer Ruf auf Champagnercocktails basierte. Sanftes Licht, schmusige Musik, diskrete Kellner. Alles, was Herz und Herz begehrten.

Lena hätte gern gewusst, ob die Bar Arne-Christians oder Michelles Idee gewesen war. Da ihre Uhr jedoch schon zehn nach neun anzeigte, verzichtete sie darauf, Michelle erneut anzurufen. Würde ja sowieso nicht lange dauern. Ein Cocktail musste reichen, um ihren guten Willen zu zeigen. Danach würde sie in den letzten Bus springen und nach Hause fahren. Sie spürte gar nichts, keine Aufregung, keine Erwartungen, als sie die gläserne Schwingtür öffnete und eintrat.

Die Bar war gepackt voll. In den Sesseln fläzten sich Paare, die den gemeinsamen Samstagabend genossen, am langen verspiegelten Tresen hingen die Singles ab, das wusste Lena noch von früheren Besuchen. Deshalb schlenderte sie zielstrebig an den Barhockern vorbei, bis ihr ein Mann ins Auge fiel, der überhaupt nicht hierherpasste. Und was für ein Mann! Ihr Herz vollführte einen kleinen Salto. Wenn das Arne-Christian war, hatte sie das große Los gezogen.

Noch mochte sie nicht glauben, was sie sah. Allein das fein geschnittene Gesicht, das akkurat gescheitelte blonde Haar und die edle Streberbrille aus Schildpatt verrieten den kultivierten Zeitgenossen. Schmal, aber nicht schmächtig, wusste er seine Statur mit einem perfekt sitzenden Pfeffer-und-Salz-Tweedjackett zur Geltung zu bringen. Darunter trug er ein weißes Hemd mit roter Fliege. Lena hatte keinerlei Schwierigkeiten, sich diesen Mann in einer gediegenen Privatbibliothek vorzustellen, wo er in kostbaren ledergebundenen Folianten blätterte. Alles in allem sah er aus wie ein englischer Lord, den es nur durch Zufall von seinem idyllisch gelegenen Herrenhaus in diese etwas halbseidene Bar verschlagen hatte.

Das ist er nicht, das ist er nicht, flüsterte Lenas innere Stimme, weil sie eine weitere Enttäuschung nicht ertragen hätte. In diesem Moment schaute er sie an, aus wasserhellen Augen, in denen sich der Himmel zu spiegeln schien. Mit einer kleinen Verbeugung richtete er das Wort an sie.

»Verzeihung, könnte es sein, dass wir eine Verabredung haben?«

»Sie sind …«, Lenas Kehle wurde plötzlich trocken, »Arne-Christian?«

»Richtig, und Sie sind Lena, nehme ich an?« Ritterlich, nein, geradezu formvollendet rückte er einen freien Barhocker neben sich zurecht. »Ich habe mir erlaubt, Ihnen einen Platz zu reservieren.«

Mensch, Lena, nörgelte ihre innere Stimme, alles gut und schön mit deinem Lässig-Look, aber für diesen Traummann hättest du ruhig ein Kleid anziehen können. Tja. Das Ding war durch. Doch als hätte Arne-Christian einen sechsten Sinn, lächelte er bewundernd, während er ihre Erscheinung in sich aufnahm.

»Ich mag Ihre Natürlichkeit, wenn ich mir die Bemerkung erlauben darf. Es ist sehr angenehm, sich in Gesellschaft einer Frau zu befinden, die einem das Gefühl vermittelt, dass man sich ganz zwanglos geben darf.«

Jedes seiner Worte sog Lena in sich hinein wie süßen Honig. Es war Balsam auf ihre wunde Seele. Was hatte sie sich nicht alles von Benjamin Floros und Michelle über ihr Äußeres anhören müssen. Dabei war es doch ganz einfach: Sie musste nur einen Mann treffen, dem gefiel, was er sah. Ohne komplizierte Verschönerungsaktionen.

»Möchten Sie einen Blick in die Getränkekarte werfen?«, fragte er zuvorkommend. »Andernfalls schlage ich einen Prince of Wales vor, den König der Champagnercocktails. Wissen Sie, meine Vorfahren hatten das Privileg, im britischen Königshaus zu verkehren. Gewisse Rituale habe ich daher übernommen. Aber wenn Sie etwas anderes bevorzugen, lassen Sie es mich gern wissen.«

Wie betäubt starrte Lena ihn an. *Prince of Wales*! Das war ein Zeichen! Vor ihr saß der Prinz, nach dem sie sich so inniglich gesehnt hatte!

»Na, was geht denn da vor hinter Ihrer hübschen Stirn?«, lächelte er.

»Nichts von Belang«, sie atmete aus, weil sie unwillkürlich die Luft angehalten hatte, »also, gern einen Prince of Wales auch für mich.«

»Gute Wahl.«

Mit der Souveränität eines Mannes, der es gewohnt war, eine vielköpfige Dienerschaft zu befehligen, bestellte er beim Barkeeper die Cocktails. Mit freundlichster Herablassung sozusagen.

»Erzählen Sie mir ein bisschen über sich«, forderte er sie auf. »Wie haben Sie Ihr Faible für englische Literatur entdeckt?«

Endlich mal ein Mann, der Fragen stellte, statt die übliche Ego-Show abzuziehen. Lenas Entzücken steigerte sich von Sekunde zu Sekunde. Mit glühenden Wangen erzählte sie von ihren literarischen Steckenpferden, und zu jedem Namen, jedem Roman, den sie erwähnte, wusste er eine kluge Bemerkung einzuflechten. Als die Cocktails kamen, stilecht in eisgekühlten Silberpokalen, sah er ihr tief in die Augen.

»Es mag zu diesem frühen Zeitpunkt unorthodox sein, aber darf ich Ihnen das Du anbieten?«

»Ja, natürlich, sehr gern«, antwortete Lena selig.

Das Duzen hatte doch schon in der Luft gelegen, seit sie einander zum ersten Mal in die Augen geschaut hatten. Lächelnd prosteten sie einander zu. Bereits beim zweiten Schluck merkte Lena, dass es der Cocktail in sich hatte. Wenn sie sich recht erinnerte, handelte es sich um eine Mischung aus Champagner, Cognac und Orangenlikör mit einem Spritzer Angosturabitter. Nichts für schwache Nerven.

»Und Sie, ich meine du, besitzt einen original Jane-Austen-Brief?«, erkundigte sie sich.

»In der Tat.« Sein Gesicht kam ein bisschen näher. »Unlängst bin ich in dieser Sache eigens nach London geflogen, zu Sotheby's, dem Auktionshaus mit dem besten Ruf der Welt. Es entbrannte ein veritabler Bieterwettstreit. Aber wenn man etwas liebt, lohnt es sich, dafür zu kämpfen, nicht wahr?«

Ja, ja, ja! Es war so wundervoll, was er da von sich gab. Das war Romantik. Pure Romantik. Lena sagte es ihm, er zog seine rote Fliege gerade, und sie stießen auf die Romantik an. Einmal. Noch einmal. Der bittersüße Cocktail prickelte so schön auf Lenas Zunge. Mittlerweile prickelte es überall. Gut möglich, dass sie sich gerade ein klitzekleines bisschen verliebte, was natürlich eine Untertreibung war. Für Lena existierte in diesem zauberischen Moment nichts mehr auf der großen weiten Welt außer Arne-Christian. Alles andere nahm sie nur wie durch einen Nebel wahr: die Gäste ringsum, die Musik, die ihre Ohren umschmeichelte, den Barkeeper, der ihnen zwei neue Cocktails hinstellte, obwohl sie die ersten noch gar nicht ausgetrunken hatten.

Lena wollte nicht unhöflich sein. Also leerte sie ihren Silberpokal in einem Zug und griff gleich zum nächsten.

»Ein Prosit auf Jane Austen!«

»Hach ja, die große Jane«, seufzte er. »Es ist eine allgemein anerkannte Tatsache, dass ein alleinstehender Mann im Besitz eines ansehnlichen Vermögens nichts dringender braucht als eine Frau.«

Zack. Um Lena war es geschehen. Ihre letzten Dämme brachen. Dieser phantastische Mann hatte soeben den ersten Satz aus *Stolz und Vorurteil* zitiert! Und im Gegensatz zu Benjamin Floros las Arne-Christian solche Romane offenkundig nicht, um für seine Hochstaplertricks zu üben, sondern weil echte Leidenschaft im Spiel war. Eine Leidenschaft, die Lena nun auch in sich selbst aufwallen spürte.

»In neun von zehn Fällen sollte eine Frau lieber mehr Zuneigung zeigen, als sie empfindet«, hörte sie sich sagen.

Auch dieser Satz stammte von Jane Austen. Streng genommen machte er wenig Sinn, weil Lena momentan wesentlich mehr empfand, als sie zeigte. Arne-Christian reagierte darauf, indem er sich leicht vorneigte und ihr den zartesten, unschuldigsten Kuss des Universums auf die Wange hauchte. Irgendwie geriet dabei seine rechte Hand auf ihren linken Oberschenkel. Und Lena? Genoss es. In einzigartigen Nächten wie dieser lächelte Venus, die Göttin der Liebe, und betrachtete mit Wohlwollen, wenn Herz und Herz einander fanden. Lena betrachtete Arne-Christians Lippen, die sie so gern geküsst hätte. Ein Zauber lag über allem, was er sagte und tat.

Achtung, Lena, raunte ihr ihre innere Stimme zu, häng dich nicht zu weit aus dem Fenster. Wenn er ein Ehrenmann ist, wartet er mit körperlichen Annäherungsversuchen.

Aber Lena schmolz schon wie Schokolade in der Sonne. Und dann nahm der Ehrenmann ihr Gesicht in seine Hände und küsste sie so taktvoll und zartfühlend, dass ihr die Sinne schwanden. Mit Zunge. Aber eben taktvoll und zartfühlend. Arne-Christian. Arne-Christian! Immer wieder hörte Lena seinen Namen. Nur – wer sprach ihn aus? Ihre innere Stimme?

Sie öffnete die Augen, die sie während des Kusses geschlossen hatte, und sah sich plötzlich mit einem weiblichen Gesicht konfrontiert, das sie noch nie gesehen hatte. Kam ihr etwa eine andere Frau in die Quere? Eine Online-Konkurrentin, die ihr Arne-Christian wegschnappen wollte? In jedem Falle war es diese merkwürdig zornige Dame, die unablässig den Namen von Lenas Traummann rief, und zwar in einer Tonlage, die Lenas geschmolzenes Herz zu Eis gefrieren ließ.

»Was tun Sie hier?«, keifte die Frau.

Verdutzt starrte Lena sie an. Wer zur Hölle war das Wesen in dem teuren dunkelgrauen Kostüm, an dessen Revers eine Brillantbrosche funkelte?

»Was ich hier – tue?«, erwiderte sie stockend. »Ich habe ein Date.«

»Nein, Sie graben meinen Gatten an!«

Irgendetwas stimmte nicht mit der Schwerkraft. Auf einmal fühlte sich Lena wie in einem Fahrstuhl, der im freien Fall vom zwanzigsten Stockwerk Richtung Erdgeschoss raste.

»Ihren – was?«

»Liebling, lass mich das bitte erklären«, winselte Arne-Christian.

Von seiner Souveränität war nichts mehr übrig geblieben. Schuldbewusst legte er die Handflächen aneinander, bevor er mit windelweichem Dackelblick zu Kreuze kroch.

»Elisabetta, bitte glaube mir, nein, ich schwöre dir, das ist nur eine völlig unbedeutende Zufallsbekanntschaft.«

»Ha! Das wird doch mal wieder so ein billiger Seitensprung!«, schrie seine Gattin wutentbrannt. »Und du faselst was von Geschäftstermin? Vor dir steht deine zukünftige Exfrau!«

Lena hatte genug gehört. Panisch schnappte sie sich ihre Handtasche, glitt heftig schwankend vom Barhocker und sah zu, dass sie Land gewann.

Kapitel 8

Manchmal, wenn Lena vor dem Einschlafen einen nervenzerfetzenden Thriller gelesen hatte, fühlte sie sich am nächsten Morgen wie zerschlagen. Wegen der Träume. Ihr frei flottierendes Unterbewusstsein beschäftigte sich offenbar auch des Nachts mit der Horrorhandlung und feuerte vermutlich Adrenalinsalven in jeden Winkel ihres Körpers ab. Jedenfalls spürte Lena die imaginären Strapazen beim Erwachen: ein Ziehen im Rücken hier, ein Rumpeln im Magen dort, sogar Muskelkater in ihren bleischweren Beinen – als hätte sie ganz real vor eiskalten Serienmördern wegrennen müssen.

Genauso erging es ihr, als sie am heutigen Morgen die Augen aufschlug. Ihr Schädel wurde von einem unsichtbaren Schraubstock zusammengepresst, im Lendenwirbelbereich wühlte ein dumpfer Schmerz. Ihre Knie taten weh und zitterten. Was hatte sie da bloß Haarsträubendes gelesen? Hatte sie überhaupt vor dem Einschlafen gelesen?

Lena brauchte etwa eine halbe Minute, um herauszufinden, dass sie daheim im Bett lag und seit Monaten keinen Thriller mehr in der Hand gehabt hatte. Immer noch ziemlich benommen tastete sie nach Dewey. Doch das Laken neben ihr war verwaist. Kein morgendliches Kuscheln? Kein Dewey?

Sie rappelte sich ein bisschen auf. Als Erstes stellte sie fest, dass sie immer noch die Klamotten des Vorabends anhatte. Und dann, mit der Gnadenlosigkeit eines einschlagenden Blitzes, stand ihr plötzlich wieder alles vor Augen. Die Verführ-Bar. Der verspiegelte Tresen. Die Prince-of-Wales-Cocktails. Arne-Christian. Seine Frau. Zukünftige Exfrau.

Aufstöhnend zog sie die Bettdecke über den Kopf und vergrub ihr Gesicht im Kissen. Hatte sie wirklich geglaubt, dass jenseits ihres romantischen Bücherkosmos echte Prinzen existierten? Jämmerlich. Abhaken, sofort! Arne-Christian war Geschichte. Nur der Prince of Wales hämmerte immer noch in ihrem Kopf herum und drehte ihr gekonnt den Magen um.

»Sie ist wach«, hörte Lena plötzlich jemanden flüstern.

Einen schrecklichen Moment lang hielt sie für möglich, dass es Benjamin Floros war, der sich an ihrem Unglück weidete. Da gab's nur eines: sich schlafend stellen. Sie wagte nicht einmal zu atmen.

»Alles in Ordnung, Süße?«, wisperte es nun schon etwas deutlicher.

Auch ohne einen Blick aus ihrem Bettdeckenversteck heraus zu riskieren, folgerte Lena erleichtert, dass es Michelle war. Niemand sonst sagte »Süße« zu ihr. Schritte tapsten heran. Leise, vorsichtige Schritte, wie beim Betreten eines Krankenzimmers. Und in gewisser Hinsicht war Lena ja auch krank. Seekrank von einem kapitalen Kater und emotional wundgescheuert von zwei Katastrophen-Dates. Niemals hätte sie sich zu diesen beiden Treffen überreden lassen dürfen. Das Schlimmste an der doppelten Pleite war, dass sie ihre Prinzipien gebrochen hatte: Keine Männer mehr! Nur noch schmerzfreie Beziehungen mit Büchern! Das hatte sie nun davon, dass sie ihre wohlbegründeten Prinzipien über Bord geworfen hatte.

Jemand zupfte an der Bettdecke. Ein verführerisch aromatischer Duft stieg Lena in die Nase. Die schützende weiße Daunendecke verschwand, und in Lenas Blickfeld erschien eine Espressotasse. Dahinter schwebte Michelles besorgtes Gesicht.

»Süße, ich hab dir einen Espresso gemacht«, zirpte sie. »Dafür bin ich extra nach unten in den Laden gegangen, Tante Hilde hat mir den Schlüssel gegeben.«

Das war nichts anderes als miese, fiese Bestechung. Michelle wusste ganz genau, dass ihre Freundin eine unbezwingbare Schwäche für Espresso hatte. Lena streckte eine Hand nach der Tasse aus. Espresso ging immer. Aber Michelle ging gar nicht.

»Zufrieden, dass du mich gestern so richtig reingeritten hast?«, ächzte sie, bevor sie die Tasse an die Lippen setzte.

»Schatz, es tut mir so leid, dass dein Abend ein Desaster war.« Schuldbewusst blickte Michelle zu Boden. »Aber das sagt gar nichts. Die Welt ist voll von gestörten Männern.«

»Nicht. Meine. Welt.«

Das fast lautlose Tapptapp weicher Pfoten auf den Holzdielen ließ Lena aufhorchen. Dewey! Endlich! Sie stürzte den Espresso in einem Zug hinunter, drückte Michelle die leere Tasse in die Hand und breitete die Arme aus. Wie ein Pfeil flog

Dewey heran, um sich genüsslich an ihren bettwarmen Körper zu wälzen.

»Mein Freund, mein einziger, mein bester Freund«, murmelte Lena, während sie zärtlich seinen Nacken kraulte. »Wenigstens auf dich ist Verlass.«

»Das würde ich etwas anders sehen, Kind«, ließ sich Tante Hildes knarrende Altstimme vernehmen.

In einem ockerfarbenen Ensemble, das aus einem Häkelkleid mit passendem Jäckchen bestand, schob sie sich ins Schlafzimmer.

»Guten Morgen, liebe Tante Hilde«, sagte Lena wie ein Kind, das etwas angestellt hatte und nun ganz brav sein wollte.

»Morgen? Es ist halb vier Uhr nachmittags.« Ihre Tante lächelte nachsichtig und ein kleines bisschen vorwurfsvoll, eine Mischung, die niemand so gut hinbekam wie sie. »Anscheinend musste da jemand einen gehörigen Rausch ausschlafen.«

»Ja, ich sollte wohl besser ganz die Finger vom Alkohol lassen«, bekannte Lena. Im selben Moment pochte etwas in ihrem Hinterkopf, und dieses Mal war es nicht der Prince of Wales. »Augenblick, wie hast du das eben gemeint? Also, dass nicht nur auf Dewey Verlass ist?«

Heldenhaft den Hüftschmerz überspielend, der sie heute ganz besonders zu plagen schien, humpelte Tante Hilde quer durch das Schlafzimmer und ließ sich neben ihrer Nichte auf der Bettkante nieder.

»Was glaubst du denn, wie du gestern Abend nach Hause gekommen bist? Beziehungsweise wer dich nach Hause gebracht hat?«

Gute Frage. Lena hätte sie nur zu gern beantwortet. Doch in der Abteilung ihres Gedächtnisses, die dafür zuständig war, klaffte ein großes gähnendes Loch. Ratlos kaute sie auf der Innenseite ihrer Wange herum. Filmriss. Auch das noch.

»Es war Benjamin«, hauchte Michelle.

Was? *Was?* Lena hatte allergrößte Schwierigkeiten, das Gehörte mit irgendetwas in Einklang zu bringen, was einen Sinn gergab.

»Willst du mich veräppeln?«

»Das hast du schon selbst erledigt«, befand Tante Hilde, die Lenas Hand genommen hatte und sie beruhigend tätschelte. »Erinnerst du dich denn wirklich an gar nichts mehr?«

Ein weiteres Mal durchwühlte Lena ihr Gedächtnis. Vergeblich. Von dem Moment an, als sie vom Barhocker geglitten – oder etwa gestürzt? – war, brach jede Erinnerung ab.

»Du hast ihn angerufen«, sagte Michelle mit Grabesstimme. »Um kurz vor Mitternacht. Außergewöhnlich redselig und total betrunken.«

Lenas Magen krampfte sich zusammen. Vielleicht war es auch ihr Herz; in ihrer schrecklichen Verfassung ließ sich das nicht so genau feststellen.

»Ich? Benjamin Floros? *Angerufen?*«

»Das Ende vom Lied war, dass er dich irgendwo von der Straße aufgelesen und hierherverfrachtet hat«, ergänzte Tante Hilde. »Sei froh, Kind. Wenn Benjamin nicht gewesen wäre … Himmel! Da hätte sonst was passieren können!«

Lena brach der Schweiß aus. Jedes noch so furchtbare Sonstwas wäre ihr tausendmal lieber gewesen als die Tatsache, dass in ihrer schwärzesten Stunde ausgerechnet Benjamin Floros als Retter aufgetreten war. Knatternd wie ein alter Filmprojektor sprang ihre Phantasie an und produzierte Bilder, in denen Lena durch die Straßen torkelte und Unverständliches lallte. War es so gewesen? Hatte Benjamin Floros sie in diesem Zustand aufgegabelt? Tja, so ähnlich musste es sich abgespielt haben. Das war nicht nur obernotpeinlich, es war eine Schmach, von der sie sich so rasch nicht erholen würde.

»Er ist echt klasse«, verträumt drehte Michelle eine blondierte Haarsträhne um den Finger. »Ein Gentleman, wie er im Buche steht.«

Tante Hilde, die unverwandt Lenas Hand hielt, verstärkte den Druck ihrer Finger ein wenig.

»Ja, stell dir vor, Kind, er hat heute schon dreimal angerufen und sich nach deinem Befinden erkundigt. Eine noble Geste, wenn du mich fragst. Immerhin hast du ihn ganz schön angepflaumt, wenn ich richtig informiert bin.«

Was sollte Lena dazu sagen? Sorry, mein Lebensretter ist nun mal ein professioneller Oberschuft? Es lag auf der Hand, dass derlei Bemerkungen in ihrer Lage unangebracht waren.

»Falls er sich noch mal meldet, übermittele ihm doch bitte meinen verbindlichsten Dank«, rang sie sich mit Ach und Krach eine höfliche Antwort ab.

»Nee, nee, bedanken musst du dich schon selbst, Kind.« Eine ungewohnte Strenge legte sich auf Tante Hildes gütiges Gesicht. »Wer mit Karacho und Kawumm aus der Rolle fällt, schuldet seinem Retter ein persönliches Dankeschön. Und eine Entschuldigung. Das ist das Mindeste.«

»Finde ich auch«, pflichtete Michelle ihr bei. »Benjamin hat sogar das Taxi bezahlt, den ganzen langen Weg hierher und wieder retour. Mit der Vespa warst du nicht mehr transportfähig, wie man hört.«

Uff. Das wurde ja immer gruseliger. Hoffentlich habe ich mich nicht im Taxi übergeben, überlegte Lena bang. Vorsichtshalber fragte sie nicht nach weiteren Details. Was auch immer noch herauskam über diese Nacht, es würde grauenerregend sein. Sie hatte sich wie eine Idiotin aufgeführt. Nachts betrunken einen Mann anrufen – das stand ganz oben auf der international gültigen Liste absoluter No-Gos. Jetzt wollte sie sich nur noch in ihre Kissen verkriechen und alles vergessen. Auch das, was sie vergessen hatte. Vor allem das.

»Können wir bitte ein andermal darüber reden?«, piepste sie.

Ein merkwürdiges Geräusch kam aus Tante Hildes Brustkorb; es hörte sich an, als kämpfe eine dicke Hummel gegen eine Fensterscheibe an.

»Entschuldigungen und Dankbezeigungen haben unverzüglich zu erfolgen«, brummelte sie. »Das gehört sich so, Kind.« Sie ließ Lenas Hand los und erhob sich schwerfällig. »Ich habe Benjamin zu Kaffee und Kuchen eingeladen. Und ich erwarte untadelige Manieren.«

Lenas Augen wurden groß wie Pingpongbälle. Ihre Finger krallten sich in die Bettdecke, mit den Füßen stemmte sie sich gegen das Brett am Fußende, als könnte sie damit irgendetwas ändern.

»Er kommt, also, hm, hierher?« Nebenbei bemerkte sie,

dass sie vor lauter Panik genauso stotterte wie der gehemmte Kunde im Laden. »Herrje, für ähm, wann genau hast du ihn denn eingeladen?«

Resolut zog Tante Hilde ihr Häkeljäckchen in Form. Man sah ihr an, dass sie auch Lena gern ein bisschen in Form gezogen hätte.

»Gleich heute. Der einzige Weg, diesen Schlamassel wieder in Ordnung zu bringen, ist mittendurch. Und nicht drumherum. Außerdem ist heute Sonntag, da hat ein viel beschäftigter Mann wie Benjamin Zeit – falls er nicht gerade wieder eine Jungfrau in Nöten retten muss.«

Kein Zweifel, über diesem Tag hing ein dickes, fettes Schild mit dem Buchtitel *Mieses Karma.* In höchster Verzweiflung schaute Lena zu Michelle. Stumm hielt ihre Freundin vier Finger der rechten Hand hoch, was wohl so viel wie vier Uhr bedeuten sollte. In einer halben Stunde also würde Benjamin Floros höchstselbst hier aufschlagen. Das war mindestens so Furcht einflößend wie der Gedanke an ihren gestrigen Ausrutscher.

»Ich geh Kuchen holen«, verkündete Michelle frohgemut. Aus ihrer Sicht war Lenas unrühmlicher Absturz natürlich ein Glücksfall – bescherte er ihr doch eine erneute Gelegenheit, Benjamin zu bezirzen. »Irgendwelche besonderen Wünsche? Schwarzwälder Kirsch wäre ja wohl zu langweilig. Vielleicht kann ich einen New York Cheesecake im Marktcafé auftreiben oder vegane Muffins mit Vanilletopping.«

Lenas Kehle war wie zugeschnürt. Sie wollte keinen Kuchen. Sie wollte keinen Kaffeeklatsch mit Benjamin Floros.

Wie sollte sie ihm noch in die Augen schauen nach allem, was passiert war? Wie seinen Triumph ertragen, dass Lena Hagedorn ein Häuflein Elend gewesen war? Nachdem Tante Hilde den Raum verlassen hatte, winkte sie Michelle zu sich heran und senkte verschwörerisch die Stimme.

»Du musst mir helfen, von hier zu verschwinden. Sofort. Einer Begegnung mit Benjamin Floros bin ich heute nicht gewachsen.«

»Kann ich mir denken.« Geistesabwesend spielte Michelle an den Knöpfen ihrer pinkfarbenen Bluse, die sie zu einer weißen Hose mit Glitzernähten trug. »Andererseits wird Tante Hilde nicht lockerlassen. Du vertagst das Problem nur, wenn du jetzt die Flucht ergreifst.«

Lenas Blick wanderte über die Bücherregale, über die vielen Romane, in denen immer alles gut wurde. Ganz im Gegensatz dazu war ihr Leben völlig aus den Fugen geraten. Sie drückte Dewey an sich, der leise schnurrte.

»Und jetzt?«, flüsterte sie.

»Duschen, anziehen, Kuchen essen«, antwortete Michelle mit der ihr eigenen patenten Unverwüstlichkeit. »Immer schön eins nach dem anderen. Und ich bin ja auch noch da. Benjamin wird dir schon nicht den Kopf abreißen.«

Oje. Allein wie verzückt sie seinen Namen aussprach. Bennnnjamiieen. Lena hätte Michelle so gern ein weiteres Mal gewarnt. Doch wenn sie eines gelernt hatte aus ihren Liebesromanen, dann das: Männer, in die man unglücklich verliebt war, durchschaute man erst, wenn sie einem so richtig die Kante gaben. Oder sich in Luft auflösten.

»Nimm's einfach mit Humor, Schatz.« Michelle versuchte sich an einem etwas blechernen Kichern. »Eigentlich ist es doch urkomisch: der verpeilte Alexander, der ein Hausmütterchen sucht und sich hinter seinem Bruder versteckt. Arne-Christian, der noble Seitenspringer, den eine Furie von Ehefrau verfolgt. Das kannst du noch deinen Enkelkindern erzählen.«

»Welchen Enkelkindern?«

Eine Pause entstand, in der vermutlich beide dasselbe dachten: Ohne Mann keine Kinder, ohne Kinder keine Enkelkinder. Von Büchern wurde man nicht schwanger.

»Ich geh dann mal Kuchen holen«, sagte Michelle ein wenig verlegen. »Kopf hoch, Schatz. Du wirst dich besser fühlen, wenn diese Sache aus der Welt ist. Ich will dir nichts auftoupieren, aber so ist es nun mal.«

Hä? Was meinte sie? So etwas wie aufoktroyieren? Lena unterließ es, ihre Freundin danach zu fragen. Stattdessen strich sie Dewey über das seidenweiche Fell und schaute aus dem Fenster.

Es war ein nebelverhangener Herbsttag, passend zu Lenas lädiertem Gemüt. Ein verlorenes rötlichbraunes Blatt taumelte am Fenster vorbei. Wehmütig dachte Lena daran, dass bald auch der Herbst ihres Lebens anbrechen würde. Und auf einmal bohrte sich die Frage in ihr Bewusstsein, warum sie so rasend schnell auf Arne-Christian reingefallen war. Abgesehen von dem Prinzending hatte er offenbar etwas in ihr berührt. Vielleicht eine Sehnsucht, die sie lange verdrängt hatte: sich von einem Mann vollkommen verstanden und angenommen zu fühlen. Keine beruhigende Erkenntnis. Hatte sie sich nicht erfolgreich eingeredet, sie sei sich selbst genug?

Erst jetzt fiel ihr auf, dass Michelle bereits gegangen war. Vorsichtig bewegte Lena ihren schmerzenden Körper; so wie die Überlebende eines Flugzeugabsturzes, die sich erst mal vergewissern musste, ob noch alle Gliedmaßen vollzählig waren. Dann hievte sie sich in Zeitlupe aus dem Bett und schleppte sich in Richtung Badezimmer. Dewey begleitete sie. Er schien entschlossen, heute als Bodyguard zu fungieren, der selbst beim Duschen auf sein Frauchen aufpasste.

Aus der Küche hörte Lena Geschirrgeklapper und das Blubbern der Kaffeemaschine. Sie spürte eine würgende Übelkeit allein bei der bloßen Vorstellung, ein Stück Kuchen zu essen. Keine gute Voraussetzung, um ihrem Retter gegenüberzutreten. Andererseits – wenn man es genau bedachte, war das heutige Treffen mit Benjamin Floros eine Chance, ratzfatz reinen Tisch zu machen. Kein Aufschub, kein Warten. Eine förmliche Entschuldigung, ein höfliches Aufnimmerwiedersehen, und der Höllenspuk würde für immer ein Ende haben.

Als Lena im Badezimmer ihre rätselhafterweise komplett verdreckte Jeans auszog, entdeckte sie blaue Flecken und Abschürfungen an beiden Knien. Offenbar war sie wirklich gestürzt. Ihr verquollenes Gesicht im Spiegel sagte ihr, dass womöglich noch mehr passiert war. Aber was genau? Und was in Teufels Namen hatte sie Benjamin Floros erzählt?

Diese Schicksalsfrage geisterte noch durch ihren schmerzenden Kopf, als sie nach dem Duschen im Bademantel und mit nassen Haaren zurück in ihr Zimmer wankte. Wanken wollte. Auf halber Strecke tauchte im Dunkel des schummrigen Altbauflurs die Silhouette einer groß gewachsenen Gestalt vor ihr auf. Tante Hilde war das nicht. Auf der Stelle rutschte Lena das Herz in die nicht vorhandene Hose.

»Schon wach?«, fragte Benjamin Floros mit einem unerträglich ironischen Timbre in der Stimme. »Das ist ja mal eine schöne Nachricht.«

O Gott. Erwischt. Lena hätte gern mehr Zeit gehabt, sich auf diese Begegnung vorzubereiten. Sowohl mental als auch verbal. Ganz in Ruhe hatte sie sich ein paar Sätze zurechtlegen wollen, um für alle Eventualitäten gewappnet zu sein. Nun war es zu spät. Kleinlaut betrachtete sie ihre nackten Zehen auf dem Dielenboden.

»Hallo.« Sie räusperte sich. »Ich, hm, na ja, glaube, ich sollte mich wohl bei Ihnen entschuldigen.«

Das klang einfach besser als: Ich schäme mich in Grund und Boden, dass ich mich gestern bis Oberkante Unterlippe abgefüllt habe und Sie meine Reste von der Straße kratzen mussten.

»Frau Hagedorn, Sie sind ein Füllhorn der Überraschungen«, erwiderte er amüsiert. »Heute sehen Sie nur noch *Vom Winde verweht* aus, während gestern …«

»Gestern Abend war ich wohl nicht die beste Version von mir«, sagte sie schnell.

»Aber eine ziemlich interessante Version.«

Sogar im Dämmerlicht des Flurs sah Lena, dass Benjamin Floros lächelte, und gar nicht mal so überheblich. Was … was … was hatte sie gestern bloß von sich gegeben? Hoffentlich keine trübe Brühe aus Champagnercocktails und Sentimentalitäten, in der ihre Selbstzweifel herumschwammen.

»Man muss nicht alles glauben, was einem die Leute im alkoholisierten Zustand anvertrauen«, murmelte sie.

»Keine Sorge«, er lachte mehr höflich als herzlich, »der gute Ruf einer Frau basiert auf dem Schweigen der Männer.«

Eine Äußerung, die Lena noch beklommener machte. Sie musste den totalen Kontrollverlust gehabt haben. Ausgerechnet Benjamin Floros hatte sie näher an sich rankommen lassen, als ihr lieb sein konnte. Unwillkürlich wich sie zwei Schritte zurück.

»Laufen Sie vor mir weg, oder nehmen Sie Anlauf, um mich über den Haufen zu rennen?«, witzelte er.

Konnte dieser Kerl denn nicht ein einziges Mal Rücksicht auf ihre Gefühle nehmen?

»Also wirklich«, regte sich Lena auf, »ich hatte gestern einen echt schlimmen Abend!«

Mit verschränkten Armen blinzelte er sie an.

»Meiner war auch nicht so doll. Als Sie anriefen, habe ich gerade …«

Er verstummte abrupt. Als wollte er nicht aus Versehen etwas ausplaudern, was zu intim für ihr recht kompliziertes Verhältnis sein könnte.

»Sie waren mit einer Frau zusammen«, platzte es aus Lena heraus.

»Mit einem weiblichen Wesen. Stimmt.«

Es hörte sich an wie: Was sonst? Männer sind so vorhersehbar, dachte Lena. War ja klar, dass ein Casanova wie Benjamin

Floros die Samstagabende mit einer seiner zahlreichen Verehrerinnen zubrachte.

»Jung?«, fragte sie spöttisch.

»Sehr jung.«

»Hab ich mir gedacht.« Beiläufig spielte sie mit dem Gürtel ihres Bademantels, was Dewey als Einladung betrachtete, an ihr hochzuspringen, um dem Gürtel nachzujagen. »Einer wie Sie erträgt natürlich keine Frau auf Augenhöhe. Dass geistig überlegene Frauen Ihre Männlichkeit verstümmeln, haben Sie mir ja bereits gestern mitgeteilt. Da muss dann eben was Blutjunges, Unbedarftes her.«

»Es war meine Tochter«, sagte er ausdruckslos. »Sie ist elf.«

Ein Frösteln überlief Lena. Als hätte man ihr einen Eimer Eiswürfel in den Bademantel geschüttet.

»Ihre – Tochter.«

Glückwunsch, du bist in eins der dicksten Fettnäpfchen aller Zeiten gehüpft, zischte Lenas innere Stimme. Hättest du doch bloß deine freche Klappe gehalten! Reicht es denn nicht, dass du ihn gestern telefonisch belästigt hast, als er mit seiner kleinen Tochter zusammen war? Sie suchte noch nach Worten, um ihren Fauxpas auszubügeln, als sie schlurfende Schritte hörte. Wie ein ockerfarbener Geist erschien Tante Hilde im Flur.

»Ja, was steht ihr denn hier so ungemütlich rum?«, wunderte sie sich. »Lena, du ziehst dich sofort an, Benjamin, du kannst schon mal im Esszimmer Platz nehmen. Der Tisch ist gedeckt, der Kaffee ist fertig, Kuchen kommt gleich.«

Von Gewissensbissen getrieben huschte Lena in ihr Zimmer. Dewey spurtete voran, so dass sie sofort die Tür hinter sich zuwerfen konnte, als sie ihr Refugium erreicht hatte. Atemlos lehnte sie sich an den Türrahmen. Benjamin Floros hatte eine Tochter? Das passte überhaupt nicht in das Bild, das sie sich von ihm gemacht hatte. Als Vater konnte sie sich ihn beim besten Willen nicht vorstellen.

Fünf Minuten später tapste Lena in Jeans, T-Shirt und auf Socken ins Esszimmer. Der hohe, kühle Raum, der nach Norden lag, wurde nur selten genutzt. Meistens aß Lena mit Tante Hilde in der Wohnküche, deshalb wirkte das Esszimmer immer ein bisschen steif und leblos auf sie. Es war moderner eingerichtet als die übrigen Räume der Wohnung. Hier hatte sich Tante Hilde in jüngeren Jahren innenarchitektonisch ausgelebt. Im Siebziger-Stil. Was bedeutete, dass man auf unbequemen Drahtgeflechtsesseln an einem Tisch mit orangefarbener Resopalplatte saß, auf dem sich Tante Hildes geblümtes Kaffeegeschirr ziemlich unwohl zu fühlen schien.

Vier Augenpaare schauten ihr entgegen. Ja, vier. Denn neben Tante Hilde, Benjamin Floros und Michelle nahm auch Sherlock Holmes an dieser eigentümlichen Tafelrunde teil; ohne Detektivmütze, dafür in einem etwas zu engen Pepitajackett zur beerdigungsschwarzen Krawatte.

»Ich dachte, es wäre doch ganz nett, wenn Herr Hansen dazukommt«, erklärte Tante Hilde, die Lenas verdutzten Blick aufgefangen hatte. »Damit wir uns alle etwas besser kennenlernen können.«

Na toll. Lena hatte so was von gar keinen Bedarf an näheren Bekanntschaften, was die anwesenden Herren betraf. Bei Benjamin Floros verstand sich das von selbst. Aber sie staunte auch über die Geschwindigkeit, mit der Tante Hilde Kontakt zu einem Mann aufgenommen und ihn sogar eingeladen hatte, den sie kaum kannte. Doch was blieb Lena anderes übrig, als gute Miene zum *netten* Spiel zu machen? Nach ihrem gestrigen Auftritt als Vollzeitpeinlichkeit musste sie wohl oder übel kleine Brötchen backen.

Etwas linkisch setzte sie sich auf einen freien Drahtsessel am Kopfende des Tisches. Die Anspannung im Raum war mit Händen zu greifen. Daran änderte sich auch nichts, als die Tischgesellschaft Tante Hildes schlappen Kaffee trank, den von Michelle mitgebrachten Käsekuchen aß – er hatte mit einem New York Cheesecake in etwa so viel zu tun wie Fassbrause mit Champagner – und sich über die Wetterkapriolen des diesjährigen Septembers austauschte. Lena presste Dewey an sich, der auf ihrem Schoß sein nachmittägliches Nickerchen abhielt. Michelle linste dauernd zu Benjamin Floros, der unruhig mit seiner Kuchengabel spielte. Bert Hansen starrte Löcher in die Luft; manchmal nieste er, was Lena dazu veranlasste, vom Tisch abzurücken, damit Dewey ihm nicht zu nahe kam. Und schon versiegte die Konversation wieder.

»Ich weiß nicht, wie es euch geht, aber ich könnte jetzt einen Eierlikör vertragen«, brach Tante Hilde das Schweigen.

Behänder als zuvor – wahrscheinlich hatte sie ihre Schmerztabletten genommen – stand sie auf, um fünf Gläschen sowie eine funkelnagelneue Flasche Eierlikör aus der erbsengrünen Schleiflackanrichte zu holen.

»Darf ich?« Bert Hansen, der noch keinen Ton gesagt hatte, nahm ihr galant die Flasche ab. »Man kann auch ohne Likör lustig sein, aber gehen wir mal auf Nummer sicher.«

Tante Hilde kicherte wie ein junges Mädchen. Langsam fragte sich Lena, was sie mit diesem Kaffeeklatsch bezwecken wollte. Friede, Freude, Käsekuchen, das war so gar nicht Tante Hildes Art. Eine Aussprache in Gegenwart eines fast Unbekannten namens Bert-ich-lerne-Gedichte-auswendig hielt Lena allerdings für ausgeschlossen. Worauf also sollte das Ganze hinauslaufen? Dasselbe schien sich auch Benjamin Floros zu fragen. Bereitwillig antwortete er auf Michelles unzählige Fragen nach der Liebe im Allgemeinen und der Liebesformel im Besonderen, wirkte jedoch deutlich wortkarger als sonst.

Zwischendurch trafen sich immer mal wieder ihre Blicke. Dann wurde Lena über und über rot. Es gab ein Geheimnis, das Benjamin Floros für sich behielt: ihre alkoholbetriebenen Bekenntnisse der vergangenen Nacht. Bekenntnisse ohne jeden Filter. Das ärgerte und ängstigte Lena. Es war, als hätte sie ihn direkt in ihre Seele spazieren lassen. Wie es darin aussah, darüber wollte sie sich lieber keine genauere Rechenschaft ablegen.

Die Einzigen, die sich wirklich amüsierten, waren Tante Hilde und Bert Hansen. Schon nach dem ersten Eierlikör hatte Letzterer seine schwarze Krawatte gelockert. Inzwischen war er dazu übergegangen, mit Gedichtzeilen um sich zu werfen wie mit Konfetti. Tante Hilde ließ sich aber auch nicht lumpen. Nach dem zweiten Eierlikör rezitierte sie Scherzgedichte, die ihr Kavalier mit begeistertem Zwischenapplaus bedachte.

»Herrlich, kolossal herrlich!«, rief er immer wieder.

»Lassen Sie uns das feiern«, lachte Tante Hilde glücklich. »Likörchen?«

»Unbedingt! Likör ist was für Leute, die es sich leisten können, ein paar Gehirnzellen zu verlieren – weil sie genügend davon haben. Kennen Sie eigentlich den?«

Und noch'n Gedicht. So lebenslustig und unbeschwert hatte Lena ihre Tante lange nicht mehr erlebt. Tante Hildes Wangen leuchteten rosig, ihre Augen blitzten, ihre Lachfältchen tanzten. Sie sah aus wie das blühende Leben. Lena, die ihr Glas nicht angerührt hatte, lehnte sich zu Michelle hinüber.

»Ist nur eine Frage der Zeit, wann die mit Heinz Erhardt anfangen«, flüsterte sie verstohlen.

Doch Tante Hilde mochte es an der Hüfte haben, ihre Ohren funktionierten tadellos.

»Nanu, Kind, du hast ja gar nichts getrunken?«, neckte sie ihre Nichte. »Kein Eierlikörchen zur Stärkung?«

Wie lustig. Schon der Geruch des alkoholischen Getränks stülpte Lenas strapazierten Magen auf links, so dass sie sich wie bei hohem Seegang an der Tischkante festhalten musste.

»Nein danke, Tante Hilde.«

»Kennen Sie die Katze?«, erkundigte sich Bert Hansen aufgekratzt und nieste ein weiteres Mal.

»Selbstverständlich, das ist Dewey«, antwortete Lena, die den Sinn dieser Frage nicht begriff. »Sein Name stammt von der …«

»Nein, ich meine das Gedicht.« Feierlich warf sich Bert Hansen in Positur. »Die Katze hat ein gelbes Fell und sitzt auf meinem Schoße.«

»Sie mag gern Fisch, eventuell – auch Schmorbraten mit Soße«, vervollständigte Tante Hilde den ersten Vers.

Beide brachen sie in heiteres Gelächter aus, in das die Übrigen am Tisch nur verhalten einfielen. Selbst Lena, die das Gedicht natürlich kannte und früher oft darüber gelacht hatte, konnte diesem kindlichen Humor momentan nichts abgewinnen. Sie schaute zu Benjamin Floros. Er trug ein weißes Leinenhemd und ein dunkelblaues Jackett, in dem er richtig elegant wirkte. Unvermittelt stand er auf, mit einer Miene, als hätte er das schon länger vorgehabt.

»Okay, das sieht hier für mich nach einer Familiensache aus. Ich gehe dann mal. Das andere können wir ja demnächst besprechen.«

Was dieses *andere* sein sollte, war Lena schleierhaft. Ohnehin verstand sie nicht, wieso er eigens hergekommen war, um sich eine Entschuldigung abzuholen.

»Warte, Benjamin«, bat Tante Hilde, deren Heiterkeit plötzlich verflog. »Der Anlass unseres Treffens ist ja eher eine Art Familienrat. Oder sollte ich sagen: Krisenkonferenz?«

»Dann wollt ihr das wirklich durchziehen?«, fragte Michelle mit zusammengekniffenen Lippen.

»Sieht so aus«, erwiderte Benjamin Floros gottergeben.

Lena begriff gar nichts mehr. Irgendwas war hier im Busch. Alle schienen darüber Bescheid zu wissen. Nur sie nicht.

»Kann mich bitte mal jemand aufklären, was hier los ist?«, fragte sie mit mühsam gezügelter Ungeduld.

»Nun, Ihr reizendes Fräulein Tante hat eine Möglichkeit ersonnen, wie Sie und Herr Floros diese dumme Sache bereinigen können«, meldete sich Bert Hansen zu Wort.

»Das ist vollkommen unnötig«, beteuerte Lena. »Ich habe mich bei ihm entschuldigt, er hat meine Entschuldigung angenommen – ähm, das haben Sie doch, oder?«

Benjamin Floros verneinte ihre Frage nicht, formulierte aber auch kein klares Ja. Lena war verwirrt. An der Eierlikörflasche vorbei suchte sie Tante Hildes Blick.

»Das solltet ihr unter vier Augen besprechen.« Lächelnd goss Tante Hilde ihrem Sherlock Holmes ohne Mütze noch ein Gläschen Eierlikör ein. »Und damit ihr die nötige Privatsphäre habt, schlage ich einen Spaziergang vor. Du musst mal an die frische Luft, Kind. Bist ja ganz grün um die Nase.«

»Spaziergang hört sich nach einer guten Idee an«, stimmte Benjamin Floros zu Lenas grenzenloser Verblüffung zu.

»Aber vorher müssen wir noch was klären«, sagte Tante Hilde verschmitzt, während sie nun auch die anderen leeren Gläser auffüllte. »Es gibt hier eine gewisse Unwucht am Tisch. Lassen wir doch die förmliche Siezerei. Ab jetzt wird geduzt!«

Kapitel 9

Du musst mal an die frische Luft, das war ein Klassiker. Da Lena schon als Kind dauernd ihre Nase in Bücher gesteckt hatte, war es Tante Hildes größte Sorge gewesen, ihre Nichte könnte sich nicht ausreichend im Freien aufhalten. Im Laufe der Zeit hatte Lena dann eine gewisse Kunstfertigkeit darin entwickelt, sogar dickleibige Bücher mit nach draußen zu schmuggeln. Auf diese Weise war sie in den Genuss von Lektüre plus frischer Luft gekommen. Kein ganzjähriges Vergnügen, leider, aber von März bis September hatte das glänzend funktioniert. Sofern es nicht in Strömen regnete, hatte sie auch im Freien ihrer größten Leidenschaft gefrönt: Lesen bis zum Pupillenstillstand.

Sie erinnerte sich gut daran, wie sie die Mädchenpensionats-Schmonzette *Der Trotzkopf* auf dem hiesigen Friedhof verschlungen hatte. Ja, auf dem Friedhof. Es war so schön friedlich dort. Auch wunderbar romantisch, obwohl Lena das Wort damals noch gar nicht gekannt hatte. Die Blätter alter Bäume rauschten, die Vögel sangen, und wenn überhaupt mal jemand zwischen den Gräbern herumschlich, dann in stiller Versenkung. Unbehelligt von Ermahnungen und spielenden

Kindern hatte Lena mit ihrem Buch am Stamm einer alten Eiche gelehnt. Das war ihr Lieblingsplatz gewesen: unter tief hängenden Zweigen und vis-à-vis von einem marmornen Grabmal nebst lebensgroßer Engelsfigur.

Nun stand sie mit Benjamin Floros an derselben Stelle. Auf dem Friedhof. Im duftigen Nebeldunst wirkte das parkähnliche Areal noch romantischer, fast verwunschen. Wie von selbst hatten ihre Beine Lena dorthin getragen, ohne dass sie groß darüber nachgedacht hätte, wohin sie eigentlich gingen. Den ganzen Weg über hatten sie kein Wort gewechselt. Wie Fremde waren sie nebeneinanderher gelaufen und hatten wahrscheinlich beide überlegt, ob man besser ausbüxen sollte. Seltsamerweise hatte keiner von ihnen einen Fluchtversuch unternommen.

»Sagen Sie mal – pardon, sag mal«, Benjamin Floros runzelte die Stirn, während er sich verwundert umsah, »hat es irgendeine tiefere Bewandtnis damit, dass wir ausgerechnet auf einem Friedhof gelandet sind? Vielleicht eine morbide Ader?«

Mit einem etwas zittrigen Finger deutete Lena auf die Eiche und das hübsch verschnörkelte Grabmal mit dem lebensgroßen Marmorengel.

»Das war früher mein bevorzugter Leseplatz. Und noch immer fühle ich mich hier sehr wohl.«

»Meine Güte, wow«, stöhnte er. »Rätsel des Lebens, Abteilung Frau.«

Sie zuckte zusammen. Wie meinte er das? Spielte er auf die Vorfälle der gestrigen Nacht an? Zu verdenken war es ihm nicht. Höchstwahrscheinlich hatte er gerade seine Tochter ins Bett gebracht und eine Gutenachtgeschichte vorgelesen, der tolle Wochenendpapi, bei dem das Kind bis in die Puppen aufbleiben durfte. Bis ihr Chaosanruf die Vater-Kind-Idylle zerrissen hatte.

»Tut mir leid, dass ich dich gestern Abend mit deiner Tochter gestört habe«, entschuldigte sie sich zerknirscht. »An so was habe ich gar nicht gedacht – falls ich überhaupt irgendwas gedacht habe –, also, dass du Vater bist.«

Er fuhr sich ein paarmal durchs Haar, dann musterte er seine Füße in den unvermeidlichen cognacfarbenen Cowboystiefeln.

»Es war so was wie ein Uups-Kind. Mit der Mutter bin ich schon lange nicht mehr zusammen. War sowieso nie was richtig Festes. Einmal im Monat verbringt meine Tochter das Wochenende bei mir.«

»Und wo ist sie jetzt, deine Tochter?«

»Bei ihrem Reitkurs, ich hole sie gegen Abend ab.« Mit hochgezogenen Augenbrauen sah er Lena an. »So viel zum Thema: Ich brauche junge, unbedarfte Häschen.«

Unangenehm berührt senkte sie den Kopf. Er hatte jedes Recht, ihr diese reichlich unangemessene Bemerkung vorzuhalten.

»Ist es okay, wenn ich mich noch ein bisschen sammle, bevor wir reden?«, fragte sie verunsichert. »Oder bin ich für dich komplett unten durch, nach allem, was ich mir gestern geleistet habe?«

»Quatsch, ich verurteile das nicht.« Seine Stimme klang auf

einmal weich und verständnisvoll. »Ich warte, bis du so weit bist. Nimm dir Zeit. So viel Sensibilität muss sein.«

Irgendwie gelang Lena die gedankliche Verbindung zwischen dem Begriff Sensibilität und Benjamin Floros nicht so richtig. Aber vielleicht täuschte sie sich ja in ihm. So wie er dastand, die Hände in den Hosentaschen vergraben, das Gesicht versonnen dem Blätterdach der Eiche zugewandt, war von seiner selbstgewissen Attitüde wenig zu bemerken. Dies war der private Benjamin Floros. Der Mensch, nicht der Entertainer.

»Dewey mag es hier auch«, sagte sie nach einer Weile.

Lena verschwieg, dass sie ihren Kater schon deshalb an die Leine nehmen musste, weil es hier jede Menge munter zwitschernde Vögel gab. Die machten Dewey ganz schön nervös. Obwohl er ausreichend Dosenfutter bekam, regte sich stets sein Jagdinstinkt, wenn es direkt vor seiner Nase flatterte und zwitscherte. Hach, er fehlte ihr.

»Dewey ist anscheinend deine einzige männliche Bezugsperson«, sprach Benjamin aus, was auch Lena in diesem Augenblick dachte.

Gedankenlesen schien seine Spezialität zu sein. Sie rückte ein wenig von ihm ab, in der Hoffnung, dass er dann nicht so ungeniert in ihren Kopf gucken konnte.

»Dewey ist mehr als das. Er interessiert sich sogar für meine Selbstgespräche.«

»Phantastisch, ehrlich, so ein Gesprächspartner auf – Augenhöhe.« Um Benjamins Mundwinkel zuckte es. »Wieso hast du eigentlich dein Herz in Stacheldraht gewickelt?«

Lena, die in einer nostalgischen Anwandlung die Engelsfigur auf dem Grabmal betrachtet hatte, fuhr zu ihm herum.

»Wie kommst du denn darauf?«

»Na ja«, grinste er, »gestern Nacht hat sich so was wie eine Lücke im Stacheldraht aufgetan.«

Wieder eine Anspielung! Hörte das denn nie auf? Sie wand sich unter dem Blick seiner goldbraunen Ahornsirupaugen. Auf einmal wurde ihr heiß in der dicken blauen Strickjacke, die sie vor dem Spaziergang übergeworfen hatte.

»Und was jetzt?«

»Es gibt einen Plan. Wollen wir uns nicht setzen?«

Mit dem Kopf deutete er auf eine grün gestrichene Parkbank zwischen verblühenden Rhododendronsträuchern. Schweigend stiefelten sie dorthin und ließen sich in einigem Abstand voneinander auf der Bank nieder. Mit einem mulmigen Gefühl beobachtete Lena ein Eichhörnchen, das in Zickzacksprüngen am Stamm der Eiche hochsauste. Sie zog ihre blaue Strickjacke fester um die Schultern, obwohl sie glühte. Etwas lag in der Luft, wofür man sich warm anziehen musste, das spürte sie.

»Alle sind ja der Meinung, dass du mir was schuldest«, begann Benjamin mit seiner Erklärung. »Dabei bin ich es, der ein schlechtes Gewissen hat. Im Grunde habe ich dich voll vor die Wand fahren lassen, unabsichtlich natürlich. Meine Tochter und ich waren gestern Pizza essen und danach im Kino, deshalb habe ich deinen Chat gar nicht mehr kontrolliert. Sonst wäre mir aufgefallen, dass du dir noch ein zweites Date antun wolltest.«

Streng genommen war es Michelle gewesen, die das Chatten mit Arne-Christian übernommen hatte, doch Lena unterließ es, Benjamin darauf hinzuweisen. Kam schließlich aufs selbe raus: Aus irgendeinem unerklärlichen Impuls heraus hatte sie sich sofort in das zweite Dating-Abenteuer gestürzt. Und war abgestürzt.

»Das Ganze hat dich eindeutig überfordert.« Benjamin sprach so sachlich wie ein Notar bei der Testamentseröffnung, der das Ungeheuerliche in wohlgesetzte Worte kleidete. »Du bist eben ungeübt in diesen Dingen. Zwar habe ich dich vor einem zu hastigen Echtzeitdate gewarnt …«

»… Körperkontakt ist im frühen Stadium des Kennenlernens so gefährlich wie eine Droge«, leierte Lena aus dem Gedächtnis die Worte seines Vortrags runter.

»Gut aufgepasst«, lächelte er.

Währenddessen stand ihr wieder Arne-Christian vor Augen. Sein Gesicht, das ihr ganz nahe kam. Seine Hand auf ihrem Schenkel. Der Kuss. Und das alles in einer kuscheligen Location mit sanftem Licht und zuckrig-süßer Musik. Himmel, sie war genau auf die Masche reingefallen, vor der Benjamin in seinem Vortrag gewarnt hatte: romantische Inszenierungen, körperliche Nähe. Und Komplimente.

»Eitelkeit verleitet uns Frauen, an bewundernde Worte zu glauben«, fiel ihr ein Satz aus *Stolz und Vorurteil* ein.

»Und Männer neigen dazu, diese kleine Schwäche auszunutzen«, antwortete er sinngemäß mit einem Satz des betreffenden Dialogs.

Mr. Darcy. Wieder einmal. Warum hatte Lena plötzlich das

Gefühl, dass Benjamin den Roman nicht nur aus professionellem Interesse gelesen hatte? Einen schwebenden Moment lang sahen sie einander in die Augen. Einen langen Moment. Sie versanken fast in dem gegenseitigen Anblick. Und in diesem wortlosen Schauen lag das tiefe Einverständnis zweier Menschen, die einander voll und ganz verstanden, mit jeder kleinen Facette, ohne sich groß erklären zu müssen. Es war – schön? Furchterregend?

Lena wandte sich als Erste ab. Mit einem etwas flaumigen Gefühl richtete sie ihre Aufmerksamkeit auf einen kleinen Spatz, der sich keck auf den Kopf des marmornen Engels gesetzt hatte. Aus dem Augenwinkel beobachtete sie, wie Benjamin an einem Knopf seines blauen Jacketts drehte.

»Kurzum, ich fühle mich definitiv mitverantwortlich für das, was gestern Nacht mit dir passiert ist«, bekannte er. »Dafür möchte ich mich in aller Form bei dir entschuldigen. Ich möchte mich darüber hinaus mit einem Neustart revanchieren. Und diesmal begleite ich deine Partnersuche richtig.« Seine Augen wanderten zu Lena. »Als dein Schutzengel quasi.«

Sie war einfach nur sprachlos. Alles hatte sie erwartet – Belehrungen, Vorwürfe, sarkastische Bemerkungen. Aber doch nicht so eine reumütige Ansprache. Dass er ihr obendrein anbot, als Beschützer tätig zu werden, haute sie um. Zugleich erzeugte es ihren allergrößten Widerwillen. Mit dem onlinegestützten Dating-Wahnsinn wollte sie nichts mehr zu tun haben.

»Und wenn ich das alles gar nicht möchte?«

»Ich gebe dir jetzt mal einen gut gemeinten Rat«, sagte er ernst.

Lena schüttelte den Kopf.

»Nein.«

»Scheint dein Lieblingswort zu sein.«

»Nein!« Schon während sie das Wort ausstieß, merkte sie, dass sie mal wieder ein Eigentor geschossen hatte. »Ich bin mit der Sache durch«, setzte sie etwas leiser hinzu. »Keine Dates mehr.«

Benjamin schlug die Beine übereinander und schaute hoch in die Baumkronen, die sich im auffrischenden Wind hin und her neigten. Ein erdiger Geruch nach Pflanzen und Blättern umwehte die Parkbank, ein bodenständiger, natürlicher Duft, den Lena tief in sich einsog.

»Tja, an dieser Stelle kommt Tante Hilde ins Spiel«, sagte er. »Deine Tante sorgt sich nämlich mehr um dich, als du vielleicht denkst.«

Was sollte das denn heißen? Einigermaßen befremdet lugte Lena zu ihm hinüber.

»Sprichst du von *meiner* Tante Hilde?«

»Jepp«, bestätigte er. »Sie ist eine herzenskluge Frau. Für dich mag das Singleleben in Ordnung sein. Jetzt. Tante Hilde denkt weiter.«

»Wie, ähm, weit denn?«

Er vollführte eine ausladende Handbewegung, die den gesamten Friedhof umfasste, die Gräber, die Hecken und Büsche, den alten Baumbestand.

»Deine Tante wird nicht ewig leben. Und sie möchte verhindern, dass du dereinst allein zurückbleibst.«

»Kann ich mir nicht vorstellen«, murmelte Lena. Ihr Blick

schweifte zu einem entfernt liegenden Grab, an dem ein alter Mann Blumen goss. »Sie weiß doch, dass ich eigenständig und mit mir selbst glücklich bin.«

Ein feinsinniges, auch ein wenig melancholisches Lächeln erschien auf Benjamins Gesicht.

»*Wie* eigenständig und glücklich, hat man ja gestern Nacht gesehen. Du warst voll von der Rolle, Lena. Komplett drüber. Hackedicht, schmutzig, verheult. Das hat Tante Hilde schockiert. Es war für sie schwer zu ertragen, dich in diesem desolaten Zustand zu erleben. Zu begreifen, wie labil du in Wirklichkeit bist. Sie ist der Meinung, dass du jemanden brauchst, der dir deine Eigenständigkeit lässt, aber im Zweifelsfall auch mal die starke Schulter sein kann.«

Über diese neuen Details ihres Absturzes war Lena ebenfalls schockiert. So wie über Tante Hildes eigenartige Gedankengänge. Nie hatten sie sich über Lenas Singledasein unterhalten. Wenn sie überhaupt mal über Männer sprachen, gab Tante Hilde eine ihrer Weisheiten zum Besten, die sie ihrer ausgedehnten Lektüre verdankte. Zum Beispiel, dass Frauen in der Liebe den großen Roman suchten, während Männer Kurzgeschichten bevorzugten. Über Lenas ebenso zahlreiche wie glücklose Versuche, den Richtigen zu finden, hatte sie nie ein Wort verloren.

»Gestern Abend war eine Ausnahme«, versicherte Lena. »Nur ein einmaliger Ausrutscher. Mir geht's prächtig.«

Es schien Benjamin nicht zu überzeugen. Etwa eine Minute lang lauschten sie dem Gesang der Vögel, unbeweglich aneinander vorbeischauend. Dann wandte er sich ihr wieder zu.

»Warum bist du wirklich in dieses kleine Kaff zurückgekommen, Lena? Und jetzt erzähl mir bitte nichts über Fische im Teich und Plankton im großen Meer. Ich möchte keine vorgefertigten Antworten hören.«

Sein eindringlicher Tonfall brachte etwas in ihr zum Klingen. Bislang hatte sie ihm gegenüber die Starke gespielt, mittlerweile erschien es ihr angebracht, sich ein wenig zu öffnen. Etwas zwischen ihnen hatte sich geändert seit dem kleinen Romandialog. Und dem langen, langen Blick. So einfühlsam, wie Benjamin auf ihren Seelenzustand einging, und so besorgt, wie Tante Hilde um sie war, durfte – nein, musste – sie sich ihm wohl anvertrauen.

»Ich wollte mein Leben in Ordnung bringen, bevor …«

»Bevor – was?«

»Ich bin jetzt vierunddreißig, und das ist so viel älter, als ich dachte«, gestand sie mit heiserer Stimme. »Manchmal kommen so junge Dinger in meinen Laden, und dann merke ich, dass ich uralt bin. Es gibt jede Menge Wörter, die ich nicht kenne, irgendwelche Abkürzungen vermutlich, und die jungen Mädchen haben alle Tattoos und Instagram-Accounts und reden über YouTube-Videos und Stars und Sänger, von denen ich noch nicht mal gehört habe.« Die Kehle wurde ihr eng, sie musste ein wenig Luft schöpfen. »Irgendwie verpasse ich den Anschluss. Andere Frauen in meinem Alter sind auf Tinder oder verheiratet, aber an mir zieht das Leben vorbei … Oft frage ich mich, wie das alles weitergehen soll, wenn ich noch älter werde.«

»Bisschen oft? Sehr oft? Oft oft?«

»Weiß nicht«, wich Lena aus.

»Und was meinst du, warum Tante Hilde dich hierher in deine Heimat zurückgeholt hat?«

Lena verstand die Frage nicht. Sie kniff ein Auge zu, um Benjamin besser sehen zu können; soeben hatte es ein Sonnenstrahl durch den Nebel geschafft und schien ihr mitten ins Gesicht.

»Tante Hilde hat mich nicht zurückgeholt«, entgegnete sie. »Es war mehr eine Bitte, weil sie es doch so arg mit der Hüfte hat.«

»Ach, Lena.« Benjamin seufzte tief. »Hast du wirklich den Eindruck, dass sie ohne dich nicht klarkommen würde? Oder anders: Hast du dir jemals überlegt, wer hier eigentlich wem geholfen hat?«

Diese Frage begriff Lena zur Abwechslung sofort. Nein, schlimmer noch: Schlagartig wurde ihr die Tragweite der Antwort bewusst. Fassungslos starrte sie in Benjamins Gesicht, auf dem Sonne und Blätter kleine zitternde Muster malten. Sie konnte nicht sprechen. Ihr fehlten buchstäblich die Worte.

»Sie hat dich charmant hergelockt, Lena, das hat sie mir heute Nacht erzählt. Und zwar aus einem einzigen Grund: In euren Telefonaten der letzten Jahre hättest du immer verzagter, immer verzweifelter geklungen – obwohl du natürlich so getan hast, als wäre alles in bester Ordnung. Aber eine lebenskluge Frau wie Tante Hilde hört die Zwischentöne. Sie hatte so ein Gefühl, als ob dir dein Leben entgleitet.«

Er vergewisserte sich, dass Lena ihm noch zuhörte. Was sie tat, gespannt, ja, atemlos.

»Deshalb, und nur deshalb, hat Tante Hilde den Krankheitsjoker gezogen. Sie wollte dich um sich haben, Lena. Sie wollte auf dich aufpassen. Und sie hoffte, wenn du das chaotische Großstadtleben hinter dir lässt und zur Ruhe kommst – na ja, dass du dann eventuell auch bereit bist für eine erwachsene Beziehung. Nicht nur für flüchtige Affären.«

Lena stand auf. Diese brisanten Informationen musste sie erst einmal verdauen. Mit hochgezogenen Schultern lief sie ein paarmal vor der Bank auf und ab. Tante Hilde hatte alles durchschaut. Wirklich alles. Und getan, was getan werden musste. Plötzlich spürte Lena Tränen in sich hochsteigen. Wie sehr sie Tante Hilde liebte! Und wie sehr sie sich von ihr geliebt fühlte! Sogar ihren Modeladen »Für die Dame« hatte Tante Hilde aufgegeben, damit Lena blieb.

»Danke, dass du mir die Augen geöffnet hast«, schluchzte sie mit tränenerstickter Stimme. »Dennoch …«, tapfer versuchte sie, den dicken Kloß in ihrem Hals runterzuschlucken, »dennoch kann ich mich mit deiner Art der Partnervermittlung nicht anfreunden.«

»Es ist tausendfach erprobt«, widersprach er ruhig. »Und es ist vollkommen sicher, wenn man es richtig macht.«

»Nein!« Sie wischte sich eine Träne aus dem Augenwinkel. »Das ist wie ein Ticket für die Titanic. Die Reise geht gut los, mit Musik und Hurra, man wiegt sich in Sicherheit, aber dann geht man in den eisigen Fluten unter. Nur die besten Schwimmer ertrinken.«

Benjamin riss die Augen auf.

»Was hast du gerade gesagt?«

»Ist ein Spruch von Tante Hilde.« Lena lächelte schwach. »Wenn man denkt, man wäre ein Meisterschwimmer, schätzt man seine Kräfte falsch ein und geht unter. Genauso ist es beim Online-Dating. Wenn man glaubt, man weiß alles über den Liebeskandidaten, weil man ja durch ein Dating-Profil gebrieft ist, rasselt man umso schlimmer in die Falle.«

Sie hielt inne. Auf einmal spürte sie eine tiefe Müdigkeit. Wie gern wäre sie jetzt ein bisschen allein gewesen. Es gab so vieles, worüber sie nachdenken wollte. Wie fürsorglich Tante Hilde war. Wie ritterlich sich Benjamin als Beschützer anbot. Auf einem anderen Blatt stand allerdings, dass diese Liebesformelsache nun mal nicht der richtige Weg für sie war. Dazu hatte Lena eine klare Meinung, die durch ihre jüngsten Erfahrungen drastisch bestätigt worden war.

Langsam schlug Benjamin die Beine übereinander und legte einen Arm auf die Rückenlehne der Bank.

»Ich weiß, du träumst lieber von Einhörnern und Märchenprinzen, aber betrachten wir doch mal die Realität. Das wird jetzt hart, doch du solltest der Wahrheit ins Gesicht sehen. Darf ich offen sein?«

»Nur zu.«

»Leider Gottes gibt es ein gewisses Zeitfenster für gelingende Partnerschaften. Natürlich erlebt man auch Ausnahmen – spätes Glück, ein sonniger Herbst des Lebens.« Kurz schaute er hoch zur Sonne, die milchig durch den Nebel schien. »Niemand will dir gewaltsam einen Partner aufdrängen, Lena. Auch Tante Hilde nicht. Allerdings hat sie mich schon gestern beim Frühstück um etwas gebeten, bevor du erschienen bist: dass ich dich motivieren soll, es mit meiner Liebesformel zu versuchen. Von allein kämst du ja nicht aus dem Quark – ihre Worte.«

Also doch. Von Anfang an hatte Lena geahnt, dass Tante Hilde nicht ganz unschuldig an der dusseligen Wette war. Es war ein Komplott. Ein nett gemeintes Komplott, sicherlich, aber eben ein Komplott.

»Hörst du dir eigentlich selber zu? Ihr habt ausgeknobelt, wer der Richtige für mich sein könnte?«

»Nein, das war meine Formel«, entgegnete er.

»Ihr habt über meinen Kopf hinweg bestimmt. Ich habe ein Grundrecht auf Freiheit!«

Ein kleines Grinsen stahl sich in seine Gesichtszüge. Es schien ihm Spaß zu machen, sie ein bisschen aus der Reserve zu locken.

»Darf ich an den Richtertisch treten, Euer Ehren?«

»Engagier lieber einen Anwalt«, sagte sie eingeschnappt. »Du bist der Freiheitsberaubung so gut wie überführt.«

Noch immer stand sie vor ihm, obwohl ihr allmählich die Knie weich wurden vor lauter Kopfweh und Magenrumpeln. Da sie sich nicht zu Benjamin auf die Bank setzen wollte, hockte sie sich einfach ins feuchte Gras und zog die Knie ans Kinn.

»Tante Hilde und ich haben nur versucht, eine vernünftige Lösung zu finden«, sagte er begütigend.

»Schön, dass ihr eine Lösung habt – für ein Problem, das nicht meins ist. Michelle meint, ich wäre zu anspruchsvoll. Doch die Dinge liegen anders. Wenn man einen halbwegs anständigen, humorvollen, verlässlichen, intelligenten und vielleicht sogar noch romantischen Kerl will, sucht man nicht einen Mann, sondern fünf.«

»Das ist Einstellungssache«, gab er zu bedenken. »Kompromisse gehören zum Leben dazu. Wenn man beim Bodenturnen nicht die Kerze schafft, macht man eben ein Teelicht. Nichts ist perfekt, auch Beziehungen nicht. Deshalb sind Kompromisse ein Bestandteil meiner Arbeit. Bei mir steht der Mensch im Mittelpunkt …«

»… sagte der Scharfschütze zum Polizisten«, witzelte Lena, die seinen Erläuterungen nur unwillig lauschte.

Benjamin ließ sich nicht davon beirren. Sie hätte es wissen müssen. Seine geistige Elastizität, was Zwischenrufe und Einwände anlangte, war ihr ja bereits bei seinem Vortrag aufgefallen. Ganz gerade setzte er sich hin und legte eine Hand auf seine Brust, an die Stelle, wo andere Leute ein Herz hatten.

»Die ultimative Liebesformel ist mein Lebensprojekt, sie enthält die Summe meiner Forschungen auf diesem Gebiet. Ich habe die Liebe als das enthüllt, was sie heute eben ist: eine Interessengemeinschaft plus Sex.«

O nee. Lena blies die Backen auf und ließ geräuschvoll die Luft entweichen.

»Das ist so ziemlich das Unromantischste, was ich jemals gehört habe.«

»Männer sind nicht romantisch, Lena. Männer kaufen Fußballtickets ein halbes Jahr im Voraus und vergessen den Hochzeitstag.«

Missmutig schürzte sie die Lippen.

»Siehst du, dann gibt es eben nichts Passendes für mich.«

»Lass es uns doch wenigstens noch einmal versuchen«, sagte er bittend.

Sie simulierte ein Handy, das sie sich ans Ohr hielt.

»Verstehe nichts! Bin gerade im Funkloch!«

In Wahrheit rührte sie seine Hartnäckigkeit. Was hatte sie ihm nicht schon alles vor den Latz gedonnert. Und er war immer noch da. Da fragte sich nur, warum ausgerechnet ein gefragter Starautor beschlossen hatte, gemeinsame Sache mit Tante Hilde zu machen.

»Mich würde ja mal interessieren – hast du nichts Wichtigeres auf deiner Agenda, als einer älteren Dame und ihrer verkrachten Nichte zu helfen, die du kaum kennst?«

Seine Reaktion bestand zunächst darin, einige Male so krampfhaft zu schlucken, dass Lena seinen auf und nieder hüpfenden Adamsapfel beobachten konnte.

»Tante Hilde …«, seine Finger trommelten auf der Rückenlehne der Bank herum, »sie erinnert mich an meine Mutter. Ich habe sie früh verloren, mit neun. Einen Vater gab's nicht dazu, also war ich ganz auf mich gestellt. Bis zu meinem achtzehnten Lebensjahr bin ich durch diverse Pflegefamilien gereicht worden.«

Das kam so überraschend, dass Lena nichts erwidern konnte. Erstaunlich, wie sich unsere Lebensgeschichten ähneln, dachte sie nur. Ein früher Verlust der Eltern prägte die Menschen. Und, das hatte Lena mal gelesen, es prägte auch die Beziehungen. Im schlechtesten Falle hatte man lebenslang Schwierigkeiten, Bindungen aufzubauen. Was auf Benjamin offenbar zutraf. Etwa auch auf sie selber?

»Okay«, fuhr er fort, »als ich dann vorgestern Tante Hilde in der ersten Reihe sitzen sah, war ich ziemlich baff. Anfangs wusste ich nicht, wieso. Offen gestanden hat sie mich ganz schön genervt, fast wütend gemacht.«

»Ich erinnere mich.«

»Doch plötzlich wusste ich, warum. Als meine Mutter starb, war ich nicht nur traurig, ich war auch wütend auf sie. Warum hatte sie mich im Stich gelassen? Obwohl ich noch ein kleiner Junge war, wusste ich: Diese Mischung aus Liebe und Scharfsinn, Güte und Humor würde ich nie wieder finden. Puh, ja, was soll ich sagen? Und dann sitzt da Tante Hilde. Macht ihre frechen Bemerkungen, ist klug und witzig und lächelt lieb. Wie meine Mutter. Das war ein richtiger Flashback.«

Seine Erzählung brach ab. Es schien ihn wirklich mitzunehmen, wie sehr Tante Hilde seiner Mutter ähnelte. Und Lena konnte jetzt nachvollziehen, warum er ihre Tante spontan gemocht hatte. Sie stand auf und klopfte sich ein paar Grashalme von der Jeans. Es war an der Zeit, den Friedhof zu verlassen und ins Leben zurückzukehren.

»Gehen wir ein Stück?«, fragte sie.

Er willigte sofort ein. Auch Benjamin hielt diese ebenso aufschlussreiche wie anstrengende Unterredung offenbar für beendet.

Seite an Seite schlenderten sie zum steinernen Tor des Friedhofs und gelangten von dort auf eine breite Straße, die wie ausgestorben dalag. Sonntagsruhe. Friedhofsruhe. Dennoch spürte Lena, dass von ihnen beiden eine Last abgefallen war. Selten hatte sie ein so substanzielles Gespräch geführt wie gerade mit Benjamin. Es war ein reinigendes Bad gewesen. Und wie aus heiterem Himmel schlug ihre Stimmung um. Auf einmal fühlte sie sich leicht und frei. Auch Benjamin wirkte wie befreit. Unternehmungslustig rieb er sich die Hände.

»Hast du nicht vorgestern eine Würstchenbude erwähnt?«, fragte er verschmitzt.

»Hey, du kannst ja auch gut zuhören.« Sie funkelte ihn an. »Ja, in der Tat, es gibt eine. Willst du etwa Würstchen essen?«

»Warum nicht?«

»Dann müssen wir uns aber beeilen. Die machen bald dicht.«

Ohne zu wissen, warum, nahm sie seine Hand und zog ihn hinter sich her, als sie loslief, lachend und übermütig wie ein Kind. Warum sie lachte? Darüber wollte sie nicht nachdenken. Sie war viel zu erleichtert, dass der Knoten zwischen ihr und Benjamin geplatzt war.

Im doppelten Galopp rannten sie die Straße entlang. Nach etwa dreihundert Metern bog Lena in eine schmale Gasse ein und blieb vor den grellbunten Schildern einer Imbissbude stehen, aus der es fettig duftete. Davor stand ein kümmerlicher roter Plastikstehtisch mit einem windschiefen Sonnenschirm. Sie bestellten zweimal Rostbratwürstchen *mit alles*, wie es auf einem der Schilder stand: mit Ketchup, Mayonnaise, Zwiebelringen und scharfer Sauce. Das ideale Katerfrühstück. Lena hatte auf einmal einen Mordshunger.

»*Mit alles* habe ich mir als Kind immer heimlich reingezogen, Tante Hilde fand es ungesund«, sagte Lena kauend, als sie ihre Pappteller auf den Stehtisch gestellt hatten.

Genussvoll biss er in sein Würstchen, das ein bisschen angebrannt aussah.

»Ich weiß. Gestern Nacht, als du schon schliefst, hat mir Tante Hilde noch den einen oder anderen Schwank aus deiner Kindheit erzählt.«

»Zum Beispiel?«

»Dass du versucht hast, gleichzeitig Rad zu fahren und zu lesen.«

Ja, so ein Kind war Lena gewesen. Sie spießte einen glasigen Zwiebelring auf.

»Wie das endete, war klar. Ich habe immer noch eine Narbe am Knie. Und jetzt sag bitte nicht wieder: Ich weiß!«

»Nein, die Hose hattest du noch an. Also, gestern Nacht.«

»Sehr beruhigend.« Sie überging die Anspielung. Hungrig tunkte sie ihr Würstchen in die Mayonnaise. »Was machst du sonst so nachts?«

»Ich schaue Krimis auf Netflix und schlafe dabei ein.«

»Nicht dein Ernst! Ich lese meine Lieblingsbücher, bis ich sie mitsingen kann. Immer dieselben. Dazu esse ich Käsewürfel mit Erdbeermarmelade.«

»Abgefahren«, lachte er. »Los, wir sagen uns jetzt alle Peinlichkeiten, die uns ausmachen.«

Sie blinzelte ihn überrascht an. Was für ein herrliches Spiel.

»Ich schnarche«, verkündete sie todesmutig.

»Echt? Finde ich nicht so richtig peinlich.« Er überlegte

weiter, während er sein Würstchen in einen Klecks Ketchup stippte. »Ich schreibe Mails auf dem Klo.«

»Nein!«, kreischte Lena.

»Wenn ich mich mit einer Frau streite, schmeiße ich schon mal mit Tellern.«

Das überstieg Lenas Vorstellungskraft. Aber es war lustig. Benjamin der Große war auch nur ein Mensch.

»Ich mag es, diese kleinen Kissen in Luftpolsterfolie zu knacken«, verriet sie eine weitere ihrer Marotten. »Total kindisch, aber es macht mir einen Riesenspaß.«

»Ich bügle meine Putzlappen. True.«

Sie verschluckte sich fast an ihren Zwiebelringen vor Lachen.

»Ach du liebes bisschen!«

Auch er lachte, ganz kindlich, ganz entspannt. Mit seinem Würstchen malte er kleine Kreise in den Mischmasch aus Ketchup, Mayonnaise und scharfer Sauce, bevor er erneut hineinbiss.

»Ich gehe nie zu Hochzeiten«, zählte Lena ihre nächste Macke auf. »Ich freue mich lieber von Weitem.«

»Passt zu einer Frau, deren Lieblingswort Nein ist«, grinste er. »Noch irgendwelche besonderen Kennzeichen?«

»Besondere Kennzeichen?« Sie schob sich den letzten Zipfel des Würstchens in den Mund. »Ich habe ein Muttermal in Form einer Blüte auf der linken Schulter.«

»Ich weiß.«

Lena hörte auf zu kauen. Das konnte doch wohl nicht wahr sein. Entsetzt starrte sie ihn an.

»Was?«

»Äh, was?«, echote er.

Etwas in ihr gefror. Ihr Mund war auf einmal wie ausgetrocknet. Von fern hörte sie so etwas wie Donnergrollen. Nein, es war das Rauschen in ihren Ohren.

»Woher weißt du das?«

Er füllte die elektrisch aufgeladene Hochspannungsstille, indem er seinen Pappteller zusammenfaltete und in den Abfalleimer neben dem Stehtisch warf. Dann strich er sein blaues Jackett glatt.

»Also, als ich dich gefunden habe, letzte Nacht ...«

Lena spürte, wie das Blut aus ihren Wangen wich.

»Na ja«, druckste er herum, »du hast in diesem Bushäuschen rumkrakeelt und warst gerade dabei, dich auszuziehen.«

»Nein!«

»Genau. Dein Lieblingswort kam auch ziemlich oft vor in deinem Monolog.« Er schaute hoch zu dem windschiefen Sonnenschirm, der sich quietschend im Wind bewegte. »Keine Sorge, ich habe dich wieder angezogen und ein Taxi bestellt.«

»O Mann.«

Wie hatte sie nur so austicken können! Beschämt pulte Lena an dem kleinen Plastiksalzstreuer herum, der auf dem Stehtisch stand. Als sie sich wieder einigermaßen gefangen hatte, suchte sie nach Worten, die sie aus dieser peinlichen Lage hinausmanövrieren könnten. Aber es fiel ihr nichts ein. Ihr Kopf war wie leergefegt. Benjamin musste sie für völlig durchgeknallt halten. Für einen weiblichen Volltrottel.

»Wir machen alle mal Fehler«, sagte er schließlich und hatte den Anstand, ihr dabei nicht in die Augen zu sehen. »Halb so schlimm. Jetzt brechen neue Zeiten an.«

Sie zuckte nur mit den Achseln.

»Neuer Mann, neues Glück? Ist es das, was du meinst? Nach allem, was ich gestern erlebt habe? Man löscht nicht mit Benzin, sehr geehrter Herr Floros.«

»Hör mal, wir hatten vielleicht nicht den optimalen Start, aber …«

»… aber was?«

»Wir haben dieses Gespräch nie geführt, Lena, okay? Ab jetzt decken wir den gnädigen Mantel des Schweigens über die gestrige Nacht. Lass uns nach vorn schauen.«

Wie dieses Vorn aussah, konnte sich Lena nur allzu gut denken. Sie knöpfte ihre Strickjacke bis oben zu.

»Ich werde nicht ein zweites Mal im trüben Tümpel des Online-Datings fischen. Nur über meine Leiche!«

»Na schön, ich bin flexibel«, grinste er vergnügt. »Wie möchtest du sterben? Soll ich dich mit Küssen ersticken?«

Das war natürlich ein Witz, dennoch blieb Lena das Lachen im Halse stecken. Mist. Ein Kribbeln überlief ihre Kopfhaut, ganz zu schweigen vom heftigen Getrommel ihres Herzens. Das lag an dem ratternden Filmprojektor ihrer Phantasie, der Bilder auf Bilder produzierte, die sie lieber nicht sehen wollte. Sie musste Benjamin Floros auf Abstand halten. Ein Mann wie er konnte ihr nur zum Verhängnis werden, weil er nun mal nicht auf Frauen wie sie stand.

»Gut, starten wir in die nächste Runde«, sagte sie mit fester

Stimme. »Ich versuche es jetzt mit der Floros-Methode: Willst du Blumen, kauf dir welche! Willst du Männer, hol sie dir! Wenn du möchtest, verfeinere ich sogar mein Profil. Was soll ich reinschreiben? Ewiger Single? Kompliziertes Wrack?«

Deutlich verblüfft über ihren plötzlichen Sinneswandel nickte er zögernd.

»Schön. Perfekt. Freut mich, dass du die Wüste des Singledaseins hinter dir lassen möchtest. Ich werde dir den Weg zur Oase zeigen. Aber trinken musst du schon selber.«

Kapitel 10

Montage hatten keinen guten Ruf. Jedermann beschwerte sich über den mühseligen Wochenstart, mancher nannte den Montag gar die gemeine kleine Schwester des Sonntags. Lena empfand das ganz anders. Ihre Wochenenden verliefen normalerweise so ereignislos, dass sie sich auf den Moment freute, wenn sie am Montagmorgen endlich ihr Leseparadies aufschließen durfte. Und schon hatte der Tag wieder eine feste Struktur.

Erst mal Espresso. Dann staubsaugen. Danach nahm sie alle möglichen Bücher in die Hand, die sie noch nicht kannte, um sich auf eventuelle Beratungsgespräche vorzubereiten. Halb aus Neugier, halb aus Pflichtgefühl überflog sie die Inhaltsverzeichnisse von Sachbüchern, schlug Kunstbände auf, prüfte neu erschienene Romane. Natürlich konnte Lena nicht sämtliche Romane lesen, die in ihrem Laden standen. Keine Buchhändlerin der Welt konnte das. Für eine schnelle Orientierung las sie deshalb oft nur den Anfang und das Ende. Da wusste man dann schon, wie der Hase lief.

Wohin der Hase ihres Lebensromans hoppelte, das war nicht so leicht bestimmbar. Einstweilen gefiel es diesem launischen Tier, einen Haken nach dem anderen zu schlagen. Und wie's aussah, würde das noch eine Weile so weitergehen. Lena hatte Benjamin das Versprechen geben müssen, alle weiteren Kandidaten zu akzeptieren, die sein Liebesalgorithmus ausspuckte. Inklusive Chatten, Telefonieren, Date. Die ereignislosen Wochenenden gehörten damit wohl der Vergangenheit an.

Beim Abschied hatte er Lena noch mit allerlei Tipps überschüttet. Das Leben da draußen sei verdammt hart; sie müsse sich ein dickeres Fell zulegen und dürfe bloß nicht erwarten, dass es gleich beim ersten Mal klappe. Im Übrigen werde er ihr ein paar Nachhilfestunden im Online-Dating geben. So weit, so schlecht.

Lena atmete einmal tief durch. In den letzten drei Tagen war so viel passiert wie sonst in einem Monat, ach, in einem Jahr. Sie schaute zu Dewey, der im Schaufenster vor sich hin döste. Beneidenswert. Beziehungsangelegenheiten plagten ihn definitiv nicht. Zuweilen beglückte er eine Katzendame aus der Nachbarschaft, wenn Lena nicht aufpasste. Das war's dann aber auch schon. Lenas Beziehungsleben hingegen hatte sich zu so etwas wie einer Chefsache entwickelt.

Nach dem Spaziergang mit Benjamin hatte sie Tante Hilde Vollzug gemeldet: Ja, sie werde sich brav auf die Liebesformel einlassen, und diesmal auf die korrekte Art und Weise. Hocherfreut hatte Tante Hilde es zur Kenntnis genommen. Auch Michelle hatte Lena die Neuigkeit mitgeteilt. Schriftlich, weil ihre Freundin schon verschwunden war, als Lena in die Wohnung zurückkehrte.

Wow, war Michelles Antwort gewesen, *und das sage ich dir als deine Freundin.*

Was auch immer das heißen mochte. Offenkundig war Michelle froh, dass sich Lena nun verstärkt auf Männer fokussierte, die nicht Benjamin Floros hießen. Nach wie vor machte sich Michelle Hoffnungen auf ihn, das war nicht zu übersehen. Es deprimierte Lena, wie unverdrossen ihre Freundin beim Kaffeeklatsch mit Benjamin geflirtet hatte, wenngleich er wenig Interesse an ihr zeigte.

So, und nun rein in den gar nicht ungeliebten Alltag, ermahnte sie sich. Lena hatte kaum zwei, vielleicht auch drei Espresso getrunken, den Laden staubgesaugt und in einen Fantasyroman reingelesen, als der gehemmte Mann vom Samstagvormittag auf einmal im Leseparadies stand. Wieder trug er Jeans und das dunkelblaue Polohemd – als hätte er das gesamte Wochenende über seine Klamotten nicht gewechselt. Hinter seinen Brillengläsern flackerte es hoffnungsvoll.

»Ist sie, ähm, also, schon da?«, stammelte er.

»Die …?«

»Liebes-, hm, also, Formel.«

Nanu? Lena ließ den Fantasyroman sinken.

»Tut mir leid, das Buch kommt erst am Nachmittag. Hatte ich Ihnen das nicht auch so mitgeteilt?«

Er zog ein Gesicht wie jemand, der nach einer längeren Sitzung auf der Toilette feststellen musste, dass es kein Klopapier gab. Das Flackern hinter seinen Brillengläsern erlosch.

»Nein. Hm. Vielleicht.«

»So ab vierzehn Uhr sollten Sie noch einmal vorbeischauen«,

sagte Lena freundlich. »Und falls Ihnen die *Ultimative Liebesformel* nicht gefällt, kann ich Sie trösten. Noch das schlechteste Buch hat eine gute Seite: die letzte.«

Mit diesem kleinen Scherz aus Tante Hildes Fundus wollte sie ihn ein wenig auflockern, doch nun sah er noch verschreckter aus als vorher. Dieser Typ war aber auch ein schwerer Fall. Wie ein offenes Buch lag seine geknechtete Seele vor Lena; nur dass dieses offene Buch in einer ihr unbekannten Sprache geschrieben war. Woher rührte bloß seine schreckliche Schüchternheit? Als jetzt auch noch die Ladenglocke erklang, sackte er regelrecht in sich zusammen.

»Hallo, Süße, ich habe eine Freistunde, und da dachte ich, wir könnten doch zusammen einen schnellen Espresso zischen«, sprudelte Michelle los, die in einem violetten Strickkleid zu hellen Wildleder-Ankleboots hereingetänzelt kam. »Ich bin nämlich …«

In diesem Augenblick entdeckte sie den Mann im blauen Polohemd. Mit dem Rücken presste er sich an ein Bücherregal, bewacht von Dewey, der kerzengerade vor ihm saß wie ein Polizist, der einen Dieb gestellt hatte.

»Hey, bist du nicht Sven?« Michelle legte ihren Kopf mit dem heute hochgesteckten Blondhaar schräg. »Du kamst mir schon am Samstag irgendwie bekannt vor. Wir sind in dieselbe Klasse gegangen, weißt du noch?«

Auch bei Lena fiel jetzt der Groschen. Es war nicht ganz leicht, sich an diesen Sven zu erinnern; er gehörte zu jenen Männern, bei denen man sich nicht vorstellen konnte, dass sie jemals jung gewesen waren. Merkwürdig, dachte Lena.

Und bei Benjamin kann ich mir nicht vorstellen, dass er jemals erwachsen wird mit seinem Jungsgesicht. Aber halt. Wieso funkte ihr jetzt Benjamin Floros dazwischen?

Sie konzentrierte sich auch auf Sven Niedermeier, dessen voller Name ihr nun auch einfiel. Als Einserschüler hatte er es damals ganz schön schwer gehabt. Ein kluger Kopf hatte es immer schwer in der Schule. Kinder konnten grausam sein.

»Na los, darauf einen Espresso!«, rief Michelle und warf ihre Aktentasche auf einen der gelben Sessel. »Hab dich ja ewig nicht mehr gesehen, Sven. Was treibst du denn so?«

»Software«, erwiderte er knapp.

Zwei Silben ohne Stottern, immerhin. Lena freute sich richtig für ihn. Durch Michelles unbekümmerte Art schien er ein wenig aufzutauen. Mit angewinkelten Ellenbogen schaute er zwischen ihr und Lena hin und her.

»Entwickler«, fügte er hinzu.

»Software-Entwickler, super!« Michelle machte sich schon an der Espressomaschine zu schaffen. »Wir brauchen noch jemanden für unsere hoffnungslos veraltete Schulwebsite. Kannst du so was?«

»Will ich so was?«

Lena und Michelle starrten ihn an. Dann brach Michelle in Lachen aus.

»So war er früher schon, weißt du noch?« Sie stellte eine Tasse unter das Auslaufrohr der Espressomaschine. »Sven hat einen echt skurrilen Humor.«

Nun, Lena hätte es nicht unbedingt Humor genannt. Aber der Sinn fürs Komische war natürlich so verschieden wie die

Menschen selbst. Im besten Falle machte eine humorvolle Sichtweise den Alltag erträglicher – auch den Umgang mit schwierigen Kunden. Oder, wie Tante Hilde es ausdrückte: Humor ist der Knopf, der verhindert, dass einem der Kragen platzt.

»Na, Süße, wie viele Espressi hast du dir denn heute schon reingezogen?«, fragte Michelle, als sie Lena eine gefüllte Tasse reichte. »Nein, warte.« Sie warf Sven ein neckisches Lächeln zu. »Wenn ich Lena sage, sie soll nicht so viel Kaffee trinken, dann bekomme ich immer zu hören: Genauso gut könne man sie auffordern, weniger zu atmen. Ist das nicht abgefahren? Und du, Sven? Wie möchtest du deinen Espresso? Mit Zucker?«

Er kam ein paar Schritte näher, was für seine Verhältnisse wahrscheinlich schon ein geradezu sensationelles Wagnis war.

»Auf keinen Fall.«

Mit diesem stotterfreien Satz lief er aus dem Laden. Fluchtartig, wie beim ersten Mal. Die beiden Freundinnen sahen einander ratlos an, dann fing Michelle an zu kichern.

»Ist ein Freak, der Sven. Eine Schlaubirne vor dem Herrn, aber total blockiert. Stock im Po, sag ich nur. Damals in der Schule hat er nie ein Mädchen abgekriegt. Schlexy kommt eben äußerst selten vor in Gottes großem Tiergarten.« Sie schaute in Lenas fragendes Gesicht. »Schlau *und* sexy ergibt schlexy! So einen Mumpitz lerne ich von meinen Schülern. Jedenfalls kenne ich nur einen, glaub mir, nur einen einzigen Mann, der so schlexy ist, dass man gar nicht weiß, was man zuerst will: seinen Geist oder seinen Körper.«

Womit ihr eine recht elegante Überleitung zu ihrem aktuellen Lieblingsthema gelungen war: Benjamin Floros.

Geistesabwesend schlürfte Lena ihren Espresso. Sie musste Michelle von der fixen Idee abbringen, Benjamin erobern zu können. Wenn er Michelle anziehend fand, würde er ihr das schon signalisieren. Wenn nicht, ließ sich nichts, aber auch gar nichts daran ändern. Vielleicht könnte man Michelle mit einem dezenten Buchgeschenk die Augen öffnen, überlegte Lena. Zum Beispiel mit dem Ratgeberklassiker *Er steht einfach nicht auf dich.* Den hatte sogar Lena gelesen, obwohl sie eigentlich nicht so sehr auf Liebesratgeber erpicht war.

»Wie ging es denn gestern eigentlich noch mit Bert Hansen und Tante Hilde weiter?«, erkundigte sie sich, um ihre Freundin auf ein unverfänglicheres Terrain zu führen.

»Hey, die beiden sind das absolute Dreamteam«, schwärmte Michelle. »Wir haben uns noch scheckig gelacht, als du weg warst. Die könnten ein Bühnenprogramm veranstalten mit ihren Gedichten. Echte Talente. Zum Brüllen. Und ein bissi ineinander verschossen sind sie auch, wenn du mich fragst. Lag ja sowieso Liebe in der Luft. Benjamin war wieder zauberhaft, oder?«

Es hatte überhaupt keinen Sinn, Michelle von ihrem Topthema abzubringen. Deshalb fügte sich Lena ins Unvermeidliche.

»Hast du denn schon sein Buch gelesen?«

»Hab mal reingeschaut.« Michelle formte ihre Lippen zu einem Kussmund. »Nicht schlecht. Schreiben kann er. Aber es geht doch nichts über das Glück, Benjamin live zu erleben. Er macht was mit mir, verstehst du? Ich schaue ihn nur an – und meine innere Göttin hüpft auf und nieder und klatscht in die Hände wie eine Fünfjährige!«

»Schon wieder *Fifty Shades of Grey,* Michelle? Komm mal auf den Teppich.«

»Aber Benjamin ist einfach zu und zu süß!«

Das hätte Lena etwas anders formuliert. Wobei – auf einmal fiel ihr wieder ein, wie sie am Würstchenstand rumgealbert hatten. Mails auf dem Klo, doch, das war schon irgendwie süß.

Inzwischen hatte Michelle einen Espresso für sich selber fabriziert. Die Ellenbogen auf den Verkaufstresen gestützt, drehte sie Tasse in den Händen hin und her, ohne zu trinken.

»Ihr wart ja irre lang spazieren«, sagte sie. »Mindestens zwei Stunden.«

Es klang ein bisschen vorwurfsvoll, weshalb Lena sofort in die Offensive ging.

»Ach, der hat mich nur zugetextet. Kennst ihn ja. War so eine Art Privatvortrag. Und dann hat er mir noch erzählt, es sei Tante Hildes ausdrücklicher Wunsch, dass ich mit der Liebesformel nach einem Mann Ausschau halte. Da bin ich eingeknickt wie ein Streichholz. Ab jetzt will er mich persönlich bei der Partnersuche begleiten.«

Das war die Kurzfassung. In der Langfassung hätten einige Dinge erwähnt werden müssen, die Lena immer noch Rätsel aufgaben. Zum Beispiel Offenbarungen, die es ihr schwermachten, nach wie vor den oberflächlichen Hallodri in Benjamin zu sehen. Gewisse Wortwechsel. Viel zu lange Blicke. Doch das gehörte nicht hierher.

»Wie geht es denn jetzt eigentlich weiter mit Benjamin?«, drängelte Michelle zwischen zwei Schlucken Espresso.

»Ich übersetz mal: Du meinst, wann er wieder herkommt, damit du ihn sehen kannst?«

»Oh! My! God!« Michelle stellte ihre Tasse ab und legte die Handflächen an ihre errötenden Wangen. »Sieht man es mir so deutlich an?«

»Mmmmm«, machte Lena.

Jetzt wäre die perfekte Gelegenheit für klärende Worte gewesen. Doch Michelle sah Benjamin nun mal durch hundert rosarote Brillen. Hätte Lena jetzt gesagt: Er ist gar nicht so übel, ich habe ihn gestern von einer anderen Seite kennen gelernt, er hat echte menschliche Qualitäten, aber Vorsicht, in Liebesdingen ist er ein Player! Wie hätte Michelle dann wohl reagiert? Mit Zähnen und Klauen hätte sie ihn verteidigt und nur noch mehr vergöttert.

Vergeblich Verliebte sind wie kleine Kinder, überlegte Lena. Sag ihnen, sie sollen nicht die Hand auf die heiße Herdplatte legen, und du kannst Gift drauf nehmen, dass sie genau das ausprobieren.

»Möchtest du noch einen Espresso?«, fragte sie matt.

Michelle sah auf ihre Uhr und stieß einen spitzen Schrei aus.

»Herrje, ich muss los! Dritte Klasse Erdkunde!« Sie schnappte sich ihre Aktentasche. »Ciao, Süße! Ach, ehe ich's vergesse – wann, hast du noch mal gesagt, kommt Benjamin?«

Eine unbehagliche Stille trat ein. Beide wussten, dass Lena nichts dergleichen gesagt hatte. Dennoch tat Lena so, als ob sie die kleine Finte von Michelle nicht durchschaute.

»Heute Abend. Um sieben.«

»Ich will dabei sein, hörst du? Unbedingt! Meine Mutter übernimmt gern wieder die Kinder, also kann ich ganz easy zu dir rüberrutschen. Du hast doch nichts dagegen?«

Die folgende Stille geriet noch um einiges unbehaglicher. Es war Lena überhaupt nicht recht, den Abend zu dritt zu verbringen. Aber sie würde einen Teufel tun und Michelle ausschließen. Sonst würde sie für immer als Rivalin dastehen.

»Kein Problem«, schwindelte sie. »Komm gern vorbei, Schatz.«

So, und nun hatte sie sich mit Bravour in den schönsten Schlamassel befördert. Sie sah Michelle hinterher, die wieselflink davonstob, dann schaute sie zu Dewey, der wieder seinen Platz im Schaufenster eingenommen hatte. Irgendetwas fesselte seine Aufmerksamkeit. Lena reckte den Kopf. Vor dem Schaufenster saß eine kleine weiße Katze auf dem Bürgersteig. Unverwandt starrte sie Dewey an, der sich mit ausgefahrenen Krallen zusammengekauert hatte und seinerseits die weiße Katze anstarrte. Es schien Liebe auf den ersten Blick zu sein. Leider nur einseitig, denn im nächsten Moment sprang das Kätzchen auch schon davon. Dewey konnte sich nur noch die Nase am Schaufenster platt drücken.

Vielleicht sollte es Dating-Apps für Katzen geben, ging es Lena durch den Kopf. Das wäre nur gerecht. Auch Dewey hat Bedürfnisse und Sehnsüchte.

Mit derart krausen Überlegungen verstrichen die nächsten Stunden. Lena fühlte sich ein bisschen wie eine Schlafwandlerin nach den verstörenden Ereignissen des Wochenendes. Wie in Trance verkaufte sie ein Kochbuch für Veganer. Wie ferngesteuert nahm sie in der Mittagszeit ein riesiges Paket entgegen: sage und schreibe vierzig Exemplare der *Ultimativen Liebesformel.* Einen hüfthohen Stapel packte sie gleich ins Schaufenster, die vorbestellten Bücher verwahrte sie hinter dem Verkaufstresen. Danach nahm sie sich selbst eins vor. Vom Cover lächelte ihr Benjamin entgegen, mit seinem offiziellen Gebrauchtwagenhändlergesicht. Es war seltsam, ihn so zu sehen, wenn man ihn näher kannte.

Feierlich entfernte Lena die Plastikfolie. Dann schlug sie das Buch auf und schnupperte daran. Es roch so, wie Tante Hildes Kaffee schmeckte. War ja auch nicht weiter verwunderlich bei einem Machwerk, das ein schwacher Aufguss allseits bekannter Theorien war. Eigentlich hätte Lena Benjamins Buch lesen müssen, um im Bilde zu sein, unterließ es jedoch. Früh genug würde sie mit dem Inhalt konfrontiert werden. Und mit jeder Menge Männern, die ihr von der Formel zugeführt wurden. Sie hatte jetzt schon Fracksausen.

Viel zu schnell neigte sich der Tag seinem Ende zu. Es war ein denkwürdiger Tag, weil Lenas Leseparadies zu einem Hotspot des kleinstädtischen Lebens avancierte. Auf einmal ging es zu wie im Taubenschlag. Der Stapel im Schaufenster wurde immer kleiner, der Vorrat der bestellten Bücher schmolz. Als der klemmige Sven auftauchte, fand Lena kaum Gelegenheit, mit dem schrägen Vogel zu sprechen, weil sich gerade eine Traube von Damen jeden Alters um den Verkaufstresen scharte. Benjamins Buch schlug ein wie eine Bombe.

Sogar als Lena ihren Laden abschloss, kamen noch Kundinnen angelaufen, die in letzter Sekunde ein Exemplar ergattern wollten. Also öffnete sie noch einmal die Tür und verkaufte drei weitere Bücher. So, nun war aber wirklich Feierabend. Sie nahm Dewey auf den Arm, der sich wegen des ungewohnten Andrangs fast nur im Hinterzimmer aufgehalten hatte. Er wirkte ein wenig beleidigt, dass er heute wenig von seinem Frauchen gehabt hatte.

»Alles gut, mein Kleiner«, flüsterte Lena in seine seidenweichen Ohren, als sie mit einer Hand den Schlüssel im Schloss der Ladentür umdrehte. »Die entgangenen Streicheleinheiten werden später nachgeholt.«

»Man sollte nur Dinge versprechen, die man auch halten kann«, ertönte in ihrem Rücken eine wohlvertraute Stimme, die ihr einen leichten Schauer über die Haut trieb.

»Du bist zu früh«, sagte sie, während sie sich zu Benjamin umdrehte. »Es ist erst halb sieben.«

»Ich freue mich immer über ein herzliches Willkommen«, griente er.

Gemeinsam betraten sie das dunkle Treppenhaus, das hoch zur Wohnung führte, und Lena musste wieder an den ersten Abend denken, als sie mit Benjamin die Stufen hochgerobbt war. Der größte Fehler ihres Lebens. Benjamin brachte alles durcheinander. Schlimmer noch, er brachte *sie* durcheinander. In absehbarer Zeit würde er im Vorübergehen auch noch Michelles Herz brechen, dieser Liebesverbrecher.

Oben im Hausflur wurden sie von Tante Hilde empfangen. In einem sandfarbenen, eigenartig rubbeligen Wollkostüm mit granitgrauen Paspeln stand sie schon bester Laune an der geöffneten Wohnungstür.

»Kinder, wie schön«, lachte sie. »Ich hab Schnittchen gemacht. Wo wollt ihr sitzen? Im Esszimmer? Im Wohnzimmer? In der Küche?«

»Wohnzimmer hört sich gut an, das kenne ich ja schon«, strahlte Benjamin, »beziehungsweise das Sofa, auf dem ich freundlicherweise nächtigen durfte.«

Lena war es schnuppe, wo sie saßen. Sie wollte diese lästige Angelegenheit nur so rasch wie möglich hinter sich bringen. Nachdem sie sich die Hände gewaschen und Dewey gefüttert hatte, steuerte sie das Wohnzimmer an, wo Benjamin es sich auf dem geblümten Biedermeiersofa bequem gemacht hatte. Auf seinen Knien balancierte er einen Laptop. Vor ihm auf dem verschnörkelten Nussbaumcouchtisch stand eine ovale Porzellanplatte, auf der sich die angekündigten Schnittchen türmten: Schinkenschnittchen, Käseschnittchen, Räucherlachsschnittchen, garniert mit halben Tomaten und Petersilienbüschelchen – Tante Hildes Interpretation eines gelungenen Caterings. Dewey hockte hinter Benjamin auf der Rückenlehne des Sofas und schaute so verständig zum Laptop, als sei er hier der Boss, der alles im Griff hatte.

Zum ersten Mal dachte Lena darüber nach, dass sie letztlich in einem Museum lebte. Das selten benutzte Wohnzimmer mit dicken, verblichenen Perserteppichen, schweren Eichenmöbeln und einem in Ehren erblindeten Kronleuchter verströmte den muffigen Charme längst vergangener Zeiten. Bisher hatte Lena das gar nicht so wahrgenommen. Es musste an Benjamin liegen, dass sie ihre eigene vertraute Umgebung auf einmal mit anderen Augen sah. Nicht, dass die Einrichtung an sich sie sonderlich störte. Ihr wurde nur bewusst, dass sie in einer Wohnung lebte, in der sie keine Spuren hinterlassen hatte. Bis auf ihr eigenes Zimmer trug nichts hier ihre Handschrift. Sie lebte wieder wie ein Kind bei den Eltern.

Etwas verwirrt von dieser neuen Erkenntnis ließ Lena sich in einen dicken Ohrensessel mit einem brokatähnlichen Bezug sinken. Schon am Nachmittag hatte sie Benjamins Online-Test absolviert. An die hundert Fragen, die ans Eingemachte gingen.

Hast du Schwierigkeiten, dich zu entspannen? Wie viele wirklich gute Freunde hast du? Leckst du den Deckel eines Joghurtbechers ab? Welchen Stellenwert hat Sex für dich auf einer Skala von eins bis zehn? Denkst du manchmal an den Tod? Willst du Kinder? Schläfst du mit einem Partner gern in der Löffelchenstellung? Benutzt du eine Handzahnbürste oder eine elektrische? Was findest du schlimmer: einen untreuen oder einen unaufrichtigen Partner? Würdest du einen Hund aus einem brennenden Haus retten? Isst du die Pizza mit Messer und Gabel oder lieber mit der Hand? Ist getrennt in den Urlaub fahren in einer Beziehung okay für dich?

Ja, diese Liebesformel hatte es in sich. Sie lehnte ihren Kopf in das weiche Polster des Sessels.

»Aye, aye, Käpt'n, kann losgehen.«

»Aber nicht so, du bist viel zu weit weg.« Benjamin klopfte

auf den freien Platz neben sich. »Komm her, wir müssen doch zu zweit auf die Profile schauen.«

Also erhob sich Lena wieder, umrundete den Couchtisch und setzte sich zu ihm aufs Sofa. Er roch gut. Nach frischer Luft, Aftershave und – Mann. Nichts von alldem hatte dieses Wohnzimmer in den letzten Jahren erlebt. Oder war es am Ende ganz anders? Was wusste Lena denn schon über Tante Hildes Liebesleben? Zehn Jahre waren sie getrennt gewesen, abgesehen von regelmäßigen Telefonaten und gelegentlichen Wochenendbesuchen.

»So nachdenklich?« Benjamin warf ihr einen schnellen Seitenblick zu, bevor er auf den Laptop zeigte. »Schau mal, das sind deine glorreichen Sieben. Darf ich vorstellen? Alexander und Arne-Christian hast du ja schon verbrannt. Die zählen aber trotzdem mit. Weiter geht's mit Lennart, achtunddreißig, ledig, Bücherfan, naturliebend. Antonio, Galerist und Kunstliebhaber – die passenden Eigenschaften kannst du selbst nachlesen. Jeff, achtunddreißig, Bachelorabschluss in englischer Literatur. Markus, zweiundvierzig, liest nach eigener Angabe so gut wie alles, Schwerpunkt britische Gothic-Romane; über ihn wäre noch Besonderes zu sagen, dass er schon mal einen Sechstausender bestiegen hat. Des Weiteren gibt es noch einen Kandidaten, den die Formel bereits am Samstag errechnet hat.«

»Der dritte Mann nach Alexander und Arne-Christian?«, fragte Lena.

»Ja, und ein bisschen rätselhaft. Eduard hat kein deutlich erkennbares Profilfoto, doch seine Eigenschaften und Wertvorstellungen sind ein absoluter Match. Lebt zurückgezogen, liest in jeder freien Minute, liebt Katzen und klassische Musik.«

»Kein Mensch heißt Eduard.«

»Wart's ab.« Benjamin sog scharf die Luft ein. »So, das sind deine sieben.«

»Das war's?« Lena, die völlig den Überblick verloren hatte, verdrehte die Augen. »Ich bin enttäuscht. Ich hatte mit einer ganzen Fußballmannschaft gerechnet.«

»Jetzt tu mal nicht so abgeklärt«, griente Benjamin. »Dir geht ganz schön die Pumpe, das sehe ich doch.«

Ja, die beiden verunglückten Dates steckten Lena noch in den Knochen. Und jetzt sollte sie gleich die nächsten Männer kennenlernen? Sie hatte sich ja noch nicht mal von den ersten beiden erholt. Wäre Tante Hilde nicht gewesen, sie hätte das Ganze auf der Stelle abgebrochen. Aber Tante Hilde zuliebe würde sie diesen Wahnsinn durchhalten, deshalb gab sie sich voll konzentriert.

»Du planst Beziehungen wie militärische Eroberungsfeldzüge, richtig?«

»Könnte man so sagen«, bestätigte Benjamin, ohne die Augen vom Bildschirm abzuwenden. »Sich verlieben kann jedes Kind. Eine Beziehung eingehen und gestalten erfordert klare Strategien, wie bei einem Feldzug. Schon wenn sich eine Frau die Lippen schminkt, ist das ja, als ob ein Mann seine Waffe lädt.« Er lächelte Lena schalkhaft an. »Du benutzt zwar keinen Lippenstift, aber wenn du ehrlich bist, hast du auch so deine Tricks, wenn du einen Mann erobern willst.«

»Nee, nee, erobern ist gar nicht meins«, widersprach Lena. »Ich will gefunden und erobert *werden.*«

»Aha. Und wie lange hat deine längste Beziehung gedauert?«

Mit dieser Frage brachte er Lena ziemlich in die Bredouille. Sie überlegte.

»Drei, vier Monate?«

»Oje.« Überrascht sah er sie an. »Mit vierunddreißig, pardon, Anfang dreißig hattest du noch nie eine längere Beziehung? Du bist ganz schön weit für dein Alter. Ganz schön weit hinterher. Wie kommt's?«

Darüber hätte Lena wochenlang philosophieren können. Allerdings wäre das einem emotionalen Offenbarungseid gleichgekommen, weshalb sie bei den dürren Tatsachen blieb.

»Ich hab's ja versucht, Benjamin. Wirklich versucht. Aber Beziehungen werden halt so schnell unromantisch. Am Anfang reitet man auf der ganz großen Glückswelle, danach ist nur noch Couchsurfen angesagt. Der graue Alltag macht alles kaputt. Hast du etwa schon mal Paare leidenschaftlich Klopapier einkaufen sehen? Auch die Unterhaltungen versickern. Irgendwann schaffen es die Handys sogar ins Bett. Dann kommen die Konflikte. Nicht jeder schmeißt wie du mit Tellern, doch auch die passive Aggressivität in Beziehungen macht mich fertig. Das leere Schweigen. Das dumpfe Rumbohren in den wunden Punkten.«

Betroffen schaute er auf den Laptop. Hatte sie etwa etwas ausgesprochen, was ihn selber bewegte?

»Romantik ist keine Beziehungsbasis«, sagte er nach einer

Weile. »Nur gemeinsame Interessen, gemeinsame Werte und der Wille, ein Leben zu zweit zu führen, münden in eine gute Beziehung.«

»Damit ich das richtig verstehe«, sie schaute ihn stirnrunzelnd von der Seite an, »deine Auffassung von einer Beziehung ist also so etwas wie eine arrangierte Vernunftehe?«

»Du hast es erfasst. »

Das war ja ein dicker Hund! Es klang nach vergangenen Jahrhunderten, in denen wohlmeinende Eltern den Ehemann für das Töchterchen aussuchten. Einen, der »passte«. Verlieben? Kein Thema. Damals, so überlegte Lena, war man der Überzeugung gewesen, die Liebe komme schon von ganz allein, sobald der Ring am Finger steckte. Der einzige Unterschied zu diesen vergangenen Zeiten bestand nun darin, dass nicht die Eltern, sondern ein Computerprogramm den angeblich Richtigen aus dem großen Männerpool fischte. Beziehungsweise Benjamin Floros tat es. Gruselig.

Nacheinander klickte Benjamin die Kandidaten an. Eher desinteressiert sichtete Lena die Profile. Sie fühlte sich wie ein Restaurantgast, der mit Magen-Darm-Grippe eine Speisekarte lesen musste: Manches hörte sich ganz gut an, aber wenn einem speiübel war, hatte man nun mal keinen Appetit. Und wenn man gerade zwei Dates hinter sich hatte, die gründlich in die Hose gegangen waren, hielt sich eben auch die Lust auf weitere Erfahrungen in Grenzen.

»Sind das eigentlich Klarnamen oder Nicknames?«, erkundigte sie sich, um wenigstens Interesse zu heucheln.

»Gute Frage.« Benjamin tippte auf den ersten Kandidaten,

einen brav und korrekt aussehenden Typen mit Seitenscheitel und Jackett. »Lennart zum Beispiel ist ein ungewöhnlicher Name. Gut möglich, dass er in Wirklichkeit anders heißt.«

»Oder ein Phantom ist.«

»Nein, das würde keinen Sinn machen«, entgegnete Benjamin sehr bestimmt. »Ich gebe nur Dating-Websites in meinen Rechner ein, auf denen echte Menschen echte Partner suchen.«

»Und wenn es doch Fakes sind?« Herausfordernd schaute sie ihn an. »Dann bist du *Der Fürst der Phantome.*«

»Ach, haben wir's heute mal wieder mit Buchtiteln? Du bist wohl auf der *Sturmhöhe* unterwegs, was?«

Das Geplänkel wurde von Dewey unterbrochen, der mit einem halsbrecherischen Sprung von der Sofalehne auf dem Couchtisch landete. Er war zu gut erzogen, um sich einfach ein Stück Lachs zu stibitzen. Dafür maunzte er die Schnittchen an, als wollte er sie auffordern, doch bitte von selbst in sein Mäulchen zu wandern.

»Meine macht das auch immer«, amüsierte sich Benjamin.

Lena riss sich vom reichlich verschwommenen Foto des geheimnisvollen Unbekannten namens Eduard los.

»Wie – deine? Deine Freundin? Deine Tochter?«

»Meine weiße Birmakatze.« Zart strich er Dewey über den Kopf. »Sie heißt Choupette, nach der Katze von Karl Lagerfeld. Er hatte die gleiche wie ich, und er verglich ihre blauen Augen mit Saphirsternen. Ich finde blaue Augen faszinierend, du auch?«

Lena fiel fast in Ohnmacht. Das war jetzt aber wirklich

hundsgemein. Eine Katze hatte Benjamin also auch noch? Und er mochte blaue Augen? Was wollte ihr Karma ihr eigentlich damit sagen? Knapp daneben ist auch vorbei?

»Ich gebe dir jetzt ein paar Hinweise, wie man Profile analysiert«, erklärte Benjamin, der sich unterdessen noch einmal durch die Websites klickte. »Am besten, ich zeige dir, wen ich ausgeschlossen habe, dann verstehst du das Prinzip.«

Ja, weil ich so ein Dating-Doofi bin, dachte Lena missmutig.

Benjamin deutete auf ein Profil, das einem gewissen HH56 gehörte. Er sah ein bisschen nach Mister Universum für Arme aus, halb nackt, tiefgebräunt und mit Muskelpaketen bestückt, die ölig glänzten.

»Schau. Schon der Name ist suspekt, und es gibt nur ein einziges Foto. Eins ist zu wenig. Das könnte er auch sonst wo runtergeladen und eingestellt haben. Außerdem sieht das nach einem professionellen Foto aus; damit sucht man nicht privat nach einem Partner.«

»Aha«, sagte Lena.

»Und siehst du? Bei dem hier, Timo, steht ein uraltes Foto. Man erkennt das an dem Filmplakat im Hintergrund – der Film kam vor etwa zehn Jahren in die Kinos. Da macht sich jemand jünger.«

»Aha.«

»Verdächtig ist auch, wenn sich jemand als stilvoll bezeichnet. Das geht meistens daneben. Entweder man ist stilvoll, oder man behauptet es. Auf dem nächsten Foto da siehst du ihn am Strand. Ein Arschgeweih ist nicht besonders stilvoll, wenn du mich fragst.«

Mehr als ein weiteres »Aha« fiel Lena auch dazu nicht ein.

»Ganz schlimm sind die Poser.« Benjamin klickte ein Foto an, auf dem ein eleganter Typ mit Sonnenbrille und auffälliger Uhr an einem Lamborghini lehnte. »Der Luxusschlitten ist ganz bestimmt nicht seiner. Wer so viel Kohle hat, dass er sich einen Lambo leisten kann, führt ihn garantiert nicht auf einem Dating-Portal vor; sonst beißen nur Frauen an, die es auf sein Geld abgesehen haben.«

»Geld spielt bei mir sowieso keine Rolle«, wandte Lena ein.

»Hat ja auch keiner gesagt.« Er stupste sie vertraulich mit dem Ellenbogen an. »Hey, zufällig kenne ich Lena Hagedorn etwas näher und weiß, dass sie ein goldenes Herz hat. Es geht nur darum, dass du nicht auf irgendeinen Blödmann reinfällst, falls du eventuell mal auf eigene Faust suchst.«

Lena erstarrte. Es war nur eine kleine, kumpelhafte Geste mit dem Ellenbogen gewesen. Keine große Sache. Die Wirkung war jedoch enorm. An dem Punkt, an dem Benjamin sie berührt hatte, bildeten sich wellenförmige Beben, die in ihren gesamten Körper ausstrahlten. Sie brauchte ihre volle Selbstbeherrschung, um sich wieder einigermaßen in den Normalzustand zu bringen.

»Ich würde nie was auf eigene Faust tun«, knüpfte sie heiser an Benjamins Worte an.

»Genau. Das hat man ja vorgestern Nacht gesehen.«

Sehr witzig. Musste Benjamin denn schon wieder ihre Chaosnacht erwähnen? Wenn du denkst, es geht nicht mehr, warte ab – es kommt noch mehr, sagte Tante Hilde immer. Diese Geschichte würde er ihr wohl ewig aufs Butterbrot schmieren.

Sie rückte ein wenig von ihm ab und schaute zu Dewey, der miauend eine Pfote hob. Vielleicht hoffte er, dass der Lachs lebendig wurde, wenn er merkte, dass er gejagt wurde.

»Geht's dir gut?«, fragte Benjamin. »Du wirkst so abwesend.«

War sie ja auch. Wie viel lieber hätte sie jetzt ein Buch gelesen, statt etwas über hochstaplerische Poser und stillose Arschgeweihe zu erfahren. Andererseits musste sie Benjamin hoch anrechnen, dass er sich so viel Zeit für sie nahm. Das war schon mehr als ein Freundschaftsdienst. Er schien Tante Hilde wirklich sehr zu mögen.

»Alles bestens«, versicherte sie deshalb ganz eifrig. »Ich versuche nur gerade herauszufinden, was ich eigentlich will.«

In Wahrheit dachte sie etwas völlig anderes: Manchmal wissen wir nicht, was wir wollen – bis es uns begegnet. Warum nur fühlte sie plötzlich den Drang, Benjamin nahe zu sein?

Mit der rechten Hand fuhr er sich durchs Haar, seine Augen verschleierten sich, und Lena spürte auf einmal, wie wehrlos ihr Herz war, wie zerbrechlich. Sie wollte das nicht. Sie wollte stark sein, stark und unverwundbar.

»Mit welchem Kandidaten möchtest du denn anfangen?«, fragte er.

»Welchen von den glorreichen Sieben würdest du mir denn empfehlen?«

»Welchen ich will, spielt keine Rolle«, antwortete er mit einem Schulterzucken. »Das ist deine Party. Genieße sie.«

»Paaaarty!«, juchzte eine helle Frauenstimme. »Habt ihr etwa schon ohne mich angefangen?«

Es war interessant, wie Benjamin auf Michelle reagierte. Wohlgefällig musterte er das offenherzig ausgeschnittene und ziemlich kurze mattgelbe Etuikleid, das ihr Dekolleté und ihre hübsch geformten Beine freilegte. Auch die Art, wie er Michelles üppige rot geschminkte Lippen betrachtete, verriet den männlichen Kennerblick, der sich an so viel Weiblichkeit erfreute. Das Schauspiel dauerte allerdings nur etwa zwei Sekunden. Danach verschränkte Benjamin die Arme, und ein fast abweisender Zug umspielte seinen Mund.

»Oh, hallo, Michelle. Sorry, ist jetzt gerade ungünstig, wir sind mitten im Coaching.«

»Na, ist doch super!« Auf turmhohen Schlangenledersandaletten stöckelte Lenas Freundin zum Sofa und quetschte sich in die winzige Lücke zwischen Benjamin und der rechten Armlehne. »Auch Lehrerinnen müssen dazulernen. Lasst euch nicht stören. Ich hör nur zu. Ich bin quasi gar nicht da.«

»Ist schon in Ordnung«, übernahm Lena die Vermittlerrolle, wobei sie Michelle zuliebe ein bisschen an der Wahrheit herumschraubte. »Ich habe meine Freundin eingeladen, dabei zu sein.«

Benjamin sah Lena mit einer Miene an, die leichte Gereiztheit ausdrückte. Gelinde gesagt. Er schien etwas Unfreundliches erwidern zu wollen, riss sich jedoch zusammen.

»Profile checken, damit fängt es an, jetzt kommen wir zu Phase zwei, dem Chatten«, dozierte er in neutralem Tonfall. »Zunächst sollte man darauf achten, ob der Profiltext stilistisch und inhaltlich zu den Chatnachrichten passt. Sind sie unbeholfen formuliert und voller Tippfehler, hat den Profiltext jemand anderes geschrieben. Gleich aussortieren.«

»Du hast es aber echt drauf«, gurrte Michelle, die sich ein Käseschnittchen geangelt hatte.

»Ein zu aufdringlicher Chat ist ein No-Go«, sagte er kühl. »Kommen bereits im Anfangsstadium Anmachen oder obszöne Wörter …«

»Gleich aussortieren!«, rief Michelle kauend.

Benjamin wandte sich von Lena ab und Michelle zu. Lena konnte nicht genau sehen, was jetzt geschah, doch offenbar schaute er ihre Freundin so streng an, dass Michelle ein kleinlautes »'tschuldigung« murmelte.

»Das erste Date sollte nie ohne vorheriges Telefonat erfolgen, weil Stimmlage und Wortwahl so einiges aussagen«, setzte er seinen Grundkurs Dating für Doofe fort. »Drängt der Mann zu forsch oder zu schnell auf ein Treffen …«

»Gleich aussortieren«, flüsterte Michelle und beugte sich vor, um Lena zuzuzwinkern.

Sie hielt diesen Abend vermutlich für ein lustiges Spiel, das umso lustiger war, weil Benjamin Floros es veranstaltete. Dass sie Benjamin damit auf den Wecker ging, merkte sie nicht in ihrem Liebeswahn. Sie tat Lena unendlich leid. Michelle war eine gescheite und feinfühlige Frau, doch ihre blinde Verliebtheit machte sie unempfindlich für die einfachsten zwischenmenschlichen Verhaltensregeln.

»Wir hören jetzt einfach nur mal zu«, versuchte Lena, die Situation zu retten.

»Schön, kein Problem«, flötete Michelle. »Zuhören ist meine Stärke.«

»Gut zu wissen«, brummte Benjamin. »Im Schnelldurchgang: Wenn ein Mann eine Frau beim Chatten mit falschem Namen anspricht, heißt das, da flirtet jemand im Dutzend. Schickt er dauernd Tränenlach-Smileys, wird er auch beim Date auf die Pauke hauen und sich als Witzomat betätigen.«

Lena wartete auf das »Gleich aussortieren!« von Michelle. Mittlerweile schien ihre Freundin jedoch bemerkt zu haben, dass sie den Bogen überspannt hatte. Schweigend nahm sie sich ein Schinkenschnittchen. Auch Benjamin bediente sich nun bei Tante Hildes Schnittchenplatte. Er nahm eines mit Lachs, das er mit sichtlichem Behagen vertilgte, wobei er auch Dewey ein Stückchen Lachs gönnte. Danach griff er zu einer der Stoffservietten, die Tante Hilde bereitgelegt hatte.

»Kommen wir nun zum ersten Date.« Sorgfältig tupfte er sich die Lippen mit der Serviette ab. »Der Smalltalk am Anfang ist wie der Reisrand rund ums Schlaraffenland. Da muss man durch, auch wenn's fade schmeckt. Man sollte nicht mit der Tür ins Haus fallen. Bloß keinen Befindlichkeitspudding löffelweise.«

»Also erst mal Belanglosigkeiten austauschen?«, vergewisserte sich Lena.

»Genau. Themen wie Hobbys, Haustiere, Urlaub und Kochen sind ideal. Alles Heikle wie Exfreunde und Enttäuschungen weiträumig umfahren. Kinder sind übrigens auch kein Thema fürs erste Date. Sonst bekommt der Typ Angst.«

»Eigentlich wollte ich beim Dessert die Wandfarbe des Kinderzimmers erörtern«, scherzte Lena, um der abgekühlten Atmosphäre ein wenig Wärme einzuhauchen.

»Gut kommt auch: Hey, wir beide würden uns perfekt als

Figuren auf einer Hochzeitstorte machen«, steuerte Michelle einen Beitrag bei. »Irre. Jetzt bin ich erst fünf Minuten dabei und fühle mich schon als Teil von etwas ganz Großem!«

Benjamin zog aufstöhnend seine Unterlippe durch die Zähne. Dann klappte er den Laptop zu und stand auf.

»Also, meine Damen, ich denke, das reicht für heute. Vergiss nicht, Lena: erst chatten, dann telefonieren, danach das Date. Ich werde deine Chats mitlesen, und ich werde dich anrufen, falls ich ein schlechtes Gefühl habe.« Er warf ihr einen undefinierbaren Blick zu. »Und bitte wenig Alkohol beim ersten Date.«

In diesem Moment steckte Tante Hilde den Kopf zur Tür herein.

»Jemand Lust auf Eierlikör?«

Kapitel 11

Ein unschlagbarer Pluspunkt von Büchern war, dass man absolut niemanden dafür brauchte. Man konnte sich jederzeit mutterseelenallein seinem Lesevergnügen hingeben – auf der Couch, im Bett, im Park, im Bus. Lena hatte sogar schon beim Spaghettikochen Bücher verschlungen, in der Badewanne und beim Gynäkologen. Lesen ging immer und überall. Allein. Das war das Schöne daran. Doch man ließ sie einfach nicht in Ruhe, so sah's aus.

Seit zwanzig Minuten stand Lena im Badezimmer, bürstete ihr Haar, als ob es einen Preis dafür zu gewinnen gäbe, trug Lipgloss auf und wischte ihn wieder ab, probierte es mit Wimperntusche und kultivierte ihre Selbstzweifel. Es war Freitagabend. Ihr stand ein Date bevor, sie war ziemlich erledigt und machte gerade Krise Nummer fünfhundertsechsundachtzig durch. Gefühlt. Zwei Wochen lang hatte sie gechattet, mit vier Kandidaten telefoniert – der rätselhafte Eduard war telefonisch nicht zu erreichen gewesen –, nun stand das erste Treffen an. Heute. In zwei Stunden.

Wieso tat sie sich bloß ein Date an, wenn sie sich stattdessen mit einem Roman im Bett verkriechen konnte? Dewey, der ihre Nervosität spürte, kauerte auf einem mit rosa Kunstfell bezogenen Hocker und sah ihr aufmerksam zu. Seine Barthaare zitterten im Alarmmodus. Sacht kraulte Lena seinen Nacken.

»Keine Sorge, mein Kleiner, Frauchen passt heute gut auf sich auf.«

Er maunzte trotzdem. Den einfühlsamsten Kater der Welt konnte man nicht täuschen. Warnend hob er eine Pfote.

»Kein Witz«, beteuerte Lena und nippte demonstrativ an dem Wasser, mit dem sie ihr Zahnputzglas gefüllt hatte. »Heute geschehen keine alkoholinduzierten Dramen.«

Sie spähte in den Spiegel, aus dem ihr etwas Blasses, Großäugiges entgegenstarrte. Natürlich ließ Benjamin ihre Argumente pro Buch und kontra Mann nicht gelten. Zurzeit war er auf Lesereise und *füllte ganze Hallen* mit seinem staunenden Publikum. Dennoch hatten sie in den vergangenen zwei Wochen des Öfteren telefoniert. Er war nicht müde geworden, Lena die Vorzüge einer mathematisch errechneten Partnerschaft zu predigen. Es gebe halt überwältigend vieles, was nur paarweise Spaß mache – sofern es sich um den richtigen Partner handle. Zusammen über einen Film lachen beispielsweise. Einander trösten, wenn's mal dicke kam. Den Jahrestag als rauschendes Liebesfest feiern. Einander Playlists mit den Lieblingssongs mailen. Und sich im Bett vergnügen natürlich.

Zwei sei die magische Zahl schlechthin, hatte Benjamin behauptet. Man müsse ja nur in die Bibel schauen. Mit Adam und Eva habe alles angefangen, und Noah habe Tiere nur paarweise auf seiner Arche zugelassen. Dann hatte Benjamin noch hinzugefügt, man könne nicht mit einer Hand klatschen. Auch dafür brauche es zwei. Ein selten dämliches Beispiel, fand Lena.

Heute stand Lennart auf der Speisekarte. Mit Benjamins Segen. Unermüdlich hatte er Lenas Chats mitgelesen, die Beiträge kommentiert und ihr den einen oder anderen Tipp gegeben. Das Ganze hatte sich als höllisch kompliziert herausgestellt. Von wegen, Online-Dating war ungezwungen und direkt. Die vielen Dos and Don'ts hatten Lena ganz wuschig gemacht. Abgesehen davon, dass diese digitalen Unterhaltungen die hingebungsvolle Romantikerin in ihr in eine ernüchterte Chatexpertin verwandelt hatte.

Schon nach wenigen Tagen hatte Lena einen Blick für die Sollbruchstellen der Kandidaten bekommen. Lennart beispielsweise wohnte noch bei seiner Mutter; Benjamin hatte Lena daraufhin daran erinnert, dass sie noch bei ihrer Tante wohnte – wieder mal ein kapitales Eigentor. Markus war frisch geschieden; geschieden sei gut, hatte Benjamin beteuert, da habe Markus alle Fehler schon mal gemacht und wisse jetzt, wie's gehe. Jeff trainierte fast täglich in der Muckibude, was Lena absolut nicht sexy fand, während Benjamin irgendwas von Virilität und Manneskraft gefaselt hatte. Im Übrigen hätten ja alle Liebeskandidaten denselben Test absolviert wie Lena, was auf phänomenale Übereinstimmungen in allen wichtigen Fragen hindeute.

Im Grunde hat jeder dieser Männer gewisse Schönheitsfehler, dachte sie. Bis auf Markus und Antonio. In Gedanken ging Lena noch einmal die Vorteile dieser beiden durch. Markus war Unidozent für englische Literatur, Antonio führte eine Galerie für zeitgenössische Kunst. Beide schienen sie nette Kerle mit Grips zu sein. Dennoch würde Lena ganz pflichtbewusst mit Nummer eins anfangen: Lennart, achtunddreißig, ledig, Bücherfan, naturliebend. Im Chat hatte er mit Charme und seinem Faible für Romane gepunktet. Seine Naturliebe lebte er jedoch vorzugsweise beim Golfspielen aus, was Lenas Vorstellung eines naturverbundenen Menschen so ziemlich diametral entgegengesetzt war. Nun ja. Vielleicht konnte man nicht alles haben.

Gedankenverloren griff sie zu dem Parfüm, das Tante Hilde ihr am Vortag geschenkt hatte. Es roch nach Haarspray, Veilchen und einem Hauch Mottenkugel. In dem kleinen Transistorradio, das auf Tante Hildes Arzneischränkchen stand, spielte ein Klassiksender Mozarts »Kleine Nachtmusik«. Sehr sinnig. Als Begleitmusik wirbelten Lena alle möglichen Fragen durch den Kopf. Suche ich vielleicht nach etwas, was es gar nicht gibt? Werde ich jemals lieben, ohne Bedingungen zu stellen? Oder sollte ich über die kleinen Fehler der Kandidaten großzügig hinwegsehen?

Als ihr Handy vibrierte, schaute sie gleichermaßen irritiert wie erleichtert aufs Display. Vielleicht sagte Lennart ja last minute ab? Nein, es war Benjamin, ihr Date-Coach.

»Hallo, Meisterschülerin«, meldete er sich launig. »Alles klar so weit?«

»Geht so. Ich habe gerade Besuch von der Fee Achnee. Das ist diese gute Fee, die einem zuflüstert: Lass es lieber bleiben.«

»Kenn ich nicht«, lachte er. »Sag ihr einen schönen Gruß. Sie soll sich gefälligst verpieseln.«

Im Hintergrund hörte Lena Stimmen und helles Frauengelächter. Vermutlich befand sich Benjamin beim geselligen Auftakt einer Veranstaltung, bei der er gleich einen seiner glänzenden Auftritte hinlegen würde.

»Ich gebe mir ja Mühe«, rechtfertigte sie sich. »Aber ich bin nun mal glücklich so, wie ich lebe. Rundum happy. Allein! Das gibt mir zu denken, verstehst du? Man soll nicht etwas reparieren, was gar nicht kaputt ist.«

»Oh.« Das Stimmengewirr im Hintergrund schwoll an. »Offensichtlich hast du einen Rückfall in deine Ich-brauche-niemanden-Phase.«

»Das ist keine Phase. Das ist eine Einstellung.«

»Ich versuche nur gerade, den Reiz dieser leicht altjüngferlichen Einstellung zu verstehen. Und komm mir jetzt bloß nicht mit Jane Austen. Ich habe dich durchaus als eine Frau kennengelernt, die offensiv flirten kann.«

»Gar nicht wahr.«

Du liebe Güte, durchzuckte es sie im selben Moment. Benjamin hatte recht. Die Wortgeplänkel mit ihm hatten manchmal etwas durchaus Flirtiges gehabt. Ihr Herz begann unsinnig zu klopfen.

»Manchmal wird es einem ganz schön schwer gemacht, glaubwürdig zu wirken«, zitierte sie aus dem Gedächtnis einen Satz aus *Stolz und Vorurteil.*

»Aber nur, weil manches eben unglaubwürdig klingt«, revanchierte er sich mit der passenden Antwort aus dem Roman.

Er schien das Buch wirklich genauso in- und auswendig zu kennen wie sie. Allmählich fragte sich Lena, wer dieser Mann eigentlich war. Und warum er plötzlich schwieg. Wartete er auf den nächsten Satz? Die literarisch korrekte Entgegnung hätte gelautet: »Warum redest du mir ein, dass ich mehr empfinde, als ich zuzugeben bereit bin?« Doch den Satz brachte sie nicht über die Lippen. Weil er auf eine vertrackte Weise stimmte. Sie mochte Benjamin mehr, als sie zugeben wollte. Das war weder zielführend noch angebracht. Verflixt, er war der Mann, der ihr half, einen Partner zu finden!

»Du befindest dich mitten in einem Veränderungsprozess«, setzte er aufs Neue an. »Und das bedeutet loslassen. Du hast Angst vor deiner Weiterentwicklung, Lena, das ist völlig normal. Aber lass dir gesagt sein: Was die Raupe als ihr Ende betrachtet, nennen objektive Beobachter einen Schmetterling.«

Ein hübsches Bild. Allerdings definierte sich Lena weder als kleine stachelige Raupe, noch konnte sie sich vorstellen, jemals als wunderschöner Schmetterling durch die Gegend zu gondeln. Sie fühlte sich eher wie ein winziger Marienkäfer, der es sich auf einem schattigen Blatt gemütlich machen wollte. Ein Marienkäfer mit Buch. Herrje. Was reimte sie sich da bloß Verrücktes zusammen? Man sollte nicht alles glauben, was man denkt, sagte Tante Hilde immer.

»Also, Lena, bleib bitte cool«, sagte Benjamin beschwörend.

Wie denn? Ihr Lampenfieber hätte jede emotionale Temperaturanzeige gesprengt. Im Rückspiegel ihrer Erinnerung waren die beiden Chaosdates zwar nur noch unscharf zu erkennen, doch das Ganze war und blieb eine einzige Zumutung.

»Meine Liebesformel ist über jeden Zweifel erhaben«, kam es volltönend aus dem Handy. »Ein Triumph der Wissenschaft über den Wankelmut der Gefühle.«

Es klang hohl. Vom Flur hörte Lena vergnügtes Lachen, begleitet von Tante Hildes rollender Altstimme.

»Ich muss Schluss machen, Michelle kommt gerade«, beendete sie das Gespräch.

Und schon stand ihre Freundin im Badezimmer. Nach einem flüchtigen Wangenkuss trat sie einen Schritt zurück und begutachtete Lena von oben bis unten.

»Wow, du hast dich ja richtig in Schale geschmissen!«

Etwas verlegen sah Lena an sich herab. Wie immer trug sie Jeans und Sneakers, hatte sich jedoch einen neuen Pullover mit V-Ausschnitt und Volantärmeln geleistet. In Himmelblau natürlich.

»Steht dir super!«, rief Michelle überschwänglich. »Und damit es heute klappt mit deinem Date, habe ich dir einen Glücksbringer mitgebracht. Ach, was sag ich, das ist was Magisches! Hier.«

Sie zog eine rote Schachtel aus ihrer Handtasche und hielt sie hoch wie eine kostbare Reliquie. Lena zögerte.

»Ist das irgendwas mit Voodoo? So kleine, fiese Puppen, die man mit Stecknadeln spickt?«

»Na, hör mal!«, protestierte Michelle. »Das ist was Liebes! Von mir für dich!«

Mit klammen Fingern öffnete Lena die rote Schachtel. Darin lag eine zweite, sehr viel kleinere blaue Schachtel, und darin lag – ein silbernes Kettchen mit Herzanhänger. Sie konnte nicht anders, als Michelle um den Hals zu fallen.

»Danke, das ist sooo lieb von dir.«

Michelle drückte Lena kurz an sich, dann schob sie ihre Freundin zum Badezimmerspiegel und legte ihr das Kettchen um. Das silberne Herz baumelte genau im V des Pullovers.

»Heute ist auch für dich *Geh, wohin dein Herz dich trägt* angesagt«, lächelte sie.

»Ich fühle mich aber eher wie *Wem die Stunde schlägt*«, seufzte Lena.

Michelle ließ sich auf dem Badewannenrand nieder und zog ihr schickes Jeanskleid glatt, das sie zu hohen, braunen Wildlederstiefeln trug.

»Schatz«, sagte sie gewichtig, »du nimmst jetzt all deine Ängste, knüllst sie zu einem winzigen Ball zusammen und wirfst sie hoch in die Luft. Der Ball landet dann ganz von selbst im Papierkorb für hartnäckige Traumas. Traumi?«

»Traumata.« Lena blickte unverwandt in den Spiegel. »Ich sehe aus wie eine geschälte Gurke: blass, langweilig, fade.«

»Das bildest du dir nur ein. Jede Frau ist auf ihre eigene Art schön.«

»Ja, schön peinlich.«

Mit beiden Händen knetete Michelle an ihrer Frisur herum.

»Soll ich an dieser Stelle sagen, dass du dir das nur einredest, oder merkst du es langsam selber? Süße, da draußen gibt es Tausende Männer, die auf eine Frau wie dich stehen. Wann wirst du das endlich begreifen?«

»Das kannst du mich noch mal fragen, wenn ich einen Mann treffe, der das genauso sieht wie du.«

Lenas Augen wanderten von ihrem Spiegelbild zu Michelle. Ihre Freundin sah schicker aus, als ein kleiner beiläufiger Besuch nahelegte. Das blonde Haar war in perfekte Föhnwellen gelegt, die Lippen erstrahlten in munterem Pink, das Jeanskleid schien neu zu sein.

»Hast du auch was vor?«, erkundigte sie sich.

»Kein Date, falls du das meinst«, winkte Michelle ab. »Ich treffe mich nur mit Sven.«

»Klemmi-Sven?«

»Erraten«, gluckste Michelle, die mit den Lederfransen an ihrer Handtasche spielte. »Ich bin ihm gestern über den Weg gelaufen, als er vor deinem Leseparadies rumlungerte. Hat er was gekauft?«

Lena ließ die Bürste sinken, mit der sie gerade zum hundertsten Mal ihre wuschelige Haarpracht striegelte.

»Nein. Ich habe ihn nicht mal gesehen.«

»Jedenfalls schnürte er da so rum, und dann habe ich gesagt, wir könnten ja mal was trinken gehen. Stell dir vor, er hat Ja gesagt.«

Verblüfft legte Lena die Bürste auf den Waschbeckenrand und wandte sich ihrer Freundin zu.

»Sven Stock-im-Po Niedermeier? Verabredet sich mit dir?«

Auch Dewey schaute nun erwartungsvoll zu Michelle, die immer schneller die Fransen ihrer Handtasche durch die Finger gleiten ließ.

»Ist kein Mann-Frau-Ding, falls du das denkst«, erklärte

sie hastig. »Für mich sieht's danach aus, dass er in meiner Gegenwart einfach ein bisschen lockerer wird. Er hat so gut wie gar nicht gestottert, als wir geredet haben. Übrigens hat Sven einen Sohn, der ihn an diesem Wochenende besucht. Wir treffen uns gleich mit unseren Kindern am Würstchenstand.«

»Einen Sohn«, wiederholte Lena tonlos.

Doch nicht, dass dieser Sven ein Kind hatte, brachte sie ein wenig aus der Fassung, sondern die Erwähnung des Würstchenstands. Wie eine verführerische Fata Morgana tauchte auf einmal Benjamin vor ihr auf, lachend, gut gelaunt, übermütig, mit sprühenden Augen.

»Sven lebt seit einiger Zeit getrennt«, berichtete Michelle weiter. »Man hat ihn nie in unserem Nest gesehen, weil er Tag und Nacht am Computer klebt. Ist ja in der IT-Branche, unser Nerd vom Dienst.« Sie erhob sich und warf ihre Fransentasche über die Schulter. »So, jetzt musst du aber zum Bus. Wo findet das große Ereignis denn statt?«

»Bei einem, na ja, kleinen Italiener in meiner alten Großstadtheimat«, erwiderte Lena stockend.

»Zeigst du mir den Auserwählten noch mal?«

Lena nahm ihr Handy, ging ins Chatprogramm und klickte das Profilfoto von Lennart an. Er sah sehr gepflegt aus. Seine akkurat gestutzte Frisur hatte modisch ausrasierte Schläfen, auf allen Fotos trug er gut sitzende Jeans und bunte Hemden. Vielleicht etwas zu bunt.

»Der ist schwul wie zehn Flamingos«, unkte Michelle.

»Unsinn, dann wäre er wohl nicht auf der Suche nach einer

Frau«, entgegnete Lena. »Tatsache ist, er wohnt noch bei seiner Mutter, deshalb wirkt er vielleicht ein bisschen …«

Sie verstummte. Es war schwer zu sagen, wie dieser Lennart auf sie wirkte, und Lena wollte keine voreiligen oder gar unfairen Schlüsse ziehen.

»… feminin? Fein gemacht? Bubihaft?«, ergänzte Michelle. »Oh, es gibt viele Wörter für diese Art Mann. Aber ich will ihn dir beileibe nicht ausreden. Unverhofft kommt oft. Im digitalen Zeitalter sollte man immer erst den Praxistest abwarten.« Sie tippte Lena aufmunternd auf die Schulter. »Dann mal los. Ich begleite dich noch zur Bushaltestelle.«

»Danke, du Liebe.«

Lena umarmte Dewey, der ein unwilliges Fauchen von sich gab, was er höchst selten tat. Dann verabschiedete sie sich von ihrer Tante, die ganz zufällig unbedingt irgendetwas auf dem Flur hatte abstauben müssen, genau vor der Badezimmertür.

»Einen schönen Abend, Kind«, strahlte Hilde. »Und vertrau auf deine Persönlichkeit. Jeder Mann will lieber ein eckiges, kantiges Etwas als ein stromlinienförmig abgerundetes Nichts.«

»Nur nicht übertreiben mit den Ecken und Kanten«, warnte Michelle.

»Danke für die Tipps, aber ich nehme das Date heute total easy«, versicherte Lena nicht ganz wahrheitsgemäß. »Keine Erwartungen, keine Enttäuschungen, so einfach ist das.«

Sie hätte es gern selber geglaubt. Gemeinsam mit Michelle verließ sie die Wohnung und stieg die Stufen zum Erdgeschoss hinunter. Lennart ist der Erste von den übrigen fünf, versuchte sie ihr Lampenfieber runterzukühlen. Der ist nur zum Üben. Mit etwas weichen Knien stakste sie an der Seite ihrer Freundin die Straßen entlang zur nächsten Bushaltestelle. Kurz davor blieb Michelle plötzlich stehen, als sei ihr in letzter Sekunde noch etwas ungeheuer Wichtiges eingefallen.

»Irgendwas Neues von Benjamin?«

Oje. Lena hatte es kommen sehen.

»Er ist auf Lesereise.«

»Ich verstehe einfach nicht, warum er sich nicht meldet«, murrte Michelle.

»Wahrscheinlich hat er wahnsinnig viel zu tun.«

Gerne hätte Lena ihrer Freundin den Anfang einer Geschichte von Dorothy Parker vorgelesen. Sinngemäß hieß es in der Story mit dem Titel *Ein Telefonanruf*: Bitte, lieber Gott, lass ihn jetzt anrufen. Das ist doch nicht zu viel verlangt. Es ist nur eine winzige, winzige Kleinigkeit. Warum kann das Telefon nicht läuten? Warum nicht? Warum nicht? Während sie Michelle unterhakte und weiterschlenderte, zerbrach sie sich den Kopf darüber, wie sie ihre Freundin dazu bringen könnte, nicht länger das Offensichtliche zu ignorieren.

»Was hat er dir eigentlich nach seiner Lesung so Wunderbares geschrieben, dass du auf mehr hoffst?«

»Warte.« Im Gehen holte Michelle ihr Handy heraus und wischte auf dem Nachrichteneingang herum. »Hör zu, er schrieb: Danke für dein positives Feedback. Ich habe mich gefreut, dich kennenzulernen, und wünsche dir viel Erfolg bei der Partnersuche. Alles Gute, Benjamin.« Sie hob den Kopf. »Ist das nicht schrecklich lieb?«

Es war schrecklich lapidar. Vermutlich hatte Benjamin diese Standardantwort irgendwo gespeichert und versendete sie massenhaft an seine Verehrerinnen. Wobei sich nur fragte, wie Michelle an seine Mobilnummer gekommen war.

»Darf ich mal?«, fragte Lena.

Sie nahm Michelle das Handy ab und klickte die Infoleiste über der Message an. Es war eine andere Nummer als die, unter der Lena Benjamin erreichte. Todsicher eine Nummer für berufliche Kontakte, nicht für private.

»Ich glaube sowieso, dass er letztlich nichts für mich ist«, seufzte Michelle. »Neulich, bei dir im Wohnzimmer, hat er dauernd den Sachlichen raushängen lassen, dabei bin ich doch eher der emotionale Typ.« Sie warf Lena einen düsteren Blick zu. »Irgendwie ist Benjamin aalglatt. Spult seine Weisheiten ab und kommt so emotionslos rüber wie die Mails von meinem Zahnarzt, wenn ein neuer Prophylaxetermin fällig ist. Nimm dich bloß vor ihm in Acht. Der meint es nie ernst.«

»Sag ich doch«, bekräftigte Lena, obwohl sie mittlerweile auch ganz andere Facetten von Benjamin kannte. »Ah, schau, da kommt mein Bus.«

Bevor sie sich noch verplapperte, was gewisse Vorzüge von Benjamin betraf, umarmte sie ihre Freundin, bedankte sich noch einmal für das Herzkettchen und stieg ein. Als sie einen freien Sitz gefunden hatte – auch heute quoll der Bus fast über vor lauter lärmenden Jugendlichen –, winkte sie Michelle noch einmal zu. Wer hat hier eigentlich ein Date?, überlegte sie. Ein lebensechtes Date? Sie hätte gern Mäuschen gespielt bei der Würstchenbudenverabredung.

Schaukelnd setzte sich der Bus in Bewegung. Erst als Lena in ihrer Tasche kramte, stellte sie fest, dass sie die *Dornenvögel* vergessen hatte. Fast panisch suchte sie weiter. Das konnte doch nicht sein! Ohne Buch fühlte sie sich nackt. Doch so lange sie auch wühlte und kramte, es blieb dabei: Die einzige Ablenkung auf der Busfahrt würde der Ausblick in die dämmrige Landschaft und auf zwei kichernde junge Mädchen sein, die in Lederjacken, bunten Minikleidern und Sandaletten mit bleistiftdünnen Absätzen auf der Sitzbank gegenüber saßen. Es ging um irgendwelche C-Promis und deren Instagram-Accounts, wie Lena mitbekam, wobei unablässig Wörter wie »hustlen«, »lit«, »cringe« und »cornern« fielen. Sie verstand kein Wort.

Hey, ihr denkt vielleicht, ich bin eine alte Schachtel, hätte sie am liebsten rausposaunt, aber stellt euch vor, ich habe ein Date mit einem Online-Flirt! Ja, auch ich kann Internet! Laut ausgesprochen hätte es allerdings wie lächerliche Angeberei geklungen.

Nachdenklich sah Lena den beiden Teenagern zu. Vielleicht brach ja wirklich eine neue Ära an. Vielleicht sollte Aschenputtel die gläsernen Schuhe an den Nagel hängen und nicht länger auf den Prinzen warten. Vielleicht war Liebe tatsächlich so etwas wie ein Instantgefühl, das man im Internet fand: heißes Wasser drauf, umrühren, fertig.

Ihre Brust hob und senkte sich, als sie ihr Handy hervorzog und noch einmal den Chat mit Lennart überflog. Er hatte keinen Zweifel daran gelassen, dass er »was Festes« wollte. Während sich die beiden Teenager gegenüber im Aufzählen englischer Begriffe und im Verfertigen faustgroßer Kaugummiblasen überboten, versuchte sie noch einmal, zwischen den Zeilen der Chatnachrichten zu lesen.

Lennart war ein ernst zu nehmender Kandidat, keine Frage. Seine Lektüreliste war beeindruckend, seine Ausdrucksweise gewandt, und die Profilfotos, nun ja, erinnerten an altmodische Werbeplakate für Herrenparfüms. Fehlte nur noch das Brusthaartoupet. Das Telefonat war jedoch gut gelaufen. Angenehme Stimme, angemessene Wortwahl. Durchaus verheißungsvoll, dieser Lennart.

Die beiden jungen Mädchen versuchten sich gerade an einer »Chinning Challenge«, was offenkundig bedeutete, Selfies mit künstlich erzeugtem Doppelkinn zu fabrizieren, als Lena aussteigen musste.

Es war ein lauer Abend für Anfang September, da und dort saßen Leute in den Straßencafés. Zaudernd stiefelte sie los. Ihr Herz konnte sich noch nicht ganz zwischen Vorfreude und Zweifel entscheiden, denn ihr Hirn produzierte unaufhörlich Sätze wie: Ich hoffe, er ist kein Serienkiller. Ich hoffe, er macht keine anzüglichen Bemerkungen. Ich hoffe, er lädt mich ein – nicht wegen des Geldes, sondern wegen der Ritterlichkeit. Beim zweiten Date revanchiere ich mich dann, indem ich ihn einlade. Falls es ein zweites Date gibt.

Nach wenigen Schritten kam das kleine Ristorante in Sicht,

in dem sie Lennart treffen würde. Es war ein einfaches Lokal. Man musste kein Vier-Gänge-Menü bestellen, um von den Kellnern freundlich behandelt zu werden. Wäre ja auch zu blöd gewesen, ganze vier Gänge bis zum Dessert durchhalten zu müssen, wenn sich Lennart schon bei der Vorspeise als Niete entpuppte.

Wenngleich Lena pünktlich war, drehte sie noch eine Ehrenrunde vor den Schaufenstern der umliegenden Geschäfte, um ein bisschen Zeit zu schinden. Immer wieder sah sie zur Uhr. Sieben Minuten zu spät, das erschien ihr angemessen. Als die Frist verstrichen war, marschierte sie zum Lokal und öffnete beherzt die mit allerlei bunten Werbeaufklebern geschmückte Tür.

Ein Duft nach Holzofenpizza, Knoblauchöl und Kräuteraromen schlug ihr entgegen. In dem niedrigen übersichtlichen Raum standen etwa zehn Tische mit rot-weiß karierten Tischdecken und roten Kerzen, außerdem gab es eine Bar, an der einige Singlegäste ihr Abendessen einnahmen. Das Publikum war gemischt: Anzugträger, Paare, eine Gruppe Frauen, die irgendetwas feierten, wie dem Sektkübel auf ihrem Tisch zu entnehmen war.

Lennart hatte Lena schon erwartet. Er stand auf, als sie sich suchend umsah, und kam ihr im federnden Slalom durch die Tische entgegen. Wie auf den Fotos sah er sehr attraktiv aus, und sehr gepflegt. Die Frisur saß, seine leicht gebräunte Haut schimmerte, das rosafarbene Leinenhemd wirkte funkelnagelneu. Rosa. Flamingorosa? Hatte Michelle möglicherweise doch recht gehabt?

Sei unvoreingenommen, sei offen, redete sich Lena gut zu. Dies ist kein Herzklopfen-Date, dies ist eine nüchterne Verabredung zwecks systematischer Kontaktanbahnung. Spätere Heirat nicht ausgeschlossen.

»Hi, du bist Lena, richtig?«, begrüßte er sie.

Ein leicht verunglückter Wangenkuss folgte, wie er Leuten unterlief, die beflissen ein Ritual befolgten, mit dem sie sich letztlich total unwohl fühlten.

»Hier entlang bitte.« Lennart zeigte auf einen quadratischen Tisch in der Nähe der Bar. »Ich habe mir erlaubt, schon mal einen Aperol Sprizz zu bestellen. Das trinken Frauen ja gern, sagt jedenfalls meine Mutter.«

Lena war kein sonderlicher Sprizz-Fan. Dennoch widersprach sie nicht, nahm sich aber vor, eine große Flasche Wasser zu bestellen, sobald sie saßen.

»Schön, dich kennenzulernen, also, richtig kennenzulernen«, sagte sie etwas hölzern, als sie einander gegenüber Platz nahmen.

Auch Lennart schien nervös zu sein. Mit perfekt manikürten Fingern griff er in den Brotkorb und zerpflückte ein Stück Ciabatta zu kleinen Bröseln, die wie Pulverschnee auf das rotweiß karierte Tischtuch rieselten.

»Du hast Glück, heute Abend mit mir hier zu sein«, erklärte er. »Meine Mutter ist sehr wählerisch.«

Das war ein Paukenschlag. Dröhnend hallte er in Lenas Ohren nach.

»Deine – Mutter«, echote sie ungläubig.

»Ja, sie will auf Nummer sicher gehen.« Ein zweites Stück

Ciabatta musste dran glauben. »Keine Experimente, falls du weißt, was ich meine. Sie will die ultimative Schwiegertochter.«

Oha. An Schwiegermütter hatte Lena bisher nicht mal im Traum gedacht.

»Und was willst *du*?«, fragte sie konsterniert.

Sein Blick irrlichterte sekundenlang durch das Lokal, blieb kurz an der vergnügt gackernden Frauengruppe hängen und kehrte wieder zu Lena zurück.

»Ich will, na ja, Spaß?«

Aha. Er sucht also was schwiegermutterkompatibles Festes mit jeder Menge Spaß, resümierte Lena innerlich. Klang wie die eierlegende Wollmilchsau. Sie wusste, dass sie jetzt eine Frage hätte stellen müssen, aber zu dieser Offenbarung fiel ihr gerade so gar nichts ein.

»Ist echt klasse, dass wir uns nicht mit Belanglosigkeiten aufhalten müssen«, verkündete Lennart, der inzwischen beim dritten Ciabattastück angekommen war, das er genauso erbarmungslos zerbröselte wie die vorherigen. »Das Wichtigste haben wir ja schon durch den Fragebogen und das Chatten geklärt. Zum Glück, da müssen wir keinen öden Small Talk machen. Also kommen wir am besten gleich zur Sache. Ich gehe davon aus, dass es dir ernst ist, dich fest an einen Mann zu binden. Prima, auch ich suche definitiv eine Frau für immer. Dann lass uns mal einen Blick in die Zukunft werfen. Wie würdest du denn gern heiraten? Schick im Schloss, barfuß am Strand oder vielleicht ganz cool in New York?«

Lena brauchte jetzt doch einen Schluck Sprizz. Eine Erdbeere fiel aus der üppigen Obstdekoration, als sie an dem Glas nippte.

»Lass uns doch erst mal sehen, wo das mit uns hinführt«, schlug sie vor, den Blick starr auf die Erdbeere gerichtet, die quer über das Tischtuch kullerte.

Geschäftig krempelte Lennart die Ärmel seines rosa Hemds auf. So, als sei auf dem Weg zum Glück jede Menge körperliche Arbeit zu erledigen.

»Hör mal, ich bin achtunddreißig«, trumpfte er auf. »Ich möchte mich nicht nur hin und wieder mit dir treffen und sehen, wohin das eventuell führen könnte. Ich möchte eine Frau. Eine Ehefrau.«

Allmählich erholte sich Lena von ihrer ersten Überrumpelung. Sie nahm das letzte Stück Ciabatta aus dem Brotkorb, bevor Lennart ein weiteres Krümelmassaker anrichten konnte, und biss hinein. Sie musste unbedingt nüchtern bleiben, um das hier durchzustehen. So was überlebte man nur mit einem klaren Kopf. Wenn überhaupt.

Etwas verdattert betrachtete Lennart den leeren Brotkorb. Seine untätig gewordenen Finger nestelten nun an den Hemdmanschetten herum.

»Sorry, ich greife vor«, entschuldigte er sich. »Heiraten sollte beim ersten Date bekanntlich noch kein Thema sein. Aber es könnte natürlich eins werden. In absehbarer Zeit.«

»Hast du es immer so eilig?«, fragte Lena rundheraus, nachdem sie den ersten Brotbissen runtergewürgt hatte.

»Hey, ich stehe normalerweise auf Sushi, ich warte nicht mal, bis der Fisch gar ist.« Lennart winkte einen Kellner herbei, der mit der lautstark feiernden Frauengruppe schäkerte, dann lehnte er sich zu Lena vor. »Es sollte schon alles recht zügig vonstattengehen. Ich hab's meiner Mutter versprochen.«

Die Mutter. Schon wieder. Da konnte man wahrscheinlich froh sein, dass diese Dame nicht auch noch mitgekommen war zum ersten Date. Als Aufsichtsperson quasi. In diesem Augenblick trat der Kellner zu ihnen und legte zwei laminierte buntfarbige Speisekarten auf das Tischtuch.

»Haben Sie schon einen Wunsch?«

»Wasser«, sagte Lena, »Brot«, kam es zeitgleich aus Lennarts Mund.

»Wasser und Brot.« Der Kellner, ein Mann mittleren Alters mit zurückgegeltem dunklem Haar und lustig funkelnden Augen, lächelte höchst amüsiert. »Sie wissen aber schon, dass das hier kein Gefängnis ist.«

»Klaro, Caro, per favore«, erwiderte Lennart mit weltmännischem Pseudoitalienisch. »Für mich dann schon mal einen Tomatensalat mit Zwiebelringen und Thunfisch.«

Womit sich für Lena die Frage erledigte, ob dieses erste Date eventuell auf einen ersten Kuss hinauslaufen könnte. Zwiebeln. Thunfisch. Das war quasi erotischer Suizid. Ein spontaner Ekel schüttelte sie bei der Vorstellung, dass Lennarts Zunge und ihre Zunge … Nein. Nicht mal dran denken.

»Und die reizende Signora? Was kann ich für Sie tun?«, parlierte der Kellner weiter.

»Auch einen Tomatensalat, bitte. Ohne alles. Nur mit Essig und Öl.«

Der Kellner grinste sich eins, während er zwischen Lena und Lennart hin und her schaute.

»Ist Ihnen etwa der Appetit vergangen? Ich lasse Ihnen die Speisekarten da. Falls Sie noch mehr möchten.«

Lena hatte eigentlich genug gehört, um noch mehr zu wollen. Doch dieses Mal würde sie nicht weglaufen. Schließlich musste sie Benjamin haarklein hintertragen, wie die Begegnung mit diesem ultimativ errechneten Liebesformelkandidaten gelaufen war.

Als der Kellner verschwand, trat eine Pause ein, in der man vor allem das sich stetig steigernde Kreischen vom Frauentisch hörte. Es schien ein Junggesellinnenabschied zu sein. Eine der Teilnehmerinnen war aufgestanden und hielt eine Rede, von der Lena Wörter wie »Keuschheitsgürtel« und »Callboy« aufschnappte. Sie zupfte ein bisschen an den Volants ihres himmelblauen Pullovers herum.

»Wir reden hier also vorrangig über die Wünsche deiner Mutter, richtig?«

Lennart, der eine Weile in den leeren Brotkorb gestarrt hatte, verzog den Mund zu einem etwas gezwungenen Lächeln.

»Sei froh, wir könnten schon bei sehr viel heikleren Themen sein.« Seine Hände schichteten die Krümel auf dem Tisch zu kleinen Haufen. »Vertrau mir. Wenn wir uns erst mal näher kennen, komme ich noch wesentlich schräger rüber.«

Ach du liebes bisschen. Bleiben oder gehen?, fragte sich Lena nun doch, entgegen ihrer hehren Ambition, dieses Date bis zum Ende durchzustehen. Einstweilen hielt sie sich an ihrer Stoffserviette fest, in der ein Brandloch davon kündete, dass sie noch aus Zeiten stammte, als man in Lokalen rauchen durfte. Vielleicht könnte ich mir den Tomatensalat zum Mitnehmen einpacken lassen, überlegte sie, als Lennart wieder das Wort ergriff.

»Meine Mutter findet übrigens, dass mir eine blonde Frau gut stehen würde. Wäre es ein Problem für dich, wenn du dir die Haare blond färbst?«

What? Fassungslos verkrallte sich Lena in ihre Serviette.

»Muss ja nicht sofort sein«, ruderte er zurück, weil ihr Gesichtsausdruck wohl alles andere als Begeisterung ausdrückte. »Die Blondierung kann auch der Hochzeitsfriseur machen. Meine Mutter fände übrigens eine Zwanziger-Jahre-Mottoparty toll. Sie trägt gern Charleston-Kleider.«

Seine Mutter. Wieder mal. Lena legte die arg mitgenommene Serviette neben ihr Glas.

»Sie macht dir Druck, die Frau Mama, was?«

Mit den Zeigefingern strich Lennart ein paarmal über seine akkurat in Form gezupften Augenbrauen. Machen Männer das heutzutage?, fragte sich Lena im Stillen. Ist das jetzt noch metrosexuell oder schon homosexuell?

»Ich bin nun mal achtunddreißig, und meine Mutter ist Mitte fünfzig«, erklärte er sachlich. »Sie will noch fit sein, wenn die Enkelkinder kommen. Meine Mutter ist sehr sportlich, musst du wissen, sie will den Kleinen Segeln beibringen und Skifahren, später natürlich auch Golf.«

Das war wirklich krass. Lena wusste nicht, was sie davon halten sollte. Da hatte Benjamin ihr eingeschärft, Kinder seien beim ersten Date ein verbotenes Thema, und nun fing Lennart damit an?

»Aber du willst natürlich nicht vorgreifen«, sagte sie mit triefender Ironie.

»Nein, wo denkst du hin«, erwiderte er entrüstet, »wir müssen uns ja erst mal beschnuppern. Das heißt, das Wichtigste weiß ich ja schon durch dein Profil. Du bist ein Volltreffer. Meine Mutter sagt, Lennart, sagt sie, deine Zukünftige sollte intelligent und belesen sein, das ist gut für die Kinder. Die Schönheit vererbt sich immer vom Vater her und die Intelligenz von der Mutter, deshalb kommt es auch nicht so aufs Äußere an. Sie meint, es kann ruhig was Unscheinbares wie du sein.«

Das war eine Klatsche, die sich gewaschen hatte. Eigentlich ein Grund, sofort aufzustehen und grußlos zu gehen. Doch Lena wurde langsam neugierig, wo das alles hinführen sollte. Inzwischen fühlte sie sich wie eine verdeckte Ermittlerin im Sumpf des Online-Datings, deshalb nahm sie sich zusammen.

»Interessante Theorie«, verlautbarte sie mit unbewegter Miene. »Da ist ein unscheinbares Mauerblümchen wie ich ja wie geschaffen für dich. Und für deine Mutter. Und für unsere Kinder.«

»Künstliche Befruchtung wäre wohl das Beste in unserem Alter«, haute er den nächsten Klopfer raus. »Keine Sorge, das bezahlt alles meine Mutter.«

»Wie großzügig.«

»Sex ist übrigens kein Problem«, fuhr Lennart so beiläufig

fort, als rede er übers Wetter. »Ich beherrsche multiple Techniken. Die Frauen lieben das. Deshalb hatte ich immer auch Schlag bei Frauen.«

Das kleine »auch« verriet ihn. Jetzt wusste Lena, woran sie war.

»Liegt bestimmt an deinem sensationellen Einfühlungsvermögen, dass du so gut bei Frauen ankommst«, sagte sie todernst, obwohl sie sich innerlich bog vor Lachen.

Seine Lippen umschlossen den Strohhalm, der in dem Aperol Sprizz steckte. Er nuckelte daran wie ein hungriges Baby, bevor er weitersprach.

»Bin ich dir zu direkt?«

»O bitte«, abwehrend hob Lena die Hände, »nimm bloß keine Rücksicht auf meine Gefühle, das wäre wirklich zu viel verlangt.«

»Danke, ich mag unkomplizierte Frauen.« Er ließ den Satz eine Weile in der Luft hängen, wahrscheinlich deshalb, weil Lena ihn als Kompliment interpretieren sollte. »Weißt du, ich will nicht lange um den heißen Brei herumreden. Ich habe heute Abend eine Mission. Ich soll meine Traumfrau klarmachen, die das volle Programm mit mir durchzieht: heiraten, Haus kaufen, Kinder, Familienleben …«

»Apropos«, unterbrach Lena seinen Redeschwall, »ich nehme an, deine Mutter zieht mit zu uns ins Haus?«

»Mann, ich bin echt froh, dass du das selber vorschlägst.« Ein breites Lächeln zog seine Mundwinkel nach oben. »Meine Mutter würde sich nie aufdrängen, aber so eine WG wäre super. Sie kann dann auch auf die Kinder aufpassen, wenn wir unser eigenes Ding machen, also – ich meins und du deins.«

Wie *seins* aussah, darüber machte sich Lena keinerlei Illusionen mehr. Man hatte sie ausgewählt, um eine kinderreiche Scheinehe mit einem Mann zu führen, der auf Männer stand. Offenbar nahm seine Mutter an, Lena sei für diese Rolle prädestiniert: ein unscheinbares, mittelloses Aschenbrödel, das keine Fragen mehr stellen würde, wenn es erst einmal im goldenen Käfig saß. Dieser Plan war derart verwegen, dass es Lena immer größere Beherrschung abverlangte, nicht laut loszulachen.

»Ich will ja nicht indiskret sein, Lennart, aber was arbeitest du eigentlich?«

»Na ja, Kreativwirtschaft. Mal dies, mal das. Was mit Medien. Würde jetzt ein bisschen zu weit führen, das näher zu erläutern«, antwortete er ausweichend.

»Gehe ich recht in der Annahme, dass du hauptberuflich Sohn bist?«

»Nee, so kann man das auch wieder nicht sagen.« In seiner Miene zeigte sich plötzlich echte Leidenschaft, das erste Mal an diesem Abend. »Ich habe einfach nur ein phantastisches Verhältnis zu meiner Mutter. Sie regelt alles für mich, das hat sie wirklich gut drauf. Meine Mutter ist Hammer. Echt. Sogar mein Profil für die Dating-App hat sie angelegt.«

»Und den Testfragebogen von Benjamin Floros ausgefüllt?«

Er kniff die Lider zusammen.

»Wer ist Benjamin Floros?«

»Schon gut.« Lena schaute zu den lustig lachenden Frauen

hinüber. Auch ohne Männer konnte man eine Menge Spaß haben, aber Lennart schoss den Vogel ab. »Die Bücher, die in deinem Profil angegeben sind, hat dann wohl auch in Wahrheit deine Mutter gelesen.«

»Hey, ja, was soll ich sagen, ich hab ja so viel, ähm, Kreatives zu tun.« Er zog die Nase kraus. »Okay, Karten auf den Tisch. Sie hat mir Memos gemailt, mit Zusammenfassungen der Romane, damit ich's nicht vergeige. Beim Chatten. Und heute Abend.«

Was für ein irres Versteckspiel. Zeit für deutliche Worte, fand Lena.

»Du suchst also auf Biegen und Brechen eine Frau, Aussehen egal, Bildung erforderlich, blondiert, gebärbereit und passend zu deiner Mutter?«

»Das is'n Haufen Fragen.« Leicht verunsichert linste er durch die Dekoration seines Aperol Sprizz in Lenas Gesicht. »Alles gut zwischen uns beiden? Oder?«

Die Ankunft der Tomatensalate enthob Lena einer Antwort. Der Kellner stellte einen frisch gefüllten Brotkorb und eine große Flasche Mineralwasser dazu. Nach einem flüchtig gemurmelten »Guten Appetit« begann Lennart zu essen.

»Ich glaube, da könnte was entstehen mit uns«, befand er zwischen einem Stück Thunfisch und einer Tomatenscheibe. »Wie gesagt, um das Finanzielle musst du dir keine Sorgen machen, Kohle ist genug da, und wie's aussieht, legst du ja sowieso keinen Wert auf Schmuck und teure Klamotten. Passt doch. Das letzte Wort über unsere Verbindung hat natürlich meine Mutter.«

»Natürlich«, trieb Lena das absurde Spiel ihrer verdeckten Ermittlung weiter. »Ich hoffe, ich lerne sie recht bald kennen.«

»Kannst du haben«, sagte er genüsslich kauend. »Sie sitzt an der Bar.«

»Machst du Witze?«

»Nein, wieso?«

Lena wandte sich halb um. In diesem Augenblick löste sich eine mittelalte blonde Dame im eleganten kamelhaarbraunen Hosenanzug vom Tresen und steuerte den Tisch an, an dem sie mit Lennart saß.

»Na, wie steht's um das junge Glück?«, fragte die Frau, die niemand anderes als das ultimative Schwiegermonster sein konnte.

»Ich fürchte, weder von jung noch von Glück kann hier die Rede sein«, antwortete Lena freundlich und stand auf. »Verzeihung, gnädige Frau, aber ich bin weder ein bedürftiges Mauerblümchen noch eine käufliche Enkelkinderproduzentin.«

Sie hatte ihre Worte mit Bedacht gewählt, dennoch kamen sie offenbar einer Majestätsbeleidigung gleich. Lennart, der aufgesprungen war und schützend einen Arm um seine Mutter legte, warf ihr einen vernichtenden Blick zu.

»Jetzt krieg dich mal wieder ein. Wir sind keine Teenager mehr, die nur so rummachen, mal hier, mal da. Ich bitte dich. Wir sind erwachsen. Wir planen. In unserem Alter muss man strukturiert vorgehen.«

»Vollkommen richtig, Lennart«, pflichtete ihm seine höchst ungehaltene Mutter bei. »Könnte von mir sein.«

»Ist von dir«, bekannte er seufzend.

»Und Sie, Frau Hagedorn«, ein mütterlicher Blitzstrahl aus polarkalten Augen ging auf Lena nieder, »Sie sind ja nicht ganz bei Trost, einen Traummann wie meinen Lennart zu verschmähen. Tja, Pech gehabt. Schon morgen hätten Sie im gemachten Nest sitzen können. Wissen Sie was? So was wie Sie gehört im Internet gesperrt. Ich hätte nicht übel Lust, mich über Ihr Benehmen bei der Dating-App zu beschweren!«

Lena hingegen hätte jetzt nicht übel Lust auf die Chinning Challenge gehabt – oder auf etwas anderes absolut Hirnrissiges. Dieses Mutter-Sohn-Duett schaffte sie. Dennoch zwang sie sich, die Form zu wahren. Mit Humor betrachtet war es doch letztlich ein Aufstieg gewesen. Alexander hatte eine Haushälterin gesucht, Lennart immerhin eine Art Leihmutter, die er mit Ehering und sorglosem Hausfrauendasein zu belohnen gedachte.

»Sie sind bezaubernd, gnädige Frau, ganz wie Ihr Herr Sohn«, säuselte Lena so huldvoll wie Queen Mum persönlich. »Aber der Funke ist wohl nicht richtig übergesprungen …«

Mit dieser Untertreibung des Jahrhunderts legte sie einen Zwanzig-Euro-Schein auf den Tisch, nickte dem verdutzten Lennart zu und schritt fröhlich von dannen, um endlich ihrer Lachlust nachzugeben. Sie lachte noch, als sie schon längst im Bus saß, und sie lachte immer noch, als sie Tante Hilde daheim am Küchentisch von ihrem jüngsten Dating-Abenteuer berichtete.

»So ein Muttersöhnchen!«, empörte sich ihre Tante. »Er

liebt Männer und wollte dich als Vorzeigefrau? Also, da fliegt einem doch das Blech weg! Das muss ich unbedingt Bert erzählen, er mag solche Geschichten.«

Es war schön zu sehen, wie ihre Augen leuchteten, wenn sie von ihrem Galan sprach. Bert Hansen kam jetzt öfter vorbei, zum Kaffeetrinken, Gedichterezitieren und möglicherweise noch zu ganz anderen gemeinsamen Unternehmungen, über die Lena lieber nicht so genau nachdenken wollte. Das ominöse Wort, das mit S anfing und mit X aufhörte, auf eine ältere Dame wie Tante Hilde anzuwenden, überstieg ihre Vorstellungskraft.

»Du wirst schon noch den Richtigen finden, Kind.« Mit all ihrer mütterlichen Güte nickte Lenas Tante ihrer Nichte zu. »Wahre Liebe ist eine Fahrt ins Glück, und du kannst dein eigener Motor oder deine Bremse sein. Wann kommt denn der nächste Mann dran?«

Lena nahm einen Schluck von dem heißen Kakao, den Tante Hilde trotz der späten Stunde noch gekocht hatte. Es war der traditionelle Alles-wird-wieder-gut-Kakao, der Lena seit Kinderzeiten verabreicht wurde, wenn sie mit aufgeschürften Knien, laufender Nase oder rasendem Liebeskummer nach Hause kam.

»Morgen geht's weiter!«, antwortete sie und versuchte, ihrer Stimme ein optimistisches Timbre zu verleihen; schließlich wusste Lena, wie viel ihrer Tante an dem Dating-Marathon lag. Vorsichtshalber schob sie noch einen Buchtitel hinterher: »*Beim nächsten Mann wird alles anders.*«

Aufgeregt zuppelte Tante Hilde an ihrer flotten Strickweste

mit Querstreifen in Beige, Steingrau und müdem Violett herum.

»Hui! So schnell? Das sind die modernen Zeiten! Benjamin ist ja wirklich ein Tausendsassa. Zu meiner Zeit ging das alles noch nicht so fix. Und? Freust du dich schon?«

»Ja, klar!«, rief Lena vielleicht eine Spur zu laut, um glaubwürdig zu sein.

»Dann sag das mal deinem Gesicht, du siehst nämlich aus, als hätte dir Benjamin eine Darmspülung verordnet.« Tante Hilde erhob sich ächzend. »So, Schluss für heute. Für mich heißt es jetzt: Zähne raus, Lockenwickler rein und ab ins Bett. Du solltest auch früh schlafen gehen, Kind. Und lies nicht mehr zu lange. Morgen ist ein neuer Tag – neues Spiel, neues Glück.«

»Genau«, seufzte Lena. »Wo sich eine Tür schließt, fällt auch gleich ein Fenster zu.«

Tante Hilde drohte ihr scherzhaft mit dem Finger.

»Diese Weisheit habe ich aber ganz anders in Erinnerung!«

Versuch macht eben klug, dachte Lena. Sie blies die Backen auf und pustete ein paarmal in ihren heißen Kakao.

»Es ist nur so, dass manche Männer eine Lücke hinterlassen, die sie vollständig ersetzt.«

Tante Hilde schwieg. Umständlich spülte sie ihre Kakaotasse unter dem Wasserhahn aus, bevor sie die Tasse in die Spülmaschine stellte. Dann wischte sie auffällig lange die Herdplatten sauber.

»Weißt du, Kind, jedes Rendezvous ist anders«, sagte sie nach einer Weile und drehte sich zu Lena um. »Es kann eine positive Erfahrung sein, eine negative oder eine komische. Heute hast du die komische Variante kennengelernt. Vielleicht erlebst du morgen die positive.«

Lena glaubte kein bisschen daran. Dennoch setzte sie ein zuversichtliches Lächeln auf, Tante Hilde zuliebe.

»Ich träum mal drüber nach.«

Kapitel 12

Wie froh war Lena, dass sie so viel aus Büchern lernen konnte. Auch das Lachen. Vor allem das Lachen. Der an Aberwitz grenzende Abend mit Lennart hatte nicht nur einen hohen Unterhaltungswert gehabt, er hatte auch ihre Haltung zu Dates komplett verändert. Es war wirklich schreiend komisch gewesen. Im Grunde hatte sie sich an diesem Abend zugeschaut wie einer Romanfigur – und sich deshalb köstlich amüsiert. Schon am nächsten Morgen stand ihr Entschluss fest: Künftig würde sie ihre Verabredungen mit dem Interesse einer Leserin durchziehen, die in einem Liebesroman blätterte und von Verabredung zu Verabredung sprang.

Die Vorteile lagen auf der Hand. Wenn man ein Buch las, tauchte man lustvoll in die Handlung ab, konnte aber jederzeit wieder auftauchen. Mehr noch: Man konnte mitfiebern und kichern und sich wundern, doch es waren eben anregende Gefühle, die niemals wehtaten. Auf diese Weise, so hoffte Lena, würde sie auch bei ihren Dates gegen jedweden Ärger und jede Enttäuschung gefeit sein.

Den gesamten Samstag verlebte sie im herrlichen Bewusstsein, dass sie sich einen emotionalen Schutzpanzer zugelegt hatte. Das merkte auch Dewey. Er war extrem gut aufgelegt und schien zu wissen, dass er Lena heute getrost sich selbst überlassen konnte. Im Laden vergnügte er sich stundenlang mit einem Wollknäuel, hielt zwischendurch Ausschau nach Katzendamen und überbot sich selbst in akrobatischen Sprüngen von Buchregal zu Buchregal.

Ja, Lena war wieder im Reinen mit sich. Es hatte etwas ungeheuer Befreiendes für sie, Abstand zu sich selbst zu gewinnen. Das bevorstehende Date ging ihr am Popo vorbei. Sie würde eine Frau sein, die gelassen das nächste Kapitel eines skurrilen Romans aufschlug; und nicht etwa die alte Lena, die mit Hoffen und Bangen unterwegs gewesen war.

Als sie am späten Nachmittag den Laden zuschloss und mit Dewey auf dem Arm hoch in die Wohnung stieg, dümpelte ihr Puls im normalen Bereich. Lampenfieber? Erwartungen? Nichts da. Über ihr Outfit musste sie auch nicht lange nachdenken. Nach dem Duschen zog sie wieder den himmelblauen V-Pullover mit den Volantärmeln an. Sogar die wohlkalkulierte Verspätung würde Lena diesmal weglassen. Wozu taktieren, wenn das bevorstehende Date höchstwahrscheinlich ein weiterer Griff ins Klo war?

Sie sah dem heutigen Reinfall sogar mit klammheimlicher Freude entgegen. Obwohl ihre Wette mit Benjamin offiziell nicht mehr galt, empfand Lena eine gewisse Genugtuung, dass seine blödsinnige Liebesformel nicht gegen die Wirklichkeit ankam. Errechnen ließ sich vieles, doch echte Menschen waren und blieben unberechenbar. Das alles hätte sie Benjamin gern persönlich und mit Hochgenuss mitgeteilt. Mehrfach wählte sie seine Nummer, doch nicht mal die Mailbox sprang an. Also sendete sie ihm eine kurze schriftliche Zusammenfassung des unsäglichen Dates mit Lennart.

Ihr knappes Resümee lautete: *Ich habe meine Meinung geändert. Online-Dating ist nicht sinnlos, es ist der größte Witz aller Zeiten.*

Benjamins Antwort fiel noch wesentlich knapper aus: *Weitermachen.*

Lange starrte sie auf diese vier nüchternen Silben. Kein Gruß? Keine persönliche Botschaft? Und warum war er telefonisch nicht erreichbar? Hatte er sie nach seinem ausführlichen Coaching jetzt etwa abserviert?

Fast vermisste sie ihn. Ein klitzekleines bisschen jedenfalls. Die Gespräche fehlten ihr, die Blicke, die kleinen Fachsimpeleien über Jane Austen zum Beispiel. Aber was sollte man schon erwarten von einem Erfolgsautor, den die Frauen umschwirrten wie die Bienen den Honig. Aus dem Auge, aus dem Sinn. Leider passte das zu Benjamin.

Die Busfahrt in ihre alte Großstadtheimat verbrachte Lena im Scheuklappenmodus, den Kopf über Jane Austens *Die Abtei von Northanger* geneigt. Gleich der erste Satz brachte sie zum Schmunzeln: »Kein Mensch, der Catherine Morland als Kind erlebt hatte, wäre auf den Gedanken gekommen, sie sei zur Heldin eines Romans geboren.«

Wie lustig. Auch Lena hätte sich nie als Romanheldin gesehen. Und doch war sie es jetzt in ihrer Vorstellung – da sie ja beschlossen hatte, das bevorstehende Date wie eine literarische Abwechslung zu betrachten. Heute war Antonio dran, der Galerist. Lena konnte es kaum erwarten zu erfahren, was Benjamins Wundertüte verkrachter Existenzen an diesem Abend ausspucken würde.

Ein Menschengewirr wie beim Sommerschlussverkauf. Das war Lenas erster Gedanke, als sie das Lokal mit dem verheißungsvollen Namen »Wonderworld« betrat. Erst mal akklimatisieren, dachte sie, während sie sich umschaute. Früher war sie hier manchmal mit Callcenter-Kollegen auf einen schnellen Feierabenddrink gewesen. Niedrig hängende Glühfadenlampen verbreiteten ein kosmetisch vorteilhaftes Licht, sanft reflektiert von tomatenroten Wänden. Das Mobiliar bestand hauptsächlich aus dunklem Metall und tiefbraunem Leder, auf mannshohen Säulen plätscherten rötlich beleuchtete Zimmerspringbrunnen. Die Speisenauswahl beschränkte sich auf Snacks wie Nachos mit Käse.

Und wo war Antonio? Über die Köpfe der vielen Gäste hinweg suchte sie ihn mit den Augen. Das war leichter gesagt als getan. Es war Samstagabend, und die Wochenendstimmung schlug bereits hohe Wellen. Überall wurde gebechert, geschnattert und gelacht. Es gab vorwiegend Stehtische, so dass man ganz zwanglos Kontakt aufnehmen konnte. Da und dort sichtete Lena noch kleine Grüppchen, die jeweils nur aus Männern oder Frauen bestanden, an den meisten Stehtischen hatten sich die Grüppchen jedoch schon gemischt, und so war das uralte Spiel des Flirtens in vollem Gange.

Alles in allem konnte man das Wonderworld beim besten

Willen nicht als romantische Location bezeichnen. Nett gesagt, war es ein kommunikativer Ort der Begegnung, nicht so nett gesagt, eine waschechte Aufreißerkaschemme. Doch genau deshalb hatte Lena dieses Lokal ausgewählt. Wenngleich das Date mit Lennart einen hohen Entertainmentfaktor gehabt hatte, wollte sie sich diesmal die Option eines schnellen, unkomplizierten Rückzugs offenhalten. Ein Drink musste reichen. Danach würde sie spontan entscheiden, ob die Sympathie groß genug war für einen zweiten Drink oder sogar für eine gemeinsame Portion Nachos. Oder ob sie die Beine in die Hand und schleunigst Reißaus nehmen würde.

Vor ihrem geistigen Auge rief sie sich Antonios Profilfotos in Erinnerung. Er hatte ein schmales freundliches Gesicht, trug eine dunkle Hornbrille, einen kurz geschorenen Vollbart und eine rasierte Glatze. Typisch Hipster, hätten Teenager vermutlich gesagt. Beim Chatten war Antonio aufgeschlossen und sogar witzig rübergekommen. Aber man sollte den Chat nicht vor dem Date loben, so viel wusste Lena mittlerweile.

Ohne Eile schlängelte sie sich durch das überfüllte Lokal. Taxierende männliche Blicke richteten sich kurz auf sie, um sofort weiterzugleiten. In diesem entfesselten Jahrmarkt der erotischen Begierden wurde Lena mehr übersehen als angeschaut. Alle anderen Frauen hatten sich offensiv erotisch gestylt und zeigten, was sie hatten. Wie hatte es Benjamin noch formuliert? *Schon wenn sich eine Frau die Lippen schminkt, ist das, als ob ein Mann seine Waffe lädt.* Lena hatte nicht mal Lipgloss benutzt.

In einer etwas ruhigeren Ecke entdeckte sie einen Stehtisch, an dem nur ein einzelner Mann stand. Vollbart, Brille, rasierter Charakterkopf. Das musste Antonio sein. Alle Achtung, er war überpünktlich.

»Hallo«, sagte sie etwas atemlos, als sie sich durch das Gewühl zu ihm durchgekämpft hatte.

Entspannt lächelnd streckte er ihr die rechte Hand entgegen.

»Hi, Antonio. Schön, dass du es geschafft hast.«

Sein Händedruck war fest, aber nicht grob. Auch dass er auf einen vertraulichen Wangenkuss verzichtete, wertete Lena als gutes Zeichen. Er schien keineswegs darauf versessen zu sein, sofort körperliche Nähe herzustellen. Andererseits war ein Date mit einem Online-Flirt in etwa so gefahrlos wie russisches Roulette. Es schadete nicht, auf der Hut zu sein.

Aufmerksam musterte Lena seine Erscheinung. Antonio war größer als erwartet, beeindruckend breitschultrig und mit diesem smarten Touch ausgestattet, der ihn für die Rolle des eleganten Juristen in einer amerikanischen Anwaltsserie prädestinierte. Er trug einen schwarzen Rollkragenpullover unter einem dunkelgrauen Anzug, dessen Stoff edel schimmerte. Stil hatte dieser Antonio, das stand außer Frage. Freilich musste man abwarten, ob sich auch sein Verhalten als stilvoll entpuppte. Irgendwas war ja immer.

»Und? Gefällt dir das Wonderworld?«, eröffnete sie etwas lahm das Gespräch.

Sein Lächeln bekam eine deutlich ironische Note, als er seine Augen über das lärmende Gedränge ringsum schweifen ließ.

»Offen gestanden bin ich zum ersten Mal hier. Hast dir ja einen wahrlich intimen Ort ausgesucht für unser Date. Du wolltest dir die Möglichkeit einer schnellen Flucht sichern, stimmt's?«

Hm. Durchschaut. Dieser Antonio war nicht gerade auf den Kopf gefallen. Lena gab sich einen Ruck, weil sie fand, dass klare Worte weiter führten, als die Ahnungslose zu spielen.

»Eigentlich wurde ich positiv auf Romantik getestet«, bekannte sie. »Aber um ehrlich zu sein: Eine unschöne Wahrheit finde ich immer noch besser als eine schöne Lüge. Warum sollte man ein Date …«

»… endlos ausdehnen, wenn man schon nach drei Minuten weiß, dass man eine Niete gezogen hat?«, übernahm er nonchalant. »Das ist doch wie mit diesen Basilikumtöpfen aus dem Supermarkt. Du kaufst sie, du denkst dauernd, hey, man könnte mal was mit Basilikum kochen, und nach zehn Tagen, wenn das Ding total vertrocknet ist, wirfst du es weg. Streng genommen könnte man den Topf auch gleich nach dem Einkauf wegschmeißen.«

Es war nicht unbedingt schmeichelhaft, mit einem Kräutertopf verglichen zu werden, doch Lena gefiel das Beispiel. Antonio gefiel ihr auch. Sie strich ihr Haar zurück und bedauerte, dass sie es heute nicht in Form geföhnt hatte.

»Und was soll ich mit dir machen?«, drehte sie kokett den Spieß um. »Wegschmeißen oder was damit kochen?«

»Langsam erhitzen vielleicht?«

Holla. So viel Schlagfertigkeit hatte Lena nicht erwartet. Gar nichts hatte sie erwartet. Und nun stand sie einem Mann gegenüber, der sie schon mit den ersten Sätzen für sich einnahm. Sie dachte noch darüber nach, wie unterschiedlich die Dates doch ausfallen konnten, obwohl sie alle das Produkt desselben Algorithmus waren, als er die nächste Frage stellte.

»Wie bist du eigentlich aufs Online-Dating gekommen?«

Ein heiliger Schreck fuhr Lena in die Glieder. Denn plötzlich gesellte sich Benjamin Floros zu ihnen, als Geist natürlich, aber die bloße Vorstellung, dass er im Hintergrund die Fäden zog, brachte sie ganz schön durcheinander.

»Es ist so, dass ich mal was Neues ausprobieren wollte«, behauptete sie vollmundig. »Ich war gespannt, wie es ist, wenn man die wichtigsten Vorlieben und Eigenschaften schon im Vorfeld geklärt hat.«

Das entsprach keineswegs der Wahrheit, hatte aber den unschätzbaren Vorteil, dass sie Benjamin rauslassen konnte. Sie musste ihn von diesem Stehtisch vertreiben. Benjamin hatte hier absolut nichts zu suchen. Nicht bei einem Date, das wider Erwarten wie am Schnürchen lief.

»Kann ich gut nachvollziehen, dass du jemanden daten möchtest, mit dem die Basics schon geklärt sind«, nickte Antonio und rückte seine Hornbrille gerade. »Meine Beweggründe fürs Online-Dating sind ähnlich. In meinem Beruf als Galerist lerne ich zwar dauernd Frauen kennen, aber diese Art des Kennenlernens fand ich zu oberflächlich.«

Aha. Lena wartete gespannt auf mehr. Ein Mann, dem wenig an Oberflächen lag, das war mal was Neues. Leicht abwesend zog er mit einem Finger die Kratzspuren auf der metallenen Tischplatte nach, so als suche er nach den richtigen Worten.

»Ich spürte immer sofort, was die jeweilige Frau in mir sah, und wurde dann zu dieser Person«, bekannte er schließlich. »Unbewusst stellte ich mich anders dar, um den Frauen zu gefallen. Jetzt bin ich einen großen Schritt weiter. Ich möchte mich nicht mehr verstellen.«

»Mir geht es ganz ähnlich«, erwiderte sie, und die Freude über diesen unverhofften Einklang ließ ihre Stimme vibrieren. »Ich habe zehn Jahre in dieser Stadt gelebt, die üblichen Dating-Spiele kenne ich in- und auswendig. Man zeigt eine Fassade, die man für erfolgversprechend hält. Das wahre Ich bleibt dabei auf der Strecke.«

Seine Augen weiteten sich ungläubig.

»Wow, du schaust in einen Spiegel, Lena. Ich war wie du, immer verunsichert, wenn ich nicht mit dem Strom schwamm. Wir ticken offenbar gleich.«

Ja, das war Lena auch schon aufgefallen. Widerstrebend stellte sie fest, dass Antonio ein rundum sympathischer Mann war. Einer, mit dem man ein echtes Gespräch führen konnte. Halt bloß dein Herz fest, mahnte ihre innere Stimme, sonst rutscht es noch sonst wohin. Aufseufzend deutete Lena mit dem Kinn auf die umstehenden Gäste, deren aufgekratztes Lachen und Schwatzen das Lokal erfüllten.

»Irgendwann war es so, dass ich mich in solchen Menschenansammlungen einsamer gefühlt habe als ganz allein daheim auf der Couch. Paradox, oder? Ich dachte, wenn ich auf der Piste unterwegs bin, dürfte ich nicht die Frau sein, die ich in Wirklichkeit bin.«

»Das wäre aber jammerschade«, lächelte er. »Ich freue mich,

dass wir beide über dieses Stadium hinaus sind. Und dass ich die echte Lena kennenlernen darf.«

Etwas in ihr entspannte sich. Sie konnte sich nicht erinnern, wann sie sich jemals so wohl mit einem Mann gefühlt hatte. Auf eine sehr erwachsene Art war Antonio überaus reflektiert und sensibel. Er spielte keine Rolle. Weder gab er den Casanova noch den Macho. Antonio war echt. Und umwerfend. Galant reichte er Lena die Getränkekarte, die in einer Metallhalterung auf dem Tisch gesteckt hatte.

»Was möchtest du trinken? Erst mal Wasser und dann möglicherweise einen Cocktail?«

Dankbar registrierte sie, dass er keineswegs vorhatte, sie in Nullkommanix abzufüllen. Das verlieh ihm etwas angenehm Vertrauenswürdiges.

»Wasser ist eine gute Idee. Gibt's eigentlich Cocktails mit frischem Basilikum? Damit das Leben der Töpfe nicht ganz umsonst gewesen ist?«

»Aber ja, den Gin Basil Smash«, strahlte er wie ein Kind, dem ein leckeres Eis in Aussicht gestellt wurde. »Das ist ein Cocktail auf Gin-Basis mit Zuckersirup und Zitronensaft auf Eis. Sehr erfrischend. Ein sonnenumflorter Anhauch ewigen Sommers im Herbst.«

Wie schön er das gesagt hatte. Schön und poetisch. Lena stellte fest, dass sie Antonio nicht nur sympathisch fand, sondern überaus anziehend. Und wo ist der Haken?, meldete sich ihre innere Stimme zurück. Es gibt immer einen Haken, Lena! Dies ist dein viertes Date, und bisher hast du jedes Mal eine böse Überraschung erlebt. Der erste Typ tanzte gar nicht erst selber an, der zweite war ein Seitenspringer, der dritte schwul. Was ist Antonios Geheimnis? Drogen? Fesselsex?

»Bist du so was wie ein Cocktailexperte?«, fragte sie, um ihre innere Stimme zu übertönen.

Beiläufig öffnete er den Knopf seines Sakkos und sah sich nach der Kellnerin um, die am Nebentisch Bestellungen aufnahm. Nachdem er der Servicekraft ein Handzeichen gegeben hatte, fokussierte er sich wieder auf Lena.

»Experte ist zu viel gesagt, ich mixe manchmal auf den Vernissagen in meiner Galerie. Interessierst du dich für zeitgenössische Kunst? Oder sagst du: Das kann mein Kind auch, wenn du vor einem modernen Gemälde stehst?«

»Von Kunst verstehe ich so gut wie nichts, nur von Büchern«, gab Lena zu. »Außerdem habe ich gar kein Kind. Alles, was ich zu dem Thema beisteuern kann, ist Picassos Satz, dass es unter Menschen weit mehr Kopien gibt als Originale.«

Sie erwartete schon eine spitze Bemerkung über Kunstbanausen, doch Antonio schaute sie nur sichtlich erfreut an und stützte seine Ellenbogen auf den Stehtisch, um sich ein wenig zu ihr vorzubeugen.

»Das mit den Kopien und den Originalen sehe ich genauso wie du und Picasso.«

»Ich meine das nicht mal zynisch«, führte sie den Gedanken weiter. »Ich lese halt viel, und durch Romane bekommt man einen Blick dafür, wie wichtig es ist, zu seiner eigenen Persönlichkeit zu stehen.«

»Da merkt man doch gleich, dass du literarische Lebenserfahrung hast«, sagte er anerkennend. »Ich finde, von allen

Welten, die der Mensch erschaffen hat, ist die Literatur die schönste und beeindruckendste.«

»Oh, da stimme ich dir absolut zu.« Lena spürte, wie sich ihr Herz öffnete. Solche Dinge äußerte nur jemand, der Bücher wirklich liebte, und Antonio sprach mit so viel Wärme von Literatur. »Aber ich lerne auch gern etwas Neues über Kunst dazu.«

»Dazu gäbe es bald Gelegenheit.« Er holte einen buntfarbigen Flyer aus der Innentasche seines Sakkos. »Nächste Woche habe ich eine Ausstellungseröffnung. Du bist eingeladen. Hier, für einen ersten Eindruck.«

Neugierig nahm Lena ihm den Flyer ab. »Cats4ever« hieß die Ausstellung. Das Gemälde auf der Vorderseite der Karte konnte man zwar nur mit sehr viel Phantasie als Portrait einer Katze ernst nehmen, aber die wenigen Pinselstriche drückten etwas aus, was Lena kannte: Deweys Haltung, wenn er, in Faszination erstarrt, eine andere Katze beobachtete. Sie schaute vom Flyer auf.

»Das ist ziemlich toll.«

»Freut mich.« Versonnen schmiegte er sein bärtiges Kinn in die Handflächen, während sich sein Blick intensivierte. »Du magst Katzen, richtig? Wie heißt deine noch – Dewey? Wie die berühmte Bibliothekskatze?«

Wow. Lena erschauerte. Sogar das hatte Antonio sich gemerkt, obwohl sie Dewey im Chat nur ein, zwei Mal erwähnt hatte.

»Magst du Katzen?«, erkundigte sie sich, ihre zunehmende Verwirrung über dieses Prachtexemplar von Mann überspielend.

»Wer glaubt, man könnte Glück nicht anfassen, hat noch nie eine schnurrende Katze gestreichelt«, beteuerte er. »Meine heißt Mrs. Norris.«

Wahnsinn. Verzückt starrte Lena in das bebrillte Gesicht ihres Gegenübers.

»Etwa wie die Katze aus *Harry Potter und die Kammer des Schreckens*?«

»Ganz genau.« In komischer Verzweiflung verdrehte er die Augen. »Ist ja nicht gerade das sympathischste Kätzchen, schließlich petzt es ungeniert, wenn die Schüler auf Hogwarts was anstellen. Meine Mrs. Norris ist zum Glück ganz anders. Sie ist ein Schatz.«

Nein, du bist ein Schatz, dachte Lena überwältigt. Zum ersten Mal leistete sie innerlich Abbitte bei Benjamin. Was waren schon drei verkorkste Dates, wenn er ihr diesen absolut traumhaften Mann schickte?

Während sie noch mit Staunen und Anhimmeln beschäftigt war, näherte sich die Kellnerin, eine hübsche junge Frau mit raspelkurzem schwarzem Haar und langer, weißer Kellnerschürze.

»Was darf ich euch bringen, Leute?«

»Ein großes Wasser, bitte.« Fragend schaute Antonio zu Lena. »Still oder mit Kohlensäure?«

»Egal«, hauchte sie.

Es war ihr tatsächlich egal. Sie hätte auch Leitungswasser getrunken. Oder Brause. Oder Kakao. Das heißt, Tante Hildes Trostkakao würde sie heute Abend garantiert nicht mehr brauchen. Antonio schien der Hauptgewinn in der Liebesformellotterie zu sein. Zwar zeterte Lenas innere Stimme unaufhörlich weiter, das könne ja alles nicht wahr sein und irgendwann werde sich schon noch herausstellen, dass dieser Antonio fürchterliche Dinge zu verbergen habe, aber momentan spürte Lena nichts weiter als ein langsam anschwellendes Glücksgefühl.

»Lena? Hallo?«, tauchte Antonios Stimme aus dem Lärm des Lokals auf. »Nehmen wir zum Wasser auch gleich zwei Gin Basil Smashs?«

Entschuldigung, es fällt mir gerade schwer, Informationen zu verarbeiten, dachte Lena. Zum Piepen, meckerte ihre innere Stimme, die diesen Überschwang übertrieben fand und kesse Fragen stellte: Kann es sein, dass Lena Hagedorn ein bisschen anverknallt ist? Wo ist denn die neue Lena Hagedorn geblieben, die dieses Date wie ein Romankapitel genießen wollte – und nun in einer rosaroten Buchstabensuppe schwimmt?

»Lena? Soll ich die Cocktails bestellen?«

»Ja, den Gin-Dings würde ich gern mal kosten«, krächzte sie.

»Alles okay mit dir? Du siehst ein bisschen erschöpft aus. Möchtest du einen Barhocker?«

Sie nickte matt. In der Tat hatte sie ziemlich weiche Knie. War ja auch kein Wunder, dass sie kaum noch stehen konnte. Als seien ihre Gliedmaßen vorübergehend außer Betrieb, weil ihr Herz pumpte und pochte und alle Energie dafür absaugte.

Während sich Antonio auf die Suche nach einem Barhocker begab, checkte Lena ihre Nachrichten. Es war ein eingeübter Reflex. Man machte einfach eine bessere Figur, wenn man wichtig, wichtig auf sein Handy schaute, statt verloren rumzustehen wie bestellt und nicht abgeholt. Benjamin hatte noch mal geschrieben.

Trau nie dem ersten Eindruck, Lena. Warte auf den zweiten, und bleib vor allem bei Dir. Stell Fragen. Achte auf die Redeanteile. Wer spricht mehr? Wie fühlt sich das an? Sag offen: So bin ich, das mag ich, hier sind meine Grenzen. Es ist ja nicht das Ziel, in fremden Schlafzimmern ein und aus zu gehen. Der emotionale Preis wäre zu hoch. Auch die Gefahr des Ghostings wäre groß – also, dass der Typ nie wieder von sich hören lässt. Es geht hier nicht um Strohfeuer, sondern um die Perspektive einer festen Beziehung. Und, sehr wichtig, Lena: Date alle sieben Kandidaten, bevor Du einen der Männer priorisierst.

Sie schüttelte den Kopf. Was sollte diese gouvernantenhafte Moralpredigt? Noch dazu mitten in einem Date? Wie übergriffig war das denn? Da Antonio schon wieder in Sicht kam, der das Wunder vollbracht hatte, in dem heillos überfüllten Lokal einen Barhocker zu organisieren, beschränkte sich Lena auf nur eine Frage.

Prio- was?

Erst testen, dann die Priorität setzen, antwortete Benjamin. *Bevor Du Dich für ein zweites Treffen mit einem der Kandidaten entscheidest, solltest du unbedingt alle Männer durchdaten und in Ruhe abwägen. Bloß nichts überstürzen!*

Durchdaten. Wie redete der denn? Und warum schrieb er ihr so einen gequirlten Quark? Ahnte Benjamin vielleicht, dass der heutige Abend das Zeug hatte, legendär zu werden? Einer jener Abende, über die man auf goldenen Hochzeiten herzwärmende Reden hielt? Eigentlich konnte das nicht sein, überlegte Lena. Benjamin hatte zwar die beängstigende Gabe, ihre Gedanken zu lesen, wenn sie beisammen waren, telepathische Fähigkeiten hatte er bislang noch nicht unter Beweis gestellt.

»Bitte sehr, hier ist ein Barhocker für dich«, holte Antonio sie in die Jetztzeit zurück.

»Vielen Dank, sehr lieb von dir.« Unauffällig ließ sie das Handy in der Hosentasche und Benjamin im Tal des Vergessens verschwinden, bevor sie den Barhocker erklomm. »Du bist sehr ritterlich, weißt du das?«

»Ist mir eine Ehre.«

Darüber, dass Lena diesen wenig gemütlichen Ort vorgeschlagen hatte, an dem die meisten Gäste stehen mussten wie auf einem Bahnsteig zur Rushhour, verlor er kein Wort mehr. Antonio war ein Gentleman. Und ein vielversprechender Kandidat. Dennoch ließ sich Benjamin nicht so leicht abschütteln. Lena konnte gar nicht anders, als die beiden Männer miteinander zu vergleichen. Neben einigen Wesensverwandtschaften – Lektüre, Katzen, souveränes Auftreten – fiel ihr ein interessanter Unterschied auf: Mit Antonio lief es so harmonisch wie mit einem lang vertrauten Freund. Bei Benjamin lag immer ein flirtiger Wettstreit in der Luft, der Lenas Widerspruchsgeist anstachelte, ihr aber auch Spaß machte. Sie hätte nicht sagen können, was sie reizvoller fand. Nur eines stand fest: Sie musste Benjamin aus ihrem Leben streichen. So rasch wie möglich.

Hilfe suchend schaute sie zu Antonio, der ein wenig zur

Seite rückte, weil die Kellnerin soeben die Getränke brachte. Ein kurzer Blickwechsel zwischen ihm und der jungen Frau folgte.

Plötzlich spürte Lena den nadelfeinen Stich der Eifersucht. Im selben Augenblick wurde ihr bewusst, dass Antonio atemberaubend attraktiv war. Dummerweise fiel ihr nun auch noch ein, dass Lennart sie *unscheinbar* genannt hatte. Und dass Benjamin ihr einen Wert von gerade mal 4,5 auf seiner verdammten Attraktivitätsskala zugeordnet hatte.

Auf der Stelle rauschte ihr Selbstwertgefühl in den Keller. Antonio war eine Neun. Mindestens. Wie ein Bumerang kamen nun auch ihre Selbstzweifel angeflogen. Hatte sie überhaupt eine Chance bei einem so attraktiven Mann?

»Auf dich«, prostete er ihr mit dem Gin Basil Smash zu, der üppig mit Zitronenschnitzen und Basilikumblättern dekoriert war. »Auf einen besonderen Abend.«

Etwas zittrig griff Lena ebenfalls zu ihrem Cocktail.

»Danke. Ich finde es auch, ähm, besonders mit dir.«

Antonio war schon im Begriff, sein Glas zum Munde zu führen. Statt zu trinken, bremste er jedoch mitten in der Bewegung ab.

»Was ist los? Du klingst auf einmal so – deprimiert?«

Himmel, war dieser Mann einfühlsam! Lena spürte seinen anteilnehmenden Blick mit jeder Faser ihres Körpers. Sollte sie ihm ihre Zweifel gestehen? Aber stellte sie sich damit nicht selbst ein Bein? Welcher Mann mochte denn schon unsichere Frauen? Und das gleich beim ersten Date? Jetzt meldete sich auch noch Benjamin Floros in ihrem Kopf zu Wort. *Small*

Talk, Lena! Man sollte nicht mit der Tür ins Haus fallen. Bloß keinen Befindlichkeitspudding löffelweise.

»Verrätst du mir, was in dir vorgeht?«, bat Antonio so leise, dass seine Frage fast in dem Trubel ringsum unterging.

Sein weicher verständnisvoller Tonfall gab Lena den Rest. Sie wollte nicht mehr die Starke, Selbstbewusste spielen.

»Ich habe gerade überlegt, ob jemand wie ich überhaupt für dich infrage kommt«, rückte sie unumwunden mit der Wahrheit heraus. »Du könntest ganz andere Frauen haben, wesentlich attraktivere als mich. Sieh dich doch nur mal um. Hier sind lauter sexy Knallerfrauen, und ich …«

»Stopp, bevor du weiterredest, muss ich dir an dieser Stelle was Wichtiges mitteilen«, unterbrach er sie. »Hör mir bitte gut zu, Lena. Ich kenne dich erst seit zwanzig Minuten. Aber eines weiß ich ganz sicher: Deine Seele ist sexy.«

So etwas hatte noch nie ein Mann zu ihr gesagt. Lena konnte nicht fassen, dass ein Mann überhaupt solche Sätze sagte. Sie schluckte krampfhaft.

»Ernsthaft?«

»Ja, die Art, wie du denkst und fühlst und wie du deine Gedanken formulierst, ist wahnsinnig attraktiv«, bekräftigte er. »Ich stehe auf Intelligenz, ich liebe Herzensklugheit, ich mag emotionale Authentizität. Und du bist auch noch blitzgescheit.«

»So was nennt man sapiophil, glaube ich«, murmelte Lena, die immer fassungsloser zugehört hatte und partout nicht glauben konnte, was er da sagte.

»Siehst du? Das macht dich so einzigartig!«, lachte er auf.

»Sapiophil! Hinreißend! Ich habe noch nie eine Frau getroffen, die solche Wörter benutzt.«

Unwillkürlich zog sie den Kopf ein. So als seien es gar keine Komplimente, die da unausgesetzt auf sie niederregneten, sondern lauter Vorwürfe, dass sie anders als andere Frauen war.

»Ist das denn nicht komplett bescheuert?«

»Aber nein!« Aufgeregt stippte Antonio mit seinem Strohhalm in den Eiswürfeln des Cocktails herum. »Du bist ein Original, Lena, keine blasse Kopie, und wie's aussieht, bist du ein ziemlich außergewöhnliches Kunstwerk. So, jetzt trinken wir noch mal richtig, aus vollem Herzen, ja? Auf uns?«

»Auf uns ...«

Sie nahmen sich Zeit, den Aromen des Cocktails auf der Zunge nachzuspüren. Der herben Wacholdernote des Gins, der frischen Säure des Zitronensafts, dem unwiderstehlich würzigen Basilikumgeschmack. Lena war froh über die kleine Verschnaufpause, in der sie sich ein wenig sammeln konnte. Es war alles so verwirrend schön, und es ging alles so verwirrend schnell. Zu schnell vielleicht. Seit dem Date mit Arne-Christian war sie ein gebranntes Kind. Nie wieder würde sie sich einem Mann gleich beim ersten Date in die Arme werfen.

Es geht hier nicht um Strohfeuer, quengelte nun auch noch Benjamin in ihrem Hinterkopf herum. *Und, sehr wichtig, Lena: Date alle Kandidaten, bevor Du einen der Männer priorisierst.*

Vielleicht hat Benjamin recht, überlegte Lena. Andererseits gab es auch keinen Grund, wegzulaufen. Antonio machte nach wie vor keinerlei Anstalten, sie zu berühren oder anderweitig zu bedrängen. Nachdem sie ihr Cocktailglas zurück auf den Tisch gestellt hatte, füllte er die beiden Wassergläser.

»Das ist für die Flüssigkeitszufuhr, damit uns der Alkohol nicht ausknockt«, erklärte er fürsorglich. »Vermutlich hast du noch nichts gegessen. Was hältst du von einer Portion Nachos mit Käse und Jalapeños?«

»Okay. Gern.«

Lenas kurzzeitige Irritation wich wieder dem anfänglichen Wohlgefühl, das sich stetig weiter ausbreitete und bis in die kleinen Zehen reichte. Es war fast unwirklich, doch sie hatte das sichere Gefühl, dass sie sich bei Antonio fallen lassen konnte. Nicht gehen lassen, wohlbemerkt, vielmehr alles loslassen, was sie an Ängsten und Zweifeln mit sich schleppte. Sogar ihre Eifersucht löste sich in Luft auf, als Antonio erneut die junge Kellnerin heranwinkte und Nachos für zwei bestellte.

»Es ist gut zu wissen, dass wir beide nicht so viel Wert auf den schnöden Schein legen«, sagte er, als die Kellnerin gegangen war. »Aussehen, Frisur, Klamotten sind keine Charakterzüge. Ich meine, ich achte auf mein Äußeres, klar, und ich finde dich rasend hübsch, doch das definiert uns nicht. Der Körper ist nur ein Gefäß für die Seele.«

Manometer. Worüber sollte sie sich mehr freuen? Dass Antonio sie hübsch genannt hatte? Oder darüber, dass er Dinge aussprach, die ihr Herz zum Klingen brachte? Sie hätte ihm stundenlang zuhören können. Er traf einfach den richtigen Ton. Und er gab ihr das Gefühl, dass außer ihr niemand in diesem turbulenten Lokal existierte.

»In der Seele sollte man die Träume aufbewahren, die keine Wirklichkeit zerstören kann«, gestattete sie ihm einen Einblick in ihre tiefsten Überzeugungen. »Ich zum Beispiel bin eine hoffnungslose Romantikerin. Alle wollen mir das immer ausreden.«

»Aber daran ist doch nichts auszusetzen, oder?«

»Na jaaa …«

Sie verschonte ihn mit der Information, dass dieses Date nur zustande gekommen war, weil eine besorgte alte Dame und ein rechthaberischer Buchautor ein Komplott geschmiedet hatten.

»Sagen wir, Träume sind der Airbag für die Seele.« Ein kleines Grinsen erschien auf seinen Lippen. »Sag bitte Bescheid, wenn ich anfange, Kitsch abzusondern. Meine Art gefällt ja auch nicht jedem. Mich muss man sich nervlich erst mal leisten können.«

»Bis jetzt ist es auszuhalten«, versicherte Lena lächelnd.

»Sag mal, glaubst du an spontane Zuneigung?«, wechselte er unvermittelt das Thema.

Oha. Heikles Terrain. Sie nahm einen Schluck Wasser, weil sie nicht wusste, was sie sagen sollte. Hätte Benjamin nicht gerade dazwischengegrätscht, sie hätte einfach Ja gesagt. Mist. Benjamin war ein richtig mieser Date-Crasher.

»Wie siehst du das denn, Antonio?«

»Du kannst eine Frage nicht mit einer Gegenfrage beantworten«, lachte er.

»Warum nicht?«

»Okay, okay, ich sehe schon, du hältst dich lieber bedeckt.

Kein Problem, Lena. Ich war wohl etwas zu draufgängerisch.« Sein Lachen verebbte, und er begann, mit dem Strohhalm in seinem Cocktail zu rühren. »Das heißt, für mich ist der Fall klar: Ja, es gibt spontane Zuneigung. Ich will nicht von Liebe auf den ersten Blick sprechen, das wäre abgeschmackt, aber Zuneigung, doch, ja, so was passiert.« Er hob den Kopf. »Mir ist es heute passiert.«

Ein prickelnder Hitzeschauer überlief Lena. Antonio sprach genau das aus, was sie dachte – dass dieser Abend einmal mehr zeigte: Zuneigung war etwas, was sich zwischen zwei Menschen ereignete, die einander im echten Leben begegneten. Und nicht auf einer Dating-App. Prinzen trugen im Allgemeinen keine Brillen und keine Bärte, doch Antonio behandelte sie wie eine Prinzessin: ritterlich, fürsorglich, respektvoll. Zugleich ließ er sie nicht im Unklaren über seine Gefühle.

Die Nachos kamen, und sie knabberten zu zweit daran herum, während sie sich gegenseitig Anekdoten aus ihrem Leben erzählten. Die witzigen und die peinlichen, die traurigen und die aufschlussreichen. Es war auf eine beglückende Weise einfach mit Antonio. Dennoch baute sich unaufhaltsam eine elektrisierende Spannung zwischen ihnen auf. Lena spürte ein lang vermisstes Kribbeln im Bauch, ihre innere Stimme schwieg taktvoll, und beim zweiten Cocktail fragte sie sich, wie dieser Abend enden würde. Der letzte Bus fuhr um eins. Bei Antonio zu übernachten stand nicht zur Debatte. Aber einfach abbrechen?

Sie hatten die Nachos verputzt, das Wasser bis auf den letzten Tropfen ausgetrunken und ihre zweiten Gin Basil Smashs geleert, als Antonio seine Brille abnahm und in seinem Jackett verstaute. Aus unbebrillten Augen, die unternehmungslustig funkelten, schaute er sie an.

»Lena, ich glaube, wir wissen beide, dass wir mit dem Gedanken spielen, diesen besonderen Abend auf besondere Weise ausklingen zu lassen.«

Ach du Schreck! Mach es bitte nicht kaputt, dachte Lena angstvoll.

»Keine Sorge, ich will dir nicht zu nahe treten«, setzte er hinzu. »Ich würde unser schönes Gespräch nur gern ohne Worte fortsetzen.«

Siehst du, jetzt macht er doch alles kaputt, stichelte Lenas innere Stimme. Ihre Euphorie, die sich so hoffnungsvoll aufgebaut hatte, tendierte schlagartig gegen null, während sich Benjamins Ermahnungen sowie ihre schlechten Erfahrungen zu einem einzigen Wort zusammenballten: Enttäuschung.

»Ich glaube, ähm, na ja, ich gehe lieber«, stammelte sie.

»Guter Punkt, lass uns gehen. Tanzen gehen.« Antonio lächelte verschmitzt. »Du bewahrst deine Träume in deiner Seele auf, hast du gesagt. Lass sie lebendig werden, deine Träume. Heißt es nicht, Tanzen sei ein Gespräch zwischen verwandten Seelen?«

Er wollte mit ihr *tanzen* gehen? Mit dieser Möglichkeit hatte Lena nun überhaupt nicht gerechnet. Und doch schien es auf einmal die beste Idee des Jahrhunderts zu sein. Ja, ja, ja! Und wie sie tanzen wollte! Die versemmelten Dates wegtanzen. Benjamin wegtanzen, der immer noch irgendwo in ihrem Hinterkopf herumspukte. Und tanzend ihren Traum vom Prinzen feiern, der ja vielleicht doch noch in ihr Leben getreten war, wenn auch ohne Pferd und schimmernde Rüstung.

»Tanzen ist Träumen mit den Füßen«, hörte sie sich sagen.

Ohne groß Aufhebens davon zu machen, legte Antonio einen Geldschein auf den Tisch. Dann bot er ihr den Arm, damit sie sich einhaken konnte.

»Darf ich bitten? Und egal, was passiert, Lena, wir werden nur tanzen, okay?«

»Absolut«, lächelte sie selig. »Aber immer ein bisschen aus der Reihe.«

Kapitel 13

Normalerweise war der Sonntagvormittag einem ausgedehnten Frühstück gewidmet. Neben kulinarischen Extras wie halben gekochten Eiern mit Sardellenfilets und Tomaten nebst Mayonnaisetupfern war das Besondere daran, dass Lena und Tante Hilde hingebungsvoll Bücher am Frühstückstisch lasen. Stundenlang. Es war ihr heiliges Ritual. Einfach gemütlich in der Küche sitzen und die Zeit verstreichen lassen. Außer dem Verspeisen frischer Brötchen, Sardelleneiern und Tomatenfliegenpilzen hörte man dann nichts weiter als das köstliche Geräusch des Umblätterns. Schon zu Lenas Kinderzeiten hatten sie es so gemacht.

Heute war es ein bisschen anders. Um Viertel nach elf schlich Lena in die Küche, mit einer Brötchentüte in der Hand und einem etwas erschöpften Lächeln im Gesicht. Das war noch nie vorgekommen. Selbst in ihrer wildesten Teenagerphase nicht. Insofern handelte es sich um ein doppeltes Vergehen: Erstens hatte sie die Nacht woanders verbracht, zweitens kam sie etwa zwei Stunden zu spät zum rituellen Sonntagsfrühstück.

»Einen schönen guten, ähm, Morgen«, murmelte sie.

Tante Hilde, die mit einem dicken Wälzer am Fenster saß, die Kaffeetasse griffbereit auf dem Fensterbrett, ließ ihren Roman auf den Schoß sinken. Über die dicken Gläser der Lesebrille hinweg beäugte sie ihre Nichte in aller Strenge. Sofort schrumpfte Lena wieder zum kleinen Mädchen von einst. Da sie sich auch noch in einem Zustand befand, den man früher derangiert genannt hätte, verzog sie schuldbewusst das Gesicht.

»Es ist anders, als du denkst.«

»Du weißt doch, ich glaube nicht alles, was ich denke«, entgegnete Tante Hilde, während sich ihre strenge Miene in ein gutmütiges Schmunzeln auflöste. »Na, sag schon, Kind, wie war's?«

Das schien auch Dewey zu interessieren. Die Ohren aufgerichtet und mit aufgeregt zitternden Barthaaren hockte er auf der Spüle und unterzog Lena einer eingehenden Musterung.

»Wir haben die ganze Nacht getanzt!«, brach es aus ihr heraus. »Antonio ist wunderbar! Wie die Wunder-Bar, also, das Wonderworld, meine ich, wobei das natürlich nicht so wunderbar ist, wie jeder weiß, aber dafür Antonio, weil, also, wunderbar ist gar kein Ausdruck, denn er …«

»Warte mal, Kind.« Tante Hilde klappte ihr Buch zu und schob es neben die Tasse aufs Fensterbrett. »Du brauchst erst mal einen Kaffee und was zwischen die Kiemen. Sonst wird das nichts. Ich verstehe kein Wort.«

»Ich verstehe es ja selbst nicht«, seufzte Lena.

Der Form halber nahm sie sich eine Tasse vom gedeckten Tisch und füllte sie mit dem schon deutlich eingedampften schaurigen Filterkaffee à la Tante Hilde, bevor sie auf einen Stuhl sank und die Brötchentüte auf den Tisch legte.

»Erwähnte ich schon, dass es gestern Abend wun-der-bar war?«

Tante Hilde hob eine Augenbraue.

»Was du nicht sagst.«

Erstaunlich flink erhob sie sich und marschierte zum Tisch, wo sie sogleich anfing, ein Brötchen für Lena zu schmieren. Mit dick Butter und zwei sachgerecht zerkleinerten gekochten Eiern, die sie großzügig mit Salz bestreute.

»Dann gehe ich also recht in der Annahme, dass sich meine Prophezeiung einer positiven Erfahrung bewahrheitet hat?«

Hungrig biss Lena in das Brötchen, das Tante Hilde ihr reichte. Sie konnte gar nicht so schnell kauen und schlucken, wie es ihr Mitteilungsbedürfnis erforderte.

»Schdelldirvor, vommer erften Fekunnde an …«

»Nicht mit vollem Mund, Kind«, kassierte sie prompt einen mütterlichen Tadel von Tante Hilde. »Er heißt also Antonio?«

Im Eiltempo kaute Lena zu Ende, dann spülte sie mit einem Schluck Kaffee nach, der so bitter schmeckte, dass ihre Augen tränten.

»Ja. Er sieht gut aus. Er ist einfühlsam. Er ist authentisch. Kein Poser. Er ist ritterlich. Kein Macho.« Wie kleine bunte Smarties purzelten die Sätze aus ihr heraus. Sie konnte gar nicht wieder aufhören. »Er hat eine Katze. Sie heißt Mrs. Norris. Er findet meine Seele sexy. Er tanzt wie ein Gott. Er liest! Und nicht nur die Zeitung! Er kennt alle Harry-Potter-Bände. Er ist nett. Richtig nett! Er hat Humor.«

»Lass mich das mal zusammenfassen«, sagte Tante Hilde ruhig. »Du bist verliebt.«

Lena errötete bis über beide Ohren.

»Ohhh, na jaaa, verliebt ist ein großes Wort. Ich mag ihn. Sehr.« Sie starrte ihr angebissenes Brötchen an wie einen Gegenstand, der nicht hierhergehörte. »Selten wurde der spröde Begriff eines Dates derart mit Leben erfüllt wie gestern Abend.«

»Das freut mich, Kind«, lächelte Tante Hilde überaus verständnisvoll. »Hast du es schon Benjamin erzählt?«

Eine eiskalte Hand griff nach Lena. Gleichzeitig flammte etwas in ihr auf, was sich schwer einordnen ließ. Eine Schwäche vielleicht, eine Verwundbarkeit, ein ziehendes Gefühl in der Herzgegend. Da hatte sie es doch tatsächlich mal geschafft, Benjamin für einige Stunden zu vergessen, und nun schlich er sich wieder in ihr Leben. So wie Dewey, der auf ihren Schoß gesprungen war und sich miauend an sie schmiegte.

»Benjamin?«, wiederholte sie unwillig. »Was hat der denn damit zu tun?«

»Eine ganze Menge, würde ich sagen.« Mit der Gabel angelte Tante Hilde zwei Scheiben Mortadella vom Wurstteller und belegte die andere gebutterte Brötchenhälfte damit. »Ohne ihn hättest du deinen Antonio schließlich niemals kennengelernt.«

Das stimmte. Und auch wieder nicht. Wenn man die drei verunglückten Dates davor berücksichtigte, war Antonio so etwas wie ein Zufallstreffer. Und nicht das Resultat einer todsicher funktionierenden Formel.

»Ich glaube, dass Benjamin längst andere Dinge im Kopf hat als mein Liebesglück«, sagte Lena, wohl wissend, dass er sich sogar während des gestrigen Dates gemeldet hatte. »Er ist auf Lesereise, Tante Hilde. Du weißt doch, was da abgeht. Er kann sich gar nicht retten vor lauter weiblichen Fans, die scharf darauf sind, mit dem grandiosen, wortgewandten Benjamin Floros zu flirten.«

Sie rang noch mit der Frage, warum er trotzdem die Zeit gefunden hatte, ihr seine gouvernantenhaften Ermahnungen zu schicken, als Tante Hilde zurück zum Fenster ging und sich auf ihren Stuhl fallen ließ.

»Aus den Augen, aus dem Sinn? Wenn es so wäre, Kind, hätte er mich wohl kaum heute Morgen angerufen und gefragt, wo du bist. Auf dem Handy warst du ja nicht zu erreichen. Auch für mich nicht.«

»Tut mir leid, Akku leer«, entschuldigte sich Lena.

Das war keine schlappe Ausrede, sondern entsprach sogar der Wahrheit. Der leere Akku war ihr erst aufgefallen, als sie frühmorgens ihr Handy aus der Hosentasche gezogen hatte. Auf Antonios Couch liegend, mit dem besten Espresso aller Zeiten in der anderen Hand.

»Auf jeden Fall solltest du Benjamin anrufen, bevor du dich heute Abend mit dem nächsten Mann triffst«, ordnete Tante Hilde an. »Nach allem, was er für dich getan hat, musst du dich wenigstens bei ihm bedanken.«

»Den nächsten Mann?« Lena schlug ein Bein übers andere, ganz vorsichtig, um Dewey nicht zu vertreiben, wobei sie feststellte, dass sie einen fetten Muskelkater vom Tanzen hatte.

»Es gibt keinen nächsten Mann, Tante Hilde. Ich möchte jetzt lieber sehen, wie sich das mit Antonio entwickelt.«

Ein missbilligender Zug trat in das Gesicht ihrer Tante.

»Lena. Kind. Du hast Benjamin versprochen, sieben Kandidaten zu treffen. Das ist die Abmachung.«

So hatte es Lena noch gar nicht betrachtet – falls sie überhaupt irgendeinen Gedanken daran verschwendet hatte, was der gelungene Abend mit Antonio für ihr Date-Coaching bedeutete. Aber wie auch immer, diese ganze Liebesformelsache war für sie durch. Ein für alle Mal. Sie hatte gefunden, was sie nie hatte suchen wollen: einen Mann, mit dem sie auf einer Wellenlänge surfte, mit dem sie reden, lachen, tanzen und noch ein bisschen mehr konnte.

Das Schellen des Festnetztelefons zerriss die sonntägliche Stille. Fragend schaute Lena zu Tante Hilde, die heftig den Kopf schüttelte.

»Nein, nein, geh du ran, Kind. Das ist bestimmt Benjamin.«

Oje. Lena stöhnte vernehmlich. Sie setzte Dewey auf den gefliesten Küchenboden und stand etwas schwankend auf. Dann trottete sie zum Flur, wo auf einem wackeligen Tischchen der altertümliche Telefonapparat mit Wählscheibe stand. Ihre Hände zitterten, als sie den Hörer abnahm.

»Hallo?«

»Gott sei Dank, da bist du ja, ich hatte mir schon Sorgen gemacht«, legte Benjamin ohne Begrüßung los. »Mensch, Lena, was war denn los? Du datest einen Mann und verschwindest einen ganzen halben Tag in der Versenkung? Was hast du dir dabei gedacht?«

»Das Buch hieß übrigens *Ein ganzes halbes Jahr*, und ich …« – sie bog den Rücken durch – »ich bin dir keine Rechenschaft schuldig, Benjamin. Das ist *mein* Leben.«

»Ach nee. Muss ich eigens daran erinnern, dass ich dich neulich volltrunken von der Straße aufgesammelt habe?«

Und ewig diese alte Geschichte. Langsam wurde es Lena lästig, immer wieder mit einer Entgleisung behelligt zu werden, die nun schon zwei volle Wochen zurücklag. Unter Aufbietung ihrer gesamten Ressourcen, was Wohlerzogenheit und Höflichkeit betraf, zwang sie sich zu einem freundlichen Tonfall.

»Nochmals vielen Dank, Benjamin. Danke, dass du mich unlängst aus einer prekären Situation gerettet hast. Danke, dass ich in den Genuss deiner Liebesformel kommen durfte. Hiermit möchte ich dich offiziell informieren, dass es gestern geklappt hat mit Antonio, dem Galeristen. Ich bin vollauf zufrieden, und es wäre nicht weit hergeholt zu sagen: Der ist es. Der oder keiner.«

So ganz stimmte das keineswegs. Nach nur einem Abend solch eine Aussage zu treffen, grenzte an blinden Zweckoptimismus. Aber Lena wollte einfach dem Dating-Marathon ein Ende setzen, um sich voll und ganz auf Antonio einzulassen und ihm eine echte Chance zu geben. Deshalb hatte sie ein bisschen dicker aufgetragen.

Das lange Schweigen, das ihrer Mitteilung folgte, gab ihr Gelegenheit, die verblichene Blümchentapete des Flurs in Augenschein zu nehmen. Müsste mal neu tapeziert werden, der Flur, dachte sie. Überhaupt könnte eine Wohnungsrenovierung nicht schaden.

»Ich hoffe doch, du hast dich nicht zu irgendwas hinreißen lassen«, meldete sich Benjamin aus dem Tal der Stille zurück.

Langsam wurde es Lena zu viel. Sie war eine erwachsene Frau, kein naiver Backfisch, der beaufsichtigt werden musste. Deshalb schleuderte sie Benjamin ein Detail entgegen, das sie eigentlich für sich behalten wollte.

»Huhu, brisante Neuigkeiten! Antonio und ich, wir haben uns geküsst!«

Wieder atemlose Stille. Dann ein absolut verblüfftes: »Wann?«

»Das war, als wir getanzt haben, bevor wir …« Sie biss sich auf die Lippen, Benjamin musste wirklich nicht alles wissen. »… wie gesagt, als wir getanzt haben.«

»Bevor was, Lena?« Er atmete hörbar ein und aus. »Was verschweigst du mir?«

»Jetzt mach hier mal nicht den polizeilichen Ermittler. Es gibt ja wohl noch so was wie Privatsphäre.«

»Du befindest dich in einem wissenschaftlichen Experiment!«

Mit diesem seltsamen Begriff konnte Lena nun gar nichts anfangen. Erst als sie kurz über Sinn und Zweck wissenschaftlicher Experimente nachdachte, dämmerte ihr was. Und was ihr da dämmerte, gefiel ihr ganz und gar nicht. Nein, es machte sie richtiggehend wütend.

»Deshalb legst du dich also so engagiert für mich ins Zeug? Weil ich ein verdammtes Versuchskaninchen für deine Formel bin?«

Schon daran, wie nervös sich Benjamin räusperte, erkannte

Lena, dass sie den Nagel auf den Kopf getroffen hatte. Erbittert zerrte sie an der spiralartig gewundenen Telefonschnur. Einmal Honk, immer Honk. Was hatte Benjamin ihr nicht alles erzählt! Dass er Tante Hilde einen Gefallen tun wollte, dass er sich um Lenas Zeitfenster in Beziehungsdingen sorgte. Doch in Wirklichkeit wollte er nur seine Formel an ihr testen?

»Versuchskaninchen wäre wohl, na ja, zu hart ausgedrückt«, eierte er herum. »Auf der anderen Seite ist es natürlich interessant zu beobachten, ob meine Liebesformel einer komplexen Persönlichkeit wie dir gerecht wird.«

»Ha! Und ich dachte, du wärst der barmherzige Samariter, der mir helfen wollte, meinen Traummann zu finden!«

»Wie willst du den denn bitte schön finden?«, brauste er auf. »Dein Traummann wird unerreichbar bleiben, wenn du mit dem Erstbesten, also, na ja – tanzt, was auch immer das heißen mag.«

Moment mal. Lena lauschte dem verhallenden Echo seiner Worte nach, die einen viel zu kampflustigen Unterton für den abgeklärten Leiter eines Experiments hatten.

»Potz Blitz! Benjamin! Du bist eifersüchtig!«

Seine Atemzüge beschleunigten sich.

»Ich?«

»Na, wer denn sonst?«

»Bullshit«, knurrte er.

Lena hielt es ja selbst für vollkommen unmöglich. Trotzdem. Irgendetwas kam ihr hier ziemlich komisch vor.

»Und wieso reagierst du dann so allergisch darauf, dass ich einen großartigen Abend mit Antonio hatte?«

»Also, um meine Gefühle musst du dir schon mal gar keine Gedanken machen«, erklärte Benjamin deutlich reservierter. »Ich treffe heute Abend eine sehr nette Frau, die alle meine Wunschkriterien erfüllt. Nach einigen äußerst positiv verlaufenen Dates in den vergangenen Wochen bin ich immer noch offen für Neues. Daran solltest du dir ein Beispiel nehmen.«

Lena starrte die Blümchentapete an. Wie krass war das denn? Benjamin hatte ein Date nach dem anderen? Offenkundig war er so verdreht von seinem Liebesformelfimmel, dass er allen Ernstes glaubte, es ginge immer noch toller, noch passender, noch harmonischer. Drum prüfe, wer sich ewig bindet, ob sich nicht noch was Besseres findet, hätte Tante Hilde gesagt.

»Langsam verstehe ich, wie das läuft mit dem Online-Dating«, sagte sie in einer Anwandlung seltener Klarheit. »Man datet hier, man datet da, ohne sich zu entscheiden. Irgendwann kann man dann gar nicht mehr damit aufhören, weil man immer denkt, da geht doch noch mehr. Und jetzt sag bloß nicht, dieser Dauerzustand ist das neue Normal. Es ist eine Jagd, die dich nirgends hinführt – außer zum nächsten Date. Und das, bis du dereinst im Seniorenheim sitzt und immer noch nicht weißt, wen du nun eigentlich willst.«

»Das siehst du viel zu negativ«, hielt er dagegen. »Es geht um einen Auswahlprozess.«

»Dann viel Spaß dabei. Für mich ist die Suche zu Ende. Ich bin nämlich durchaus in der Lage, mich zu entscheiden. Antonio ist der Mann meiner Wahl. Oder, wenn du's literarisch willst: Ich bin jetzt im Modus von Goethes *Wahlverwandtschaften.* Deshalb freue ich mich auf alles, was geschehen wird. Mit Antonio.«

»Herrschaftszeiten, Lena!« Auf einmal brüllte Benjamin fast. »Von mir aus kannst du mit deinem blöden Antonio auch gleich in die Flitterwochen abdampfen!«

Sie hielt den Telefonhörer etwas weiter von ihrem Ohr weg, um sich nicht gleich noch einen Hörsturz einzufangen.

»Geht das auch leiser, bitte?«

Keuchende Atemzüge am anderen Ende der Leitung verrieten ihr, dass Benjamin Mühe hatte, von seinem Wutausbruch runterzukommen. Erst nach einigen Sekunden hatte er sich so weit im Griff, dass er in Zimmerlautstärke weitersprechen konnte.

»Das Einzige, worum ich dich bitten möchte, sind drei weitere Dates. Das dürfte doch nicht sonderlich schwer sein. Heute ist, Sekunde mal«, er schien etwas nachzuschauen, »heute ist Jeff dran. Nächstes Wochenende kommen Eduard und Markus an die Reihe. Sei so lieb und triff die drei. Das war's dann. Danach bist du mich endgültig los.«

»Du bist wirklich ein Sinnbild männlicher Ritterlichkeit«, ätzte Lena, die immer erbitterter an der gummibeschichteten Spiralschnur herumriss.

»Sorry, ich verstehe dich so schlecht«, beschwerte er sich, »da ist auf einmal so ein Rauschen in der Leitung!«

»Festnetzapparat, uralt!«, rief sie und ließ die Schnur los.

»Dann wäre vielleicht mal ein neues Telefon fällig?«

Lena lehnte sich an die Wand mit der Blümchentapete. Gerade noch ausgetickt, jetzt schon wieder auf dem hohen Ross, das war Benjamin Floros.

»Wieso sollte ich ein neues Telefon brauchen? Ich tausche nichts aus, was noch funktioniert. Das scheint eher deine Spezialität zu sein, vor allem hinsichtlich Beziehungen.«

Ob sie damit einen weiteren Nagel auf den Kopf getroffen hatte? Sie vermutete es, denn Benjamin ließ sich auch jetzt auffallend viel Zeit mit seiner Erwiderung.

»Werte Frau Hagedorn. Lena.« Erneut räusperte er sich. »Ich habe dich nicht um eine Organspende gebeten. Nur darum, dich für mein Coaching zu revanchieren, indem du auch die restlichen Kandidaten triffst. Von mir aus kannst du das zügig durchziehen. Heute Abend Jeff, morgen Eduard, übermorgen Markus.«

»Auf keinen …«

Leider erschien in diesem Augenblick Tante Hilde auf dem Flur. Neugierig postierte sie sich vor der offenen Küchentür, offenkundig angelockt von dem hitzigen Telefongespräch.

»Kind! Streitet ihr etwa?«

Ihr Anblick ließ Lena verstummen. Das war ihre liebe Tante Hilde. Die Frau, die sie heimgeholt und das Modegeschäft »Für die Dame« aufgegeben hatte, damit Lena bei ihr blieb. Und die Frau, die mit allen Mitteln das Glück ihrer Nichte herbeibeschwören wollte. Dafür hatte sie sich sogar mit einem wildfremden Buchautor verbündet. Es wäre ein Affront für Tante Hilde gewesen, wenn Lena Benjamin einfach abgewimmelt hätte.

»Wir diskutieren nur«, flunkerte sie.

»Nun sei mal ein bisschen nett zu Benjamin.« Vorwurfsvoll deutete Tante Hilde auf das Telefon. »Und lass ihn nicht warten.«

Damit verschwand sie wieder in die Küche und zog die Tür hinter sich zu. Tja. Tante Hilde hatte ein Machtwort gesprochen, und somit war Lenas Plan vereitelt, den Kopf aus der Schlinge zu ziehen. Also schickte sie sich ins Unvermeidliche.

»Wie war das noch mit den Dates?«, fragte sie müde.

»Heute Jeff, morgen Eduard, Dienstag Markus«, leierte Benjamin die Namen runter.

Lena hatte die Tage an der freien Hand mitgezählt.

»Übermorgen habe ich schon was vor. Eine Vernissage bei Antonio, danach wollen wir noch … Egal, der Dienstagabend fällt weg.«

»Wie jetzt, du willst ein zweites Date mit Antonio?«, polterte Benjamin schon wieder los. »Und das, bevor du die anderen Kandidaten durchgedatet hast?«

Flüchtig überlegte Lena, ob man eine Einladung zur Vernissage überhaupt als zweites Date deklarieren konnte. Doch letztlich spielte das keine Rolle. Was sie weit intensiver beschäftigte: Obwohl Benjamin es vehement abstritt, zeigte er deutliche Symptome von Eifersucht. Warum bloß? Weil er erwartete, dass sämtliche Frauen ihm zu Füßen lagen? Und weil er nicht ertrug, dass Lena buchstäblich aus der Reihe tanzte? Ja, so musste es sein.

»Hör zu, Benjamin«, raffte sie sich zu einem konstruktiven

Vorschlag auf, »was hältst du von einem Kompromiss? Heute Jeff, morgen Markus, und den geheimnisvollen Eduard hebe ich mir fürs kommende Wochenende auf.«

»Okay, schön«, willigte er ein. »Damit kann ich leben. Dann einen schönen Sonntag noch.«

»Dir auch, Benjamin.«

»Danke.«

Jetzt wäre es angebracht gewesen, den Hörer aufzulegen. Dennoch tat Lena es nicht. Auch Benjamin legte nicht auf.

»Und viel Spaß beim Date«, fügte er hinzu.

»Hmja. Dir auch.«

Noch immer legte keiner von ihnen auf. Das war total albern. Lena fühlte sich an ihre Teenagerjahre erinnert, als sie mit Jungs telefoniert hatte, die sie mochte. Da war es auch so verflixt schwierig gewesen, ein Gespräch zu beenden, weil immer noch dieser magische unausgesprochene Rest übrig blieb, das Ungesagte, um das es eigentlich ging. Auch jetzt hing es irgendwo in der Leitung.

»Und berichte mir morgen, ja?«, bat Benjamin.

»Klar«, antwortete sie munterer, als ihr zumute war. »Ich schicke dir eine Zusammenfassung. Für deine Studie.«

»Experiment.«

»Okay, von mir aus auch für dein Experiment.«

Es war so lächerlich, dass sie nicht auflegen konnte. Völlig kribbelig zog Lena die Spirale der Telefonschnur in die Länge und ließ sie zusammenschnurren.

»Jetzt rauscht es wieder«, sagte Benjamin.

»Ach so, tja, mein Fehler. Das ist die Schnur.«

Sie horchte angestrengt. Kam da noch was? Ja, da kam noch was.

»Lena, du bist paradigmatisch für einen neuartigen Typus Frau, weißt du das?«

»Geht das auch auf Deutsch?«

»Eine neuartige weibliche Existenzform. Autark, aber voller Sehnsucht. Eigenwillig, aber auf rätselhafte Weise anlehnungsbedürftig.«

»Meinst du Frauen, die sich ihre Blumen selber kaufen, aber heimlich doch vom Rosenkavalier träumen?«

»Trifft auf dich zu, oder?«

Lena hätte gern etwas dazu gesagt, aber sie wollte nicht den Eindruck erwecken, als ob ihr irgendetwas an dieser kruden Theorie lag. Oder an Benjamin. Besonders an Benjamin.

»Na, dann …«, hauchte sie.

»Und pass auf dich auf, ja?«

»Bennniiii«, hörte Lena plötzlich eine kehlig gurrende Frauenstimme am anderen Ende. »Machst du mir mal den Reißverschluss zu?«

Schlagartig verwandelte sich das flirrende Schweben des Ungesagten in ein gähnend schwarzes Loch, in das Lena jäh abstürzte. Als hätte sie sich am Telefonhörer verbrannt, legte sie so schnell auf, dass nicht einmal mehr eine Abschiedsformel drin war. Benjamin Floros, der Jäger und Sammler. So ein elender Schuft. Hatte am Sonntagvormittag eine Frau in seinem Hotelzimmer und traf sich am Abend gleich mit der nächsten? Um solche Männer musste man einen großen, großen Bogen machen.

Letztlich hatte Lena das immer schon gewusst. Dennoch – und das erschreckte sie ein bisschen – war es ein Stich ins Herz. An der verwundbarsten Stelle. Dort, wo etwas pochte und hämmerte, was definitiv nicht dahingehörte.

»Tante Lena! Tante Lena!«

Kreischende Kinderstimmen schallten Lena entgegen, vermischt mit einer gepfefferten Ladung Sand. Sie lachte pflichtschuldigst, wenngleich ein paar Sandkörner zwischen ihren Zähnen knirschten. Schließlich waren es Kinder. Und vielleicht war es ja auch ganz erfrischend, aus der Welt verwirrender Gefühle aufzutauchen und mitten rein ins Leben zu springen. In einen Kinderspielplatz, genauer gesagt, wo mit viel Geschrei und Gebrüll eine Schlacht um die Vormachtstellung im Sandkasten tobte.

Michelles Kinder waren lebhaft, um es nett auszudrücken. Lenas Freundin vertrat nun mal die Meinung, man müsse den Kleinen so viel Freiheit wie möglich gestatten. Der Ernst des Lebens komme noch früh genug. Die zehnjährige Madeleine, ein *aufgewecktes Kind*, so Mama Michelle, verwendete ihre Förmchen dafür, ganze Sandstürme auf ihre Umgebung niederprasseln zu lassen. Der vierjährige Finn, ein *dynamisches Kerlchen*, wie Michelle stets betonte, schaufelte Lena mit bloßen Händen Sand ins Gesicht. Beide Kinder trugen dick wattierte Spielanzüge in den Farben Pink und Neongrün. Die Ankunft von Lena nahmen sie zum Anlass, gemeinsame Sache zu machen.

Einen Meter weiter saß Michelle auf dem hölzernen Sandkastenrand und checkte seelenruhig die Nachrichten auf ihrem Handy. Als sie Lena sah, hellte sich ihre Miene auf.

»Hallo, Süße, na, wie läuft's an der Männerfront?«

Mit eingezogenem Kopf, um neuerlichen Sandattacken auszuweichen, hechtete Lena zu ihr hinüber und setzte sich.

»Mmmhh.« Es war etwas schwierig, ein Gespräch zu führen, wenn man Sand im Mund hatte. »Läuft prima.«

»Erzähl schon«, drängelte Michelle. »Wie war's gestern Abend?«

Eine weitere Ladung Sand ging auf Lena nieder, was Michelle zu einem hochzufriedenen Lächeln veranlasste.

»Sind meine beiden nicht herrlich energiegeladen?«, schwärmte sie. »Früher hätte man Kinder dafür zurechtgewiesen und auf DIN A4 gefaltet.«

Nicht ohne Grund, dachte Lena, hütete sich jedoch, es laut auszusprechen. Menschen ohne Kinder hätten kein Recht, sich über die Erziehungsmethoden erfahrener Eltern auszulassen, fand Michelle. Lena akzeptierte diesen Regelkatalog für Kinder- und Ahnungslose. Zu pädagogischen Themen konnte sie nur laienhafte Meinungen beitragen.

Verstohlen schaute sie sich um, auf der Suche nach einem stillen Plätzchen, wo sie unbeobachtet ein bisschen Sandspucke loswerden könnte. Doch der Spielplatz wimmelte vor Kindern und war überdies von Müttern und Vätern bevölkert, die auf den Bänken ringsum mit Argusaugen über das Wohl des Nachwuchses wachten. Was sollte man auch anderes erwarten an einem Sonntagnachmittag, an dem die klare, sonnige Herbstluft sogar eingefleischte Stubenhocker nach draußen lockte?

Zum Glück traf jetzt ein neuer Spielgefährte ein, ein blasser, etwa achtjähriger Junge, der sogleich mit Sandkanonaden begrüßt wurde, so dass Lena als Angriffsziel uninteressant wurde.

»Warum so in dich gekehrt?«, wurde sie von Michelle geneckt, die eine schicke Daunenjacke in zartem Violett trug. »Ich weiß doch schon, dass du über Nacht weg warst. Heute Morgen habe ich mit Tante Hilde telefoniert. Sie ist echt cool. Um dich müsste man sich keine Sorgen machen, sagte sie.«

Aber Benjamin hat sich Sorgen gemacht, schoss es Lena durch den Kopf. Egal. Sie dachte lieber an Antonio, der ihr schon einige liebevolle Nachrichten gesendet hatte – auf dem Handy, nicht im Chatprogramm, und damit unsichtbar für Benjamin. Wie schön der gemeinsame Abend gewesen sei. Wie *wunderbar* Lena sei. Dass man solche gemeinsamen Unternehmungen schnellstens wiederholen müsse, und nicht nur anlässlich der Vernissage am Dienstag. Es fühlte sich warm und richtig an, ihm das Gleiche zurückzuschreiben. Ja, Antonio war wohl der Richtige.

»Nun spann mich doch nicht so auf die Folter.« Michelle zog ein Gesicht wie Dewey, wenn Lena schon eine Dose Thunfisch in der Hand hielt und er es kaum abwarten konnte, sich endlich auf sein Fresschen zu stürzen. »Habt ihr …?«

»Nein, nicht direkt«, antwortete Lena zögernd.

»Kann man indirekt schnackseln?«, brach Michelle in Lachen aus. »O Mann, du machst mich echt fertig!«

»Das Date war wunderschön.« Versonnen öffnete Lena den obersten Knopf ihrer blauen Strickjacke. »Antonio und ich, wir harmonieren in allem – wie wir die Welt sehen, was wir von einer Beziehung erwarten. Wir teilen dieselben Interessen, wir können sogar voneinander lernen.«

»Und warum habe ich das Gefühl, dass du lauter Kritikpunkte statt Vorteile aufzählst?«

Lena zuckte zusammen. Das war die feinfühlige Michelle, die sie kannte und mochte. Zielsicher hatte ihre Freundin einen wunden Punkt angesprochen, denn Lenas morgendliche Euphorie war schon ein klein wenig abgeflaut. Es passte hervorragend mit Antonio, ja, aber vielleicht ein bisschen zu gut. Was fehlte, war der Funke, der durch Reibung entstand. Lena stöhnte auf. War das nun undankbar von ihr oder einfach nur bescheuert?

»Ihr habt also bissi rumgemacht«, resümierte Michelle auf ihre handfeste Art. »Und? Wie geht's weiter?«

Zunächst musste Lena ihre Füße in Sicherheit bringen, die in neuen weißen Sneakers steckten. Soeben hatte Finn entdeckt, dass man die Schuhe der Sandkastenmuttis eingraben konnte. Durch ihre bloße Anwesenheit wurde auch Lena dieser Kategorie für würdig befunden.

»Am Dienstag gehe ich zu einer Vernissage in Antonios Galerie. Die Ausstellung heißt Cats4ever. Antonio mag Katzen, seine heißt …«

»Madeleine! Schätzchen!«, schrie Michelle. »Ich finde toll, wie du Donatus ins Spiel integrierst, aber mach es ein bisschen phantasievoller, ja?«

Lena sah zu den Kindern. Der Junge namens Donatus heulte, weil Madeleines *Phantasielosigkeit* darin bestand, ihn in den Schwitzkasten zu nehmen und mit Sand zu füttern.

»Das ist der Kleine von Sven«, erklärte Michelle ungerührt. »Die Kinder haben sich angefreundet, als wir uns vorgestern am Würstchenstand getroffen haben.«

Was Donatus von dieser neuen Freundschaft hielt, war unschwer zu erraten. Weinend floh er zu einer entfernteren Parkbank, wo sein Vater saß, mit einem Tablet dicht vor der Nase. Sven. Michelle winkte ihm mit hochgerecktem Daumen zu.

»Hallo, Sven! Wir rocken das Ding! Die spielen nur!«

Auch er hob eine Hand und winkte, bevor er sich um seinen Sohn kümmern musste, der heulend und schniefend in seine Arme krabbelte.

»Kinder«, seufzte Michelle. »Immer für eine Überraschung gut. So wie du, Süße. Hat's dich denn nun richtig erwischt? Oder bist du nur so anverschossen?«

»Für belastbare Diagnosen ist es noch zu früh.« Unauffällig entfernte Lena ein Sandkorn aus ihrem rechten Mundwinkel. »Kennst du das Buch *Vielleicht später. Ein Roman, den das Leben schrieb*?«

»Du lenkst ab«, entgegnete Michelle ungeduldig. »Mich interessiert, ob du weitermachst mit dem Dating. Falls nicht, könntest du mir ja vielleicht einen Kandidaten abgeben.«

Lenas Kopf ruckte herum. Hatte sie sich verhört?

»Du meinst …?«

»Na ja, wenn Antonio so ein Goldstück ist, könnte ich

doch die letzten drei Typen übernehmen. Da hast du drei Sorgen weniger und kannst dich voll auf deine neue Flamme konzentrieren.«

Wäre Lenas innere Stimme ein Fußballspieler gewesen, sie hätte jetzt die Säge gemacht, wie nach einem Traumtor. Was für ein superobergenialer Einfall.

»Du müsstest mir aber genau erzählen, wie es gelaufen ist, damit ich es Benjamin berichten kann«, gab sie zu bedenken. »Und du müsstest den Kandidaten dann beim Date irgendwie beibiegen, dass du eine Typveränderung vorgenommen hast. Von Straßenköterbraun zu Hellblond. Und dass du deinen Namen geändert hast, warte, nein«, Lena raufte sich die sandigen Haare, »das wäre wohl unglaubwürdig.«

»Nullo problemo«, fegte Michelle den Einwand beiseite. »Denk mal an Alexander. Der hat doch auch seinen Bruder geschickt. Ich sage einfach, dass ich deine Freundin bin und dass du so'n Bammel vor dem Date hast, dass ich vorteste. Alles Weitere ergibt sich dann. Wenn man mich erst mal kennt …«

»… bin ich vergessen?«

»Das nun auch wieder nicht.« Zerstreut nahm Michelle eine Handvoll Sand und ließ sie durch ihre Finger rinnen. »Aber hast du nicht immer gesagt, nur im Echtkontakt könnten Gefühle entstehen? Ich meine, wann lerne ich denn schon mal jemanden kennen in diesem Kaff? Außer mit Sven und seinem Sohn habe ich in den letzten Jahren keine einzige Verabredung gehabt.«

»Wie war's überhaupt am Würstchenstand?«, fragte Lena.

»Gar nicht mal so schlecht. Aber irgendwie …« Michelle drehte sich halb zu Sven um, der seinen Sohn auf den Schoß genommen hatte und mit ihm auf dem Tablet herumtippte. »Ich meine, er sieht gut aus und all das. Aber so was Schüchternes ist nichts für mich. Ich mag's kernig. Hey, Kinder! Nicht zu doll, ja?«

Während sie Madeleine und Finn überwachte, die einen zappelnden kleinen Steppke im Sand einbuddelten, ließ sich Lena die Idee des Date-Tauschs noch einmal durch den Kopf gehen. Es sprach eine Menge dafür. Allein schon, dass sie Benjamin einen Streich spielen konnte, hatte einen großen Reiz. Aber was war mit der Liebesformel?

»Willst du dir nicht lieber deine eigenen Kandidaten von Benjamin errechnen lassen?«, schlug sie vorsichtig vor. »Du und ich, wir sind ziemlich verschieden.«

»Finde ich überhaupt nicht«, widersprach Michelle. »Wir lieben beide Bücher, wir sind beide nicht auf den Mund gefallen, und Katzen finde ich auch irgendwie in Ordnung, obwohl ich Hunde lieber mag.«

Die Höflichkeit gebot Lena, das Thema Unterschiede nicht weiter zu vertiefen. Deshalb beschränkte sie sich auf ein zustimmendes Kopfnicken.

»Außerdem habe ich weder die Zeit noch den Nerv für diesen absurd ausführlichen Test«, schnaubte Michelle. »Echt, ich hab was Besseres zu tun, als Fragen zu beantworten wie: Denkst du an den Tod? Würdest du einen Hund aus einem brennenden Haus retten? Leckst du den Joghurtdeckel ab? Ist mir doch Latte. Hallo? Fehlt nur noch: Wo schläft das Licht, wenn man es ausknipst? Als berufstätige Mutter von zwei Kindern hat man ganz andere Dinge auf dem Plan.«

Lena überging den Seitenhieb gegen kinderlose Singlefrauen, die den lieben langen Tag nur in der Nase bohrten und deshalb auch Zeit für Benjamins Fragebogen hatten.

»Du würdest mir also tatsächlich die letzten Dates abnehmen?«

»Geht klar«, versicherte Michelle. »Ich nehme die drei von der Resterampe.«

Je länger Lena darüber nachdachte, desto besser gefiel ihr diese Schummelei. Was kümmerte es sie schon, ob Benjamin irgendwelche Experimente anstellte? Es war unverfroren genug, dass er sie als Versuchskarnickel benutzte. Sie würde aus seinem verflixten Experiment aussteigen, Antonio eine Chance geben und Michelle den Vortritt lassen.

»Einverstanden, Schatz, du übernimmst.« Lena gönnte sich ein kleines schadenfrohes Grinsen bei dem Gedanken, dass sie Benjamin austrickste. »Ich gebe dir meinen Laptop, den brauche ich heute nicht mehr. Du solltest gleich heute Nachmittag mit dem Chatten beginnen. Auf diese Weise können sich die Typen vorab an deinen Stil gewöhnen.«

»Und Stil habe ich ja nun wirklich reichlich«, frohlockte Michelle.

»Absolut«, bekräftigte Lena, ohne mit der Wimper zu zucken. »Als Erstes solltest du dich in den Chat mit Jeff einklinken. Das Date ist bereits heute Abend. Und gib vielleicht schon mal deiner Mutter Bescheid.«

»Heute Abend?« Unfroh schnalzte Michelle mit der Zunge.

»Ausgerechnet heute veranstaltet meine Mutter ein Familienabendessen. Das darf ich nicht schwänzen, wo sie mir doch so oft die Kinder abnimmt. Kann ich das Date nicht verschieben?«

Lena hob warnend die Hände.

»Bloß nicht, dann würde Benjamin Verdacht schöpfen. Big brother is watching you. Er liest alle Chats mit.«

Plötzlich kam wieder Leben in Michelle, die missmutig in sich zusammengesunken war, weil sie das erste Date verpasste.

»Hey, irgendwann darf ich das doch alles auflösen, ja? Und Benjamin treffen, damit ich ihm von meinen Erfahrungen berichten kann?«

»Ich fürchte, nein. Benjamin ist mir schnurzegal, aber Tante Hilde würde es mir nie verzeihen, wenn ich mich vor den nächsten Dates drücke. Das muss leider geheim bleiben.«

Die Enttäuschung stand Michelle ins Gesicht geschrieben. Offenbar glomm immer noch ein Fünkchen Hoffnung in ihr, dass sich Benjamin vielleicht doch noch für sie erwärmen könnte. Etwas fahrig schnippte sie einige Sandkörner von ihrer Jeans.

»Schade eigentlich. Na ja, inzwischen habe ich's kapiert, wie Benjamin drauf ist. Der dünkelt so vor sich hin.«

»Der lebt in einem Pluriversum«, steuerte Lena ihre jüngste Erkenntnis bei. »Treue ist für den ein Fremdwort, schätze ich.«

Michelle seufzte tief. Ihre Augen bekamen einen träumerischen Glanz, und sie schien auf einmal weit, weit weg zu sein.

»Ich hätte so doll Lust, mal wieder mit einem Mann … Du weißt schon. Bett und so. Das letzte Mal ist verdammt lange her.« Sie schaute zu ihren Kindern, die den schreienden kleinen Jungen wieder ausbuddelten. »Auch kleine Hände können Sand ins Getriebe streuen.«

»Sie werden ja irgendwann größer«, versuchte Lena sie zu trösten.

»Du bist wirklich eine gute Freundin. Komm mal her, Süße.« Michelle neigte sich zu Lena herüber und hauchte ihr einen Kuss auf die Wange. »Ich hab noch nie gehört, dass eine Frau einer anderen Frau Dates abgibt.«

Lena zuckte die Achseln.

»Sind ja sowieso nur noch zwei. Aber wenn der von heute Abend passabel ist, reiche ich ihn mit Kusshand an dich weiter. Dann darfst du mit ihm tun, was immer dir beliebt.«

Unvermittelt machte Michelles gedrückte Stimmung einem konspirativen Lächeln Platz; es war jenes Lächeln, das sie früher aufgesetzt hatte, wenn sie mit Lena über Jungs sprach.

»Ich will ja nicht zu privat werden, Schatz, aber weißt du, was der letzte Typ immer im Bett gesagt hat, nachdem er, also, na ja, wenn er fertig war?«

Eigentlich wollte Lena das nicht so genau wissen. Aber Michelle zu stoppen, die jetzt schon zu lachen anfing, war in etwa so sinnvoll, wie einen Tsunami mit einem Wischmopp aufzuhalten.

»Stell dir vor!« Mittlerweile krümmte sich Michelle vor Lachen. »Er rollte sich immer mit so einem stieren Blick von mir runter, und dann stöhnte er: Boah, der hat gesessen!«

Das fand selbst Lena komisch. Sie lachten und giggelten wie in alten Zeiten, als das Verlieben noch so einfach wie Atmen gewesen war und das Thema Sex eine nie versiegende Quelle der Belustigung. Sie lachten immer noch, als Michelle aufstand und die Spielsachen der Kinder einsammelte.

»Ach, was soll's«, kicherte sie, während sie Förmchen und Eimerchen und Schäufelchen in eine mitgebrachte Plastiktüte warf. »Ich schaue jetzt nur noch nach vorn. Lieber im Jetzt schnackseln als in Erinnerungen schwelgen.«

Dem hatte Lena nichts hinzuzufügen.

Kapitel 14

Antonio war großartig; es gab keinen Grund, daran zu zweifeln, dass er der Richtige war. Zu diesem Schluss gelangte Lena, als sie am Abend mal wieder im Bus saß und ihrer alten Großstadtheimat entgegenschlingerte. Ungeöffnet lag Jane Austens *Die Abtei von Northanger* auf ihren Knien. Lena wollte nicht lesen. Es war an der Zeit, dass sie sich Klarheit über ihre Gefühle verschaffte. Antonio war die pure Freude. Nichts an ihm irritierte, nichts störte. Er stellte sich nicht zur Schau. Und, was das Wichtigste war: Bei ihm konnte sie sich fallen lassen, weil sie sich rundum angenommen fühlte. Eine exzellente Beziehungsbasis. Mit Antonio konnte sie ihre Ängste und Sehnsüchte teilen. Keine Spiele, kein Taktieren, nur schöne Gefühle, die zwischen ihnen hin und her flossen.

Herz, was willst du mehr?, dachte sie, während sie durchs Busfenster die im Dämmerlicht vorbeifliegende Landschaft betrachtete. Irgendwo schwebte und flirrte zwar noch etwas Unwägbares in ihrem Herzen, aber diesen Bereich erklärte Lena zur verbotenen Zone. Es hatte keinen Sinn, weiter über das morgendliche Telefonat mit Benjamin nachzudenken. Er war der luftige Schmetterling, der von Blüte zu Blüte taumelte, sie die gestandene Marienkäferfrau, die in Antonio ihr Pendant gefunden hatte. Schmetterlinge passten nicht zu Marienkäfern.

Jetzt musste sie nur noch das Date mit Jeff überstehen – den sie mit links abhaken würde –, danach würde Benjamin nach und nach aus ihrem Leben verschwinden. Das bedeutete Bahn frei für Antonio und freie Fahrt ins Glück. Lena fieberte ihrer neu gewonnenen Unabhängigkeit entgegen, spürte aber auch eine leichte Panik angesichts der Endgültigkeit ihrer Entscheidung. War Antonio wirklich der Richtige – im vollen romantischen Sinne des Wortes?

Du musst ja nicht gleich das Aufgebot bestellen, wisperte ihre innere Stimme. Ihr kennt euch erst seit gestern. Ihr habt noch nicht mal miteinander geschlafen. Also lass es langsam angehen, und dann merkst du schon, ob sich der romantische Funke entzündet.

Derart gegen alle emotionalen Eventualitäten gewappnet, verbrachte Lena die weitere Busfahrt in zunehmender Gelassenheit. Als sie eine halbe Stunde später ausstieg, hatten sich alle inneren Wogen geglättet, und als sie den Ort ihres heutigen Dates betrat, das »Gordon's«, war sie vollkommen mit sich im Reinen.

Es störte sie nicht einmal, dass das Lokal ein Restaurant mit eindeutigem Aufreißcharakter war, dem Wonderworld nicht unähnlich. Auch hier war es gepackt voll, auch hier wurde nach Kräften geflirtet. Obwohl man an Esstischen saß, war die kommunikative Note ausschlaggebend. Da und dort standen Sektkübel zwischen den Gläsern, einige Tische waren zusammengeschoben worden. Überall wurde lautstark gefeiert, in den dunkleren Ecken sah man Pärchen knutschen. Dass es ein Sonntagabend war, schien niemanden hier zu stören. So als stände nicht der Montag und damit die kommende Arbeitswoche unmittelbar bevor.

Interessiert nahm Lena das »Gordon's« näher in Augenschein. Die Einrichtung war ein abenteuerlicher Stilmix aus Strandbar und Achtziger-Jahre-Kneipe. Künstliche Palmen und verschnörkelte Messingkäfige mit Stoffpapageien weckten eine vage Assoziation an südliche Gefilde. Dazu gab es Spielautomaten, gläserne Erdnussspender und nostalgische Blechschilder mit Sinnsprüchen an den Wänden. So als hätte der Wirt seinen persönlichen Erinnerungen an bessere Zeiten ein Denkmal gesetzt.

Das Lokal war Jeffs Idee gewesen. Jeff, achtunddreißig, Bachelorabschluss in englischer Literatur, rekapitulierte Lena. Und hochfrequenter Fitnessstudiogänger. Die Profilfotos hatten einen Mann gezeigt, der sich offenkundig am wohlsten in knallengen Radlerhosen und bunten Muscle-Shirts fühlte, die seine sorgfältig antrainierte Muskulatur zur Geltung brachten. Bücher waren eher wenige auf den Fotos zu sehen gewesen.

Nur keine stereotypen Vorurteile, sagte Lena zu sich selbst. Im Chat hatte Jeff so einige Qualitäten bewiesen, was seine literarischen Vorlieben betraf. Aber ohnehin war dieses Date ja nur noch eine Pflichtübung. Lena betrachtete den Abend als letztes Kapitel eines Buchs, das Benjamin ihr gegen ihren Willen in die Hand gedrückt hatte – und das sie danach nie wieder aufzuschlagen gedachte. Der Dating-Spuk war so gut wie vorbei.

Während sie noch Ausschau nach Jeff hielt, rempelte sie jemand grob an, brüllte: »Pass doch auf, Schnitte!«, blieb stehen und wirbelte zu ihr herum.

»Lena?«

Künftig werde ich meine Verabredungen mit dem Interesse einer Romanleserin durchziehen. Dieser Vorsatz feierte ein triumphales Comeback, als sie Jeff vor sich sah. In derselben Sekunde wusste Lena, dass dieses letzte Dating-Kapitel höchst unterhaltsam werden würde.

Jeff war wirklich sehenswert. Auf seinem massigen Körper saß ein kleiner, halsloser Kopf; blutunterlaufene Augen quollen aus dem sonnenbankgebräunten Gesicht hervor. Vom kurzärmeligen Hawaiihemd in Schwarz und Grün platzten fast die Knöpfe ab, so eng umschloss es die Muskelpakete. Außerdem gab es noch eine Besonderheit, die man auf den Profilfotos nicht erkennen konnte: Jeff war überraschend klein. Er ging Lena gerade mal bis zur Nasenspitze.

»Bist ’ne Top-Schnecke, tut mir leid, das mit dem Bodycheck«, stieß er hastig hervor. »War spät dran, sorry. Hab mich aber echt beeilt.«

»Ich seh's.« Lena lächelte verbindlich. »Du hattest nicht mal Zeit, dein Hemd zuzuknöpfen.«

Wohlgefällig schaute er an sich herab.

»Ich lass immer die obersten vier Knöpfe offen. Sonst lohnt

sich die ganze Pumperei an den Eisen doch gar nicht. Ein echter Body zeigt, was er sich im Schweiße seines Angesichts erarbeitet hat.«

»Okay, ist mal ’ne zackige Einstellung«, ging Lena auf seine alberne Prahlerei ein.

Es war freundlich-ironisch gemeint. Aber Ironie war nicht jedermanns Sache.

»Alle Achtung, Mädel, du verstehst mich«, kommentierte Jeff ihre Bemerkung und hielt einen vorbeieilenden Kellner an der Schulter fest. »Hey, Alfi, was geht? Hast du den Tisch für mich klargemacht?«

Besagter Alfi, ein Schrank wie Jeff, nur bedeutend größer und im schwarzen Totenkopf-T-Shirt, zeigte auf einen etwas ruhigeren Fenstertisch.

»Alles easy, Jeff. Tisch dreizehn.«

»Dann mal ab durch die Mitte, Spatz!« Mit diesen markigen Worten schnappte sich Jeff Lenas Hand und zerrte sie ohne weitere Vorwarnung einfach hinter sich her.

Sie war ziemlich perplex. Benjamins Hinweis, man müsse zur Sicherheit immer Chat und Profiltext vergleichen, hatte sich jedenfalls als wenig hilfreich erwiesen. Schon bei dem kurzen nachmittäglichen Telefonat mit Jeff war Lena misstrauisch geworden, hatte seine rustikale Ausdrucksweise aber auf seine Aufregung geschoben. Nun ging ihr auf, dass weder Jeffs Profiltext noch seine Chatnachrichten von ihm stammen konnten. Im Chat hatten sie über englische Literatur debattiert und erwogen, welcher Jane-Austen-Roman das Etikett genial verdiente. Jetzt hatte Lena einen Neandertaler vor sich, der sie nach Steinzeitmanier in seine Höhle schleifte.

Du musst das nicht machen, flüsterte ihre innere Stimme. Du kannst jederzeit aussteigen. Dieser Jeff ist die Mogelpackung des Jahrtausends. Du hast ihn gesehen, du hast ihn gesprochen, das reicht vollkommen, um Benjamin Rapport zu erstatten.

Doch Lena war neugierig geworden. Schließlich las sie sozusagen das letzte Kapitel ihres Dating-Buchs. Und sie brannte schon jetzt darauf, Benjamin seine Liebesformel um die Ohren zu hauen. En gros und en détail würde sie ihm schildern, welche Zumutungen seine hochgelobte Methode einer Frau bescheren konnte. Deshalb ließ sie sich bereitwillig quer durchs Lokal ziehen, bis sie an den Tisch am Fenster gelangten.

»Der ist unser«, verkündete Jeff und ließ ihre Hand los. »Setz dich, Spatz. Kann losgehen, unser Abenteuer.«

Er schien sich seiner Sache sehr sicher zu sein. Zufrieden wie ein Neandertaler, der von seinem Beutezug heimkam, drückte er Lena auf ihren Stuhl. Sie hatte kaum ihre blaue Strickjacke ausgezogen, unter der sie eine schlichte weiße Bluse trug, als auch schon dieser Alfi am Tisch aufkreuzte.

»Wie immer?«, zwinkerte er Jeff zu.

Der hob einen Daumen und wandte sich dann vertraulich an Lena.

»Ich brauch erst mal einen Schnaps. Mut antrinken. Und du?«

Alkoholverbot!, rief ihre innere Stimme. Sonst gehst du heute unter, du Meisterschwimmerin! Nun ja, es wurde ein Gin Basil Smash daraus, als Hommage an Antonic. Und ein großes Wasser, für alle Fälle. Nachdem Totenkopf-T-Shirt-Alfi die Bestellungen aufgenommen hatte, legte er zwei speckige Speisekarten auf den Tisch.

»Heute haben wir als Tagesgericht einen Flying Jacob. Ist ein Auflauf mit Hühnchen.« Er streifte Lena mit einem Blick, der besagte: Mädels wie du sind normalerweise unsichtbar für mich. »Typisches Frauengericht. Die Hühner stehn auf den Flying Jacob.«

»Jetzt lass sie doch erst mal ankommen, sie braucht noch ein bisschen«, schaltete sich Jeff ein. »Ich kenn mich nämlich mit zwei Dingen richtig gut aus: mit Menschen und mit Frauen.«

Er wartete darauf, dass Lena lachte, aber das wäre dann doch zu viel verlangt gewesen.

»Du scheinst mit dem Kellner auf vertrautem Fuß zu stehen«, sagte sie, als Alfi sich zurückgezogen hatte. »Ist er ein Kumpel von dir?«

»Nee, das ist, weil …« Jeff fixierte einen Punkt zwischen Lenas Schlüsselbeinen, ziemlich genau dort, wo der Herzanhänger ihrer Kette baumelte, und glitt eine Etage tiefer. »Also, beim ersten Date gehe ich immer hierhin.«

»Scheint ja öfter vorzukommen«, erwiderte sie trocken.

»Jo.« Selbstzufrieden lehnte er sich zurück und streckte seine Beine unter dem Tisch so weit von sich, dass seine Füße kurz Lenas Sneakers streiften. »Wer suchet, der findet.«

»Und wie lange suchst du schon?«

Es schien eine komplizierte Frage für Jeff zu sein. Offenbar sah er sich mit einer Denksportaufgabe konfrontiert, die darauf hinauslief, jetzt bloß nichts Falsches zu sagen.

»Zwei Jahre? Drei? Fünf?«

Aha. Im Geiste machte sich Lena Notizen für Benjamin. Jeff gehörte also zu den Date-Junkies, die nach der Devise »mehr ist mehr« vorgingen oder gar nicht erst was Festes suchten. Und so einen Vorstadtcasanova errechnete eine vermeintlich ultimative Formel? Lächerlich.

»Wie viele Dates hattest du denn so in der letzten Zeit?«, setzte sie ihre Befragung fort.

Jeff schwieg verstockt, während er so tat, als müsste er irgendwelche Krümel vom Tischtuch wischen.

»Peinlich?«, hakte sie nach.

»Mehr musst du nicht wissen«, nuschelte er, ohne aufzublicken. »Komm, wir gucken mal in die Karte. Ich lade dich natürlich ein. Außer, du willst Champagner. »

Tja. Kavalier bleibt Kavalier, gluckste Lena innerlich, der dieses absurde Date immer besser gefiel. Es war auch herrlich zu beobachten, wie Jeff die Speisekarte studierte, mit angestrengt gefurchter Stirn, als hätte er ein Wörterbuch Japanisch–Kisuaheli vor sich. Lena hatte die vier groß bedruckten Seiten in drei Sekunden überflogen und ein Auge auf das Vitello tonnato geworfen. Dünn geschnittenes Kalbfleisch mit Thunfisch-Kapern-Sauce, jawohl. Küssen kam heute sowieso nicht infrage.

»Es gibt hier einen gemischten Salat«, erklärte Jeff nach einer guten Weile intensiven Brütens. »Den können wir uns teilen.«

Ach herrje. Geizig war dieser Typ auch noch? Lena hatte in den vergangenen zehn Jahren einige Erfahrungen mit miesen Dates sammeln dürfen, aber so was Knickriges war ihr noch nie untergekommen. Okay, dachte sie mehr amüsiert als empört, Spiel, Spaß, Spannung und Salat. Mal sehen, was sich Jeff sonst noch so leistet.

»Zum Essen hab ich echt Talent«, grinste er, sichtlich froh, dass er das Essensthema derart budgetschonend geregelt hatte. »Ich weiß einfach, was schmeckt. Fritten zum Beispiel, die ziehe ich mir rein, ohne zu schlucken.«

Erneut fragte sich Lena, wie dieser Jeff bloß in das Suchraster der Liebesformel hatte geraten können. Sie beschloss, einen letzten Versuchsballon zu starten, um herauszufinden, warum in Profil und Chat von Büchern die Rede gewesen war. Und zwar recht versiert.

»Liest du gern, Jeff?«

Er kniff die Augen zusammen, als hätte sie etwas Unanständiges gesagt.

»Bücher? Klar. Irgendwie muss ich mich ja in den Schlaf langweilen.« Völlig unbefangen fing er an zu lachen. »Eigentlich wollte ich Basketballer werden. Hat aber irgendwie nicht geklappt.«

Wie erstaunlich bei einer Größe von geschätzten ein Meter sechzig. Lena unterdrückte ein Kichern.

»Aber wenn ein Traum zerbricht, muss man eben aus den Scherben was Neues zusammensetzen«, ließ er einen Spruch vom Stapel, den er vermutlich den Blechschildern an der Wand entnommen hatte. »Mein bester Kumpel studierte damals englische Literatur, und da dachte ich: Hey, was der kann, kannst du schon lange. Shakespeare und so.«

»Und jetzt arbeitest du – was?«

Er betrachtete seine dick geäderten muskulösen Unterarme, die mit Tattoos übersät waren.

»Ich bin in leitender Funktion in einem Fitnessstudio beschäftigt. Also, am Empfang. Ist nicht so leicht, wie es sich anhört, glaub mir. Es gibt verschiedenfarbige Bänder für die Mitglieder, musst du wissen. Die blauen zum Beispiel sind die Bänder für das Basisprogramm. Die roten sind inklusive Sonnenbank. Da muss man ganz schön aufpassen. Das kann nicht jeder. Gut, dass ich einen Studienabschluss habe. Okay, war 'ne laue Sache. Die Arbeiten hat mir alle mein Kumpel geschrieben.«

Damit bestätigte er das Offensichtliche. Lena fragte sich eigentlich nur noch, was seine Hochstapelei bezwecken sollte. Warum gab Jeff vor, ein belesener Mann zu sein, der Katzen mochte und klassische Musik hörte?

»Dann war es also auch dein Kumpel, der mit mir gechattet hat, nicht du«, sagte sie ihm auf den Kopf zu.

Jeff versuchte gar nicht erst, es abzustreiten. Vielmehr schien er stolz darauf zu sein.

»So was liegt mir nicht, Schreiben und all das. Ich überzeuge mehr im persönlichen Gespräch.«

Herrlich. Lena nickte ernst, ohne sich die Lachlust anmerken zu lassen, die ihr Zwerchfell kitzelte.

»Und warum ist dein Kumpel nicht mitgekommen? Den hätte ich ja gern mal kennengelernt.«

»Der ist verheiratet und hat drei Kinder«, winkte Jeff ab. »Das Chatten erledigt der nur aus Spaß für mich, weil er abends zu Hause rumsitzt und sich langweilt. Seine Alte lässt ihn nicht mehr auf die Piste. Für mich ist das klasse. Ich steh nämlich auf Frauen mit Grips. Die passen viel besser zu mir als diese Schnepfen, die nur Mode und Kosmetik im Kopf haben.«

Wow. Jeff war an Flachsinn kaum zu überbieten. Lena konnte sich nur wundern, was das World Wide Web so alles zutage förderte.

»Dass du im persönlichen Gespräch überzeugst, ist mir schon aufgefallen«, sagte sie zuckersüß. »Doch warum bist du dann überhaupt auf Dating-Apps unterwegs?«

Auf diese Frage schien er nur gewartet zu haben. Mit einem pomadigen Lächeln lehnte er sich über den Tisch.

»Na, ich bin so heiß, da traut sich in echt keine Frau ran. Kennt man ja eher von den Mädels. Hab ich jedenfalls gehört. Sind sie zu schön, haben die Männer Hemmungen. Die denken dann: O nee, da kann ich nicht mithalten, so eine sieht mich doch nicht mal mit dem Allerwertesten an. Aber wir attraktiven Menschen«, er sprach es so aus, dass Lena nicht dazugehörte, »wir wollen auch nur gemocht werden. Alles ganz normal. Ja, Spatz, attraktive Männer haben es nicht leicht.«

Mittlerweile platzte Lena fast vor lauter Lachlust. Die Kontraktionen ihres Zwerchfells wurden derart stark, dass sie dringend eine kleine Auszeit brauchte.

»Entschuldigst du mich für einen Moment?«

Ohne weitere Erklärungen erhob sie sich und strebte der

Toilette zu, immer den pfeilförmigen Blechschildern mit der Abbildung eines Nachttopfs nach. In der Toilette angekommen, gab sie sich erst einmal einem leicht hysterischen Lachanfall hin. Heilig's Blechle! Dieser Jeff war ohne Worte. Zum Schießen. Sie nahm sich vor, bis zum gemischten Salat für zwei durchzuhalten, um Benjamin mit möglichst vielen Einzelheiten dieses spektakulär grotesken Dates füttern zu können.

Nachdem sie sich ausgiebig die Hände gewaschen und den Sitz ihrer schlichten weißen Bluse überprüft hatte, ging sie ins Lokal zurück. Das heißt, sie wollte es tun. Denn in dem engen Flur, der von den Toiletten in den Gastraum führte, kam ihr jemand entgegen, den sie kannte. Sehr gut kannte. Wie zur Salzsäule erstarrt blieb Lena stehen. O Gott. Ihr Herzschlag setzte aus.

»Benjamin?«

»Lena?«

Sie starrten einander an wie Geistererscheinungen. Nur am Rande nahm Lena wahr, wie gut er aussah. Jeans, Jackett, modisches Paisleyhemd in fein abgestimmten Blautönen; frisch gewaschenes Haar, das ihm dekorativ strähnig in die Stirn fiel. Cowboystiefel. Klar.

»Was machst du denn hier?«, fragte sie konsterniert.

»Was machst *du* hier?«

»Ich habe ein Date.« Sie schluckte. »Wie du ja weißt.«

»Ich auch.« Er lächelte schwach. »Wie du ja weißt.«

Eine seltsam befangene Stille trat ein. Lenas Haarwurzeln prickelten. Es hatte etwas Unwirkliches, Benjamin ausgerechnet hier über den Weg zu laufen. War er denn nicht auf Lesereise?

»Und? Wie ist sie so? Die Frau, mit der du hier bist?«, erkundigte sie sich mit einem leichten Ziehen in der Herzgegend.

Benjamin vollführte etwas mit seinem Kopf, das irgendwo zwischen Nicken und Schütteln lag, so dass ein eierndes Kreisen dabei herauskam.

»Großartig, wirklich. Hübsch, kultiviert, humorvoll. Und bei dir?«

Am liebsten hätte Lena jetzt so richtig vom Leder gezogen. Aber das wäre zu früh gewesen. Sie kannte Benjamin mittlerweile gut genug. Er würde ihr unterstellen, dass sie sich nicht auf etwas Neues einlassen wollte oder womöglich Angst hatte, nicht bei Jeff landen zu können. War es da nicht viel besser, die Eifersuchtskarte zu spielen? Und zu schauen, wie Benjamin darauf reagierte?

»Phantastischer Typ«, gurrte sie, wobei sie das Timbre der Reißverschlussfrau nachahmte, die sie während des Telefongesprächs belauscht hatte. »Könnte was draus werden mit Jeff. Body und Brain, auf so was fahre ich ab. Er stellt selbst Antonio in den Schatten.«

»Aha.«

Wieder setzte eine befangene Stille ein, die wuchs und wuchs, bis sie fast den kleinen Flur sprengte. Eine Million ungesagter Worte. Mindestens.

»Na dann …«, murmelte Benjamin.

Lena versuchte sich an einem ermutigenden Lächeln.

»Na dann – viel Glück.«

»Danke, brauche ich nicht.« Er versenkte seine Hände in den Hosentaschen. »Du weißt ja, meine Formel …«

»Ach so, sie ist eine Formelfrau, verstehe. Natürlich. Was sonst.«

Die neuerlich eintretende Stille war so laut, dass sie Lena in den Ohren dröhnte. Unterdessen arbeitete es in ihrem Kopf auf Hochtouren. War Benjamin absichtlich hierhergekommen? Sofern er den Chat mitgelesen hatte, wusste er schließlich, dass Jeff das Gordon's vorgeschlagen hatte.

»Wo sitzt ihr denn?«, fragte er.

»Tisch dreizehn. Am Fenster.«

»Dann werde ich mal ab und zu ein Auge auf dich haben, Lena.«

Trotzig verschränkte sie die Arme vor der Brust.

»Ich brauche keinen Babysitter.«

Seine Wimpern flatterten, unter seinem linken Auge pulsierte ein winziger Nerv.

»Das hast du auch gesagt, als ich dich halb nackt an der Bushaltestelle gefunden habe.«

Die Nacht. Die schreckliche Chaosnacht. Nur zu gern wäre Lena auf der Stelle in eine Zeitmaschine gestiegen, um endlich zu erfahren, was sich wirklich in jenen Nachtstunden abgespielt hatte. Benjamin behielt etwas für sich, was ihn auf einmal zu einer gleichermaßen wissenden wie spöttischen Miene veranlasste. Wie ärgerlich. Lena holte tief Luft.

»Warum gefällt mir dein Gesichtsausdruck nicht?«

»Ich fürchte, da kann ich dir nicht weiterhelfen«, griente er geheimniskrämerisch.

»Ich muss sowieso wieder rein.« Energisch hob sie das Kinn. »Es sieht ganz danach aus, dass ich einen erfüllenden Abend haben werde.«

»Dann lass dich mal nicht aufhalten.«

Ihre Schultern berührten sich, als Lena ungelenk an ihm vorbeistakste. Tapfer ignorierte sie das altbekannte Beben, das von diesem flüchtigen Körperkontakt ausgelöst wurde. So ein Mist.

Ziemlich durcheinander kehrte sie an den Fenstertisch zurück, wo sich Jeff die Zeit mit einem Handyspiel vertrieben hatte. Bevor sie sich setzte, fahndete sie mit den Augen nach Benjamin. Er steuerte einen Tisch an, an dem eine sehr hübsche, sehr schlanke, sehr sexy zurechtgemachte Frau saß. Wallendes dunkles Haar, perfekt geglättetes Puppengesicht, Sanduhrfigur im hautengen Lurexkleid. Der Typ Frau, der behauptete: Ich esse alles, was ich will, Sport mache ich nur einmal im Jahr, und mein phantastisches Aussehen verdanke ich allein der Tatsache, dass ich täglich sieben Liter Wasser trinke. Ätzend.

»War ja 'ne lange Sitzung«, witzelte Jeff, der sich nur zögernd von seinem Daddelspiel löste. »Schau mal, Spatz, Getränke sind da, wir können anstoßen.«

Lenas Hand zitterte, als sie nach dem Gin Basil Smash griff. Verdammt. Warum musste Benjamin hier auftauchen? Unterdessen hatte Jeff seinen Schnaps schon gekippt.

»Prost!« Er hielt sein leeres Glas hoch und rülpste dezent. »Sag mal, was hast du dir denn da bestellt? Sieht komisch aus mit dem ganzen Grünzeug. Was ist denn da drin?«

Sie starrte auf die Basilikumblätter. Was tat sie hier? Warum verbrachte sie den Abend nicht mit Antonio?

»Das ist ein Gift, das nach einer *ultimativen* Rezeptur hergestellt wurde«, antwortete sie finster.

»Gift?« Er hob die Augenbrauen. »Würde ich ja nicht runterkriegen. Ist das nicht schädlich?«

Ja, fürs Herz und fürs Gehirn, dachte Lena, aber da hast du ja nichts zu befürchten, lieber Jeff. Sie nahm einen Schluck von dem Cocktail, und mit dem Geschmack von Gin, Zitrone und Basilikum überkam sie die Erinnerung an den Abend mit Antonio in aller Heftigkeit. Sie musste das hier abkürzen. Auch deshalb, weil in diesem Augenblick Benjamin zu ihr herüberschaute, was nicht gerade zu ihrem Seelenheil beitrug. Doch bevor sie ging, würde sie ihm beweisen, dass sie in der Lage war, ein Top-Date hinzukriegen. Demonstrativ kokett lockerte sie ihr Haar, so wie es Michelle immer tat, wenn sie flirtete, und strahlte Jeff verzückt an.

»Was magst du an dir?«, stellte sie die erstbeste Frage, die ihr einfiel.

Er seufzte geschmeichelt.

»Eigentlich alles.«

Männer. Lena trug es mit Fassung. Schließlich wollte sie Benjamin testen, der dauernd zu ihr herübersah. Möglicherweise war er ja wirklich eifersüchtig. Geschah ihm nur recht, dem Honk. Schmollmundig lächelnd legte sie den Kopf schräg.

»Kann ich verstehen, dass du dich magst.«

»Jo, bin voll abgegangen dieses Jahr. Sport und so.« Er

zeigte auf sein Hawaiihemd, das sich zum Bersten über seinem Brustkorb spannte. »Kann sich sehen lassen, oder? Natürlich kommt auch meine persönliche Entwicklung nicht zu kurz. Ich tu was für meine Allgemeinbildung.«

»Ach, und was?«

»Ich spiele Quizduell. Kennst du das? Ist ein Handyspiel, da muss man online knifflige Fragen beantworten.« Er goss sich ein Wasser ein. »Äh – was machst du noch mal?«

»Du hast mich noch gar nicht danach gefragt.«

»Ach so. Jedenfalls …«, in seinen Augen funkelte es auf einmal lauernd, »wie siehst du das mit der Treue?«

Ein rasanter Themenwechsel. Jeff verlor wahrlich keine Zeit.

»Ist für mich unverzichtbar«, erwiderte Lena. »Für dich etwa nicht?«

Ein Hallodrigrinsen zog sein sonnenbankgegrilltes Gesicht in die Breite und entblößte zwei Reihen klaviertastenartiger, absolut gleichmäßiger Zähne. Veneers vermutlich.

»Na ja, einer tollen Frau sollte man schon eine Weile treu sein, oder? Man weiß ja nie, wann die nächste tolle Frau um die Ecke kommt.«

Puh. Lena starrte auf die gebleckten Zähne, die etwas Furchterregendes an sich hatten.

»In deinem Fragebogen klang das mit der Treue aber ganz anders.«

»Weil es eine seriöse Partnerschafts-App ist, da muss man schreiben, was die Frauen gern hören wollen«, erklärte er mit gut gelaunter Abgebrühtheit. »Auf den Seitensprung-Apps sind mir zu viele Professionelle aus dem horizontalen Gewerbe unterwegs. Das wird dann teuer.«

Und solche Dates sind natürlich billiger, wenn man nur einen Salat bestellt, ergänzte Lena stumm. Ihr Handy vibrierte. Da auch Jeff zwischendurch immer wieder ungeniert auf sein Handy schielte, zog sie ihres hervor und sah aufs Display.

Gratulation. Das läuft ja ganz hervorragend. Weiterhin frohe Verrichtung, Benjamin.

Du mich auch, schrieb sie zurück.

Lena musste nicht mal zu seinem Tisch hinüberschauen, um zu wissen, dass Benjamin sie aufs Korn nahm, statt seinem eigenen Date die gebührende Beachtung zu schenken. Wie glühend heiße Nadeln spürte sie seine Blicke auf ihrer Haut. Na gut. Dann würde sie ihm eben etwas bieten. Über den Tisch hinweg langte sie nach Jeffs Hand.

»Sag mal, Traummann«, säuselte sie, »wieso bist du denn immer noch Single, wo du dich doch vor lauter Dates und Interessentinnen kaum retten kannst?«

»Ich bin noch nicht lange Single«, beteuerte er, während sich seine schwielige Pranke um Lenas Hand schloss. »Im Grunde bin ich nie Single. Ich bin *immer* in Beziehungen. Irgendeine will mich *immer*. So bin ich nun mal. Heiß drauf, heiß begehrt.«

O Gott, wieso lache ich eigentlich?, dachte Lena. Weil Jeff so schreiend komisch ist in seinem Machowahn? Oder weil ich Benjamin eifersüchtig machen will? Wie kindisch. Und doch lachte sie lauter als nötig, weil sie Benjamins Blick auf sich spürte, und sie zog auch nicht ihre Hand weg, die von

Jeff ordentlich durchgeknetet wurde. Jetzt prostete Benjamin ihr sogar über die Tische hinweg zu.

Lena unterstand sich, darauf einzugehen. Stattdessen lachte sie einfach weiter, so als sei dies der *ultimative* Abend. Vielleicht konnte sie ja sogar noch was von Jeff lernen. Zum Beispiel, wie man einen Menschen loswurde, der es nicht verdient hatte, dass man so viel emotionale Energie an ihn verschwendete.

»Wie machst du eigentlich Schluss, Jeff?«

Ein schlaues Lächeln glitt über das Gesicht des Profi-Daters. »Schmerzfrei. Ich sage einfach: So einen tollen Menschen wie dich habe ich gar nicht verdient.«

Das musste sie sich merken. Für alle Fälle. Und für Benjamin, wenn sie ihn endgültig aus ihrem Leben entfernte. Was Jeff betraf, war Lenas Geduld allerdings langsam erschöpft. Sie würde nicht mehr auf den Salat warten. Ein letzter Antonio-Gedenkschluck von dem Gin Basil Smash, danach würde sie diesem Irrsinn ein Ende setzen. Beherzt nahm sie ihr Glas in die freie Hand und ließ die leise klirrenden Eiswürfel darin kreisen, bevor sie einen großen Schluck trank. Jeff verfolgte es mit wachsendem Interesse.

»Weißt du was?« Begehrlich leckte er sich über die Lippen. »Ich wäre jetzt gern dein Eiswürfel. Ich möchte an deinem Körper entlanggleiten, in deinem Bauchnabel spielen und dann zwischen deinen Schenkeln schmelzen.«

Lena setzte ihr Glas so unsanft ab, dass etwas Flüssigkeit auf das Tischtuch schwappte. Gleichzeitig zog sie ihre andere Hand aus Jeffs Pranke.

»Was?«

»Ich könnte auch deine flüssige Schokolade sein«, röhrte er. »Oder deine Schlagsahne oder dein Sushi. Ich liebe Sploshing-Partys.«

Große Güte. Lena verstand gar nichts mehr.

»Was in aller Welt ist das denn?«

Wieder leckte er sich die Lippen, und sein Blick bekam etwas unverhohlen Lüsternes.

»Rumsauen mit Essen. Nackt. Kennst du nicht? Solltest du mal ausprobieren, ist 'ne endgeile Sache, wenn man sich gegenseitig mit Essen beschmiert und es dann miteinander treibt. Zu zweit, zu dritt, zu viert und so weiter.«

Die Bilder im Kopf. Die verflixten Bilder im Kopf.

»Ähm, nein … also«, stotterte Lena, »ich glaube kaum, dass ich das ausprobieren möchte.«

»Finde ich jetzt irgendwie uncool«, maulte Jeff.

»Ich hatte auch nicht vor, einen Coolnesswettbewerb zu gewinnen.«

Sie trank ihren Gin Basil Smash so schnell aus, als hätte sie eine entsicherte Pistole im Genick. Genug war genug. Es hatte Spaß gemacht, sich Jeffs Flachsinn anzuhören und Benjamin ein bisschen an der Nase herumzuführen, aber langsam wurde es unheimlich mit diesem Date. Krachend kippte ihr Stuhl um, als sie aufsprang.

»Ich muss los. Sofort. Jetzt.«

Enttäuscht schürzte er die spuckeglänzenden Lippen.

»Och nö. Wieso denn?«

»Weil ich so einen tollen Menschen wie dich gar nicht verdient habe?«

Jeff lachte freudlos und auch ein wenig beschämt, dass sie ihm einen Spiegel vorhielt.

»Pass auf, Spatz, ich bin nicht sauer oder so«, erklärte er mit einem treuherzigen Augenaufschlag. »Aber ich mache immer Selfies bei meinen Dates, und wenigstens das könnten wir doch noch durchziehen, okay?«

Vermutlich sammelt er Trophäen, überlegte Lena. Oder er schießt Paar-Selfies, weil er sonst nicht mehr durchblickt in seinen vielen Verabredungen. Bevor sie ihn aufhalten konnte, hatte er auch schon den Tisch umrundet, einen Arm um ihre Hüften geschlungen und seinen gegrillten Quadratschädel an ihre Wange gelegt. Blitze flammten auf. Und Benjamin schaute zu, wie Lena aus dem Augenwinkel sah. Mit offen stehendem Mund verfolgte er das Blitzlichtgewitter am Fenstertisch.

»Hier.« Jeff hielt ihr das Handy hin. »Gut getroffen, oder?«

Alles, was Lena auf dem Foto entdecken konnte, war sein schief grinsendes Gesicht und ein winziger Streifen ihres Haars. Damit wurde final klar, dass sie von Jeff selbstverständlich nicht als Trophäenfrau betrachtet wurde.

»Man sieht mich ja gar nicht richtig«, merkte sie an.

»Doch, hier«, er zeigte auf das Display, »das ist dein Ohr.«

»Nein, meine Schläfe, wenn überhaupt.«

»Ja, und du machst jetzt Biounterricht, oder was?« Er kratzte sich ausgiebig am Kopf. »Kapiervorgang abgebrochen, komm, wir trinken noch einen.«

In diesem Moment hörte Lena ein Klopfen an der Fensterscheibe. Sie drehte ihren Kopf in die Richtung, aus der das Pochen gekommen war, und das Blut stockte ihr in den Adern.

Nein. Bitte nicht. Eine eiserne Faust presste ihren Magen zusammen, eine zäh fließende, lavaartige Hitze versengte ihre Wangen. Auf der anderen Seite der Scheibe stand Antonio. Mit versteinertem Gesicht starrte er sie an. Wie lange hatte er schon dagestanden? Was hatte er gesehen? Nur die Selfie-Aktion oder auch das Händchenhalten?

Noch immer umfing Jeffs Arm ihre Hüfte. Zu Tode erschrocken befreite sich Lena aus seiner Umklammerung. Während sie Antonio hektisch pantomimische Zeichen gab – Das hier hat nichts zu bedeuten! Lauf nicht weg, ich komme raus! –, wühlte sie mit der anderen Hand in ihrer Hosentasche, auf der Suche nach einem Geldschein. Sie musste Antonio alles erklären. Sie musste …

»Hey, chill mal, das mit den Sploshing-Partys ist kein Muss.« Unverdrossen legte Jeff einen Arm um ihre Schulter, wofür er sich auf die Zehenspitzen stellen musste. »Aber ich geb nun mal Vollgas. Manchmal muss ein Mann einfach die Brust rausdrücken, sein Revier markieren und sagen: Mädel, du hast einen neuen Leitwolf am Start.«

Inzwischen hatte Lena endlich einen Zehner aus ihrer Hosentasche herausgefingert und entwand sich der neuerlichen Umarmung.

»Ciao, Jeff.«

»Ich bin dynamisch!«, beteuerte er mit vor der Brust gekreuzten Händen. »Keine halben Sachen. Das Leben ist verdammt kurz. Also? Wollen wir zu mir gehen?«

»Wir?«, schrie sie gequält auf, während sie den zerknüllten Geldschein auf den Tisch warf. »Wir gehen nirgendwohin!«

Taub für Jeffs letzte Versuche, sie doch noch rumzukriegen, blind für Benjamin, der von seinem Stuhl hochgeschossen war und sie entgeistert anstarrte, rannte Lena los.

»Ich wollte sowieso gerade abhauen«, brüllte Jeff ihr hinterher. »Muss heute Abend noch den nächsten Level von World of Warcraft schaffen!«

Kapitel 15

In den Liebesromanen, die Lena so gern las, gehörten Missverständnisse zu den vertrauten Komplikationen. Aber dies war kein Roman. Dies passierte wirklich und war die entsetzliche Realität: Der Mann, den sie mochte und der sie mochte, der Mann, dem sie vertraute und der ihr vertraute, hatte sie in einer zweideutigen Situation erwischt. Das heißt, für Antonio musste es wie eine eindeutige Situation gewirkt haben. Wonach sah es denn aus, wenn eine Frau in ein Aufreißerlokal ging – im Übrigen schon das zweite nach dem Wonderworld – und sich von einem Typen wie Jeff betatschen ließ?

Lenas Atem flog, als sie sich endlich durch das Gewirr der Tische und Gäste nach draußen gearbeitet hatte. Ein bläulicher Schimmer fiel von der Leuchtreklame des Lokals auf die Stelle, wo Antonio gestanden hatte. Sie war verwaist. Nur ein Flyer, der für die Ausstellung Cats4ever warb, lag noch auf dem Asphalt und wurde jetzt vom auffrischenden Nachtwind fortgeweht. Es war der trostloseste Anblick, den Lena jemals hatte durchstehen müssen.

»Antonio!«, schrie sie aus Leibeskräften.

Nichts. Ohne lange zu überlegen, wandte sie sich nach rechts und spurtete die Straße entlang, die sich schon deutlich geleert hatte. Wieder nichts. Also kehrte sie auf dem Absatz um und rannte in die entgegengesetzte Richtung. Auch nichts. Vielleicht hatte Antonio in der Nähe geparkt und war längst nach Hause gefahren?

Panisch wühlte sie in ihrer Tasche und holte das Handy heraus. Unter Antonios Nummer meldete sich nur die Mailbox. So, Lena Hagedorn, jetzt hast du's vergeigt, mäkelte ihre innere Stimme. Habe ich dir nicht von Anfang an gesagt, dass du sofort wieder gehen sollst, statt mit diesem Oberhirni Jeff-ich-lege-die-Mädels-im-Akkord-flach den Abend zu verbringen?

Neunmalkluge Kommentare konnte Lena jetzt so gar nicht gebrauchen. Sie musste etwas tun, und schon bot sich die Gelegenheit dazu. Als sich ein Taxi näherte, lief sie mit rudernden Armen mitten auf die Straße. Der Fahrer musste eine Vollbremsung hinlegen, um sie nicht umzufahren.

»Lebensmüde, oder was?«, krakeelte er, als Lena völlig fertig auf den Rücksitz plumpste.

»Mommsenstraße«, japste sie, froh, dass ihr der Straßenname überhaupt noch einfiel in ihrem zerbrechlichen Zustand.

»Nummer?«, kam es bellend von vorn.

»Weiß ich nicht. Im Erdgeschoss ist eine Galerie.«

Mit einem unwirsch gemurmelten Fluch gab der Fahrer Gas. Lenas Herz klopfte so laut, dass man es bestimmt noch hundert Kilometer weiter hören konnte. Angstvoll presste sie ihre Tasche an sich, in der Jane Austens *Die Abtei von Northanger* lag. In der Welt der Bücher gab es in solchen grässlichen

Situationen immer einen Ausweg oder eine glückliche Fügung, die der Geschichte ein Happy End bescherte.

Davon war Lena so weit entfernt wie von der Venus. Vielleicht zum ersten Mal, seit sie mit den Dates angefangen hatte, wurde ihr bewusst, wie wenig lebenspraktisch sie in diesen Dingen war. Widerstrebend, aber weitgehend arglos hatte sie sich auf Benjamins dusselige Dating-Idee eingelassen, nicht ahnend, zu welch schmerzhaften Verwicklungen es eventuell kommen könnte. Antonios versteinertes Gesicht ging ihr nicht mehr aus dem Kopf. Diese Mischung aus Verblüffung, Vorwurf und grenzenloser Enttäuschung, mit der er sie angesehen hatte. Es half nicht einmal, Benjamin die Schuld in die Schuhe zu schieben. Nur sie allein trug die Verantwortung für dieses Desaster.

»Macht zwölf achtzig«, knurrte der Fahrer und bremste hart.

Es dauerte wieder eine Weile, bis Lena das Geld aus ihrer Hosentasche gekramt hatte, dann bezahlte sie und stieg aus. Frierend stand sie vor Antonios geschlossener Galerie. Ihre Strickjacke lag noch im Gordon's, die hatte sie bei ihrem hektischen Aufbruch vergessen. Aber das war momentan ihre kleinste Sorge. Wie sehr musste es Antonio verletzt haben, sie zufällig bei einem Abendspaziergang zu entdecken, in vermeintlich trauter Zweisamkeit mit einem anderen Mann.

Nun wusste sie nicht weiter. Völlig verloren und den Tränen nahe stand sie vor dem dunklen Gründerzeitstadthaus, in dessen erster Etage Antonio wohnte. Sie traute sich nicht mal, auf die Klingel zu drücken.

»Lena?«

Aus dem Halbdunkel der trüben Straßenbeleuchtung schälte sich die Silhouette eines Mannes heraus. Leicht vorgeneigt, die Hände in den Taschen eines schwarzen Mantels vergraben, schlenderte er heran. Sein schmales Gesicht mit dem akkurat gestutzten Bart wurde heller, als er in den Lichtkegel der Straßenlaterne trat. Was sich hinter den Brillengläsern abspielte, war schwerlich zu sagen. Antonios Anblick ließ Lena regelrecht zusammenbrechen. Schluchzend stürzte sie sich in seine Arme.

»Ich bin so ein blödes Schaf«, schniefte sie los, »aber du darfst nicht glauben, was du gemeint hast zu sehen, es war nicht das, wonach es aussah, ich habe nur … O Gott, Antonio.«

Er drückte sie an sich, doch sie spürte, dass er es ohne echte Anteilnahme tat, eher aus einem distanzierten Pflichtgefühl heraus.

»Ich hatte dich völlig anders eingeschätzt«, sagte er mit tonloser Stimme. »Die Frau, die ich gestern kennengelernt habe, war nicht die Frau, die da eben mit dieser lachhaften Pfeife rumgeturtelt hat.«

»Das war doch nur ein … ein Fake-Date!«, brach es aus Lena hervor, begleitet von einem neuerlichen Tränenstrom. Antonios Schulter, an die sie sich zitternd presste, war schon ganz nassgeweint. »Ich wollte das alles sowieso nicht mehr, diese ganzen Dates, deshalb habe ich die nächsten beiden sogar an meine Freundin weitergereicht.«

Etwas ruckelig machte er sich von ihr los und schaute ihr ernst ins Gesicht.

»Was ich da höre, macht es nicht besser. Eher schlechter. Fake-Dates, Lena? Weitergereichte Dates?«

Herr im Himmel. Jetzt hatte sie sich auch noch verplappert. Fröstelnd schlang Lena die Arme um ihren Oberkörper. Sich so richtig reinzureiten hatte sie echt gut drauf.

»Ich würde dir das gern genauer erklären. Wenn ich darf. Wenn du mich lässt.«

Er trat einen Schritt zurück und musterte sie kühl.

»Hör mal, wir kennen uns erst seit gestern. Okay, wir hatten einen schönen Abend und eine fulminante Tanznacht, und mein Espresso heute Morgen hat dir offenbar auch ganz gut geschmeckt. Aber wir müssen keine große Sache daraus machen, wenn sich unsere Wege jetzt wieder trennen. Es steht dir frei, kreuz und quer durch die Gegend zu daten, wie es dir beliebt. Ich bin nicht gerade begeistert, dass du so bist, wie du bist, aber ich komme darüber hinweg.«

Die Kehle wurde ihr eng. Zitternd griff sie sich an den Hals.

»Sehe ich etwa so aus, als ob ich …«

… durch die Betten steige, wollte sie sagen, brachte es aber nicht über die Lippen.

»Darauf willst du keine Antwort, Lena.«

Unbeweglich stand Antonio da. Seiner Miene war keinerlei Gemütsregung zu entnehmen. Nicht mal mehr Enttäuschung, nur Gleichgültigkeit. Es brach Lena das Herz. Sie fühlte sich wie ein geplatzter Reifen, der in Fetzen an der Felge hing.

»Mir war nicht klar, wie destruktiv die Wahrheit sein kann«, flüsterte sie.

Langsam trat er zwei weitere Schritte zurück, auf den Hauseingang zu, während er ein klimperndes Schlüsselbund aus seiner Manteltasche zog.

»Vielleicht besteht ja die Chance, dass diese kleine Unterhaltung dich wachrüttelt. Damit du beim nächsten Mann nicht ein weiteres Mal voll danebenhaust.«

»Denn das Beste ist nur zu erreichen unter großen Opfern«, kam Lena der Satz aus den *Dornenvögeln* in den Sinn. Was wohl bedeutete, dass sie blankziehen und Antonio den gesamten Benjamin-Schlamassel beichten musste. Sie nahm all ihren Mut zusammen.

»Ich möchte es dir trotzdem erklären. Ich bitte dich als mein Freund. Also, Freund im Sinne von *Freund,* nicht im Sinne von großer Liebe und für immer und ewig und …« Immer tiefer verirrte sie sich im Gestrüpp ihrer wild wuchernden Gedanken. »Also, als mein Freund«, schloss sie entkräftet.

»Und als Freund bitte ich dich, mein Nein zu akzeptieren«, erwiderte er vollkommen emotionslos.

»Hör ihr zu«, sagte plötzlich jemand.

Synchron drehten sie sich beide um, um zu sehen, wer sich da ungefragt einmischte. Tränenblind blinzelte Lena ins trübe Licht der Straßenlaterne. Das musste eine Halluzination sein. War es wirklich Benjamin, der da stand, ihre blaue Strickjacke über dem Arm? Wie kam er hierher? Was wollte er? Schwankend hakte sie sich bei Antonio ein, der es stoisch über sich ergehen ließ.

»Wer – ist – das?«, fragte er nur.

»Das ist der Typ, der mich bei meinen Dates coacht«, piepste Lena.

Unwillig kniff Antonio die Lider zusammen.

»Dein Coach, Lena? Oder dein Pfleger?«

»Ich bin *Der Mann ohne Eigenschaften, Der kleine Prinz, Der Alchimist*«, feuerte Benjamin gleich drei Buchtitel auf einmal ab. »Eigentlich bin ich gar nicht da. Ich komme in friedlicher Absicht. Betrachten Sie mich einfach als jemanden, der diese junge Dame beschützt. Wobei ich leider betonen muss, dass ich es bin, der sie in ernsthafte Gefahr gebracht hat – obwohl ich ihr damals auf dem Friedhof etwas ganz anderes versprochen habe.«

»Klingt, als wärt ihr beide einer Nervenheilanstalt entsprungen«, brummte Antonio, schon eine Spur freundlicher.

Lena war unfähig, überhaupt ein Wort rauszubringen. Mit weit aufgerissenen Augen starrte sie Benjamin an, der ihr kommentarlos die blaue Strickjacke überreichte und sich ein paarmal durchs Haar fuhr, bevor er das Wort wieder an Antonio richtete.

»Ich habe ein spezielles Dating-Konzept entwickelt. Und da Lenas Tante besorgt war, dass ihre Nichte als vereinsamter Bücherwurm sterben könnte, hat sie mich quasi beauftragt, Dates für Lena zu organisieren. Dass das schwierig werden würde, zeichnete sich früh ab. Deshalb wollte ich Lenas Schutzengel sein.«

»Das hat ja super geklappt«, spottete Antonio. »Und jetzt? Fliegt ihr zurück in eure Gummizelle? Oder rettet ihr vorher noch ein paar Menschenleben?«

Benjamin bedachte Lena mit einem seltsam intensiven Blick.

»Ich kann es mir nicht einmal selbst verzeihen. Die Erinnerung an diesen Pakt lastet schwer auf mir.«

Wie war das? In Lena gingen die Lichter aus, um sogleich gleißend hell wieder aufzuflammen. Das waren zwei Sätze von Mr. Darcy aus *Stolz und Vorurteil* gewesen. Sinngemäß. So gut wie niemand wusste so was, außer Benjamin und ihr. Es war eine Art Geheimcode, der sie wie mit einem goldenen Band verknüpfte. Doch was in drei Teufels Namen wollte Benjamin ihr damit eigentlich signalisieren? Dass er sich bei ihr entschuldigte? Oder war da noch mehr?

»Gefällt mir, Ihre leicht exaltierte Ausdrucksweise«, sagte Antonio, der natürlich nicht die geringste Ahnung hatte, was diese Sätze in Wahrheit bedeuteten. »Da merkt man gleich, dass Sie ein Freund von Lena sind.«

»Tja, das lässt sich wohl nicht leugnen.« Benjamin räusperte sich ein wenig, ohne Lena anzusehen. »Also, wie gesagt, ich dachte, ich könnte so was wie ein erfahrener Pilot sein, der Lenas erste Flugversuche im Online-Luftraum beaufsichtigt. Doch ich fürchte, nun habe ich ihren Flieger fast im Meer versenkt.«

»Fast«, wiederholte Antonio. »Darauf kommt es an. Ehrlich, ich bin dankbar, dass Sie diese«, er lachte leise auf, »diese Notlandung in letzter Sekunde hinbekommen haben.«

Unterdessen hatte sich Lena ein wenig von ihrer ersten Verblüffung erholt. Obwohl sie immer noch in fassungsloser Dankbarkeit schwelgte, dass Benjamin sie aus dieser schrecklichen Lage rauspauken wollte, und obwohl ihr Herz kindische Purzelbäume schlug wegen seiner Mr.-Darcy-Sätze, missfiel ihr doch, dass über ihren Kopf hinweg geredet wurde, als sei sie gar nicht da.

»Mir ist bewusst, dass ich mich nicht für die emotionale Komplexität realer Kontakte eigne«, meldete sie sich deshalb zu Wort, »mehr noch, dass ich letztlich sozial inkompatibel bin.«

»Ist es nicht sexy, wenn sie so viele Fremdwörter benutzt?«, raunte Antonio Benjamin zu.

»Ach, sapiophil unterwegs?«, nickte Benjamin fachmännisch.

»Aber wie«, schmunzelte Antonio.

»Ja, das hat was, eine Frau, die sich in ihrer intellektuellen Verstiegenheit selbst im Wege steht und dann auch noch so hübsch dabei aussieht«, lächelte Benjamin. Er deutete eine scherzhafte Verbeugung an. »Sie gehört Ihnen, Antonio. Passen Sie gut auf sie auf, ja?«

Lena konnte nur mit den Ohren schlackern. Diese spontane Verbrüderung war nun wirklich ein dickes Ding.

»Danke, mein Lieber.« Antonio holte einen Flyer aus seiner Manteltasche. »Das formelle Sie können wir auch weglassen. Vielleicht hast du ja Lust, am Dienstag zu meiner Vernissage zu kommen? Die Ausstellung heißt Cats4ever.«

»Super, ich liebe Katzen.« Eine winzige Sekunde lang schaute Benjamin zu Lena, bevor er sich wieder Antonio zuwandte. »Auch manche Frauen sind wie Katzen. Wenn du sie liebevoll in den Arm nehmen möchtest, fauchen sie dich an, dass sie gefälligst mehr Privatsphäre wollen.«

Wie ein Geschoss schlug der Satz in Lenas Herz ein und

hinterließ eine Wunde, die sich nie wieder schließen würde, das spürte sie, nein, das wusste sie. Benjamin meinte niemand anderen als sie, Lena Hagedorn. Diese Erkenntnis war so unglaublich, so verwirrend und auch ein kleines bisschen beglückend, dass es ihr komplett die Sprache verschlug, während Benjamin sich umdrehte und seiner Wege ging.

Von Lenas inneren Gefühlsstürmen schien Antonio nichts bemerkt zu haben. Schon auf der Treppe zu seiner Wohnung begann er sie zu küssen. Sanft, zärtlich, ohne zudringlich zu werden. Immer wieder machten sie halt auf der nächsten Treppenstufe, um ihre Lippen sacht verschmelzen zu lassen. Da Antonio der Richtige war – jedenfalls wiederholte Lena diese wohldurchdachte Feststellung wie ein Mantra –, fühlte es sich auch richtig an. Weitgehend.

Zusätzlich gondelten alle möglichen praktischen Erwägungen durch ihren Kopf. Ist es angemessen, so kurz nach dem Kennenlernen mit einem Mann zu schlafen? Hätte ich mir vielleicht doch die Beine rasieren sollen? Könnte es abtörnend sein, dass ich Unterwäsche trage, die nicht mit dem Plan ausgewählt wurde, von Antonio ausgezogen zu werden?

Komisch. Lenas Kopf war auf einmal angefüllt mit Themen, die jede Romantik vermissen ließen. Aber so war sie nun mal: Ihr Hirn funktionierte wie eine gut geölte Maschine, die in allen Lebenslagen selbsttätig agierte – anders als ihr leicht beeinflussbares Herz, das jeden Blödsinn mitmachte.

In ihrem Brustkorb hämmerte es, als Antonio die Wohnungstür aufschloss. Aus ihren Gliedmaßen verschwanden sämtliche Knochen, als er sie wie eine Gummipuppe hochhob und ins Wohnzimmer trug. Ja, ins Wohnzimmer, nicht ins Schlafzimmer, wie Lena aufatmend registrierte. Die Couch kannte sie ja schon von der gestrigen Übernachtung. Es war eine edle hellgraue Designercouch, breit genug, um bequem darauf schlummern zu können.

Nach Schlummern sah es momentan allerdings so gar nicht aus. Vorsichtig drapierte Antonio ihren schlaffen Körper auf der Liegefläche der Couch, an deren beiden Enden Berge aus schimmernden Seidenkissen lagen. Nachdem er den Mantel ausgezogen hatte, glitt er völlig selbstverständlich neben seinen Gast. Liebevoll strich er Lena übers Haar und hauchte kleine süße Küsse auf ihre Wangen.

»Weißt du eigentlich, wie froh ich bin, dass sich alles so rasch aufgeklärt hat?«

»Und ich erst«, seufzte sie, das kratzige Kitzeln seines Barts genießend. »Gut, dass noch mein Schutzengel angeflogen kam.«

Antonio ließ von ihr ab, um sich auf den Rücken zu wälzen und seine Arme im Nacken zu verschränken. Versonnen schaute er zur Decke, an der ein moderner Kronleuchter aus silberglänzendem Metall hing.

»Dieser Benjamin ist wirklich rührend. Es muss schön sein, so einen guten Freund zu haben.«

Seine Einlassung lag derart absurd weit entfernt von der emotionalen Verwüstung, die Benjamins Auftritt in Lenas Herz hinterlassen hatte, dass sie nichts zu erwidern wusste.

»Du siehst mitgenommen aus«, sagte Antonio, der sie besorgt von der Seite musterte. »Ich hol dir erst mal was zu trinken. Einen Wein vielleicht? Ich habe einen guten Roten in der Küche, der könnte dir gefallen.«

»Ja, gern«, hauchte Lena.

Bevor Antonio aufstand, küsste er sie mit unwahrscheinlich weichen Lippen auf den Mund. Lena konnte sich nicht erinnern, jemals so zartfühlend geküsst worden zu sein. Eine ungekannte Innigkeit lag darin, hinter der man die Leidenschaft nur vage ahnte. Aber sie war da, die Leidenschaft. Wie eine dunkle Gewitterwand, die sich hinter einer heiter besonnten Landschaft aufbaute. Lena meinte schon das Donnergrollen einer stürmischen Liebesnacht zu vernehmen. Das jagte ihr Angst ein. Sie war noch nicht bereit dazu. Und nun gab auch noch ihre innere Stimme den unvermeidlichen Senf dazu: Wirst du jemals bereit dafür sein, Lena?

Eine wohlbekannte Musik erfüllte den Raum, Michael Bublés *Have I Told You Lateley That I Love You* – habe ich dir in letzter Zeit eigentlich mal gesagt, dass ich dich liebe?

»Ist dein Lieblingssong, stimmt's?«, fragte Antonio, der von seinem Handy aus die Soundanlage steuerte.

»Ja, danke schön.«

Er wusste es doch. Natürlich wusste er es. Über Lenas musikalische Vorlieben hatten sie ausführlich gechattet. Plötzlich fand Lena es furchtbar geheimnislos, wenn man bereits so viel voneinander wusste, bevor es überhaupt richtig angefangen hatte.

Während Antonio in die Küche ging, um den Wein zu holen, betrachtete sie das geschmackvoll eingerichtete Wohnzimmer. Jedes Detail trug die Handschrift des smarten Ästheten. Der Boden war mit Parkett in hellem Greige ausgelegt, an den perlgrau gewischten Wänden hingen abstrakte schwarzweiße Gemälde. Die Möbel atmeten das Flair berühmter Designer, von den Metallrohrsesseln mit beigefarbenen Wildlederbezügen bis zu den Beistelltischchen, die aus verblichenen Treibholzstücken unter dicken Glasplatten bestanden. Chromglänzende Metallregale, in denen die Bücher so ordentlich in Reih und Glied standen wie salutierende Soldaten, rundeten den harmonischen Eindruck ab.

Selbst Mrs. Norris, Antonios silbergraue Perserkatze, fügte sich quasi nahtlos in dieses wohldurchdachte Ensemble ein. Sie streifte Lena nur mit einem trägen Blick, ohne sich aus ihrem Körbchen zu erheben, in dem sie auf hellgrauen Leinenkissen ruhte. Ein Hauch gleichmütiger Verachtung lag in diesem Katzenblick. Als hätte Mrs. Norris hier schon einige Damen kommen und gehen sehen, in der Gewissheit, dass sie allein einen festen Platz in Antonios Leben beanspruchen durfte.

Alles in allem wirkte dieser Raum komplett durchgestylt. Kein Vergleich mit Tante Hildes verkramter Wohnung. Dennoch vermisste Lena den gemütlichen Touch, auch die Spuren gelebten Lebens, die Tante Hildes Wohnung – das Esszimmer ausgenommen – so unverwechselbar und anheimelnd machten. Wenngleich Lena wusste, dass es für diese Frage viel zu früh war, überlegte sie kurz, ob sie sich in Antonios Wohnzimmer heimisch fühlen könnte, sofern sie eines Tages zusammenlebten. Daran gab es berechtigte Zweifel. Dies hier war ein Raum, wie man ihn in stilvollen Einrichtungshäusern fand, todschick, aber ohne persönliche Note. Wie Benjamin wohl wohnte?

Falsche Frage, Lena, warnte ihre innere Stimme. Irgendwann musst sogar du erwachsen werden. Also verhalte dich nicht wie ein alberner Teenager, der für den unerreichbaren Französischlehrer schwärmt.

Mit einem schweren Tante-Hilde-Ächzen ging Lena in die Senkrechte und stopfte sich eines der hellgrau schimmernden Seidenkissen in den Rücken. Was sie mit Benjamin verband – dieses unerklärliche tiefe Einverständnis, das sie auf dem Friedhof entdeckt hatte –, musste ihr kleines Geheimnis bleiben. Etwas, woran sie in stillen Stunden entlangträumen konnte, aber nichts, was jemals zu irgendwelchen realen Konsequenzen führte. Sie wusste schließlich, woran sie war. Mit seiner neuerlichen Rettungsaktion hatte Benjamin nicht nur den edelmütigen Helden gespielt, er hatte auch unmissverständlich deutlich gemacht, dass er Lena an der Seite Antonios sah – und definitiv keine eigenen amourösen Interessen an ihr hegte. Aber ohnehin hatte sie sich ja bereits entschieden. Für Antonio.

Lena hoffte inständig, dass Benjamin am Dienstag nicht bei der Vernissage erschien. Das hier war ihr Leben, ihre Hoffnung, ihre Zukunft. Benjamin durfte ihr nicht länger emotional dazwischengrätschen.

Als Antonio mit einer Flasche und zwei Gläsern aus der Küche zurückkehrte, lächelte sie ihm so entspannt wie eben möglich entgegen, um sich bloß nicht zu verraten. Einfühlsam, wie

Antonio war, hätte er sonst noch bemerkt, dass sie nicht ganz bei der Sache war. Um keinen Preis wollte sie es vermasseln. Diesmal nicht.

»Den Wein wirst du lieben, Lena.« Er stellte zwei bauchige Weingläser auf den Couchtisch, dann öffnete er völlig anstrengungslos die Flasche, womit er den geübten Weintrinker zu erkennen gab. Andächtig schnupperte er am Korken. »Mmmh, Leder, Mokka, ein Hauch von Johannisbeere. Es ist ein Genuss, wenn man schon am Duft erkennt, was den Gaumen erwartet.«

»Ja, wenn man olfaktorisch begabt ist«, sagte sie.

»Das ist so was von sexy«, lachte Antonio. »Wenn du so weitermachst mit diesen exotischen Fremdwörtern, vernasche ich dich noch vor dem ersten Schluck Wein.«

O nein, zu schnell, zu schnell. Lena zog ihre Knie ans Kinn.

»Apropos vernaschen, hast du vielleicht ein Stückchen Brot für mich? Entschuldige bitte die Frage, aber bei dem vergurkten Date vorhin bin ich nicht mal zum Essen gekommen.«

Das entsprach der Wahrheit. Wenngleich es auch ein Verzögerungsmanöver war und damit eine klitzekleine Flunkerei. Ein millimeterfeiner Argwohn verschattete Antonios schönes schmales Gesicht mit dem männlichen Bartwuchs, verflog aber wieder, als er in Lenas bittende Augen schaute.

»Natürlich. Klar. Brot und Käse habe ich immer im Haus.«

Ratlos blieb Lena zurück. In ihren Liebesromanen war es ein ungeschriebenes Gesetz, dass Frauen nach glücklich überstandenen Notsituationen ihrer großen Liebe in die Arme fielen. Ohne Vorbehalte. Zu allem bereit. Auch zur vollinhaltlichen Verschmelzung. Was nicht in diesen Romanen stand: Wie sagte man einem Mann, dass man seit Ewigkeiten keinen Sex gehabt hatte, eigentlich nur kuscheln wollte und sich emotional nur im Schneckentempo auf einen Mann zubewegen konnte? Sagte man es überhaupt? Oder beließ man es bei Andeutungen?

Wie wäre es denn mal mit echten Problemen?, raunzte ihre innere Stimme aufgebracht.

Ja doch. Lena fand sich ja selbst himmelschreiend undankbar. Millionen Frauen hätten ihren kostbarsten Besitz, vielleicht sogar ihr Smartphone geopfert, um mit einem Traummann wie Antonio ins Bett zu gehen. Mit einem Traummann, der darüber hinaus auch noch eine echte Beziehung wollte, keine flüchtige Affäre. Diese männliche Spezies war so rar, dass man sie im Grunde als ausgestorben apostrophieren musste. So wie das Westliche Spitzmaulnashorn. Lena hatte mal gelesen, dass das allerletzte Exemplar vor einigen Jahren von Wilderern erlegt worden war.

»Woran denkst du?«, stellte Antonio die klassische Frage, als er mit einer Schieferplatte voller Käsestücke und einem halben Baguette unter dem Arm ins Wohnzimmer zurückkam.

Mit angezogenen Knien sah Lena zu, wie er das Baguette und die Käseplatte auf dem Couchtisch ablud und die dazugehörige Deko aus violetten Weintrauben und orange glänzenden Physalisfrüchten neu arrangierte.

»Lach bitte nicht, Antonio, ich habe an das Westliche Spitzmaulnashorn gedacht.«

»Wie könnte ich über irgendetwas lachen, was in diesem

hübschen Köpfchen vorgeht?«, entgegnete er gutmütig. »Ich wusste ja schon durch unseren Chat, worauf ich mich mit dir einlasse.«

»Und das wäre?«

»Eine herrlich komplizierte Frau, die gar nicht weiß, wie zauberhaft sie ist in all ihrer verrückten Kompliziertheit.« Mit einem extralangen Streichholz entzündete er zwei schlanke graue Kerzen, die in marmornen Kerzenhaltern auf dem Couchtisch standen. Dann setzte er sich zu ihr und deutete auf die Käseplatte. »Bitte sehr. Greif zu. Es sind ausschließlich exquisite Rohmilchkäsesorten aus dem besten Feinkostgeschäft der Stadt.«

Das glaubte Lena gern. Trotzdem hatte sie auf einmal Sehnsucht nach Tante Hildes Schnittchen. Selbst einen Tomatenfliegenpilz hätte sie jetzt lieber gegessen als diesen furchtbar teuren Käse, der etwas streng roch.

»Also …«, setzte sie zu einer Erklärung an, ohne rechte Lust, überhaupt irgendwas zu erklären.

Antonio, der ihr Zaudern bemerkte, rückte etwas dichter an sie heran.

»Oder möchtest du, dass ich dir den Käse mundgerecht serviere?«

Es war fast unausweichlich, dass er bei dem Wort *mundgerecht* auf ihren Mund schaute. Genauso unausweichlich war es, dass Lena nun ihrerseits Antonios Mund betrachtete. Verlockend prall wölbte er sich aus der Umrandung des dunklen Barts hervor. Unbewusst öffnete sie die Lippen, woraufhin Antonio das Gleiche tat.

Es war wie ein magischer Tanz, bei dem man intuitiv aufeinander reagierte und nicht groß darüber nachdenken musste, welches der nächste Schritt sein würde. Das ergab sich einfach aus der Logik des vorhergehenden Schrittes. Auf diese Weise entstand ein exakt choreographiertes Ballett zweier Körper und zweier Seelen. Wohin das führen würde, war klar: Im Bruchteil einer Sekunde fand sich Lena in einem tiefen, leidenschaftlichen und sehr, sehr feuchten Kuss wieder, der sie im Falle vorherigen Stehens von den Füßen gerissen hätte.

»Jaaaahhaaaa«, atmete Antonio in sie hinein, wobei er es schaffte, beiläufig seine Brille abzusetzen und auf den Couchtisch zu legen.

Mit einer Hand umfasste er Lenas Kinn, mit der anderen stützte er ihren Rücken ab, dann sanken sie zur Seite und wälzten sich auf der Couch hin und her, deren beeindruckende Ausmaße solche körperlichen Aktivitäten durchaus begünstigten. Lena wusste kaum, wie ihr geschah. Mit der ganzen Kraft ihres verzagten Herzens beschloss sie, es einfach zu genießen.

Antonio küsste göttlich, das musste man ihm lassen. Aber das wusste Lena ja schon seit der vergangenen Nacht. Je länger sie sich seinem hemmungslosen Züngeln und Saugen hingab, desto deutlicher spürte sie allerdings auch das Verlangen, das sich in ihm zusammenbraute. Die körperlichen Anzeichen der Begierde spürte sie ebenfalls, zumindest bei Antonio, der fließend dazu überging, seinen Unterleib rhythmisch an ihren zu pressen.

»Mmmnnnja, wow«, stöhnte er ergriffen, sobald Lena keuchend Luft holte; danach ging das Ganze wieder von vorn los.

War es schon zu spät, ihn höflich darauf hinzuweisen, dass sie lieber warten wollte? Oder war es gestattet, auf halber Fahrt die Notbremse zu ziehen?

Mozarts »Kleine Nachtmusik« erlöste Lena aus diesem Dilemma. Sie hatte ihr Handy in den Lautmodus gestellt, als sie panisch auf der Suche nach Antonio gewesen war. Nun dudelte der Klingelton mit fröhlicher Mozartmusik mitten in das Gestöhn hinein.

»Nihich rangeeehn«, röchelte Antonio, dessen Zunge in ihrem Mund kreiste und gerade den hinteren Gaumen erkundete.

»'türlichnihiich«, antwortete Lena, sofern man ihr hechelndes Ausatmen als Antwort bezeichnen konnte.

Gleichzeitig fiel ihr ein, dass das Handy vielleicht eine Exitstrategie aus diesem hochgefährlichen Küssen anbot. Und einen Ausweg aus dem Zugriff von Antonios geschickten Fingern, die plötzlich überall waren, so als seien ihm per Zauberkraft gleich mehrere Hände gewachsen.

»Köhönnnteaba Tahannte Hillde seinn«, gurgelte sie mit erstickter Stimme.

Seine Umarmung lockerte sich. Wie jäh aus einem Traum erwacht rieb er sich die Augen.

»Wer?«

»Meine Tante, ich habe sie mal im Chat erwähnt.« Lena blies ein drahtiges Barthaar auf das Seidenkissen und schnippte es schnell weg, weil es sicherlich den ästhetischen Gesamteindruck dieses Raums störte. »Tante Hilde ist alt und nicht ganz gesund. Ich muss immer für sie erreichbar sein.«

»Immer?«

Mit dem erstaunten Blick kurzsichtiger Menschen, die ohne Brille stets ein wenig hilflos wirkten, sah er sie an.

»Ich kann ja mal kurz aufs Display gucken«, lispelte sie schuldbewusst, »dann machen wir weiter.«

Antonio war wirklich ein Gentleman. Statt wütend zu werden – und es stand außer Frage, wie sehr ihm diese Unterbrechung missfiel –, setzte er seine Brille auf und erhob sich.

»Okay, ich gehe mal ins Bad. Telefonier ruhig mit deiner Tante. Lass dir Zeit.«

Du hast schwer einen an der Waffel, dass du einen so verdammt erotischen Mann von der Couchkante stößt, schimpfte ihre innere Stimme, als Lena das Handy aus ihrer Tasche klaubte. Die kleine Nachtmusik war verstummt. *Benjamin Verpasster Anruf* stand weiß auf schwarz auf dem Display.

Unruhig strichen Lenas Fingerkuppen über die zarte Seide der Kissen, während sie sich noch einmal alles genau durch den Kopf gehen ließ. Benjamin hatte heute Abend als Fachmann des Datings interveniert. Und nicht wie ein eifersüchtiger Mann. Seine Eifersuchtsattacken hatte sie sich vermutlich nur eingebildet. Umso rätselhafter hallte Benjamins Satz von der Katze nach, die sich nicht in den Arm nehmen ließ. Und umso bescheuerter war es, dass er mit seiner Nachricht in den Abend mit Antonio reinplatzte.

Danke, dass du dich meldest, schrieb sie ihm. *Wirklich genial. Hatte ja auch nur gerade Antonios Zunge im Mund, die allerliebst an meinem Zäpfchen spielte. Schönen Abend noch.*

Seine Antwort ließ diesmal auf sich warten. Lena zählte die

Sekunden. Sie konnte unmöglich weiter mit Benjamin texten, wenn Antonio erst mal aus dem Bad zurück war. Was machte er überhaupt so lange im Badezimmer? Dampf ablassen, wie die Jungs in der Schule früher gesagt hatten, wenn sie …?

Mit einem feinen Pling trudelte Benjamins Nachricht ein.

Sorry, sorry, Lena. Und schöne Grüße an dein Zäpfchen, es ist wirklich zu beneiden.

Hä? Sie las die Nachricht dreimal. Man konnte sie nett auffassen, ironisch oder – oder was?

»Alles in Ordnung mit deiner Tante?«

Wie aus dem Nichts tauchte Antonio vor ihr auf. Barfuß, in einem anthrazitfarbenen Morgenmantel. Er duftete nach einem teuren Eau de Toilette.

»Ja, nur ein, ähm, vorübergehender Schwächeanfall.« Blitzartig versenkte Lena das Handy in ihrer Tasche. »Kein Grund zur Besorgnis.«

»Ich dachte, wir könnten es uns vielleicht etwas bequemer machen«, erklärte er verführerisch lächelnd. »Was meinst du?«

Das hieß Schlafzimmer. Lena erschauerte. Und es bedeutete Sex. So, jetzt musste sie Farbe bekennen, oder sie tat Dinge, die sie nicht tun wollte. Noch nicht. Vielleicht nie, höhnte ihre innere Stimme, als Antonio sich neben Lena setzte und einen Arm um ihre Schultern legte.

»Hey, Kleines, was ist los?«

»Weiß nicht«, seufzte sie. »Ist so lange her. *Das*.«

»*Das* verlernt man nicht, ist wie Fahrradfahren.« Behutsam, aber auch ein bisschen fordernd wühlte seine Hand in ihrem

Haar. »Ich bin kein Draufgänger, Lena. Man sagt mir nach, ein sehr umsichtiger Lover zu sein. Wir werden einander ganz liebevoll erkunden. Wir lassen uns Zeit, ja?«

»Zeit, ja, genau, guter Punkt«, klammerte sich Lena an den Rettungsring, der eigentlich keiner war. »Ich bin noch nicht ganz so weit, verstehst du?«

Nachdenklich rieb er über seine bärtigen Wangen.

»Ja, prinzipiell verstehe ich dich. Obwohl ich mich schon bereit fühle.«

»Klassischer Fall von Asynchronität«, seufzte Lena, erleichtert, dass er nicht beleidigt war.

»Du musst nur mit den Fremdwörtern aufhören«, murmelte Antonio dicht an ihrem Ohr. »Sonst falle ich doch noch über dich her.«

Kapitel 16

Und wieder brach ein Montagmorgen an. Wie in Trance absolvierte Lena das übliche Ritual: erst mal Espresso, dann staubsaugen, danach Neuerscheinungen sondieren. Heute fiel ihr das alles jedoch ungewohnt schwer. Dabei musste sie noch viel mehr erledigen: Bücherpakete auspacken, die schon am Samstag gekommen waren, Rechnungen online überweisen, die Kinderbuchautorin kontaktieren, die am darauffolgenden Samstag im Leseparadies auftreten würde. Zum ersten Mal verstand Lena Leute, die dem Montag nachsagten, er sei die nicht so nette Schwester des Sonntags.

Am frühen Morgen war sie nach Hause gekommen – übernächtigt und mit bleischwerem Kopf vom Rotwein, den Antonio kredenzt hatte. Man konnte zwar nicht behaupten, dass Lena sich regelrecht abgeschossen hatte, doch bei den nächtlichen Gesprächen war noch reichlich Wein geflossen. Vor allem Antonio hatte geredet. Lena müsse sich entspannen; Atemübungen könnten helfen, vielleicht auch Yoga oder erotische Ganzkörpermassagen. Er spüre da so eine Blockade. Die müsse weg. Im Übrigen habe er volles Verständnis für ihr Zaudern und werde selbstverständlich so lange mit dem Sex warten, bis Lena bereit dazu sei.

Irgendwann war sie an seiner Schulter auf der Couch eingeschlafen.

Nun brauchte sie gleich mehrere Espressi, um das Karussell in ihrem Kopf zum Stillstand zu bringen. Bei Antonio hatte es nicht mehr für einen Kaffee gereicht, weil sie so spät dran gewesen waren. Mit quietschenden Reifen hatte er sie an der Bushaltestelle abgesetzt, einen seiner feuchten Küsse auf ihren Lippen hinterlassen und beteuert, sie sei diejenige welche, komme, was wolle.

Wie es Lena damit ging? Erstaunlich gut. Bei Tageslicht besehen, wirkten die nächtlichen Irritationen durch Benjamin nur noch wie pubertäre Flausen im Kopf. Zum Glück. Irgendwie hatte sie es geschafft, ihr Herz zu verbarrikadieren. Jetzt musste sie nur noch ein weithin sichtbares Schild davorhängen: Kein Zutritt für Benjamin Floros.

Das mit Benjamin war nur eine flirrende verwirrende Zwischenphase, beruhigte sie sich, als sie ihre Tasse zum dritten Mal unter das Auslaufrohr der Espressomaschine stellte. Gedankenverloren sah sie zu, wie die braune Flüssigkeit zischend und schäumend in die Tasse strömte. Kurzzeitig hatte sie sich in ihren Gefühlen verlaufen, jetzt war sie wieder auf Kurs. Mit Antonio hatte sie die Chance auf eine erwachsene Beziehung. Ohne Drama, ohne Romantik – aber auch ohne Kribbeln im Bauch. Dafür mit der Aussicht auf etwas, was langsam wachsen würde und ihr Leben in ruhige Bahnen lenkte. Okay, das hörte sich ein bisschen nach Bausparvertrag an, aber ganz gewiss war es das Richtige.

Mit ihrem köstlich duftenden Espresso in der Hand setzte

sie sich auf den kleinen Vorsprung des Schaufensters, in dem Dewey reglos hingestreckt sein morgendliches Sonnenbad nahm. Als Lena nach Hause gekommen war, hatte er sie mit der hochmütigen Verachtung eines verschmähten Liebhabers links liegen lassen. Ja, Dewey konnte ganz schön zickig werden, wenn er sich von seinem Frauchen vernachlässigt fühlte. Also kraulte sie ihm ausgiebig den Nacken, um ihn wieder gnädig zu stimmen.

Die Ladenglocke ertönte. Mit einem Brötchenteller in der Hand marschierte Tante Hilde herein, heute in einem hüftumspielenden schwarz-weiß getigerten Strickpullover, über den sie eine auberginefarbene Steppweste gezogen hatte.

»Hier kommt das Katerfrühstück, Kind«, lächelte sie mit aller Nachsicht und Güte. »Du hattest es ja so eilig eben, du bist nicht mal zum Frühstücken gekommen.«

»Danke, Tante Hilde, wie lieb von dir.«

Lena erhob sich von ihrem Schaufensterplatz und griff hungrig nach einem leckeren Salamibrötchen, unter den wachsamen Augen ihrer Tante, die sich hervorragend darauf verstand, ihre Neugier im Zaum zu halten. Statt Lena mit Fragen zu löchern, rezitierte sie Gedichtzeilen.

»Es war einmal ein buntes Ding, ein sogenannter Schmetterling, der war wie alle Falter – recht sorglos für sein Alter.«

Kauend hörte Lena zu. Bei der Erwähnung des Schmetterlings spürte sie ein wohlvertrautes Ziehen in der Herzgegend – besten Dank auch, Benjamin – und verstand natürlich die listig versteckte Botschaft in diesen Zeilen.

»Falls du dir Sorgen um mich machst, ich bin kein leichtsinniger Schmetterling«, versicherte sie. »Egal, wie viele Dates noch kommen, ich habe mich für Antonio entschieden. Demnächst solltet ihr euch mal kennenlernen.«

Tante Hilde machte einfach weiter.

»Er nippte hier und nippte dort, und war er satt, so flog er fort, flog zu den Hyazinthen – und guckte nicht nach hinten.«

Wenn man so eine Tante hat, braucht man keinen Fernseher, dachte Lena. Vielleicht sollte ich sie mal fragen, ob sie hier im Laden Gedichte vorliest?

»Weißt du was, ich habe eine richtig gute Idee«, verkündete sie lebhaft. »Wir könnten doch …«

»Willst du denn gar nicht wissen, wie es mit dem Schmetterling weiterging?« Mit theatralisch ausgebreiteten Armen trug Tante Hilde nun auch noch den Rest vor, wobei sie den Brötchenteller wie ein Zepter schwenkte. »Er dachte nämlich nicht daran, dass was von hinten kommen kann. So kam's, dass dieser Schmetterling – verwundert war, dass man ihn fing.«

Lena hörte auf zu kauen. Sie legte das angebissene Brötchen auf den Teller zurück und betrachtete die Lachfältchen in dem klug gereiften Gesicht.

»Tante Hilde? Was will uns der Dichter damit sagen?«

»Die Wahrheit steckt immer zwischen den Zeilen, Kind.«

Na toll. Wie sollte man daraus schlau werden? Aus einem Schmetterling, der an allen möglichen Blüten nippte, nicht zurückschaute und deshalb hinterrücks erwischt wurde? Für solche Sinnfragen war es definitiv noch zu früh am Morgen, selbst für Lenas gut trainierten Kopf, der sich momentan allenfalls im Stand-by-Modus befand.

Das erneute Klangschalengonggeräusch der Ladenglocke ließ sie aufhorchen. Wie ein bunter Wirbelwind fegte Michelle herein, heute in einem jadegrünen Strickkleid, über das sie eine bestickte Jeansjacke geworfen hatte.

»Hi, ihr zwei! Freistunde!«, rief sie aufgeräumt. »Gibt es Neuigkeiten, Süße? Wie lief dein Date?«

Natürlich wollte sie vor allem wissen, ob Jeff eventuell zum Second-Hand-Date taugte. Jeff. Die Erinnerung an seinen Quadratschädel und seine Aufreißermasche löste nicht unbedingt heitere Gefühle in Lena aus. Dennoch zuckten ihre Mundwinkel belustigt. Bis zu dem Moment, in dem Antonio vor dem Fenster gestanden hatte, war es ja auch ein haarsträubend unterhaltsamer Abend gewesen.

»Jeff? Anstrengend, verrückt, unterirdisch, also alles im grünen Bereich«, erwiderte sie leichthin.

»Ich lass euch mal allein, dann könnt ihr euch in Ruhe austauschen«, schmunzelte Tante Hilde mit amüsiert gekräuselten Lippen. »Und vergiss nicht, Kind, wir brauchen noch Waschpulver und frisches Obst.«

»Sicher, der Einkauf geht klar. Ich setze auch noch Toilettenpapier auf die Liste.«

»Danke, mein Goldkind.«

Nachdem Tante Hilde den Brötchenteller auf den Verkaufstresen gestellt hatte und gegangen war, lief Michelle zu Lena und sah ihr erwartungsvoll in die schläfrigen Augen.

»Sag schon, Süße – irgendwie muss es doch der Hit gewesen sein. Jeff hat die ganze Nacht mit mir gechattet. Über Bücher, von denen ich noch nicht mal gehört habe, voller Inbrunst.«

»Das war sein Kumpel, Michelle.« Mit ihrer leeren Tasse pilgerte Lena ein weiteres Mal zur Espressomaschine. »Jeff hat ihn angeheuert, weil er darauf spezialisiert ist, Frauen mit Grips ins Bett zu quatschen. Sagt er jedenfalls.«

Während sie ihren vierten Espresso zubereitete, erzählte sie in groben Zügen, was sich zugetragen hatte. Benjamins Rolle in dem Verwirrspiel ließ sie vorsichtshalber weg. Allein seinen Namen auszusprechen hätte sie überfordert.

»Sagenhaft. Antonio scheint ja wirklich der Richtige für dich zu sein. Glückwunsch.« Michelle zog einen giftgrünen Glitzerclip aus ihrem Blondhaar und befestigte ihn neu. »Ich habe auch mit Markus und Eduard gechattet. Markus ist ganz in Ordnung, aber Eduard ist der absolute Abräumer. Mein Favorit!«

»Du weißt aber noch, dass er glaubt, mit mir zu chatten?«

»Ach, kommt doch aufs selbe raus«, entgegnete Michelle, der dieser fliegende Wechsel offenbar keine größeren Sorgen bereitete. »Eduard ist ein Traum. Witzig, schlagfertig und sogar ein bisschen oh, là, là. Der hat mich total in seinen Bann gezogen. Hm. Meinst du, dass die beiden echt sind? Eduard und Markus?«

»Was Markus angeht, wirst du das ja heute herausfinden«, antwortete Lena, heilfroh, dass sie diese Feldforschung in Sachen potenzieller Mogel-Dates nicht selber bewerkstelligen musste.

»Herrje, und ich weiß immer noch nicht, was ich heute Abend anziehen soll«, lamentierte Michelle. Sie holte ihr Handy heraus und wischte durch den Fotospeicher. »Schau mal, Schatz, das? Oder lieber das hier?«

Lena warf einen Blick auf das Foto, das Michelle ihr hinhielt. Es zeigte ihre Freundin in einem orangefarbenen Flatterfähnchen, das über und über mit Strass besetzt war.

»Sieht toll aus.«

»Ist es nur toll?« Zweifelnd starrte Michelle auf das Foto. »Oder ist es: Wow, Kleines, du bist die Frau meines Lebens?«

Schwierig. Für modische Fragen fühlte sich Lena nun wirklich nicht zuständig.

»Oh – my – god – ich habe eine phantastische Idee!«, sprudelte es plötzlich aus Michelle heraus. »Wir veranstalten ein Doppeldate!«

»Was soll das denn sein?«, fragte Lena zwischen zwei Schlucken Espresso.

»Na, zu viert! Das würde mir echt helfen! Ich sterbe jetzt schon vor Aufregung, weil ich komplett aus der Übung bin. Glaub mir, es ist schlimmer, als es sich anhört.« Mittlerweile sprudelte es aus Michelle heraus wie bei einem Wasserrohrbruch. »Du musst doch sowieso das Haus verlassen, sonst merkt Tante Hilde, dass du gar nicht zu dem Date gehst. Wo willst du denn hin? Ins Kino? Komm einfach mit. Ja, genau, du kommst mit und holst Antonio dazu. Fertig ist das Doppeldate!«

Lena war schon drauf und dran, diesen absurd schrägen Vorschlag abzulehnen, als ein Gedanke Gestalt annahm, der ihr behagte: So ein Abend zu viert war vielleicht eine gute Gelegenheit, der Sache mit Antonio weiter auf den Grund zu gehen. Eine Übung im Paarlauf, sozusagen. Ein Beziehungstest. Bestimmt war es interessant, zu beobachten, wie sich Antonio in Gegenwart anderer machte. Nach innen sprach alles für eine ziemlich perfekte Beziehung, nun blieb abzuwarten, ob sie auch nach außen hin das perfekte Paar darstellten. Mit dem Vorteil, dass so ein Abend zu viert keinerlei erotische Übergriffe erlaubte. Und mit dem weiteren Vorteil, dass sie Antonio ihren guten Willen zeigen konnte, ohne körperliche Zugeständnisse machen zu müssen.

»Könnte man versuchen«, nickte sie langsam.

»Juhuu, Doppeldate!«, juchzte Michelle, die schon ihre Tasche unter den Arm geklemmt hatte und der Ladentür zustrebte. »Ich hole dich heute Abend um sieben Uhr ab, ja? Meine Mutter leiht mir ihr Auto. Das wird ein legendärer Abend!«

Etwas überrumpelt schaute Lena ihrer Freundin hinterher. Hatte sie zu schnell eingewilligt? Hatte sie sich nicht auf einen geruhsamen Leseabend gefreut? Würde sie jemals unversehrt aus diesem ganzen Dating-Wahnsinn wieder herauskommen?

Dem launischen Herbstwetter hatte es gefallen, den warmen sonnigen Montag in einen kalten regnerischen Montagabend zu verwandeln. Es goss in Strömen, als Michelle den Wagen ihrer Mutter vor dem Ristorante »Amore mio« parkte. Im Halteverbot. Das Schild stand direkt neben dem Auto.

»Michelle, Schatz, hier wirst du todsicher abgeschleppt«, gab Lena zu bedenken.

»Das ist doch der Plan«, kicherte Michelle. »Ich will unbedingt abgeschleppt werden.«

»Nein, ich meine, sollten wir nicht lieber einen vernünftigen Parkplatz suchen? Genug Zeit ist doch noch. Wir sind etwas zu spät dran, also fast genau richtig.«

»Kommt überhaupt nicht infrage.« Michelle umklammerte das Lenkrad so fest, dass ihre Handknöchel weiß hervortraten. Fasziniert spähte sie durch die regennasse Windschutzscheibe zur Leuchtschrift *Amore mio,* die verheißungsvoll aufblinkte. »Es regnet, und meine Frisur aufzutrüffeln hat mich Stunden gekostet. Da will ich nicht auch noch stundenlang mit meinem Föhn auf einer Restauranttoilette stehen.«

Ziemlich verdutzt musterte Lena Michelles Aufsteckfrisur mit den herausgezupften Korkenzieherlöckchen. Anschließend schweifte ihr Blick zu dem unförmigen Lederbeutel, der auf Michelles Schoß lag.

»Du hast einen – Föhn dabei?«

»Ich habe *alles* dabei«, erwiderte Michelle mit dem Stolz einer Frau, die für alle Eventualitäten gerüstet war. »Föhn, Haarspray, Deo, Kondome, Make-up, Wechselwäsche, Slipeinlagen, Pille, Parfüm.«

Ach, Michelle. Lena lächelte kopfschüttelnd.

»Und in welcher Reihenfolge willst du das alles heute einsetzen?«

Ein spitzbübischer Zug irrlichterte um Michelles knallrot geschminkte Lippen.

»Vielleicht denke ich mir fürs Bett was Ausgefallenes mit dem Föhn aus?«

Aufstöhnend hob Lena die Hände, ehrlich besorgt um ihre Freundin, die das Pferd von hinten aufzäumte. Beziehungsweise jetzt schon von einem rundum befriedigenden Resultat des Dates ausging.

»Schatz, ehrlich, du erwartest zu viel«, versuchte sie, Michelles Euphorie zu dämpfen. »Und sei jetzt bitte so gut, und such einen anständigen Parkplatz.«

»Wenn dir so viel am ordnungsgemäßen Parken liegt, musst du das selbst übernehmen.« Michelle deutete auf ihre Schlangenledersandaletten, deren Absätze in Form und Länge Tante Hildes Fonduespießen ähnelten. »Mit diesen Dingern schaffe ich kaum hundert Meter.«

Lena, die wie immer ihre bequemen Sneakers trug, konnte nur staunen über so viel weibliches Märtyrertum.

»Markus ist sehr sportlich, Michelle. Laut Profil hat er schon einen Sechstausender bestiegen. Und wenn er nun mit dir nach dem Essen einen Verdauungsspaziergang machen will? Was dann?«

»Höhö, dann muss ich nach hundert Metern am Bordstein übernachten und morgen früh weiterlaufen.« Im Rückspiegel kontrollierte Michelle die Wirkung ihres Lippenstifts, danach zog sie resolut den Autoschlüssel aus dem Zündschloss. »Komm, wir gehen rein. Wir sehen ja von drinnen, wenn ein Abschleppwagen vorfährt. Dann rede ich mit den Leuten. Hat bislang immer glänzend funktioniert.«

So viel unbekümmerte Sorglosigkeit war Lena völlig fremd. Allerdings erschien es wenig sinnvoll, Michelle weiter von der Straßenverkehrsordnung überzeugen zu wollen. Da Lena keinen Führerschein besaß, stieg sie aus, spannte Michelles rotweiß gepunkteten Regenschirm auf und holte ihre aufgeregte Freundin an der Fahrertür ab.

»Bitte sehr, Königin der Nacht. Darf ich dich zu deinem Date geleiten?«

»Überaus gern«, erwiderte Michelle huldvoll, während sie den Wagenschlag zuwarf und zu Lena unter den Schirm huschte. »Ich trete mit den besten Voraussetzungen an. Meine Mutter sagte mir zum Abschied: Sei nicht das funkelnde Bläschen, das im Champagner aufsteigt, sei der Champagner! Also lassen wir es prickeln.«

Lena sagte lieber nichts dazu. Arm in Arm eingehakt und gut beschirmt legten sie die wenigen regengepeitschten Meter zum Restaurant zurück.

Das Lokal hatte Michelle ausgesucht. Es sei ein familiärer Laden, hatte sie betont. Nicht zu billig, nicht zu teuer, mit bodenständiger Küche, nicht zu schlicht, nicht zu überkandidelt, und gemütlich eingerichtet. Alles in allem also ein Mittelklasseitaliener, in dem man sich von Herzen wohlfühlen könne.

Lenas erster Eindruck bestätigte diese Einschätzung. Pfirsichfarbene Wände und sanftes Kerzenlicht schufen eine heimelige Atmosphäre. Die hellen Holzmöbel auf dem rotbraunen Terrakottaboden wirkten sehr einladend, so wie die große Glasvitrine im Eingangsbereich, in der appetitlich aussehende Vorspeisen auf hübsch bemalten Porzellanplatten lagen. Ganz eindeutig war das Amore mio ein Wohlfühllokal.

»Willkommen, die Damen«, empfing sie ein freundlicher

Kellner in weißem Hemd und schwarzer Weste. »Haben Sie reserviert?«

»Ja, auf den Namen Markus.« Michelle zwinkerte Lena zu. »Ein Tisch für vier.«

»Sehr schön, die Herren sind schon da. Wenn Sie mir dann bitte folgen würden?«

»Die sind schon daahaaa«, flüsterte Michelle mit bebenden Nasenflügeln. »Ich glaub, ich mach mir gleich in den Schlüpper.«

Zappelig vor Aufregung zerrte sie an ihrem Trenchcoat, um das orangefarbene Flatterfähnchen darunter freizulegen. Lena half ihrer Freundin, den Mantel auszuziehen, und übergab ihn dem Kellner, der keine Miene verzog.

»Hier entlang«, sagte er und deutete auf einen runden Tisch, an dem sich zwei Männer anschwiegen.

Auf der Stelle wusste Lena, dass dieses Doppeldate eine ganz, ganz schlechte Idee gewesen war. Antonio sah aus wie ein Aristokrat, den es in eine Bedienstetenunterkunft verschlagen hatte. Indigniert die Nase rümpfend, schaute er sich um. Was auf Lena anheimelnd und urgemütlich wirkte, beleidigte offensichtlich seine ästhetischen Ansprüche. Das war ein bisschen ungerecht, fand Lena. Nun gut, die kitschigen Gemälde an den Wänden hielten ganz bestimmt keinem kunstkritischen Kennerblick stand. Auch der Dekorationsschnickschnack auf den Tischen – eigenartige Gebilde aus rotem Gazestoff, quietschbunten Plastikblumen und murmelgroßen Perlen – war sicherlich kein Gipfel der Einrichtungskunst. Na und? Sie wollten hier nur essen, nicht einziehen. Ein bisschen Kitsch, ein bisschen Schnickschnack, das gehörte doch dazu, wenn man ein familiäres Lokal besuchte.

Antonios Gegenüber schien sich ebenfalls äußerst unwohl zu fühlen. Stumm brütete er vor sich hin, mit einem verkniffenen Zug um den Mund, der nichts Gutes verhieß.

»Sieht bissi älter aus als auf dem Profilfoto, oder?«, wisperte Michelle, die mit Lena aus sicherer Entfernung zum Tisch hinüberschaute.

Ja, dieser Markus hatte kräftig geschummelt. Auf seinen Fotos hatte er dunkles, volles Haar gehabt, das sich mittlerweile deutlich lichtete und an den Schläfen ergraut war. Auch das übermütige Lachen war verschwunden und einem verhärmten, wenn nicht verbitterten Gesichtsausdruck gewichen.

»Aber im Chat war er wirklich okay«, fügte Michelle tapfer hinzu. »Und graue Schläfen haben ja auch was. Erfahrene Männer erreichen Stellen, da kommen die jungen Springer gar nicht erst hin.«

Lena gratulierte ihr leise flüsternd zu ihrem Optimismus. Dann traten sie gemeinsam an den Tisch.

»Hallo zusammen!«, zwitscherte Michelle los. »Ich freue mich riesig auf unser Doppeldate! Bevor wir darauf trinken, muss ich aber erst mal was klären. Markus? Ich bin dein Date!«

Der solcherart Angesprochene musterte sie überrascht.

»Das heißt, du bist nicht Lena?«, vergewisserte er sich.

»Nein, das bin ich.« So herzlich sie konnte, hielt Lena ihm die Rechte entgegen. »Da ich allerdings mein Glück schon gefunden habe«, ein liebevolles Lächeln ging an Antonio, der ihr ausdruckslos zusah, »habe ich meiner besten Freundin gestattet, mit dir zu chatten.«

»Tja, und da bin ich also!«, strahlte Michelle.

Eine dieser Pausen entstand, wie sie Lena von formellen Partys aus ihrem früheren Leben kannte. Partys, bei denen sich die Gäste weigerten, so zu tun, als seien sie ganz versessen auf öden Small Talk mit Wildfremden. Etwas Unfrohes, Bockiges lag in der Luft. Nur Michelle dachte gar nicht daran, sich ihre gute Laune verderben zu lassen. Mit einem lustigen kleinen Seufzer sank sie auf den Stuhl, der Markus gegenüberstand.

»Wer hätte das gedacht? Wir vier hier?«

»Ich nicht«, brummte Antonio.

Na, dann gute Nacht, Marie. Lena runzelte die Stirn. Sie hatte Antonio regelrecht zu diesem Kleeblattabend überreden müssen. Zunächst hatte er sich mit Händen und Füßen gesträubt: Was das denn solle, zu zweit sei es doch viel schöner, außerdem habe er alle Hände voll zu tun wegen der morgigen Vernissage. Entsprechend mucksch schaute er nun aus der Wäsche.

Hier trafen aber auch Welten aufeinander. Antonio war unfassbar elegant angezogen mit seinem dunkelgrauen seidig schimmernden Anzug, dem passenden dunkelgrauen Hemd und der blau-grau gestreiften Fliege. Eine Erscheinung wie aus einem Herrenmodenmagazin. Markus hingegen hatte ein Outfit gewählt, das zu einer zünftigen Bergwanderung gepasst hätte: weinrotes Kapuzenfleeceshirt, darunter ein verwaschenes Karoflanellhemd, darüber eine olivfarbene Synthetikbauchtasche, die ihm quer vor der Brust hing. Die bodenlange Tischdecke verhüllte sein Schuhwerk. Lena ging davon aus, dass er Wanderschuhe mit Treckerreifensohlen trug – obwohl er eigentlich eher nach einem Mann aussah, der Schuhe mit Klettverschluss bevorzugte.

»Jetzt trinken wir erst mal ein schönes Glas Prosecco«, rettete sie Michelle, die am ausgestreckten Arm zu verhungern drohte, weil niemand etwas sagte. »Ist doch schön, so ein Überraschungsabend.«

Ihre Worte trugen nicht unbedingt dazu bei, die verspannte Stimmung am Tisch zu lockern. Auch als Lena einen freien Stuhl neben Antonio rückte und ihn mit einem zärtlichen Wangenkuss bedachte, blieb es bei dem lastenden Schweigen. Glücklicherweise schnürte jetzt der Kellner heran. Als hätte er telepathisch erraten, dass man hier atmosphärisch nachhelfen musste, standen vier Sektgläser mit einer hellroten Flüssigkeit auf seinem Tablett, dekoriert mit pudergezuckerten Erdbeerhälften.

»Bitte sehr, die Herrschaften, unser Begrüßungscocktail. Das ist Prosecco mit Erdbeerlikör, die Spezialität des Hauses.«

Antonio zog ein Gesicht, als wollte man ihn gewaltsam zwingen, Abflussreiniger zu trinken. Bevor er etwas Abfälliges sagen konnte, legte Lena eine Hand auf seinen Arm.

»Wir wollen doch alle nur das eine, lieber Antonio – einen harmonischen Abend, nicht wahr?«

»Wie du meinst«, antwortete er schmallippig. »Ich habe dir übrigens Rosen mitgebracht. Rote.«

Er zog einen riesigen Rosenstrauß aus einem wassergefüllten Sektkübel, der unbemerkt neben dem Tisch auf dem Boden stand.

»Antonio«, hauchte Lena verwirrt. »Du schenkst mir Blumen?«

»Sei doch froh, dann musst du dir keine kaufen!«, jubilierte Michelle in den höchsten Tönen. »Darauf einen Prossetscho mit Erdbeerlikör! Klasse! Ich liiiebe so was!«

Überwältigt betrachtete Lena die Rosen in ihrem Arm. Das war lieb. Und aufmerksam. Und einfach zauberhaft. Nur widerstrebend trennte sie sich von dieser Blütenpracht. Nachdem sie Antonio mit einem langen Kuss gedankt hatte, stellte sie den Strauß zurück in den Sektkübel. Ob Tante Hilde überhaupt so eine große Vase besaß?

Mittlerweile hatte der Kellner jedem ein Glas hingestellt. Michelle erhob ihres für einen Toast.

»Auf euch! Auf uns! Und auf Benjamin Floros, den genialen Erfinder der ultimativen Liebesformel, der diesen Abend erst möglich gemacht hat!«

Benjamin, verdammt. Wie eine ätzende Säure fraßen sich die drei Silben durch Lenas Brust und krochen zielgenau in die verwundbarste Zone ihres Herzens. Ihre Hand zitterte, als sie das Glas ansetzte und trank. Michelle und Markus leerten ihre Gläser auf einen Zug. Antonio nippte nur, schnitt eine angewiderte Grimasse und wandte sich an den Kellner.

»Mi porti per favore una focaccia con rosmarino e una birra leggera.«

»Verzeihung«, der Kellner lächelte entschuldigend, »ich verstehe kein Wort.«

»Das war Italienisch, ich spreche es seit meinem siebten Lebensjahr fließend«, wies Antonio unnötigerweise darauf hin, dass er diese Sprache beherrschte.

»Ich komme aus Kroatien«, sagte der Kellner achselzuckend.

»Und wie soll ich Vertrauen in Ihre«, Antonio malte mit den Fingern Gänsefüßchen in die Luft, »*italienische* Küche fassen, wo hier nicht mal Italienisch gesprochen wird?«

Wenn Lena etwas hasste, dann Besserwisser. Und wenn sie etwas noch mehr hasste, dann Gäste, die Kellner schlecht behandelten. Es war billig. Und unhöflich. Und voll daneben. Das musste sie Antonio unbedingt abgewöhnen. Der Rosenstrauß war eine wunderbare Geste gewesen, aber sein flegelhaftes Benehmen konnte man nicht durchgehen lassen.

»Mein Freund meint es nicht so«, flötete sie und schenkte dem Kellner ein offenes Lächeln. »Sie können uns ja schon mal ein großes Wasser bringen und dann die Speisekarten.«

Dafür erntete sie ein langes Gesicht von Antonio und ein dankbares Kopfnicken des Kellners, der sich nun ermutigt fühlte, einen kulinarischen Vorschlag zu unterbreiten.

»Für den ersten Hunger könnten wir Ihnen eine gemischte Vorspeisenplatte für vier Personen zusammenstellen. Italienische Antipasti«, er streifte Antonio mit einem eisigen Blick, »um es korrekt auszudrücken.«

»Und was ist da alles drauf?«, fragte Michelle neugierig.

»Marinierte Zucchini, Aubergine in Tomatensugo, Vitello tonnato, Mozzarella caprese, Melone mit Parmaschinken, Pflaumen im Speckmantel, Lachstatar, Rinderfilet-Carpaccio,

Calamari in Knoblauchöl«, schnurrte der Kellner die Gerichte herunter.

»Mir läuft das Wasser im Mund zusammen«, seufzte Lena und schaute fragend in die Runde. »Sind alle einverstanden?«

»Pflaumen im Speckmantel isst man seit den neunziger Jahren nicht mehr«, zischte Antonio leise, aber gut hörbar.

»Ich bin allergisch auf Knoblauch«, steuerte Markus seinen zweiten Redebeitrag des Abends bei. »Wenn's nach mir gegangen wäre, hätten wir sowieso ein Lokal mit deutscher Küche aufgesucht. Ich mag gebratene Leber mit Kartoffelstampf.«

»Ich mag alles! Her mit der Vorspeisenplatte!«, juchzte Michelle, die auf bewundernswerte Weise immun gegen die kleinen Giftpfeile dieser Tischgesellschaft blieb.

»Sehr wohl.« Der Kellner verbeugte sich. »Antipasti für vier Personen.«

»So, und jetzt ist Markus dran«, leitete Michelle zu ihrem Date über. »Erzähl mal was von dir. Und willst du nicht vielleicht vorher deinen Rucksack oder was das ist ablegen?«

Wie ein Schüler, der vom Lehrer beim Dösen erwischt wurde, fuhr er zusammen.

»Tja, also, erst mal hallo, liebe alle. Ich muss sagen, dass dies mein allererstes, hm, Daaate ist? Sagt man das so? Daaate?«

Niemand widersprach.

»Unlängst wurde ich geschieden«, fuhr er mit brüchiger Stimme fort. »Seither ist mein Leben leer und sinnlos. Ich vermisse meine Frau. Daaaating ist der letzte Versuch, meinem trostlosen Dasein einen Sinn zu verleihen.«

Es war, unverblümt gesprochen, eine ziemlich durchschaubare Mitleidstour, was Michelle jedoch nicht weiter zu stören schien. Sie begleitete seine Ergüsse mit süßen kleinen Klagelauten, die Lena ein wenig an Dewey erinnerten, wenn er sie maunzend um einen Nachschlag Hühnchen in Gelee bat.

»*Mio, mio, mio*, wie kann man denn so einen tollen Mann verlassen?«

Im selben Moment merkten alle außer Michelle, dass sie völlig selbstverständlich davon ausging, einen verlassenen Mann vor sich zu haben, nicht etwa einen Mann, der seine Frau in die Wüste geschickt hatte.

»Du meinst wohl *dio mio*, Michelle«, gab Antonio einen weiteren Besserwisserkommentar ab. »Es heißt: *di-o mi-o*, italienisch für: mein Gott.«

In Lena brodelte es. Wie gut und wie ernüchternd, dass sie Antonio mal auf freier Wildbahn erlebte. Das änderte nämlich so einiges an dem positiven Bild, das sie von ihm hatte. Noch konnte sie sich beherrschen. Aber wenn er so weitermachte, würde sie explodieren, hundertpro.

»Sie war perfekt, meine Ex, einfach perfekt«, murmelte Markus mit erloschener Miene. »Sie war der Typ Frau, die putzt, bevor die Putzfrau kommt.«

»Ach wirklich?« Michelle spielte mit einer bunten Plastikblume der Tischdekoration herum. »Na ja, das Leben geht weiter. Wir wollen heute Abend ja nicht über deine Exfrau sprechen.«

»Auf keinen Fall«, bekräftigte Markus, der sich nebenbei höchst umständlich seiner Bauchtasche entledigte. »Es ist nur, sie war wirklich perfekt. Wenn sie abends so auf dem Sofa saß, dann musste ich sie nur anschauen und …«

Die Rührung übermannte ihn, seine Augen wurden feucht. Michelle tauschte einen Blick mit Lena, die Antonio in Schach halten musste, weil er ungeduldig mit den Fingern auf dem Tischtuch herumtrommelte.

»Sie war der Typ Frau, die sich ein Kissen auf den Bauch legt, wenn sie auf dem Sofa sitzt«, jammerte Markus mit weinerlichem Vibrato weiter. »Warum legen sich Frauen Kissen auf den Bauch?«

»Also, da bin ich jetzt echt überfragt«, erwiderte Michelle verdattert. »Aber hey, Kopf hoch, Markus, irgendwann ging's doch flott zu Ende mit deiner Frau, und nun bist du hier.«

»Ja. Hier.« Traurig stierte er in sein leeres Glas. »Zum Schluss hat sie gesagt: Wir sind so lange verheiratet, wir paarschimmeln nur noch, das reicht mir nicht, ich gehe.«

Eines war mal klar: Dieser Trauerkloß toppte alle bisherigen Erfahrungen, die Lena hatte durchstehen müssen. Sie rechnete im Kopf nach. Dies war das sechste Date, und noch nie war die Stimmung so abgrundtief ins Tal der Tränen gerutscht. Man konnte sozusagen knietief im Befindlichkeitspudding waten. Irgendwann würde sie es Benjamin unter die Nase reiben, samt seiner lachhaften Formel.

Natürlich regte sich auch Mitgefühl in Lena. Andererseits war sie der Meinung, dass man nicht Wildfremde mit seinem Ungemach belästigte. Schon gar nicht bei einem Date. Und keinesfalls bei Michelle, die so viele Hoffnungen in diesen Abend gesetzt und sogar ihren Föhn mitgebracht hatte. Es hatte etwas Übergriffiges, wie sich Markus ein Publikum für sein Selbstmitleid ergaunerte.

»Irgendwann sagte sie nicht mehr: wir, nur noch: ich«, redete er monoton wie ein Roboter weiter. »Also, früher sagte sie: *Wir* könnten mal nach Ibiza fliegen, irgendwann sagte sie: Im nächsten Urlaub will *ich* nach Ibiza. Oder, früher: *Wir* haben eine schöne Wohnung. Irgendwann: Die Wohnung ist toll, seit *ich* neue Möbel ausgesucht habe. Jahrelang ging das so. Versteht ihr?«

Keiner am Tisch verspürte sonderlich Lust, darauf einzusteigen. Wie auch? Dates standen für einen Neubeginn, nicht für den larmoyanten Blick zurück.

Aber Markus gab noch nicht auf. Er nahm die Pfeffer- und Salzstreuer und stellte sie dicht zusammen. »Wir.« Dann stellte er sie weit auseinander. »Ich – und meine Exfrau.«

»Ich glaub, wir haben's langsam kapiert«, stöhnte Lena.

»Aber wie hält man das aus? Jahrelang? Tag für Tag?«, fragte Michelle erschüttert.

»Wie man das aushält?« Erfreut nahm er den Faden sogleich auf. »Meine Exfrau und ich, wir standen morgens auf, dann den Tag durch, machten abends den Fernseher an und uns gegenseitig was vor.«

Michelle knabberte auf ihrer Lippe herum.

»Du bist noch nicht über sie hinweg, oder?«

»Nee …«

»Dann bin ich dein Vielleicht-komme-ich-so-über-sie-hinweg-Date?«

»Wie armselig«, flüsterte Antonio Lena ins Ohr. »Können wir bitte gehen?«

»Nein, wir dürfen Michelle jetzt nicht alleinlassen«, flüsterte sie zurück.

»Hey, da gibt es so ein Buch: *Wenn Männer zu sehr lieben*, das wäre doch total der Burner für dich!«, rief Michelle, verzweifelt bemüht, den Karren aus dem Dreck der Trübsal zu ziehen.

»Heißt das nicht: *Wenn Frauen zu sehr* …«, wollte Antonio sie korrigieren, doch Lena hielt ihn zurück.

»Sag mal, Markus«, säuselte sie, »hast du Hobbys? Ich hörte da was von Bergsteigen.«

»Hab ich lange aufgegeben.« Er fummelte an seinem Fleeceshirt herum. »Ich schwimme. Also, ich plansche. Mit meinen Kindern.«

Beim Stichwort Kinder knetete Michelle alarmiert die Plastikblume auf dem Tisch.

»Wie viele sind es denn, Markus?«

»Vier.«

Lena bemerkte, wie Michelles Blick brach. Vier Kinder, das war ganz schön heavy, wenn man selber schon zwei kleine Temperamentsbolzen zu Hause hatte.

»So eine Poolnudelschlacht ist toll, sich gegenseitig nass spritzen, ganz ausgelassen, ganz unbeschwert«, erzählte Markus mit leuchtenden Augen.

Reflexhaft glitt Michelles rechte Hand zu ihrer auftoupierten Frisur.

»Schön.«

»Schaut doch mal, da kommt die Vorspeisenplatte«, lenkte Lena ab. »Sieht das nicht verlockend aus?«

In der Tat, die Antipasti, die in einer dickwandigen ovalen Porzellanform mit aufgemalten Zitronen ruhten, waren wirklich eine Augenweide. Dazu stellte der Kellner jedem einen kleinen Teller hin und einen Brotkorb in die Mitte.

»Buon appetito«, näselte er in Antonios Richtung, mit überdeutlicher Aussprache der beiden italienischen Wörter.

»Besten Dank, mein Guter«, kam es herablassend zurück. »Übrigens, da ich später Spaghetti bestellen werde, möchte ich schon mal darauf hinweisen: bitte nur exakt dreieinhalb Minuten lang kochen, *rigoroso al dente, per favore*. Ich stehe auf ordentlich Biss, nicht auf den üblichen Matsch, den Sie hier vermutlich servieren.«

Das schlug dem Fass den Boden aus. Bis jetzt hatte sich Lena zurückgehalten, aber Antonios arrogantes Gehabe konnte sie nun wirklich nicht länger tolerieren. Wo war der charmante, weltläufige, einfühlsame Antonio geblieben? Legte er es darauf an, durch den Beziehungstest zu fallen? Oder war er einfach nur ein eingebildeter Blödmann? Wutentbrannt holte sie ihr Handy heraus und schrieb ihm eine Nachricht.

Entschuldige, aber ich reagiere ein kleines bisschen reizbar, wenn sich jemand, den ich als meinen Freund betrachte, derart danebenbenimmt. Ist es wirklich zu viel verlangt, sich mal zusammenzureißen? Michelle ist meine Freundin. Du machst es ihr nicht gerade leichter, wenn du hier rumgrantelst wie der Grinch. Mir machst du es auch nicht leichter.

Gespannt beobachtete sie, wie er sein Handy zückte und ihre Nachricht las. Nach einem ärgerlichen Schnauben tippte er mit fliegenden Fingern drauflos.

Dieser Abend ist eine Zumutung, das wissen wir beide. Aber dir zuliebe halte ich bis zur Pasta durch. Pasta, basta. Dann gehe ich. Mit dir oder ohne dich.

Ach du große Güte, wir haben unseren ersten STREIT!, schrieb sie erregt zurück. *Per WhatsApp!!! Ist es das wert? Waren da nicht irgendwelche Gefühle zwischen uns?*

???, das war alles, was zurückkam.

Wie möchtest du mein Herz haben?, ging Lena aufs Ganze. *Geschmort? Gebraten? Flambiert? Oder al dente gekocht, exakt dreieinhalb Minuten? Überleg dir, ob du es überhaupt haben willst, mein Herz. Man kann recht haben oder glücklich werden.*

Nachdem Antonio ihre neuerliche Message gelesen hatte, stutzte er. Er stutzte ziemlich lange. Dann schleuderte er das Handy aufs Tischtuch und riss Lena mit einem Ungestüm an sich, das auch das Tischtuch mitriss und ihre beiden Gläser zu Fall brachte. Klirrend zersprangen sie auf dem Terrakottaboden. Und dann küsste er sie. Aber wie. Schon nach wenigen Sekunden war Lenas untere Gesichtshälfte pudelnass und von Antonios Bart wund gerieben. Atemlos keuchend ließ er von ihr ab.

»Reicht das als Antwort?«

Mit dem Handrücken wischte sie sich übers nasse Kinn.

»Verbal wäre auch ganz schön.«

»Okay.« Seine Augen hinter den beschlagenen Brillengläsern loderten. »Ich will mit dir zusammen sein, Lena. Ohne Wenn und Aber. Ich schluck auch tausend Kröten, wenn's sein muss.«

»Das sind doch keine Kröten, Antonio, Schatz«, zirpte Michelle, die völlig aufgelöst weitere Plastikblumen der Tischdekoration zerpflückte. »Guck doch mal. Das sind total leckere Antipathien!«

»Antipasti«, gluckste Lena.

Antonio hämmerte sich ein paarmal die flache Hand vor die Stirn.

»Großer Gott, Lena, von welchem Planeten kommt ihr?«

»Na ja, mitgefangen, mitgehangen, letztlich kannst du dir nicht aussuchen, in wen du dich verliebst«, merkte sie unschuldig an.

Während er seine beschlagene Brille mit einer Papierserviette blank rieb, fixierte er sie scharf.

»Beim Online-Dating schon.«

»Ach ja«, sie lächelte schief, »entschuldige, das hatte ich jetzt glatt vergessen.«

»Seid ihr auch schon so lange verheiratet wie ich?«, fragte Markus. »Also, ich meine, wenn ich noch verheiratet wäre.«

»Wieso willst du das denn wissen?«, erkundigte sich Michelle, die inzwischen fast die gesamte Tischdeko zerstört hatte.

»Nur glückliche Ehepaare streiten wie die beiden da«, schniefte er gerührt.

Auf einmal ging ein Beben durch Antonio. Sein Rücken versteifte sich. Lena stellte sich schon darauf ein, dass sie einen neuerlichen Fauxpas verhindern musste, doch zu ihrer größten Verblüffung stand er auf und warf sich feierlich in Positur.

»Lena und ich, wir sind die Bilderbuchseelenverwandten!«, erklärte er mit erhobener Stimme und schaute Beifall heischend in die Runde. »Es kracht und ruckelt, aber es harmoniert!«

»Wie man sieht«, muffelte Michelle. »Süße, soll ich dir was von meinem Puder leihen? Dein Gesicht sieht aus, als wärst du unter einen Rasenmäher geraten.«

»Nein, danke«, wehrte Lena ab, deren Haut immer noch von der Kussattacke brannte. »Trotzdem, ist lieb gemeint.«

Selig und versöhnt drückte sie sich an Antonio, der wieder Platz genommen und einen Arm um ihre Schulter gelegt hatte. Es war eine Wir-gegen-den-Rest-der-Welt-Geste, die ihr das Gefühl vermittelte, dass vielleicht doch noch ein Paar aus ihnen werden könnte. Womöglich gehören solche Scharmützel dazu, wenn man eine Beziehung anstrebt, sagte sie sich. Im Leseparadies hatte sie ein ganzes Regal voller Ratgeber, und kein einziger handelte von glücklichen Beziehungen. Nur von Beziehungsarbeit, Beziehungskonflikten, Beziehungskrisen. Das war augenscheinlich die Realität hinter dem Märchen von den Prinzen, die ihre Prinzessinnen auf Händen trugen.

»Wollen wir jetzt mal endlich futtern wie bei Muttern?« Mit einem Finger ihrer untadelig manikürten Hand zeigte Michelle auf die üppige Vorspeisenplatte. »Da ist doch wohl für jeden das Richtige dabei. Markus? Möchtest du anfangen?«

»Ich?« Sein Blick begann unstet zu flackern. »Warum ich?«

»Warum nicht?«

Leidend und auch ein wenig panisch betrachtete er die Köstlichkeiten, die vor ihm ausgebreitet lagen.

»Das ist bestimmt ein Psychotest, oder? Da kann ich doch

nur verlieren. Nehme ich ein Stück Tomate, stehe ich da wie ein veganes Würstchen, nehme ich ein Stück Lachs, bin ich schuld an der Überfischung der Weltmeere, nehme ich Parmaschinken, könntest du das als Wink mit dem Zaunpfahl verstehen, dass ich von Fleischeslust besessen bin.«

Während Michelle mehrmals ihren Kopf auf die Tischplatte hämmerte, neigte sich Antonio zu Lena.

»Hiermit möchte ich mich in aller Form bei dir entschuldigen, dass ich dich jemals kompliziert genannt habe.«

Kapitel 17

Jedes Buch war eine Reise. Das klang wie eine Binsenweisheit, in Lenas Ohren nahm der Satz soeben einen ganz neuen Klang an. Denn nachdem sie am Vortag das wirklich allerallerletzte Kapitel ihrer Dating-Geschichte zugeklappt hatte, schlug sie nun ein ganz neues Buch auf. Eines, das sie mit selbst gewählten Erlebnissen füllen würde, nicht eines, in dem sie wie eine Marionette an den Fäden von Benjamin Floros hing. Sie war frei. Endlich. Michelle hatte ihr hoch und heilig versprochen, das für Freitag anberaumte Date mit dem geheimnisvollen Eduard allein durchzuziehen. Sogar Tante Hilde, o Wunder, hatte sich damit einverstanden erklärt.

Nun trat Lena die Reise zu Antonio an. Zu dem Mann, mit dem sie sich ins Bergwerk der Beziehungsarbeit zu begeben gedachte – und der sie zu seiner Ausstellungseröffnung eingeladen hatte. Das kam einem Ritterschlag gleich. Heute würde Lena in seine Welt eintauchen, als seine designierte Lebensgefährtin. Sie war schon ungeheuer gespannt auf das Ereignis, bedeutete es doch, dass Antonio sie sozusagen offiziell in seinem Dunstkreis präsentierte. Zur Feier dieses besonderen Anlasses hatte sie sich sogar ein taubenblaues Strickkleid von Michelle geliehen und ihre Füße in halbhohe rote Pumps gezwängt, ebenfalls eine Leihgabe ihrer Freundin.

Dennoch. Die Vorstellung, an Antonios Seite aufzutreten, inmitten kunstsinniger Ausstellungsbesucher, machte Lena ziemlich nervös. Was um Himmels willen sollte sie sagen, wenn sie nach ihrer Meinung zu den Gemälden gefragt wurde? Nicht schlecht? Gut getroffen? Ich liebe Katzen? Vermutlich erwartete Antonio ein bisschen mehr von ihr.

Glücklicherweise befand sich Lena in guter Gesellschaft. Im Kleinwagen von Michelles Mutter hockte Bert Hansen neben ihr auf der Rückbank und gab pausenlos Gedichtzeilen zum Besten; auf dem Beifahrersitz thronte Tante Hilde, die ihren Galan mit immer neuen Stichwörtern munitionierte. Am Steuer saß Michelle, die abwechselnd die Straße und ihren eigenen Anblick im Rückspiegel begutachtete.

»Finde ich super, dass wir alle zusammen bei der Vernissage aufschlagen! Wir sind die Reisegruppe Sonnenschein! Yeah!« Geschickt wich sie einem Radfahrer aus, der nicht damit gerechnet hatte, dass manche Autofahrer ihre Augen nicht überall gleichzeitig haben konnten. Schlingernd ging die Fahrt weiter. »Antonio wird sich wie verrückt freuen, dass er heute Tante Hilde kennenlernt. Und Bert natürlich.«

»Ich bin gespannt«, ließ sich Tante Hilde vernehmen.

»Wir hätten auch Sven mitnehmen können«, dachte Michelle laut nach. »Leider passte er nicht mehr in den Wagen. Das Ding ist ja so winzig, das platzt schon bei vieren aus allen Nähten.«

»Ach, du triffst dich jetzt mit Sven?«, fragte Tante Hilde interessiert.

»Treffen ist zu hoch gegriffen.« Michelle stellte den Rückspiegel neu ein, damit sie bessere Sicht auf ihren Kussmund hatte. »Wir machen nur manchmal was mit den Kindern. Mein Herz schlägt für Eduard. Der ist top. Am Freitag ist unser Date. Endlich!«

»Ja, die Liebesformel kann was«, lächelte Tante Hilde. »Sie hat unserer Lena ja auch diesen Antonio beschert.«

»Antonio und Lena sind ein Knallerpaar, einfach gigantisch! Auch wenn er ihr beim Küssen das Gesicht zerkratzt wie ein alter Scheuerschwamm.«

»Hach ja, die Liebe«, neckisch tippte Bert seiner neuen Flamme Hilde von hinten auf die Schulter. »Kennst du das ›Brauchtum‹ von Heinz Erhardt?«

»Na, was denkst du wohl?« Lachend drehte sich Tante Hilde zu ihm um. »Ich brauche dich und du brauchst mich, wir brauchen uns, sie brauchen sich.«

»Ob jemand spricht, kräht oder faucht: Er wird gebraucht, er wird gebraucht«, ergänzte Bert schmunzelnd.

»Ihr seid so was von süß, und das in eurem biblischen Alter!«, schwärmte Michelle, die sich nebenbei die Wimpern tuschte, was ihr ganz und gar großartig gelang. Entsprechend heftig ärgerte sie sich, dass der entgegenkommende Lkw-Fahrer die Stirn hatte, sie kräftig anzuhupen. »Also, ich verstehe das nicht. Die Straße ist heutzutage wohl zur Nahkampfzone verkommen!«

»Michelle, mein Augenstern, vielleicht schminkst du dich

später?«, schlug Tante Hilde mit einer Engelsgeduld vor, für die man sie bewundern musste.

»Sorry, aber als Mutter von zwei Kindern …«

»Ich könnte das Steuer übernehmen«, bot sich Bert an. »Ich besitze meinen Führerschein schon seit fünfundfünfzig Jahren, und genauso lange fahre ich unfallfrei. Nun ja, eigentlich hatte ich noch nie ein Auto.«

Minutenlang sahen alle starr geradeaus. So, als könnten sie damit zur Sicherheit von Michelles eigenwilligem Fahrstil beitragen.

»Kind, du bist so still«, meldete sich Tante Hilde nach einer längeren Pause zurück. »Aufgeregt?«

»Mmmmmhh«, machte Lena.

»Wenn er der Richtige ist, hast du nichts zu befürchten«, sagte Tante Hilde gelassen.

»*Falls* er der Richtige ist«, wurde sie feinsinnig von Michelle verbessert. »Das muss sich erst noch erweisen.«

»Ist das so?« Argwöhnisch schaute Tante Hilde erst zu ihrer Nichte, dann zu Michelle. »Was hat er denn verbrochen?«

Lena presste ihre heiße Wange ans Wagenfenster. Die Antonio-Jubel-Arie von Michelle war nur eine Show für Tante Hilde gewesen, um sie nicht zu beunruhigen. Schon gestern hatte sie Lena gestanden – diplomatisch, aber unmissverständlich –, dass sie Antonio nicht sonderlich mochte. Seine hochfahrende Art zu Beginn des Abends sei ihr unangenehm aufgestoßen. Das hatte sie Lena auf der Heimfahrt auch deutlich zu verstehen gegeben. Er sehe ja ganz gut aus und sei so was wie ein männlicher Kleiderständer mit Brille, aber sie lasse sich von seinem ach so kultivierten Charisma keineswegs täuschen. Da sei so ein kalter Hauch gewesen. Und der passe nun so gar nicht zu ihrer Freundin Lena Hagedorn.

Den überwiegenden Teil der Autofahrt hatte Michelle ihre Show für Tante Hilde durchgehalten, nun waren ihre schauspielerischen Fähigkeiten offenbar erschöpft.

»Wir waren wohl alle ein bisschen angeschlagen gestern«, suchte Lena nach einer Erklärung, bevor Michelle weiter auf Antonio rumhacken konnte. »So ein Doppeldate ist untervergnüglich und überkomplex.«

»Falsch, ein Doppeldate ist so ziemlich das Babyleichteste, was die Dating-Welt zu bieten hat«, tönte es von vorn, wo Michelle geräuschvoll einen Gang zurückschaltete, weil sie gerade mit Karacho über zwei Bodenschwellen geholpert war. »Es hätte total easy sein können, trotz Jammerlappen-Markus. Aber Antonio kann man nichts recht machen.«

»Wenn zwei Menschen im höheren Alter aufeinandertreffen, müssen sie sich eben erst mal aneinander gewöhnen«, sagte Bert begütigend.

»Mussten wir zwei Hübschen aber nicht«, warf Tante Hilde ein.

»Jede Beziehung ist anders.« Lena starrte auf Michelles toupierten Hinterkopf. »In jeder Beziehung.«

»Kinder, nun mal nicht so trübsinnig«, lachte Bert und klatschte in die Hände. »Lasst uns froh und munter sein, trotz all unsrer Macken. Es geht doch ums Beisammensein, um Reden, Nähe, Lachen.«

»Amen«, grummelte Michelle und bremste scharf. »Wir sind übrigens da.«

Die Reisegruppe Sonnenschein kam zu spät. Das verdankte sie Michelle, die noch diverse Make-up-Korrekturen vor dem Rückspiegel hatte durchführen mussen, nachdem sie den Wagen im Halteverbot geparkt hatte. Als sie die Galerie betraten, platzten sie deshalb mitten in Antonios Rede. In einem pechschwarzen Anzug, unter dem er ein pechschwarzes T-Shirt trug, stand er vor der Stirnwand des weitläufigen Raums. Umringt von ebenfalls schwarz gewandeten Besuchern, dozierte er flüssig über Dinge wie Dekonstruktion, Konnotation und Implosion.

»Bin ich hier die Einzige, die nur Bahnhof versteht?«, fragte Tante Hilde leise.

Nicht leise genug. Entrüstetes Tuscheln schlug ihr entgegen, auch einige aufgebrachte »Psssst«. Über seine Gästeschar hinweg reckte Antonio den Kopf, um die Störungsquelle auszumachen. Es gelang ihm mühelos. Die kleine Reisegruppe aus der Provinz passte zu den übrigen Besuchern wie eine Promenadenmischung in eine Eins-a-Hundeschau mit lauter reinrassigen Zuchtexemplaren.

Allenfalls Lena ging vielleicht noch als galeriekompatibel durch in ihrem taubenblauen Strickkleid; aber schon die roten Pumps waren wahrscheinlich des Guten zu viel. Über Michelle musste man gar nicht erst lange reden. Auch heute hatte sie sich *aufgetrüffelt.* In einem pinkfarbenen Kostüm mit überdimensionalen Schulterpolstern und aufgestickten Flamingos in Azurblau stöckelte sie an den Bildern entlang, wobei sie die Absätze ihrer hochhackigen Schlangenledersandaletten wirkungsvoll über den Boden schrammen ließ. Bert Hansen war in einem kaffeemilchbraunen Leinenanzug nebst grasgrünem Strohhut erschienen, Tante Hilde ausgehfein in einem zeltartigen Seidenkleid mit rotem Mohndruck auf weißem Grund. So weit, so deplatziert.

Während Antonio weitersprach, starrte er immer wieder zu den Neuankömmlingen. Schließlich hob Lena winkend eine Hand und formte mit den Lippen ein stummes »Hi« in seine Richtung. Keine Reaktion. Ihr konspiratives Winken prallte an ihm ab wie ein Flummi. Jetzt nicht, stand ihm ins Gesicht geschrieben. Dies ist die Heilige Messe des Kunstbetriebs, da wird nicht albern gewinkt, da wird zugehört.

Lena versuchte es. Sie versuchte es wirklich. Doch sosehr sie sich auch anstrengte, den tieferen Sinn des Gesagten zu erfassen, irgendwie gelang es ihr nicht. Intellektuell bereitete ihr Antonios Rede keinerlei Kopfzerbrechen. Fremdwörter konnten sie nicht schocken, genauso wenig wie die verdrahteten Satzkonstruktionen, die Antonio ineinanderflocht. Es schien ihr eher so, dass sich ein Gesamteindruck nachgeplapperter Worthülsen ergab. Implizite Resonanz. Sozioökonomische Relevanz. Introvertierte Performanz. Lena hatte ein feines Ohr. Nicht zuletzt durch ihre lebenslange Lektüre war sie empfindlich für hochgestochenes Wortgeklingel geworden.

Aber vielleicht hatte sie ja unrecht? Vielleicht lag es nur daran, dass sie so gut wie nichts von moderner Kunst verstand?

»Laber, laber, Rhabarber«, hörte sie Michelle halblaut lästern, die ihre gestöckelte Besichtigungstour soeben beendet hatte und sich nun zu Tante Hilde gesellte. »Hat der auch einen Knopf zum Abstellen?«

»Lass mal, ich bin noch dabei, mir einen Überblick zu verschaffen«, flüsterte Lenas Tante.

Bert sagte nichts. Er nahm nur seinen Strohhut ab und fächelte sich Kühlung zu. So ging es noch eine Weile weiter, bis Antonio seine Rede mit den Worten »Und damit ist die Ausstellung eröffnet« abschloss. Applaus brandete auf und vertröpfelte sofort. Niemand hier gab sich die Blöße, größere Emotionen zu zeigen. Man war cool. Gemessen zerstreuten sich die Besucher vor den Gemälden, wobei sie immer erst die Schilder studierten, um dann mit ehrfurchtsvoller Miene zurückzutreten und die Bilder zu betrachten.

Modisch war diese Veranstaltung durchaus interessant. Noch nie hatte Lena so viele Schattierungen von Schwarz gesehen. *Fifty Shades of Black* sozusagen. Die weiblichen Gäste kultivierten eine Art teuren Trümmerfrauenlook, mit durchlöcherten T-Shirts, unregelmäßigen Rocksäumen und wurstelig gebundenen Turbanen, zuweilen auch exzentrischen Hüten. Die Herren überboten einander im Tragen zu enger oder zu weiter schwarzer Anzüge, die still vor sich hin knitterten. Vor den kalkweiß getünchten Wänden nahm sich das schwarze Ballett ausgesprochen apart aus.

Lena seufzte. In dieser illuster abgerissenen Gesellschaft fühlte sie sich mit ihrem braven Strickkleid wie Stulli, das Pausenbrot. Sie gehörte nicht hierher. Aber das ließ sich ja möglicherweise noch ändern.

»Hätte ja nicht gedacht, dass das hier so eine Beerdigungsnummer wird, alle in Schwarz und mit Trauerrandvisagen«, mäkelte Michelle herum. »Wo bleiben denn eigentlich die Getränke? Wird bei Vernissagen nicht immer lustig eingeschenkt?«

»Also, lustig wird das hier wohl nicht mehr«, orakelte Bert, woraufhin ihm Tante Hilde einen kleinen Stüber in die Seite verpasste.

»Still, Bert, da kommt er, unser Gastgeber.« Lächelnd ging sie einen Schritt auf Antonio zu, der ihnen eilig entgegenlief. »Guten Abend, ich bin Tante Hilde. Lenas Tante.«

»Schön, ja.« Er beachtete sie kaum, ganz der professionell distanzierte Galerist, der schon den nächsten Gast in den Blick nahm, während er noch mit jemandem sprach. »Man wird Ihnen etwas zu trinken bringen.«

»Antonio?« Schwer verstimmt stellte sich Lena ihm in den Weg. »Das ist nicht irgendwer. Das ist *meine* Tante Hilde.«

»Ich weiß«, erwiderte er schnarrend. »Die Tante Hilde, die spätnachts anruft, wenn wir gerade zugange sind, weil sie ja gesundheitlich so überaus angeschlagen ist, richtig?«

Boing. Ein gigantischer Gong hallte durch Lenas Kopf. Sie hätte wissen müssen, dass ihr diese kleine Lüge irgendwann auf die Füße fallen würde. Dennoch war es nicht fair, einer freundlichen alten Dame derartige Geringschätzung entgegenzubringen.

»Jetzt hör mir mal gut zu«, spulte sie sich auf, »wir sind extra mit dem Wagen hergekommen, weil meine Tante dich kennenlernen wollte.«

Jetzt gewahrte Antonio auch Michelle und Bert, die er genauso distanziert begrüßte wie Tante Hilde.

»Dies ist eine exklusive Vernissage, Lena, bei der nur geladene Gäste Zutritt haben«, sagte er tadelnd. »Es gibt eine limitierte Gästeliste. Wie viele Leute hast du denn noch mitgebracht?«

»Leute?« Zornentbrannt blitzte sie ihn an. »Das ist meine Wahlfamilie! Die Menschen, die mir die liebsten sind! Die kannst du doch nicht einfach so nebenbei abfertigen!«

»Ach, kann ich nicht?«, fragte er mokant.

Lena hatte noch nie zu Gewalttätigkeiten geneigt. Doch in diesem Augenblick züngelte die Wut so heiß in ihr hoch, dass sie Antonio am liebsten an die Gurgel gegangen wäre. Was für ein arroganter Schnösel! Bereits der gestrige Abend hatte es gezeigt. Und sie war auf seinen reumütigen Rosenkavalier-Rückzieher reingefallen.

»Hallooo und einen wunderschönen guten Abend alle zusammen!«, durchbrach eine vertraute männliche Stimme den Eisblock des Schweigens, der sich um Antonio und die Reisegruppe Sonnenschein gebildet hatte. »Tut mir leid, Antonio, ich habe deine Rede verpasst, weil ich noch zu einer Autogrammstunde antreten musste.«

»Ihr kennt euch?«, entfuhr es Michelle, die fast ins Anhimmelkoma fiel, als sie Benjamin Floros sah.

Antonio klopfte Benjamin jovial auf den Rücken, nun zur Abwechslung ganz der Kumpel, der seinen neuen Freund willkommen hieß.

»Ja, wir kennen uns, und im Gegensatz zu gewissen anderen Leuten habe ich Benjamin persönlich eingeladen.« Mit einem geschäftigen Lächeln tippte er Benjamin auf die Hemdbrust. »Das mit der Rede ist kein Problem. Ich kann dir eine schriftliche Fassung mailen. Was zu trinken für dich? Einen feinen französischen Crémant? Und Lena? Für dich auch?«

Ihr lagen tausend Dinge auf der Zunge, die sie noch loswerden wollte. Aber es ging nicht. Ihre Zunge war wie blockiert. Sie konnte nur Benjamin anschauen, der zurückschaute und etwas mit ihr machte, was man nur mit dem Ertrinken in einem aufgewühlten uferlosen Meer vergleichen konnte. Während ihr heiß und kalt zugleich wurde, tanzten Gischt und Sternenstaub vor ihren Augen.

»Lena! Süße!« Michelles Hand verkrallte sich in ihrem linken Arm. »Wir müssen reden! Sofort!«

Suchend sah sie sich um, dann lotste sie Lena zu einer unscheinbaren Tür, hinter der sich eine kleine Teeküche verbarg. Mit dem Fuß warf Michelle die Tür zu und packte Lena an den Schultern.

»Ogottogottogottogott! Ich bin der größte Dämlack des Universums! Scheibenkleister! Ich war nur so anverknallt, aber du *liebst* ihn, Lena!«

»Wen? Antonio?«

Michelle schüttelte sie wie einen Pflaumenbaum.

»Benjamin, vernäht und zugeflixt! Oder wie das heißt. O Süße! Man sieht es dir aus zehn Kilometern Entfernung an, und du musst es ihm sagen! Es gibt bestimmt eine Chance für euch. Ich will es! Ich weiß es! Und du willst es auch!«

Schwer atmend hielt sich Lena an einer Leiter fest, die an der Wand lehnte.

»Michelle, das ist völliger Quatsch. Selbst wenn ich ihn liebte und er mich – was selbstredend nicht der Fall ist –, so was wie eine normale Beziehung gibt es nicht auf dem Planeten Benjamin. Er kann nicht treu sein. Er eignet sich für nichts, was du und ich uns unter einer Partnerschaft vorstellen.«

»Da sei dir mal nicht so sicher.« Mit beiden Händen massierte Michelle ihre Kopfhaut, was bei einer Frau, die so viel Aufwand mit ihrer Frisur trieb, ein absolutes Alarmzeichen war. »Du bleibst hier. Ich schließe dich ein, sonst läufst du weg. Warte, ja?«

Schneller als Lucky Lukes Schatten entwischte sie aus der Küche und schlug die Tür hinter sich zu. Ein Schlüssel drehte sich knirschend im Schloss.

»Michelle!«, schrie Lena. »Hast du noch alle Tassen im Schrank?«

»Ja, kannst gern nachsehen, du befindest dich nämlich in einer Teeküche!«

Lena hatte kaum bis zwanzig gezählt, um ihren puckernden Puls in medizinisch komfortable Bereiche zu zwingen, als der Schlüssel wieder knirschte und Benjamin seinen Kopf durch den Türspalt steckte.

»Lena?«

Wie in Zeitlupe sackte sie in sich zusammen, bis sie auf dem Boden saß. Sie konnte nicht mehr. Die Spiralnebel des Sternenstaubs tanzten immer schneller um ihren geplagten Kopf.

»Lena.« Benjamin kniete sich neben sie. »Ich wollte es nicht wahrhaben. Ich habe dagegen angekämpft. Aber es scheint so zu sein, als ob ...«, er hielt betreten inne und schluckte, »als ob sich nicht alles errechnen ließe. Mit den Gefühlen und so.«

»Damit liegst du ja nun ganz weit vorn«, kratzte Lena ihren letzten Rest Sarkasmus zusammen.

Er rieb sich übers Gesicht, abgespannt und gleichzeitig fiebrig erregt, wie der zuckende kleine Nerv unter seinem linken Auge verriet.

»Ich wollte dein Coach sein, Lena. Dein Freund. Dein Schutzengel. Aber ich bin auch ein Mann.«

Halb tot vor Erschöpfung und Sternenstaub und Liebe, ja, Liebe, blinzelte sie ihn ermattet an.

»Jetzt, wo du es sagst – ja, doch, stimmt, du bist ein Mann.«

»Der dich liebt, Lena.«

Ruckartig drehte sie den Kopf zur Wand und schloss die Augen. Sie wollte nicht länger etwas anschauen müssen, was sie so sehr liebte und begehrte und doch niemals haben konnte.

»Tja, schade. Es funktioniert nicht, Benjamin. Es wird nie funktionieren mit uns.«

»Was willst du von mir, Lena?« Sacht berührte er ihre Wange, was die vermaledeiten inneren Erdbeben in ihr auslöste. »Willst du Blumen?«

»Danke, Antonio hat mir gestern schon welche geschenkt«, murmelte sie schwach. »Rote Rosen. Ein Strauß, so groß, dass Tante Hilde eine neue Vase kaufen musste.«

Noch immer hielt sie die Augen geschlossen. Deshalb bäumte sie sich entsetzt auf, als sie auf einmal Lippen auf ihrem Mund spürte. Sie hatte Benjamin nicht näher kommen sehen. Sie wollte ihn nicht küssen. Sie küsste ihn. Sie wollte ihn nicht lieben. Sie liebte ihn. Sie wollte seine Hände nicht in ihrem Nacken spüren. Sie verging unter seinen Händen, die ihren Nacken liebkosten. Dann stieß sie ihn weg.

»Was war das denn?«, blaffte sie.

»Ich muss dir was sagen.« Schuldbewusst, vielleicht auch verlegen senkte er die Lider. »Also, ich möchte es probieren, na ja, irgendwie mit dir ein bisschen zusammen zu sein. Einfach erst mal so. Nicht zusammenleben oder heiraten oder so was, nur mal sehen, was draus wird.«

»Irgendwie mit mir ein bisschen zusammen«, zitierte sie ihn mit bitterer Ironie. »Sehr romantisch.«

»Versteh doch, das ist nicht leicht für mich!«, begehrte er auf. »Ich habe Bindungsängste und Fracksausen und …«

»Nein«, sagte Lena.

»Was – nein?«

»So nicht.«

Er rang die Hände wie ein Stummfilmschauspieler, der mehr Pantomime als theatralisches Handwerk vorführte.

»Was denn noch, Lena? Romantik? Dein Ernst?«

»Zieh deine eigenen Schlüsse daraus.«

»Lena!«

»Entschuldige, ich gehe jetzt wieder da rein. Zu einem Mann, der ein mieser Egoist sein kann, den ich mir aber noch hinbiege. Weil er ein Mann ist, der keinerlei Schwierigkeiten hat, sich auf eine einzige Frau zu fokussieren, und sogar zu romantischen Anwandlungen fähig ist.«

Etwa drei Viertel dieser Aussage waren gelogen. Antonio

war für Lena gestorben. Benjamin lebte zwar noch, war und blieb aber unerreichbar. So sah's aus. Nach sechs Dates und einer beschissenen karmischen Laune, die ihr den falschen Mann angedreht hatte, dümpelte Lena am Nullpunkt.

»Du brichst mir das Herz!«, rief Benjamin.

»Und ich breche gleich zusammen, wenn du nicht endlich gehst.«

Halb kniend, halb sitzend hing er über ihr. Sein Atem stockte, beschleunigte sich, stockte.

»Noch mal: Was willst du, Lena? Ich bin nun mal kein Traumprinz. Ich bin ein Streuner, der nicht weiß, wo er hingehört, weil er nie irgendwo hingehört hat, seit er seine Mutter …«

Er verstummte.

»Klingt nach Befindlichkeitspudding eimerweise«, ächzte Lena todmüde.

»Lena, Liebling, bitte, ich flehe dich an!«

»Ciao, Benjamin.«

Es waren die schrecklichsten beiden Worte, die sie jemals in ihrem ganzen Leben ausgesprochen hatte. Wie Pfeiler rammten sie sich in ihr Herz. Es würde Jahre dauern, bis sie sich von dieser lebensbedrohlichen Verletzung erholt hatte. Wenn es ihr überhaupt jemals gelingen würde.

Kapitel 18

Dieser September war verrückt. Milde Sonnenscheintage. Sintflutartiger Regen. Erste Frostnächte, die Lena wie das Menetekel einer ewigen Eiszeit ihres Lebens erschienen. Sie wärmte sich an Büchern wie an einem Kaminfeuer, das niemals erlöschen würde. Eine tröstliche Perspektive. Und natürlich gehörte Jane Austen nach wie vor dazu, wie eine mütterliche Freundin, die freundlich und abgeklärt die richtigen Worte fand, wenn Lena innerlich fror. Bücher waren wieder zum Zentrum ihres Lebens geworden. Ganz so, wie der Held in Jane Austens *Überredungskunst* den Adelskalender zur Hand nahm und dabei »Beschäftigung in Mußestunde und Trost in Zeiten der Not« fand, stürzte sich Lena in ihre Lektüre.

Dewey schien sich lieber an die Realität zu halten. Des Öfteren war das weiße Kätzchen wieder vor dem Schaufenster aufgetaucht, und sie hatten einander so sehnsuchtsvoll angehimmelt wie *Romeo und Julia*, die von einer überkandidelten Fee in Katzen verwandelt worden waren. Es rührte Lena. Aber sie konnte nicht umhin, Dewey darüber aufzuklären, dass so eine Liebe von Weitem manchmal besser war, als sich auf die enttäuschende Wirklichkeit einzulassen.

Am Samstag schien die Sonne so blendend hell in den Laden, dass Lena sich entschloss, die Markise vor dem Schaufenster weiter herunterzukurbeln. Buchcover waren empfindlich. Sie blichen leicht aus, wurden unansehnlich, und dann wollte die Bücher kein Mensch mehr kaufen. Also trottete Lena nach draußen und kurbelte drauflos.

»Hey, Kleiner, das muss leider sein«, rief sie Dewey zu, der im Schaufenster kauerte und fauchend dagegen protestierte, dass es gleich aus sein würde mit seinem gewohnten Sonnenbad. »Wenn Frauchen keine Bücher verkaufen kann, sieht's noch düsterer aus als sowieso schon.«

Die Kurbel war verrostet und Lena unkonzentriert. Ehe sie sich's versah, hatte das alte Ding eine Schramme in ihre linke Hand gefräst. Mit schmerzverzerrtem Gesicht pustete sie über die blutende Wunde. Egal. Weiterkurbeln.

Ratternd entrollte sich die blau-weiß gestreifte Stoffmarkise. Als Lena sie ganz heruntergelassen hatte, spürte sie auf einmal eine seltsame Schwäche. Ein Schwindelgefühl, wie nach einer Achterbahnpartie, wenn man nicht mehr wusste, ob der Magen neuerdings im Kopf hing oder das Hirn zwischen den Zehen. Leicht benommen setzte sie sich auf den Rand des Blumenkübels vor dem Leseparadies. Uff. Ob sie mal zum Arzt gehen sollte? Oder besser zum Chirurgen? Der könnte ihr dann auch gleich das lädierte Herz rausoperieren und ein neues einsetzen.

Seit dem schwarzen Dienstag, wie sie ihn getauft hatte, schleppte sich Lena nur noch von Tag zu Tag dahin; wie ein Zombie, den die anderen für lebendig hielten, obwohl er innerlich mausetot war. Vier Tage war es her, dass ihr Dating-Abenteuer ein unrühmliches Ende gefunden hatte. Lena kam es vor, als seien Wochen vergangen. Entkräftet betrachtete sie den Plakataufsteller, den sie schon frühmorgens rausgetragen hatte.

Kinder, aufgepasst!, leuchtete es ihr in roten Lettern entgegen. *FRÖHLICHE RABAUKEN AUF GROSSER FAHRT. Heute 16 Uhr Lesung mit der beliebten Kinderbuchautorin Hella Gumsemann. Danach gemütlicher Ausklang bei Kakao und Keksen.*

Es würde ein turbulenter Nachmittag werden. Turbulent? Nein, komplett chaotisch. Die Zeiten waren vorbei, in denen Kinder brav auf einem Stuhl saßen und lauschten. Man erzog sie zu Freiheit, Aufsässigkeit und schlechten Manieren, so jedenfalls das Urteil einer Kinder- und Ahnungslosen, die keinen Schimmer von Pädagogik hatte. Lena fand sich selbst krachend spießig, wenn sie ihren Gedanken zuhörte. Aber was sollte man auch erwarten von einer Frau, die dereinst als alte Jungfer sterben würde, männerlos, kinderlos, hoffnungslos?

Zwanzig Kinder nebst elterlicher Begleitung hatten sich für den Nachmittag angesagt. Eine Herausforderung, wenn man am liebsten ins Bett gekrochen wäre, um nie wieder aufzustehen. Tante Hilde nannte es Lenas neuen Hang zum Matratzenhorchdienst. Seit Tagen backte sie ihre berühmten Haferkekse, während Lena so tat, als könnte man mit einer tödlichen Wunde im Herzen prima durch den Alltag kommen. Aber das Leben musste weitergehen.

Auch mit dem Leseparadies musste es weitergehen. Nach wie vor stand Benjamins Liebesformel hoch in der Lesergunst und verkaufte sich blendend, doch Lena musste über diesen Erfolg hinausdenken. Die nächste Generation musste an Bücher herangeführt werden. Nicht als Kundschaft, sondern als künftige buchbegeisterte Community. Jedes Mal, wenn Lena ein Kind sah, das wie hypnotisiert am Handy klebte, bangte sie um dessen Phantasie. Welch kunterbunte Welten hatte sie selbst als Kind in ihrem Kopf erschaffen; wie viele atemberaubende Abenteuer hatte sie durchlebt; wie hatte sie mit den Helden ihrer Lieblingsbücher gefiebert, wenn sie auf dem Friedhof gelesen hatte, im Bett, in der Küche, überall.

Das durfte nicht aufhören, dieses luftige Träumen zwischen den Zeilen. Dafür war Lena alles recht. Sogar ein quecksilbriger Nachmittag mit schreienden Kindern und einer etwas säuerlich dreinblickenden Autorin, deren Konterfei ihr vom Plakat entgegenstarrte. Diese Hella Gumsemann sah so spaßbefreit aus, wie Lena sich fühlte.

Ungewollt blendete sie das Foto auf ein anderes Porträtfoto durch, das hier vor Kurzem für eine ganz, ganz andere Lesung geworben hatte. Mittlerweile erzählten sich Lenas Stammkundinnen, der Abend mit Benjamin Floros stehe im Rang einer mystischen Erfahrung. Den Hoffnungslosen habe er energetischen Auftrieb gegeben, den Einsamen spannende Chatpartner, den emotional Erloschenen neues Feuer. Ein, zwei Monate noch, und man würde schwören, dass Benjamin über Wasser gelaufen war.

Lena pustete noch einmal über ihre brennend schmerzende Hand und ging in den Laden zurück. Sogleich kam Dewey angesprungen. Miauend setzte er sich vor sein Frauchen und schaute so herzzerreißend drein, dass sie ihn auf den Arm nahm. In den vergangenen vier Tagen war er so anhänglich wie noch nie gewesen. Kein Schritt ohne Dewey. Er saß auf ihrem Schoß, wenn sie frühstückte, unbeweglich hockte er auf dem Verkaufstresen, wenn sie Bücher verkaufte oder bestellte, stets wollte er mitgenommen werden, wenn sie einkaufen oder spazieren ging. Und natürlich lag er in ihrem Bett, wenn sie die Decke anstarrte, weil manchmal selbst ein Buch nicht mehr half, den grenzenlosen Kummer zu vertreiben.

»Dewey, mein Ein und Alles«, flüsterte sie, während sie seinen weichen Nacken kraulte. »Es ist alles gut, ja? Ich freue mich, dass du auf mich aufpasst, aber jetzt muss Frauchen alles für die Lesung vorbereiten. Heute kommen viele, viele Kinder. Falls dir das zu stressig wird, darfst du den Nachmittag oben in meinem Bett verbringen.«

Ob Dewey die Botschaft verstanden hatte? Es sah nicht danach aus. Während Lena die Klappstühle aus dem Hinterzimmer holte und im Halbkreis um den Lesetisch aufstellte, lief er ihr immer wieder über die Füße. Als sie die Tassen für Kakao und die Gläser für Wasser und Säfte aus den Kartons holte, beschnupperte er jedes einzelne Teil, als könnte es sein Frauchen eventuell vergiften.

Zwischendurch kamen Kunden herein, die Lena ein wenig von ihrem Kummer ablenkten. Eine alte Dame verlangte verschämt nach Liebesperlen. Freundlich lächelnd überreichte Lena ihr *Die Liebesformel*. Ein junges Paar suchte nach Bildbänden über Mexiko, weil sie ihre Flitterwochen dort verbringen wollten. Lena wünschte ihnen alles Gute. Ausführlich beriet sie sodann ein junges Mädchen, das auf der Suche nach einem romantischen Liebesroman war, »in dem es aber auch mal so richtig zur Sache« ging. Mit dem bittersüßen Klassiker *Salz auf unserer Haut* verließ sie den Laden – dieses Buch stand immer griffbereit in Lenas Goldener Sammlung.

Danach wollte ein junger Mann »was Lustiges mit Hirn«. Lena empfahl ihm Karl Valentins *Hoffentlich wird es nicht so schlimm, wie es schon ist.* Das perfekte Motto für ihr komplett verpfuschtes und zerschossenes Liebesleben.

Als der ohnehin spärliche Kundenstrom in der Mittagszeit versiegte, stellte Lena Dewey sein Fresschen hin, eine Portion Thunfisch aus der Dose, und nutzte sein Mittagsmahl, um sich ihre blaue Strickjacke zu schnappen und nach draußen zu entwischen. Ein bisschen Sonne würde ihr guttun. Wenn schon nicht ihrem Herzen, dann wenigstens ihrem blassen Gesicht.

Sie hatte etwa fünf Minuten auf dem Blumenkübel zugebracht, als spitze Schreie über den Bürgersteig gellten.

»Lena! Leeenaaa! Süüüßeee!«

Das konnte nur eine sein. Lena schaute auf. In olympiaverdächtigem Tempo kam Michelle angerannt, mit schlenkernden Armen und weit aufgerissenem Mund. Ihr gänzlich unfrisiertes Haar umwehte sie wie ein blonder Mückenschwarm, ihre Füße in den Glitzer-Sneakers berührten kaum den Boden, so schnell sprintete sie heran.

»Sag mal, geht's noch?«, rief sie schon von Weitem. »Du

hast dein Handy ausgestellt? Weißt du denn nicht, dass das sozialer Selbstmord ist?«

»Nein, das ist Selbstschutz«, entgegnete Lena müde, als Michelle direkt vor ihr abbremste und stehen blieb. »Nach vierunddreißig Anrufen von Benjamin, die ich natürlich nicht angenommen habe, musste ich den Stecker ziehen.«

»Vierunddreißig. Mein Gott.« Hechelnd beugte sich Michelle vor und hielt sich die Seiten wie ein Marathonläufer, der nach vielen entbehrungsreichen Stunden sein Ziel erreicht hatte. »Über Benjamin sprechen wir gleich«, keuchte sie. »Erst mal muss ich dir das Sensationellste, Irrste, Phantastischste erzählen, was sich jemals auf dem Jahrmarkt der Gefühle ereignet hat.«

Das waren eine Menge Superlative auf einmal. Typisch Michelle. Sie hatte eben ein leicht entzündliches Temperament. Schon wenn sie irgendwo einen niedlichen Hund oder ein flauschiges Zwergkaninchen sah, konnte sie in Begeisterungsstürme ausbrechen.

»Worum geht's, Schatz?«, fragte Lena mit mäßig geheucheltem Interesse.

»Eduard! E-du-ard!« Überschwänglich warf Michelle ihre Arme in die Luft. »Gestern war doch mein Date mit ihm! Und sag jetzt bitte nicht, dass du das vergessen hast.«

Selbstverständlich hatte Lena es vergessen. Dieser ganze Dating-Quatsch interessierte sie mittlerweile null. Weniger als null, falls es das gab.

»Es war der Wahnsinn!«, japste Michelle. »Die Nacht der Nächte! Totaler Systemabsturz und dann, wuuuusch, Phönizier aus der Asche!«

»Das heißt Phönix, glaube ich.« Lena rückte ein Stück beiseite, damit sich ihre Freundin neben sie setzen konnte. »Würdest du vielleicht freundlicherweise an einer Stelle der Geschichte beginnen, wo ich mich einklinken kann?«

Während Michelle außer Atem auf den Blumenkübelrand sank, fiel ihr Blick auf Lenas linke Hand.

»Du bist verletzt! Was ist passiert?«

»Amors Pfeil hat mich gestreift. Aber nicht getroffen, nur ein paar innere Verletzungen hinterlassen. Haha.«

Mit schuldbewusst herabgezogenen Mundwinkeln musterte Michelle die Wunde, auf der sich eine hauchdünne Kruste gebildet hatte.

»Ich habe so ein doofes Gefühl, weil es dir schlecht geht und ich gerade abhebe wie ein Düsenjet.«

»Nein, du musst keine Gewissensbisse haben«, lächelte Lena melancholisch. »Ich freue mich für dich, wenn dir etwas Schönes geschieht. Immer. Also? Wie war dein Date?«

»Lebensverändernd.«

Wie eine kleine rosa Wolke entschlüpfte das Wort Michelles Lippen und schwebte flaumig über ihrem Kopf. Allmählich wurde Lena nun doch neugierig. Es musste sich wirklich etwas Sensationelles zugetragen haben.

»War Eduard denn echt? Oder ein Fake-Date?«

»Beides, Süße, beides.« Unruhig spielten Michelles Finger mit einer gelben Herbstaster, die es trotz des ersten Nachtfrosts geschafft hatte, im Blumenkübel zu überleben. »Wir waren im Wirtshaus zur Eiche verabredet. Weißt schon, dieser etwas altmodische Schuppen mit den holländischen Kacheltischen und den Petroleumlampen. Altdeutsch. Ich wollte nicht extra irgendwohin fahren, und Eduard war es auch recht.«

»O bitte, komm zum Punkt!«, bat Lena, die mittlerweile an den Lippen ihrer Freundin hing.

Das gefiel Michelle außerordentlich. Endlich hatte sie ihre Freundin am Haken und konnte sie nach Herzenslust schmoren lassen. Betont langsam schob sie die Ärmel ihres pinkfarbenen Sweaters hoch, auf dem kleine eingestickte Vögelchen flatterten wie Benjamins Wimpern, als er im Flur des Gordon's … Nicht dran denken, Lena! Verminter Bereich!

»Okay, Süße«, erbarmte sich Michelle weiterzureden, »ich gehe da rein, und wer sitzt da ganz allein an einem Tisch?«

Lena besaß keinerlei übersinnliche Fähigkeiten. Ungeduldig schlug sie die Beine übereinander.

»Dein Date?«

Lachend schüttelte Michelle ihr wirres Blondhaar, das so aussah, als hätte jemand ausgiebig darin gewühlt.

»Nein! Ja! Sven!«

»Ach sooo, Svennn«, sagte Lena gedehnt. »Und dafür hast du es so spannend gemacht?«

»Das Beste kommt doch noch.« Tief sog Michelle die frische Herbstluft in ihre Lungen, bevor sie fortfuhr. »Ich setze mich kurz zu ihm, und er erzählt mir, dass er ein Date hat. Witzig, sage ich, ich habe auch ein Date. Mit wem, fragt er. Und ich so: mit einem geheimnisvollen Mann namens Eduard.«

Noch immer begriff Lena nicht ganz, was so sensationell an diesem Teil der Geschichte sein sollte.

»Und dann?«

»Na ja, wir trinken ein alkoholfreies Bier, weil wir uns beide nicht vor dem ersten Date abschießen wollen, und irgendwann guckt Sven ganz komisch und sagt: Du, ich muss dir was gestehen – ich bin mit deiner Freundin Lena verabredet. Und ich so: Bombe! Na, was sagst du jetzt?«

Lena wurde ganz flau im Bauch. Mit offenem Mund starrte sie in Michelles rosig glühendes Gesicht.

»Das heißt, Sven ist – Eduard?«

»Du hast es erfasst.«

Schweigen. Wie ein Computer fuhr Lenas Gedächtnis hoch. Sie meinte ein feines Ping zu hören, als ein Videoclip in ihrem Kopf startete. Sven, der sich in ihrem Laden rumdrückte. Sven, der schon am Montagmorgen nach der Liebesformel fragte, obwohl er wusste, dass das Buch erst am Nachmittag zu haben war. Auch danach war er noch des Öfteren im Leseparadies gewesen. Hatte er mit ihr geflirtet? Wohl kaum. Ein Klemmi wie Sven flirtete nicht analog. Und weiter ging's mit Lenas Videoclip. Sven auf dem Spielplatz. Sven mit Michelle am Würstchenstand – okay, hier musste Lenas Phantasie die fehlenden Bilder ergänzen. Fakt war: Sven hatte ihre Nähe gesucht. Immer wieder. Und dafür sogar Michelle eingespannt.

»Er war einer der ersten Kandidaten, den Benjamins Test für mich errechnet hat«, murmelte sie beklommen. »Gleich am Morgen nach der Lesung.«

»Richtig, Süße, und ich war dabei, als er an diesem Samstagmorgen zum ersten Mal in dein Leseparadies gestolpert ist.«

Lena wurde es immer flauer zumute. Das Ganze war sehr verwirrend und vor allem sehr, sehr gruselig.

»Er hat mich gestalkt.«

»Nein, er hat dich verehrt.« Gedankenverloren pulte Michelle ein Steinchen von ihrem rechten Sneaker. »Da Sven eine Schlaubirne vor dem Herrn ist, fand er sofort heraus, wer die Lena ist, die ihn via Benjamin-Test kontaktierte. Ein Computernerd halt. Diese Jungs finden einfach alles raus. Sven sagt, der menschliche Faktor ist immer die Schwachstelle, und dass achtundneunzig Prozent aller Computerprobleme vor dem Bildschirm sitzen.«

»Tja, schlaues Kerlchen«, warf Lena ein.

»Jedenfalls habe ich ihm gebeichtet, dass er in den letzten Tagen mit *mir* gechattet hat, nicht mit dir. Als es im Chat schon heißer zur Sache ging. Sehr heiß.«

Die Einzelheiten wollte Lena lieber nicht so genau wissen; zumal Sven ja davon ausgegangen war, dass sie, Lena Hagedorn, auf seine heißen Phantasien abfuhr. Oha.

»Diesen Teil bitte überspringen, Michelle.«

»Der ist aber wichtig«, widersprach ihre Freundin. »Du kennst Sven ja nur verpeilt und verklemmt, aber wie gesagt, in meiner Gegenwart taute er immer schon auf. Im Chat hat er dann erotische Phantasien offenbart – mein lieber Herr Gesangsverein! Ein klassisches stilles Wasser! Okay. Ich merke schon, *too much information*. Wir saßen da also an diesem Kacheltisch und haben geredet. Und geredet.«

»Und geredet?«, schmunzelte Lena, der diese Geschichte nach dem ersten Gruseln immer besser gefiel. »Oder wie kam's, dass du die Nacht der Nächte erlebt hast?«

Sacht strich Michelle über die Blüte der unverwüstlichen

gelben Herbstaster, als liebkose sie in Gedanken etwas – oder jemand – ganz anderes.

»Du warst für ihn unerreichbar, Schatz. Er verehrte dich von Weitem, hatte aber nicht den Mut, dich anzusprechen. Trag es ihm bitte nicht nach, dass er von seiner Schwärmerei für die unerreichbare Lena auf etwas Handfestes mit der sehr erreichbaren Michelle umgeschwenkt ist. Ich machte ihm keine Angst.«

»Moment mal.« Lena zog die Augenbrauen zusammen, während sie verblüfft zu ihrer Freundin sah. »Ich? Flöße Männern Angst ein?«

»Ach, mein süßes ahnungsloses Küken!«, lachte Michelle los. »Ja! Dreimal ja! Du wirkst geradezu furchterregend mit deinem Grips und deiner Belesenheit. Da wird selbst der stärkste Kerl zum kleinen Schlappschwanz, der selbigen einzieht und das Weite sucht.«

Aha. Das kam Lena irgendwie bekannt vor. Ihre Gedanken vollführten eine Rolle rückwärts zu ihrem ersten Date und zu dem Ratschlag, den Benjamin ihr gegeben hatte: *Demonstrative geistige Überlegenheit einer Frau kastriert die Herren der Schöpfung.*

»Du bist so schwer zu erobern wie ein Burgfräulein auf einer Festung mit zehn Meter dicken Mauern aus Büchern«, kicherte Michelle. »Ich bin nahbarer. Und ich war sehr empfänglich für Svens ausgefallene Phantasien. Ich sag nur: Schlagsahne im Bauchnabel.«

Etwas klingelte in Lena.

»Sprichst du etwa von Sploshing?«

»Wow.« Michelle kniff ein Auge zu und streifte Lena mit einem Blick, als sei ihr soeben klar geworden, dass eine von Außerirdischen geklonte Version ihrer Freundin auf dem Blumenkübel saß. »Kannst du mir bitte mal erklären, woher ein bücherverrücktes Burgfräulein solche versauten Sachen kennt?«

»Dating bildet«, antwortete Lena schlicht.

Kurz gondelte das Klaviertastengrinsen von Jeff an ihr vorbei.

»Lena Hagedorn, die Frau mit der blickdichten Seele.« Michelle seufzte auf. »Allmählich glaube ich, dass du das stillste Wasser bist, unter dessen Oberfläche jemals versaute erotische Phantasien geschwommen sind.«

Es wäre ein fruchtloses Unterfangen gewesen, Michelle vom Gegenteil zu überzeugen. Deshalb überging Lena diese frivole Einlassung. Ohnehin beschäftigte sie weit intensiver die Tatsache, dass es Männer gab, die sich keineswegs hatten abschrecken lassen. Arne-Christian zum Beispiel, oder Antonio. Aber da hatte sie ja auch eher tiefgestapelt. Der einzige Mann, der ihr Faible für Bücher, Zitate und Wortspiele wirklich teilte, war Benjamin. Mist. Immer wieder Benjamin. Sie musste ihn endlich aus ihrem Leben eliminieren. Warum gab es keine Löschtaste für Erinnerungen, die das Seelenheil gefährdeten?

»Jedenfalls kam eins zum anderen.« Michelles Gesicht färbte sich auf einmal radieschenrot, und ihre Augen leuchteten auf wie bengalische Lichter am Nachthimmel. »*Life changing sex!* Ich diesle immer noch nach. Unfassbar, wie dieser

Mann im Bett abgeht. Sven ist nicht nur schlexy, er ist obersuperhammerschlexy!«

Keine Frage, die vorhergehende Nacht musste eine Offenbarung für Michelle gewesen sein. Lena gönnte ihr diesen Liebesrausch von Herzen, war aber auch ein wenig besorgt, dass Michelle in ihrer überschwänglichen Begeisterung zu viel erwartete.

»Und was erhoffst du dir von Sven?«, erkundigte sie sich so diplomatisch wie möglich. »Es könnte ja auch bei einer körperlich erfüllenden Affäre bleiben. Oder denkst du, es könnte mehr daraus werden?«

Unvermittelt wurde Michelle ernst. So ernst, wie man diese lebenslustige, weithin unbekümmerte Frau nur höchst selten erlebte.

»Es wird mehr, Schatz. Das hat er mir nicht nur gesagt, ich bin auch bereit dafür. Ich muss dir nämlich noch was Irres erzählen. Du wirst es nicht glauben: Unser Doppeldate hat mir die Augen geöffnet.«

Du lieber Himmel, das Doppeldate. Unbeabsichtigt triggerte Michelle eine weitere unangenehme Erfahrung.

»Du meinst den Trümmerabend im Amore mio?«, fragte Lena matt, obwohl sie die Antwort kannte.

Michelle nickte, während sie zu dem Plakat mit der säuerlich dreinblickenden Hella Gumsemann schaute.

»Die Trulla da hätte auch noch reingepasst. Na ja, Markus hat mir letztlich einen Spiegel vorgehalten mit seinem Gejammer und seinem Nachtrauerdepri. Ich habe es dir nie erzählt, doch in den letzten Jahren war ich mit keinem Mann aus, weil ich immer noch sekundenkleberartig an meinem Ex hing.«

Lena fiel aus allen Wolken.

»Wieso wusste ich das nicht?«

Mit einer wegwerfenden Handbewegung schaute Michelle hoch zum Himmel, dann atmete sie pfeifend aus.

»Du warst doch gar nicht da in den letzten zehn Jahren. Sonst hättest du mitbekommen, was in der Zwischenzeit bei mir ablief.«

Das hatte Lena nicht bedacht. So nah sie einander auch wieder gekommen waren während der vergangenen Wochen, in ihrer Frauenfreundschaft klaffte eine Lücke von zehn Jahren, in denen sie kaum Kontakt miteinander gehabt hatten.

»Ich war wie ein emotionaler Junkie, ich brauchte das Drama, die Verwicklungen, die Sehnsucht«, bekannte Michelle mit gesenktem Kopf. »Mein Exmann lieferte mir die volle Dröhnung frei Haus. Zweifel, Ängste. Panikattacken, wenn er nicht anrief. Und dann die Erlösung, wenn er sich doch noch meldete, angeschickert meist, oft nachts aus einer Kneipe. Du hörst die Stimme einer Frau im Hintergrund, aber er sagt: Ich hab gerade an dich gedacht, Hase, und dann freust du dich einen Keks, dass er sich überhaupt mal meldet. Schöne Scheiße. Ich war einfach nicht in der Lage, ihn konsequent zu exen.«

Wortlos hatte Lena zugehört. Sie kannte solche emotionalen Abhängigkeiten aus ihrem früheren Leben, als sie noch nicht zu der glorreichen Erkenntnis gelangt war, dass Bücher glücklicher machten als Männer.

»Und dann bittet er dich um einen Gefallen«, stöhnte Michelle. »Du sollst seine Anzüge von der Reinigung abholen oder sein Auto durch den TÜV bringen oder seine Blumen gießen. Und du tust das alles, weil du meinst, so kriegst du ihn zurück. Dabei benutzt er dich nur, weil es so bequem ist. Und ganz nebenbei blockiert er dich für was Neues. Doch das ist jetzt durch. Ex und hopp im Galopp.«

Offensichtlich tat es Michelle gut, sich alles von der Seele zu reden. Ihre Miene hatte bei den letzten Worten entschlossen gewirkt, ihre Stimme, die zwischendurch belegt geklungen hatte, war wieder fester geworden.

»Und diese Dinge wurden dir ausgerechnet durch diesen Markus klar?«, staunte Lena.

»Genau. Kotzwürgjammer-Markus war mein Wake-up-Call. Aufwachen! Es heißt Ex, weil es vorbei ist.« Vorsichtig nahm Michelle Lenas Hand mit der blutverkrusteten Schramme in die ihre. »Aber reden wir jetzt mal von dir. Tut es noch sehr weh? Die Wunde? Und das mit – Benjamin?«

Die toxischen drei Silben, nunmehr laut ausgesprochen, warfen Lena um Tage zurück. Sofort trommelte ihr Herz los, und ihr gnadenloser Erinnerungsspeicher spuckte lauter Details aus, die genauso toxisch waren. Ahornsirupbraune Augen, die sie anfunkelten. Eine warme Stimme, die in den besseren Momenten genau das aussprach, was sie selbst dachte und fühlte. Der Kuss in der Teeküche der Galerie, den Lena erst im Nachhinein als den innigsten ihres Lebens erkannt hatte – während jener verworrenen schlaflosen Nächte, die auf den schwarzen Dienstag gefolgt waren. Wie sollte sie das alles ausblenden, wenn immerzu von Benjamin die Rede war, verdammt?

»Bitte erwähne ihn nicht mehr«, flüsterte Lena.

»Ist da denn gar nichts zu machen?«

»Nein. Und ich kann ihn nicht mal exen, weil da nie was war.« Fast panisch spürte Lena, wie nun auch noch die Erinnerung an Benjamins Worte in der Teeküche in ihr hochstieg. »Verflixt, ich will keine Teilzeitgespielin sein. Benjamin sagte, er liebt mich, aber …«

»Und so – verliebte sich der Löwe in das Lamm«, deklamierte Michelle mit künstlich verstellter tiefer Stimme.

Lena wusste gar nicht, wo sie hinsehen sollte, so peinlich war ihr der Vergleich mit einem jungen Mädchen, das sich in einen Vampir verliebte.

»*Bis(s) zum Morgengrauen,* Michelle? Weißt du überhaupt, wie der Dialog weitergeht? Ich verrate es dir. Bella sagt: Was für ein dummes Lamm.« Sie vergrub ihr Gesicht in den Händen. »Und, Michelle? Bin ich ein dummes Lamm?«

Ihre Freundin ließ sich überhaupt nicht beirren. Mit einem überlegenen Lächeln warf sie den Kopf in den Nacken.

»Jetzt tut mal nicht so, als ob ich mir keine Dialoge merken kann. Weißt du, was Edward auf Bellas Satz erwidert? Na? Quiz gefällig? Er sagt: Was für ein kranker masochistischer Löwe.«

Lena presste die Lippen zusammen. Das war mal eine neue Sichtweise. Ja, es hatte durchaus etwas Masochistisches, wie sich Benjamin zum Horst machte mit seinen vierunddreißig Anrufen. Doch das wog nicht auf, wer er war und wie er drauf war.

»Er hat mir selber gesagt, dass er nun mal ein Streuner ist,

Michelle. Einer, der nicht treu sein kann und keine feste Beziehung will. Mehr als ein halbherziges Irgendwie-mal-ausprobieren-und-dann-mal-sehen sei nicht drin.«

Nachdenklich begutachtete Michelle ihre Fingernägel, auf denen da und dort der Lack abgeplatzt war.

»Und das ist dir zu wenig?«

Mit einer heftigen Bewegung drehte Lena ihr Gesicht weg. Ihre Freundin sollte nicht sehen, wie sehr sie unter diesem quälenden Liebesschlamassel litt.

»Ich hatte auch meinen Wake-up-Call, Michelle. Diese ganzen Dates, dieses Rumlungern in fremden Biographien, dieses Abtasten und Ausprobieren war im Grunde schrecklich für mich. Ich respektiere, dass Online-Dating für viele Menschen ein Segen ist. Viele haben auf diese Weise ihr Glück gefunden. Das behauptet nicht nur Benjamin, das liest du jeden Tag in der Zeitung. Aber ich fühle mich dem Vielleicht nicht gewachsen. Ich möchte einen Mann, der mich hundertprozentig will. Lieber träume ich vom Prinzen, der nie kommt, als mich für eine halbgare Affäre herzugeben.«

Behutsam legte Michelle einen Arm um Lena.

»Was für eine traurige Lebenseinstellung. Hast du denn jede Hoffnung verloren?«

Lena zog die Schultern hoch und versteifte sich unwillkürlich. Sie wollte nicht umarmt werden, obwohl es lieb gemeint war. Sie wollte allein sein mit ihrer Trauer und ihrer selbst gewählten Einsamkeit in der Welt der Bücher.

»Ich glaube sowieso nicht an das Konzept einer glücklichen Beziehung, jedenfalls nicht, was mich betrifft.«

Erschrocken zog Michelle ihren Arm zurück.

»Wo kommt das denn jetzt her?«

»Das denke ich immer schon. Und das habe ich dir auch gesagt, bevor dieser ganze Dating-Trubel losging. Als du mich *schwer vermittelbar* genannt hast.«

»Tut mir leid«, hauchte Michelle.

»Muss es nicht. Du hattest recht.«

»Und Benjamin?« In gespannter Erwartung sah Michelle sie an. »Das kann doch jetzt nicht alles gewesen sein!«

Lena deutete auf die Schramme an ihrer Hand, ein Sinnbild ihrer Schutzlosigkeit und Verletzlichkeit.

»Strikte Kontaktsperre. Keine Anrufe, keine Nachrichten, kein Wiedersehen. Ich blocke alles ab. Das ist, als ob du ein Pflaster draufklebst. Dann vergisst du die Wunde. Und wenn du das Pflaster irgendwann abziehst, ist die Wunde darunter geheilt.«

Während Lena noch ihre Pflastertheorie erläuterte, suchte sie schon nach einem Notausgang aus diesem hochnotpeinlichen Gespräch. Nach etwas, was Michelle auf andere Gedanken brachte und Benjamin in der Versenkung verschwinden ließ. Sie dachte angestrengt nach. Nur Sven eignete sich für einen raschen Themenwechsel. Wie war das mit der weißen Katze gewesen, die Dewey vor dem Schaufenster gesehen hatte? Besaß Eduard respektive Sven nicht auch eine Katze? Eine weiße? Vielleicht war Sven ja viel häufiger um den Laden herumgestrichen, als sie es bemerkt hatte?

Ohne ergiebige Resultate kramte Lena in ihrem Gedächtnis herum, auf der Suche nach Eduard-Svens Profil. Also holte sie ihr Handy heraus, das seit zwei Tagen ein unbeachtetes Dasein in ihrer Hosentasche fristete. Lena hatte sogar die PIN vergessen. Zwei Versuche musste sie unternehmen, bevor es ihr gelang, das Handy zu aktivieren.

»Rufst du Benjamin endlich an?«, fragte Michelle aufgeregt.

»Nein.«

Benjamin hatte es Lenas Lieblingswort genannt. *Nein.* Es war wirklich zum Tapeten-von-den-Wänden-kratzen, dass alles und jedes an ihn erinnerte. Auch auf dem Handydisplay stapelten sich natürlich Hinweise auf ihn. *Verpasster Anruf Benjamin. Verpasster Anruf Benjamin.* So ging das sechsundfünfzig Mal weiter, so oft hatte er inzwischen versucht, sie zu erreichen.

Lena wollte gerade in das Dating-Programm wechseln, als sie zwischen den vielen verpassten Anrufen eine WhatsApp-Message von Hella Gumsemann entdeckte. Die Nachricht war zwei Tage alt.

Sehr geehrte Frau Hagedorn, aufgrund einer schweren Grippe muss ich meine Lesung in Ihrer Buchhandlung zu meinem größten Bedauern absagen. In der Hoffnung, dass wir die Veranstaltung zu einem späteren Zeitpunkt nachholen können, verbleibe ich mit den besten Grüßen, Hella Gumsemann.

»Was ist denn los?« Neugierig schielte Michelle auf das Display. »Du bist ja weiß wie die Wand. Hat Benjamin geschrieben?«

Von nackter Panik getrieben sprang Lena auf und bummerte mit ihren Fäusten auf dem Plakataufsteller herum.

»Die Autorin hat abgesagt! In zwei Stunden kommen die

Kinder! Erst die Katastrophe mit Benjamin und jetzt auch noch das? Was passiert als Nächstes? Ein Hurrikan, der uns alle vernichtet?«

Ihre Panik schien Michelle emotional gar nicht zu erreichen. Sie saß nur da und schaute fasziniert zwischen Lena und dem Plakat hin und her.

»Du, dein Leben ist ja wie ein Thriller«, murmelte sie ergriffen. »In einem Thriller lautet das Prinzip doch auch: Mit einer Katastrophe beginnen, dann langsam steigern.«

Kapitel 19

Lesen und Vorlesen hatten so viel oder so wenig miteinander zu tun wie Essen und Kochen. Lena aß gern, gewiss, aber für mehr als wässriges Rührei oder halb verkohlte Tiefkühlpizza reichten ihre Kochkünste nicht aus. Genauso genoss sie es zwar, Bücher zu verschlingen, hätte aber niemals eines schreiben können – geschweige denn daraus vorlesen. Literarische Texte vorzutragen war eine hohe Kunst, und dafür brauchte man einiges Talent. Niemand wusste das besser als Lena. Schließlich hatte sie oft genug Autoren erlebt, die sich furchtbar einen abstammelten, wenn sie vor Publikum auftraten.

Und nun musste Lena für Hella Gumsemann einspringen. Das war in etwa so sinnvoll, als hätte man sie an den Herd eines Drei-Sterne-Restaurants gestellt.

Vergeblich hatte Lena nach Ersatz gefahndet. Weder Tante Hilde, Bert Hansen, Michelle noch sonst wer fühlte sich imstande, aus einem bis dato unbekannten Buch vorzulesen: mit der perfekten Gutenachtgeschichtenstimme, mit effektvollen Pausen und gespieltem Augenrollen, um die kleinen Zuhörer zu fesseln. Wie gesagt: Vorlesen war eine Kunst. Und Lena war auch in dieser Hinsicht ein jämmerlicher Kunstbanause.

Sie würde sich bis auf die Knochen blamieren, so viel stand schon mal fest.

Sicher, sie hätte die Lesung verschieben können. Aber Lena dachte an die Kinder, die sich auf den Nachmittag freuten. Sie dachte auch an ihre Stammkundin Sophie, die seit Tagen von nichts anderem sprach. Nur ein sehr herzloser Mensch hätte die Sache einfach abgeblasen. Also musste Lena ran. Als sei es nicht schon Stress genug, mit Liebeskummer bis Unterkante Oberlippe eine Veranstaltung mit Kindern durchzustehen.

Du arme Maus, du hast eine echte Pechsträhne, flüsterte ihre innere Stimme. Wenn du jetzt ein Planktonpünktchen im großen, großen Meer wärst, würdest du es garantiert schaffen, trotzdem vom Trecker überrollt zu werden.

Doch für Selbstmitleid blieb keine Zeit mehr. Schon um Viertel nach drei fluteten die ersten Gäste das Leseparadies. Um den Kindern die Wartezeit schmackhaft zu machen, verteilte Lena Luftballons zum Aufblasen an die Kinder – eine Idee von Tante Hilde. Eine sehr gute Idee. So waren die Kleinen beschäftigt, und die Eltern konnten sich währenddessen unterhalten oder in den Bücherregalen stöbern.

Zu den ersten Besuchern gehörte Sophie, mit zwei süßen rothaarigen Mädchen von etwa fünf und sieben im Schlepptau, die Lena artig die Hand gaben. Sophie hatte sich richtig fein gemacht. In einem schwarz-weiß gepunkteten Kleid und mit einer weißen Schleife im Haar trat sie an den Verkaufstresen.

»Du bist so ein Schatz, danke«, seufzte sie. »Eine Lesung für Kinder, so was hat es hier noch nie gegeben.«

Lena strahlte. Das waren die Augenblicke, in denen sie wusste, dass sich jede Anstrengung lohnte, einen Buchladen nicht nur zu führen, sondern auch mit Leben zu füllen.

»Dann nimm doch bitte ganz vorn Platz, Sophie.« Sie zog ein Buchexemplar der *Fröhlichen Rabauken auf großer Fahrt* unter dem Verkaufstresen hervor. »Das ist für dich und deine Töchter. Ich schenke es dir. Als kleine Aufmerksamkeit für eine treue Stammkundin.«

»Das kann ich nicht annehmen«, protestierte Sophie.

»Doch, kannst du. Ich bestehe sogar darauf. Dann viel Spaß, und wie schön, dass du heute auch für den gemütlichen Teil bleiben kannst.«

Sichtlich gerührt nahm Sophie das Buch an sich. Dann strich sie ihr Kleid glatt, lächelte Lena noch einmal zu und mischte sich unter die Gäste, deren Stimmengewirr stetig anschwoll.

Mit jedem neuen Besucher, der auftauchte, steigerte sich Lenas Lampenfieber. Wie sollte sie all diesen Menschen ihre Leidenschaft für Bücher vermitteln? Wie sollte sie die Kinder erreichen? Sie atmete ein wenig auf, als Tante Hilde anmarschiert kam, zusammen mit Bert, der Berge von Haferkeksen und fünf Warmhaltekannen mit Kakao in den Laden schleppte. Ganz kindgerecht trug Tante Hilde ein lustig bunt gestreiftes Sackkleid, über das sie mehrere verschiedenfarbige Seidenschals geworfen hatte.

»Keine Sorge, das wird großartig, Kind«, beruhigte sie ihre bibbernde Nichte. »Du musst einfach nett lächeln und an dich glauben. Dann werden die Kinder dich lieben.«

»Ja, das wird ein fabelhafter Nachmittag«, pflichtete Bert ihr bei.

Auch er hatte sich einigermaßen kindgerecht ausstaffiert, mit einem flotten vanillegelben Blazer und einer großen roten Fliege.

»Wir alle tragen dazu bei, dass es ein Knalleffekt wird«, fügte Tante Hilde hinzu. »Ein kluger Mann hat mal gesagt: Das Publikum beklatscht keine Sonnenaufgänge, es will ein Feuerwerk.«

Lenas Augenbrauen rutschten ein wenig hoch. Es gab da ein Wort, das sie irritierte.

»Wir? Wieso *wir alle*?«

»Na ja«, lächelnd nestelte Tante Hilde an ihren Seidentüchern, »wir unterstützen dich natürlich durch … hm, lass dich überraschen.«

Sie verschwieg etwas, das spürte Lena ganz deutlich. Was hatte Tante Hilde vor? Wunderkerzen? Konfetti? Eis am Stiel für alle? Misstrauisch schaute sie den beiden alten Herrschaften hinterher, als sie ihren reservierten Plätzen in der ersten Reihe zustrebten.

Unterdessen wurde es voller und voller. Der Laden wuselte und wimmelte vor aufgeregt kreischenden Kindern, die auf den wackeligen Klappstühlen herumkletterten, ihre aufgeblasenen Luftballons durch die Gegend boxten und mit Dewey Verstecken spielten. Natürlich befand sich Lenas eigensinniger Herr Kater, seines Zeichens König eines eigenen Leseparadieses, keineswegs oben in der Wohnung. Empört maunzend hatte er darauf bestanden, im Laden zu bleiben, bei Lena, seinem liebeskranken Frauchen.

Bis jetzt steckte Dewey das Tohuwabohu erstaunlich gut weg. Vielleicht war er sogar froh über den Trubel, nach den vier langen Tagen und Nächten, in denen er Lena beim Heulen und Trübsalblasen assistiert hatte.

Nur Michelle fehlte noch. Seltsam. Es wurde halb vier. Es wurde Viertel vor vier und Lena immer hibbeliger. Ihr brach jetzt schon der Schweiß aus bei dem Gedanken, dass sie gleich vors Publikum treten musste, ohne die bekannte und allseits beliebte Kinderbuchautorin, für die ihre Gäste gekommen waren. Eingeschüchtert beobachtete sie die Eltern, die sich lebhaft unterhielten. Angstvoll sah sie den Kindern zu, die mit den Luftballons herumkobolzten. Zu allem Überfluss sonderte ihr überreiztes Hirn einen niederschmetternden Satz nach dem anderen ab: Ich kann das nicht; ich werde mit Pauken und Trompeten untergehen; ich werde alle enttäuschen.

Tu es für die Kinder, widersprach ihre innere Stimme eindringlich, tu es für Sophie, die sich so sehr auf den Nachmittag gefreut hat. Lena straffte ihre Schultern. Jetzt hieß es tapfer sein, das Beste geben und hoffen, dass spätestens bei Tante Hildes Alles-wird-wieder-gut-Kakao die Welt wieder in Ordnung kam.

Um fünf vor vier hastete Michelle ins Leseparadies, ihre beiden Kinder an der Hand, mit hochroten Wangen und wehendem Blondhaar. Madeleine und Finn stürzten sich sogleich auf einen mit Frischhaltefolie abgedeckten Keksteller. Ihre Mutter, heute ganz casual in Jeans und Sweatshirt, glitt hinter den Tresen, wo Lena in dem Gumsemann-Buch rumkritzelte, um noch rasch die geeigneten Stellen zum Vorlesen anzustreichen.

»Ich habe eine wunderschöne Überraschung für dich!«, platzte Michelle heraus.

»Ich will keine Überraschung«, brummte Lena.

Sie war ja schon vollauf damit beschäftigt, ihre zitternden Knie unter Kontrolle zu bringen. Deshalb versenkte sie ihren Kopf noch tiefer ins Buch.

»Rate mal, wer Sehnsucht nach dir hat«, hörte sie auf einmal eine wohlklingende Männerstimme.

Schon bevor Lena aufsah, wusste sie, dass ihr Leben definitiv ein nervenzerfetzender Thriller war. Katastrophe folgte auf Katastrophe. Gänsehaut folgte Gänsehaut. Es zerriss sie förmlich.

»Ich möchte gern die ultimative Liebesformel kaufen«, sagte die Männerstimme.

Aufgewühlt, wütend und erschrocken legte Lena das Buch über die *Fröhlichen Rabauken* beiseite. Was zum Teufel machte Benjamin hier? In all seiner verwünschten Casanovaherrlichkeit stand er vor dem Verkaufstresen. Jeans, weißes Hemd, Cowboystiefel. Frisch geföhnt und mit einer Miene, als sei er hier der Platzhirsch, der ungeniert rumröhren durfte.

»Willst du mich verladen, Benjamin Floros?«

»Klar verlade ich dich, ich kann nämlich gar nicht lesen.«

Sehr witzig. Was wollte dieser Honk denn noch? Hatte sie ihm nicht unmissverständlich mitgeteilt, dass sie nichts mehr von ihm wissen wollte?

»Ab sofort hast du Hausverbot«, sagte sie so cool wie möglich. »Bitte verlass meinen Laden.«

Daraufhin fuhr er sich durchs Haar, wie er es immer machte, wenn peinliche Pausen zu füllen waren oder eine wohlerwogene Antwort erforderlich wurde. Lena hatte das Gefühl, ihn seit hundert Jahren zu kennen. Diesmal kam allerdings nicht viel beim haarigen Nachdenken heraus.

»Was meinst du mit – Hausverbot?«, fragte er nur.

»Das ist selbsterklärend, denke ich.« Sie richtete sich zu ihrer vollen Größe auf, was bedeutete, dass sie leider immer noch zu ihm aufschauen musste. Körperlich. »Raus jetzt, bevor ich den Sicherheitsdienst rufe.«

Es gab keinen Sicherheitsdienst. Aber es klang einfach erwachsener, als wenn sie gesagt hätte: Sonst hole ich meine Tante Hilde.

»So schroff heute?«, grinste er.

»Subtilität wird bei Weitem überschätzt.« Fahrig schaute Lena auf ihre Armbanduhr. Zwei Minuten vor vier. »Verzieh dich. Ich hab jetzt eine Veranstaltung.«

»Lena, Süße, nicht so voreilig«, schaltete sich Michelle ein, die den Wortwechsel verfolgt hatte wie ein Schiedsrichter ein Tennismatch. »Es gibt nämlich eine Idee, wie dieser Nachmittag der ultimative Erfolg wird.«

Von allem, was *ultimativ* genannt wurde, hatte Lena die Nase derart gestrichen voll, dass sie einen Schritt zurücktrat und abwehrend die Hände hob, um Benjamin gehörig den Marsch zu blasen.

»Bevor du Nein sagst«, kam er ihr zuvor, »wie es ja beklagenswerterweise deine Angewohnheit ist, hör dir bitte mein Angebot an.«

»Ja, hör's dir an«, sekundierte Michelle beschwörend. »Hier sind lauter Kinder, Süße, und mit Kindern kenne ich mich aus. Wenn sich Erwachsene bei einer Lesung langweilen, schlafen sie ein. Aber wenn sich Kinder langweilen, zünden sie dir das Haus über dem Kopf an.«

Eine Minute vor vier. Lena wollte Benjamin nur noch loswerden, deshalb nickte sie knapp.

»Bin ganz Ohr. Aber fass dich gefälligst kurz.«

»Okay, mein Konzept.« Er schaute ihr tief in die Augen. »Du erzählst ein bisschen über das Buch von Hella Dingenskirchen, dann übernehme ich. Vertrau mir. Das wird gut.«

Sein tiefer Blick war allerdings gar nicht gut gewesen. Lena musste sich schon sehr zusammennehmen, um nicht in diesem elenden klebrigen Ahornsirup zu versinken.

»Das nennst du ein Konzept?«, bellte sie heiser.

»Klar, und aufgrund meiner jahrelangen Erfahrung mit solchen Veranstaltungen funktioniert es auch«, antwortete er selbstgewiss. »Oder wer ist hier der Entertainer?«

Man konnte Lena so einige Qualitäten nachsagen, eine Entertainerin war sie beileibe nicht. Doch es war sowieso zu spät, eine Entscheidung zu fällen, denn Benjamin bahnte sich schon einen Weg durch die voll besetzten Klappstuhlreihen und setzte sich wie ehedem vorn auf den Rand des Lesetischs, ganz locker und entspannt.

»Hey, Kinder, muss noch jemand dringend aufs Klo?«, rief er in den Raum. »Ich will euch nämlich unbedingt alle dabeihaben, wenn der magische Lesefritz erscheint. Also?«

Sofort wurde es still. Die Frage war so ungewöhnlich für den

Auftakt einer Lesung und zugleich so herrlich lebenspraktisch, dass sich jeder angesprochen fühlte. Die Erwähnung von jemandem, den Benjamin als Lesefritz betitelte, erzeugte zusätzlich eine gewisse Spannung.

»Ich war schon Pipi, und ich hab auch groß gemacht«, quiekte Michelles Sohn Finn, der zu Benjamins Füßen herumkrabbelte.

Alle fingen an zu lachen.

»Bravo, Kumpel, ganz ausgezeichnet, du weißt, wie's geht«, wurde er von Benjamin gelobt.

Auch andere Kinder fühlten sich nun bemüßigt, die erfolgreiche Verrichtung größerer und kleinerer Geschäfte auszuposaunen, was zur allgemeinen Heiterkeit der Erwachsenen beitrug. Danach ließ sich Benjamin von Tante Hilde einen Luftballon reichen, auf den mit Filzstift ein lachendes Mondgesicht gemalt worden war. Lena sah, wie Bert Hansen schmunzelnd einen Stift in seinem Jackett verschwinden ließ.

»Darf ich vorstellen?« Benjamin hielt den Ballon hoch über seinen Kopf. »Das ist Fritz. Der Lesefritz. Er kennt tausend Geschichten, und er hat magische Kräfte. Wer ihn anfasst, kann plötzlich selber Geschichten erfinden. Wollt ihr das? »

»Jaaaa«, schallte es ihm entgegen wie im Kasperletheater.

»Wahnsinn, Benjamin kann mit Kindern«, wisperte Michelle, die immer noch neben Lena hinter dem Ladentresen stand. »Ist das nicht hinreißend?«

Lena hätte sich eher die Zunge abgebissen, als es zuzugeben. Doch es stimmte. So wie Benjamin bei der Liebesformelveranstaltung sein weibliches Publikum sofort im Griff gehabt hatte, gelang es ihm heute auch mit einem sehr viel gemischteren Publikum.

»Fein«, lachte Benjamin. »Macht euch auf was gefasst, der Lesefritz ist ein magisches Monster. Ein nettes magisches Monster, das eure Phantasie zum Leben erwecken wird. Vorher möchte ich eine ganz besondere Frau nach vorn holen. Eine engagierte, liebenswerte Buchhändlerin, die diesen Laden mit Herz und Seele führt. Ein Applaus für Lena Hagedorn!«

Alle klatschten, während Lena geduckt nach vorn schlich und sich neben Benjamin stellte. Wie zentnerschwere Gewichte spürte sie die himmelhohen Erwartungen auf sich ruhen und brach fast darunter zusammen.

»Komisch, irgendwas stimmt nicht mit meinen Ohren!« Benjamin hielt sich die Hände seitlich an den Kopf. »Ich höre gar nichts! Warum klatscht denn keiner?«

Prompt steigerte sich der Applaus zu frenetischem Jubel, garniert mit Pfiffen und Füßetrampeln.

»Ah, jetzt!«, lachte Benjamin zufrieden. »Geht doch! Und jetzt reiche ich das Wort an die unvergleichliche Lena Hagedorn weiter. Bitte sehr!«

Beschämt durch seine Lobhudeleien wurde Lena noch kleiner. Sie hätte mit einem Zylinder auf dem Kopf unter einem Teppich durchlaufen können, so winzig und unbedeutend fühlte sie sich neben Benjamin.

»Also, na ja, herzlich willkommen und so«, stotterte sie. »Leider musste Hella Gumsemann absagen …«

Unwilliges Raunen regte sich im Publikum, enttäuscht sahen sich alle an. Lena hätte im Erdboden versinken mögen.

Doch nun stand Tante Hilde auf und wandte sich an die Zuhörer.

»Dafür ist es Lena gelungen, einen genialen Mann zu gewinnen, der zufälligerweise der beste Freund vom Lesefritz ist.« Das Geraune und Getuschel verstummten. Tante Hilde zeigte mit einer Hand auf Benjamin. »Da steht er! Ich bitte um einen herzlichen Applaus für den berühmten Bestsellerautor Benjamin Floros!«

Nach einer verblüfften Schrecksekunde begannen die Eltern zu klatschen. Jeder Erwachsene hier kannte den Namen Benjamin Floros. Seit seinem Abend in Lenas Leseparadies hatte er einen Ruf wie Donnerhall in diesem Städtchen.

»Danke, danke, zu viel der Ehre«, lächelte er. »Lena, erzählst du uns was über die *Fröhlichen Rabauken*?«

Stammelnd erst, dann immer sicherer referierte sie den Inhalt des Buchs. Ja, immer sicherer. Benjamin gab ihr Sicherheit. Das war eine schlimme Entdeckung. Sie verabscheute diesen Mann, und doch machte er es ihr leicht, aus sich herauszugehen, indem er immer wieder Zwischenfragen stellte. Sie erzählte, wie sie die Geschichte erlebt hatte, und dann erzählte sie, wie leidenschaftlich sie schon als Kind gelesen hatte. Sogar auf dem Friedhof und beim Fahrradfahren, was ihr einen Zwischenapplaus eintrug.

»Vielen Dank, toll«, sagte Benjamin, als sie geendigt hatte. »So, ihr Lieben, eine Frage. Schlaft ihr bei Lesungen auch immer gleich ein?«

Dasselbe hatte er bei seiner eigenen Veranstaltung gefragt, und wieder war ihm die Zustimmung des Publikums sicher.

»Der Lesefritz hat sich deshalb was Besonderes ausgedacht«, verkündete er, während er den Luftballon mit dem Mondgesicht wieder hochhielt. »Es sind nämlich große Talente unter uns. Allen voran Lena Hagedorn. Sie trägt jetzt ein paar Gedichtzeilen vor. Dann fliegt der Lesefritz los, und wer ihn auffängt, darf die Geschichte weiterspinnen. Lena? Ich bitte um ein Gedicht.«

Es wurde mucksmäuschenstill.

»Regenwurm, Kind!«, soufflierte Tante Hilde aus der ersten Reihe.

Endlich hatte Lenas Gedächtnis mal eine sinnvolle Aufgabe, statt immer nur Benjamin-Erinnerungen aufzurufen. Sie räusperte sich, während eins nach dem anderen die Gedichte ihrer Kindheit vor ihr aufstiegen. Auch das mit dem Regenwurm.

»Ein langer dicker Regenwurm geriet in einen Wirbelsturm, der trug ihn bis zum Himmel.«

»So, jetzt seid ihr gefragt«, rief Benjamin aus und stupste den Luftballon mit dem aufgemalten Gesicht in die Zuschauerreihen. »Einen Satz, bitte, dann möchte Fritz weiterwandern. Also? Welche Abenteuer erlebt der Regenwurm?«

Der Lesefritz landete bei Sophies Töchtern. Die ältere von den beiden nahm ihn in die Hände.

»Der Regenwurm ruht sich auf einer Wolke aus!«, krähte sie und gab dem Luftballon einen Stupser.

Michelles Tochter Madeleine übernahm.

»Der Regenwurm macht sich in die Hose, weil er ganz doll Angst da oben hat!«

Und schon war das nächste Kind dran.

»Nein, der Regenwurm fliegt zum Mond weiter! Mit einem Raumschiff!«

Jetzt wollten auch alle anderen Kinder drankommen. Lena war sprachlos. Mit einem einfachen Trick hatte es Benjamin bewerkstelligt, die Kinder einzubeziehen und ihre Phantasie zu entzünden. Das war – genial?

»So, und jetzt hören wir uns mal an, wie das Gedicht zu Ende geht«, sagte Benjamin, nachdem etwa zehn Kinder die Geschichte in allen möglichen Varianten weitererzählt hatten.

Lenas zittrige Aufregung war auf einmal verschwunden. Sie schaute zu Tante Hilde, die ihr aufmunternd zunickte, dann begann sie zu deklamieren.

»Ein langer dicker Regenwurm geriet in einen Wirbelsturm, der trug ihn bis zum Himmel. Nun dient er oben, nein, wie fein, dem allerliebsten Engelein als Klöppel einer Bimmel.«

Sie wurde mit Gelächter und tosendem Applaus belohnt.

»Und noch'n Gedicht!«, fistelte Bert Hansen, der enthusiastisch auf zwei Fingern gepfiffen hatte.

»Der Schatz, Kind!«, wisperte Tante Hilde.

Lena musste gar nicht mehr lange nachdenken. Wie viele gemütliche Nachmittage hatte sie mit Tante Hilde in der Küche gesessen und diese herrlichen Gedichte auswendig gelernt.

»Es liegt ein Schatz begraben«, brabbelte sie mit tief rollender Tante-Hilde-Stimme, »dort, wo der Weg sich biegt, und nur zwei alte Raben, die wissen, wo er liegt.«

»Stopp!« Benjamin schaute sie flammend an, sehr viel flammender, als es seine Moderatorenrolle verlangt hätte. »Jetzt sollten unsere Nachwuchsdichter weitermachen. Was für ein Schatz mag das sein?«

Finn kaperte sich den Luftballon namens Lesefritz.

»Da sind tausend Euro drin!«

Das nächste Kind erhaschte den magischen Luftballon.

»Gold und Silber und Schokolade!«

Weiter ging's von Kind zu Kind, unter den Augen der begeisterten Eltern.

»Eine Barbiepuppe und ein Barbieschloss«, piepste ein kleines Mädchen. »Und, und … eine ganz schöne Glitzerkette für meine Mami!«

»Eine Xbox«, lispelte ein Junge, den Lena kannte.

Es war Donatus, Svens Sohn. Sein Vater stand auf einmal neben Michelle und knabberte an ihrem Ohrläppchen. Ein schöner Anblick.

»Nein, das ist ein Piratenschatz mit Pistolen und Skeletten drin!«, meinte ein etwas älterer Junge. »Und die Raben sind in Wirklichkeit Zombies! Die murksen jeden ab, der den Schatz ausgraben will!«

Mit vergnügtem Gruseln fingen die Kinder an zu schreien und balgten sich darum, wer den Lesefritz als Nächstes bekommen durfte.

Allmählich entspannte sich Lena. Es lief phantastisch. Benjamin hatte die unschätzbare Gabe, Groß und Klein in seinen Bann zu ziehen, ganz lässig, ganz selbstverständlich und sehr zugewandt. Ja, schön. Zugleich spürte sie den alten Groll in sich wachsen. Himmel, war dieser Mann raffiniert. Legte eine Superperformance hin, um sich durch diese Hintertür wieder in ihr Leben zu schmuggeln, und scherte sich einen Kehricht darum, wie es ihr damit ging. Abgerechnet wird zum Schluss, dachte sie erbittert. Wenn der Zauber hier vorbei ist, kriegt er eine Briefmarke auf den Hintern, und tschüss.

Die After-Show-Party – Benjamins Worte – war mindestens ein so durchschlagender Erfolg wie die eigentliche Show. Kein Kind hatte gequengelt, geweint oder irgendeinen Unsinn angestellt; nun tobten die Kleinen vergnügt durch den Raum, unter den inspirierten Blicken ihrer Eltern, die sich beschwingt unterhielten. Wo man auch hinschaute, überall sah man begeisterte Gesichter, überall wurde leidenschaftlich debattiert. Tante Hilde schenkte währenddessen Kakao aus, Bert verteilte die Haferkekse. Es war eine echte Kinderparty aus diesem Nachmittag geworden, der anfangs unter einem so schlechten Stern gestanden hatte.

Auch für Lenas Leseparadies war es ein voller Erfolg. Viele Eltern kauften das *Rabauken*-Buch, erfüllt von dem Erlebnis, wie gut erzählte Geschichten – keine digitalen Konserven – bei ihren Kindern ankamen. Am Ende der Performance hatte Benjamin noch den Tipp gegeben, beim Vorlesen immer Fragen à la Lesefritz zu stellen, damit die Kinder ihren eigenen Phantasien freien Lauf lassen konnten. Das sei die ideale Vorbereitung aufs spätere Selberlesen.

Natürlich wurde er belagert wie ein Guru, der barfuß über

glühende Kohlen lief und das Geheimnis der Unsterblichkeit gelöst hatte. Unablässig signierte er Luftballons für die Kinder. Einige Mütter ließen sich sogar Autogramme in das Gumsemann-Werk schreiben.

»Ist er nicht tollllll?«, seufzte Michelle, als sie zu Lena trat, die hinter dem Ladentresen stand und mithilfe eines scharfen Messers einen Bücherkarton aufschlitzte. »Toll mit drei Millionen L!«

Kommentarlos säbelte Lena weiter an dem Karton herum, holte drei *Rabauken*-Bücher heraus und knallte sie auf den Tresen. Die unablässigen Lobgesänge auf Benjamin gingen ihr unglaublich auf die Nerven. Jeder sagte ihr, wie toll er war. Jeder schwärmte von seiner charmanten Art. Allein Lena wusste, was sich hinter der Fassade des Charmeurs verbarg: ein notorischer Romeo, der dank seiner Liebesformel von Bett zu Bett hüpfte, ohne Rücksicht auf eventuelle Gefühlsverwüstungen.

»Jetzt sag doch auch mal was«, fasste Michelle nach. »Gib zu, Süße, es ist irre sexy, wenn ein Mann so gut mit Kindern umgehen kann.« Sie schaute zu Sven, der Donatus auf den Schoß genommen hatte und gemeinsam mit seinem Sohn ein Buch durchblätterte. »Außerdem hättest du Benjamin ruhig offiziell danken können, statt dich einfach hinter deinem Ladentresen zu verdrücken. Er hat den Nachmittag gerettet. Alle sind glücklich.«

Jaja, der Retter vom Dienst. Es war Schutzengelaktion Nummer drei gewesen, doch Lena wollte nicht von einem Kerl beschützt werden, der nur mit ihr spielte.

»Denk bloß nicht, dass ich jetzt in Dankbarkeit zerfließe«, grummelte sie. »Er ist ein Schuft. Ein begabter talentierter mieser Schuft.«

»Das habe ich gehört«, flüsterte jemand in ihr Ohr. »Und falls das gegen meinen besten Freund, den Lesefritz, gerichtet war, könnte ich jetzt ganz schön pampig werden.«

Allein schon Benjamins physische Anwesenheit war eine Provokation für Lena. Sein Duft nach frischer Luft, Eau de Toilette und Mann. Seine Stimme, honigsüß und verführerisch. Die beunruhigende Anwesenheit seines geschmeidigen Körpers.

»Kannst dich gern noch ein bisschen von deinen Fans feiern lassen, aber danach ist unverzüglicher Abflug angesagt«, krächzte sie, ohne ihn anzusehen. »Heute empfehle ich dir nur einen einzigen Buchtitel. Bitte sprich mir langsam und deutlich nach: *Ich bin dann mal weg.«*

»Keine Chance«, erwiderte er vollkommen ruhig. »Ich bin da.«

»Vorsicht, ich habe ein Messer in der Hand und bekomme gerade sehr schlechte Laune«, sagte sie kalt. »Eine tödliche Kombination.«

Aus dem Augenwinkel gewahrte sie, wie er Michelle einen entnervten Blick zuwarf. Recht so. Auch Mister Unwiderstehlich geriet eben irgendwann an die Grenzen seiner Verführungskünste.

»Du kannst mir eine Phantastilliarde Beleidigungen an den Kopf werfen, trotzdem bleibe ich«, beharrte er auf seinem Entschluss. »Und leg bitte das Messer weg, das macht mich nervös. Du hast da schon eine Schramme an deiner Hand. Mehr Verletzungen sollten es heute nicht werden.«

»Da mach dir mal keine Sorgen.« Lena lachte freudlos auf. »Ich bin zu jung zum Sterben. Und zu alt für deine Spielchen.«

»Also, ähm, Lena«, druckste Michelle herum, die sehr, sehr besorgt wirkte, »solltet ihr vielleicht nicht doch noch mal …«

»Gibt's hier eine Teeküche?«, fiel Benjamin ihr ins Wort.

»Nee, nur so eine Art Rumpelkammer.« Mit dem Kinn deutete Michelle auf die Stirnwand des Ladens. »Da hinten, zwischen den Ratgebern und den Liebesromanen.«

»Perfekte Location.«

Lena hätte es kommen sehen müssen. Hatte sie aber nicht. Deshalb begriff sie zu spät, was geschah, als Benjamin ihr das Messer entwand, einen Arm um sie legte und sie mit sanftem Nachdruck in Richtung Abstellkammer dirigierte. Mitten durch die ahnungslosen Gäste, vorbei an Tante Hilde und ihrem Bert, die keinerlei Verdacht schöpften, hier könne etwas Schräges laufen.

»Lass mich sofort los«, zischte Lena, krampfhaft lächelnd bemüht, nach außen hin den Schein vollkommener Harmonie zu wahren.

»Ich lass dich nie wieder los«, zischte er zurück, ebenfalls eisern lächelnd.

So ging das mit viel notdürftig kaschiertem Geschiebe und Gezerre weiter, bis sie zur Abstellkammer gelangten. Wenig zartfühlend schubste Benjamin seine aufgebrachte Geisel in den engen Raum und warf die Tür von innen zu. Dann drehte er den Schlüssel im Schloss und steckte ihn sich in die Hosentasche. Was er nicht bemerkt hatte: Wie ein pfeilschneller Schatten war Dewey ihnen gefolgt und im letzten Moment ebenfalls in die schummrige Kammer gesprungen. Sprungbereit, mit warnend erhobenem Schwanz, kauerte er auf einem Turm aus Katzenfutterdosen und bewachte sein Frauchen, das wutschnaubend zwischen den arbeitslosen Schaufensterpuppen gelandet war.

»Wir müssen uns unterhalten«, sagte Benjamin schlicht.

Was nahm sich dieser Typ eigentlich heraus? Keuchend stand Lena zwischen Schaufensterpuppen, Krimskrams und Gerümpel und konnte nicht fassen, wie unverfroren Benjamin sie gekidnappt hatte.

»Ist dir mal aufgefallen, dass deine Unterredungen neuerdings unter Zwang und in klaustrophobisch kleinen Räumen stattfinden? Sollte dir das nicht zu denken geben?«

»Ich setze auf das Stockholm-Syndrom«, erklärte er mit einem ironischen Augenzwinkern. »Irgendwann verlieben sich die Entführten doch immer in den Entführer.«

Was für ein Mistkerl. Lena hätte sich gewünscht, darüber lachen zu können, aber über dieses Stadium war sie längst hinaus. Sie befreite sich von einem Schaufensterpuppenbein, das ihr ins Gesicht ragte, und stieg über eine Kiste aussortierter Taschenbücher hinweg, bevor sie sich mit gekreuzten Armen vor ihm aufbaute.

»Wenn du mir nicht mehr zu sagen hast, schreie ich so lange, bis mich jemand befreit.«

Auf der Stelle wich der ironische Anflug aus seinem Gesicht. Offenbar merkte er nun, dass er entschieden zu weit gegangen war. Was Lena allerdings beunruhigte, war der weiche Ausdruck, der seine männlichen Züge weniger markant wirken ließ. Was kam denn jetzt?

»Lena. Liebling.« Er streckte eine Hand nach ihr aus und zog sie im selben Moment wieder zurück, als traue er sich das, was er vorgehabt hatte, nicht mehr. »Was ich dir zu sagen habe, fällt mir sehr, sehr schwer. Wir sind so unterschiedlich. Wenn du vom Herzen sprichst, meinst du dieses Meer der Gefühle in dir, während ich an ein Organ denke. Du siehst einen Sonnenuntergang und träumst von Romantik, ich denke darüber nach, wie kitschig Sonnenuntergänge doch letztlich sind. Wir sind Yin und Yang, Tag und Nacht, Heiß und Kalt. Aber wir können uns ergänzen. Sagen wir es so: Du bist das Gemälde, ich bin der Rahmen. Jedenfalls möchte ich es gern sein.«

Sein Augenaufschlag war filmreif, seine Stimme schwankte zwischen Samt und Sandpapier. Lena hatte es so satt. Das konnte doch nur ein weiteres Spiel sein, mehr nicht. Benjamin Floros beherrschte den Jargon des nüchternen Wissenschaftlers ebenso wie das wolkige Geschwurbel des sentimentalen Verführers. Da war ja selbst Antonio ehrlicher gewesen.

»Gegen meine Überzeugung bin ich zu der Überzeugung gelangt, dass ich eine Beziehung mit dir möchte«, fügte Benjamin leise hinzu. Wieder ein raffinierter Augenaufschlag, ziemlich gekonnt sogar. »Du hast geträumt. Ich war ein Anhänger der Realität. Und jetzt möchte ich zu einem Teil deines Traums werden. Ich möchte eine richtige Beziehung,

Lena. Mit dir einschlafen, mit dir aufwachen, mit dir Klopapier einkaufen, ja auch das, vor allem aber mit – Romantik.«

Mann, Mann. Was sollte man dazu sagen? Lena nahm Dewey auf den Arm. Für alle Fälle.

»Romantik ist ein Luxus, den ich mir gerade nicht leisten kann«, erwiderte sie kühl. »Und weiter? Ich warte auf die Pointe.«

»Ist das Leben nicht Pointe genug, Lena? Dass ich all meinen Prinzipien untreu werden muss, weil ich mit dir zusammen sein will? Dass es Fügungen gibt, wie du es mal so schön gesagt hast? Schicksal?«

»Ach, du meinst, das ist Schicksal? Dass du in meinen Laden reinschneist, alles durcheinanderbringst, mich zu diesen grässlichen Dates schickst und am Ende selbst in die Arena springst?«

Er ließ die Arme hängen, mit denen er während seiner sentimentalen Ergüsse gestikuliert hatte.

»Ich habe mich verliebt, ohne dass ich es wollte, Lena. Gleich am ersten Abend, als du mir so kratzbürstig die Hölle heißgemacht hast. Verdammt, ich verstehe es doch selber nicht.«

Langsam gingen Lena die Argumente aus. Jetzt half nur noch Jane Austen. Danke, Jane. Es war gut zu wissen, dass man sich in jeder Lebenslage auf sie verlassen konnte.

»Diejenigen, die dir so schamlos den Hof machten, hast du besonders verachtet«, zitierte Lena aus *Stolz und Vorurteil.* »So, jetzt habe ich dir erklärt, warum du mich liebst.«

Mit diebischer Freude wartete sie schon auf die Erwiderung von Mr. Darcy. Benjamin blieb sie ihr nicht schuldig.

»Weil du so ernst und still warst, du hast mich überhaupt nicht ermutigt.«

Haargenau so war es gewesen. Damit hatte er das Urteil über sich und seine herzwärmenden Bekenntnisse gesprochen, wie Lena befriedigt feststellte.

»Erkennst du den Fehler?«, triumphierte sie. »Ich war kein Groupie, ich fiel nicht in Ohnmacht, ich wollte nicht auf der Stelle ein Kind von dir. Das hat dich gereizt. Nur das. Nichts anderes.«

Missmutig wie ein trotziges Kind stopfte er die Hände in die Hosentaschen.

»Was ist so falsch daran?«

Diese Antwort fiel Lena ganz leicht. Vier Tage und vier Nächte hatte sie darüber nachgedacht.

»Du brauchst die Abwechslung, das ist alles. Du meinst es nie ernst. Weil deine Vorstellungen von Treue sehr dehnbar sind, um nicht zu sagen: schmerzhaft elastisch.«

Hilfe suchend schaute er sich in der Abstellkammer um, als könnten ihm die Schaufensterpuppen und der Krempel, der hier herumstand, irgendeine Inspiration bieten. Schließlich heftete er seinen Blick auf Dewey, der ihn von Lenas Arm aus scharf beobachtete.

»Wir sind keine Tiere, Lena. Sex ist nur ein verschwindend geringer Teil einer Beziehung. Viel wichtiger sind Interesse, Anteilnahme, Empathie. Und Liebe. Jede Menge Liebe.«

»Sagt der Mann, der gar keine Beziehung hat, sondern nur Dates im Dutzend, die du wahrscheinlich brauchst, um Bestätigung einzuheimsen. Und abwechslungsreichen Sex.«

Plötzlich trat etwas Unstetes in seine Augen. Unangenehm berührt kniff er die Lider zusammen.

»Woher willst du das wissen?«

Lena dachte an die Frau mit dem Reißverschluss, an die Frau im Lurexkleid. An all die vielen Frauen, die Benjamin mit seiner Liebesformel jagte und dann im Vorübergehen erlegte. Hatte er ihr das nicht gleich am ersten Morgen gestanden – und dann immer wieder? Dass er ein Date-Junkie war und sich nicht entscheiden konnte? Ja, er hatte keinen Hehl aus dieser Haltung gemacht. Seine plötzliche Läuterung war absolut unglaubwürdig. Eine Laune, mehr nicht.

»Ich weiß es eben. Du kommst mir auf einmal vor wie so ein komischer Heiliger, der Wasser predigt und Wein trinkt.«

»Steckt denn nicht in jedem Prediger ein Sünder?«, versuchte er sich an einem leichteren Ton.

»Bieg's dir hin, wie du's brauchst.« Lena setzte sich mit Dewey auf den Taschenbücherkarton, der leise knarrend unter ihrem Gewicht nachgab. »Ich bin raus. Endgültig.«

Sie staunte nicht schlecht, als sich Benjamin vor sie hinkniete, wie bei einem Heiratsantrag. Dieser Mann ließ wirklich nichts aus. Der Meistercasanova zog alle Register.

»Lena, hör mir zu. Du bist besonders. Einzigartig.«

»Ja, gleichfalls. Aber das hilft uns nicht weiter.«

Nahezu verzweifelt fuhr er sich mit beiden Händen durchs Haar und strich es zurück, so dass seine in Falten gelegte Stirn zum Vorschein kam.

»Ich möchte ein Nest für uns bauen, Lena, ein Nest nur für uns beide, in dem wir leben und lieben und lesen können.

Stell dir vor, ich werde meine Junggesellenhöhle untervermieten und ein Haus kaufen. Kein Schloss. Keine Villa. Nur ein halb verfallenes Fachwerkhäuschen mit einem idyllischen Garten und einer Gartenlaube, in der du ungestört lesen kannst. Das ist fast so gut wie ein Schloss. Nein, besser. Ich wohne sogar schon probeweise drin und renoviere gerade die Küche.«

Es wurde immer besser. Lena stellte sich vor, wie sie in der Gartenlaube saß und auf den gnädigen Herrn wartete, der kreuz und quer durch die Lande reiste und seine Groupies abschleppte.

»Was soll das werden?«, fragte sie spöttisch. »Eine Mitbewohnervereinbarung? Ich habe bereits eine Bleibe.«

»Lena, ich versuche, mich zu ändern.«

Sie stand auf. Es wurde Zeit, in den Laden zurückzugehen.

»Sehr heroisch, Benjamin. Glückwunsch zu deinem Veränderungsprozess. Aus dem Schmetterling wird eine Raupe, wirklich grandios. Das wird allerdings dauern. So in zehn, zwanzig Jahren können wir uns dann ja noch mal sprechen.«

»Bitte, du machst mir Angst!«, stieß er hervor. »Kannst du mir denn nicht wenigstens einen Millimeter entgegenkommen?«

»Wozu? Ich werde mich nie wieder für das entschuldigen, was ich bin. Ich passe in kein Schema, keine Formel, und ich will auch kein Spielball deiner Liebeslaunen sein.« Sacht wiegte sie Dewey in den Armen, ihre einzige männliche Bezugsperson, wie es Benjamin damals auf dem Friedhof so trefflich formuliert hatte. »Ich bin kompliziert, ja, mag sein. Ich bin lebensfremd, ja, okay, auch das. Aber ich bin glücklich so. Und wenn es keinen Mann gibt, der dieses sehr spezielle Glück mit mir teilen will, dann geht mein Weg eben ohne Mann weiter.«

Er schwieg. Offenbar hatte er sein Pulver verschossen und ergab sich nun in sein Schicksal, dass es keine Hoffnung mehr für ihn gab. Es zerschnitt Lena das Herz, so grausam zu sein, doch es war eine lebensverlängernde Maßnahme für sie selbst. Man konnte nicht ewig mit einem zerfetzten Herzen rumlaufen. Dann lieber ein klarer Cut.

»Jetzt öffne bitte die Tür«, forderte sie ihn auf.

Schwerfällig richtete er sich aus seiner knienden Position auf und hob mit einem Ausdruck größter Verzweiflung die Arme.

»Was willst du denn noch? Willst du Blumen?«

»Ja.« Mit einer Hand strich sie über Deweys seidiges Fell. »Aber ich werde sie mir nicht selber kaufen.«

»Du willst also doch Romantik?«

Den Blick starr auf Dewey gesenkt, nickte sie.

»Wenn ich es mir richtig überlege – ja. Darunter mache ich es nicht.«

»Das volle Programm?«

Lag das nicht auf der Hand? Konnte dieser Mann ihr denn nicht einmal im Leben zuhören?

»Mindestens«, antwortete sie selbstbewusst. »Und Treue. Und den Prinzen, der ein ›Für immer‹ über die Lippen bringt. Ich brauche keinen Mann, bei dem es nur für Lippenbekenntnisse reicht. Ich will einen Mann, der sich für genau eine Frau entscheidet. Ganz ehrlich, Benjamin, damit bist du überfordert. Das passt nicht zu dir.«

Wortlos wühlte er den Schlüssel aus seiner Hosentasche, schloss die Tür auf und umschlang Lenas freie Hand so fest, dass sie an ihn gefesselt war. Mitten durch die erstaunt dreinblickenden Gäste führte er sie nach draußen vor den Laden. Es war Abend geworden. Der Himmel färbte sich rosa, ein rauer Wind strich um die Ecken.

»Bleib bitte genau hier stehen, ja? Nicht weglaufen!«, beschwor er sie. »Ich habe den Zeitpunkt genau ausgerechnet. In den vergangenen zwei, drei Wochen war ich immer wieder hier, um alles vorzubereiten. Sogar mit Choupette.«

Lena kombinierte die einzelnen Fakten blitzschnell. Sie presste Dewey an sich, der leise miaute.

»Mit deiner weißen Birmakatze? Die Dewey den Kopf verdreht hat? Was hast du denn hier gemacht? Den Bürgersteig verschönert?«

Achselzuckend ließ er ihre Hand los und schickte sich an zu gehen. Benjamin hatte Lena schon den Rücken zugekehrt, als ihr noch etwas Wichtiges einfiel.

»Halt, warte, verrate mir nur noch eins, bevor wir für immer auseinandergehen: Was habe ich dir in der Nacht gesagt, als du mich an der Bushaltestelle gefunden hast?«

Zögernd drehte er sich um. Seine Lippen wurden schmal. »Dass du mich liebst.«

Damit verschwand er hinter den parkenden Autos und ließ Lena in völliger Konfusion zurück. War das mal wieder eine hirnrissige Benjamin-Floros-Aktion, bei der sie am Ende als die Dumme dastand? Wie unvorsichtig war sie doch gewesen, diesem Mann eine gewisse Nähe einzuräumen.

Während sie noch darüber nachdachte, setzte das vertraute Ziehen in ihrer Herzgegend ein. Und nun torkelten auf einmal Benjamins Sätze aus der Abstellkammer durch ihren Kopf, exakt memoriert von ihrem verflixt gut funktionierenden Gedächtnis.

Gegen meine Überzeugung bin ich zu der Überzeugung gelangt, dass ich eine Beziehung mit dir möchte. Du bist das Gemälde, ich bin der Rahmen. Ich möchte zu einem Teil deines Traums werden. Ich möchte eine richtige Beziehung, gemeinsam einschlafen, gemeinsam aufwachen, gemeinsam Klopapier einkaufen und – Romantik.

Lena erstarrte. Das alles hatte er tatsächlich gesagt. Und sie hatte es abgetan wie einen Schwank. Dabei hatte sie doch gesehen, wie er vor ihr kniete, wie seine Züge weich geworden waren, wie ernst es ihm gewesen war. Reue überkam sie. Warum hatte sie all das ignoriert? Warum hatte sie ihm nicht geglaubt? Jetzt war er weg. Für immer.

Das Ziehen in ihrer Herzgegend wurde stärker. Benjamin hat sich für dich das Herz aus der Brust gerissen, flüsterte ihre innere Stimme, er hat alle seine Prinzipien über Bord geworfen, weil er dich wirklich wollte. Und du hast ihn gehen lassen. Jetzt hast du ihn verloren, unwiderruflich. Lenas Augen wurden feucht, während ihre innere Stimme weiterlästerte: Wie kann man nur so verpeilt sein? Wieso hast du nicht wenigstens einen Augenblick lang versucht, ihm zu glauben?

Tränen tropften auf Deweys Fell, Tränen der Reue und des Bedauerns. Sie hatte alles falsch gemacht. Todtraurig und ohne jede Hoffnung wollte Lena schon in den Laden zurückkehren, als es plötzlich um sie her hell wurde. Am Ende der Straße schob sich die tief stehende Sonne an der Häuserflucht vorbei. Wie ein rot glühender Feuerball tauchte sie die Fahrbahn in ein goldrotes Licht. So gleißend, dass Lena eine Hand über die Augen legen musste.

Von fern drang ein Knattern an ihr Ohr. Es war ein märchenhaftes Schauspiel, als sich die dunkle Silhouette eines Reiters aus dem glühenden Rot heraushob und unmerklich Form annahm. Nein, es war Benjamin, auf seiner Vespa. Ohne Helm fuhr er langsam die Straße entlang, in das rote Glühen hinein, zwei rote Rosen zwischen den Zähnen.

Je näher er kam, desto beklommener wurde Lena zumute. Sie drückte Dewey an sich, der wegen des Sonnenlichts die Augen fest geschlossen hielt. Vielleicht auch aus Taktgefühl.

Im Schritttempo knatterte Benjamin heran, drehte eine Runde auf dem Bürgersteig und stellte den Motor aus. In diesem Moment kam ein junger Mann mit einer Gitarre angeschlendert, als hätte er nur auf diesen Moment gewartet. Lässig stellte er einen Fuß auf den Blumenkübel und stützte sein Instrument auf dem Oberschenkel ab. Dann klimperte er ein paar traumverlorene Akkorde und fing mit seidenweicher Stimme an zu singen.

Have I Told You Lateley That I Love You – habe ich dir in letzter Zeit eigentlich mal gesagt, dass ich dich liebe?

Es nahm Lena so sehr mit, dass sie im Sekundentakt die

Tränen runterschlucken musste, die jetzt unaufhaltsam in ihr aufstiegen. Sie schienen direkt aus jener Zone ihres Herzens zu kommen, die sie so hartnäckig verbarrikadiert hatte. Doch es war unmöglich, etwas einzusperren, was so lebendig pochte und glühte und herauswollte und Lena jetzt wie eine heiße Welle mit sich riss.

Benjamin saß immer noch rittlings auf der Vespa. Wie ein Cowboy. Nein, wie ein Prinz auf seinem Pferd. Und plötzlich verstand Lena es. Ein heiliger Schauer nach dem anderen überrieselte sie. Er war immer der Prinz gewesen. Er war in dieses Städtchen eingeritten, er hatte sie gefunden, er hatte sie dreimal ritterlich aus höchster Not gerettet. Jetzt bot er alle Romantik auf, deren er irgend fähig war – den Sonnenuntergang, die Blumen, die Musik. Und das entgegen seinen Überzeugungen, entgegen seiner Liebesformeltheorie. Benjamin schlug all das in den Wind, um sie für sich zu gewinnen.

Das Lied verklang. Ein paar letzte Gitarrenakkorde noch, dann verbeugte sich der Musiker und verschwand so schnell, wie er aufgetaucht war. Einige Gäste der Lesung, die neugierig nach draußen geschlendert waren, applaudierten. Auch Tante Hilde und Bert waren dabei. Sie zerflossen beide in Rührung und wischten sich die Tränen aus dem Gesicht, sagten aber keinen Ton, als Lena sie hilflos anschaute.

Was sollte sie tun? Noch immer saß Benjamin unbeweglich auf der Vespa, statt abzusteigen. Die beiden roten Rosen lagen in seinen Händen. War das seine Art, sich von ihr zu verabschieden? Indem er ihr noch einmal alles zeigte, was sie verloren hatte, um dann für immer wegzufahren?

»Nun geh schon zu ihm, Kind«, schluchzte Tante Hilde. »Lass ihn nicht länger warten. Er nimmt dich mit auf sein Schloss.«

Epilog

Es war Dezember geworden, Weihnachten stand vor der Tür. Ein nasskalter Mix aus Graupelschauern und ersten Schneeflocken ließ die Welt draußen frösteln. Lena konnte die Kälte nichts anhaben. In einem dicken Pullover und warmen Wollsocken saß sie vor einem gusseisernen Ofen, hinter dessen rot glühendem Fenster es anheimelnd bullerte. Auf ihrem Schoß lag ein Buch, was sonst. Doch sie hatte nur Augen für Benjamin. Er hatte es sich ihr gegenüber in einem Sessel bequem gemacht, seinen Laptop auf den Knien. Das leise Geklapper der Tastatur erfüllte den Raum. Sie hatten das gemütliche Wohnzimmer gemeinsam eingerichtet, mit Bücherregalen aus honigfarbenem Holz, weichen Teppichen in sanften Rottönen und nostalgisch geblümten Sesseln, in denen man lustvoll versinken konnte.

Noch war das kleine Fachwerkhäuschen nicht perfekt renoviert. Aber wer brauchte schon Perfektion, wenn man von einem Haus umarmt wurde? Alles hier atmete wärmende Geborgenheit. Dass die Heizung oben im ersten Stock noch nicht richtig funktionierte und die Wasserleitungen beim ersten Frosteinbruch eingefroren waren, spielte keine Rolle. Der Wohlfühlfaktor war das Entscheidende.

Dieser Meinung schien auch Choupette zu sein, Benjamins weißes Kätzchen, das sich an seinem Lieblingsplatz vor dem Ofen aalte. Daneben lag Dewey. Er behielt Choupette stets im Auge, als könne er – ganz so wie seine Frauchen – kaum fassen, dass einer Liebesgeschichte, die mit so viel Sehnsucht und Fragezeichen begonnen hatte, tatsächlich ein glückliches Ende beschieden sein könnte.

Schweren Herzens hatte sich Tante Hilde dazu durchgerungen, das Glück dieser tierischen Liaison zu besiegeln. Auch Bert Hansen zuliebe, der inzwischen bei ihr eingezogen war. Zwar hatte der gute Bert seine Katzenallergie heldenhaft heruntergespielt, doch als er eines Morgens mit verquollenen Augen und tomatenroter Nase in der Küche erschienen war, hatte Tante Hildes Entschluss festgestanden: Dewey würde ein neues Zuhause bekommen, bei seinem Frauchen Lena und dort, wo auch Choupette lebte, seine große Liebe. Nun waren alle auf wundersame Weise vereint: Tante Hilde und Bert, Dewey und Choupette, Lena und Benjamin. Manchmal wusste Lena gar nicht, über welches dieser Wunder sie am meisten staunen sollte.

Als hätte Benjamin ihren Blick gespürt, sah er auf. Alles Unstete war aus seinen Augen gewichen, ein liebevolles Lächeln umspielte seinen Mund.

»Was meinst du, meine Königin, wollen wir allmählich los?«

Ja, er nannte sie seine Königin. Und das war noch eine charmante Untertreibung. Seit er Lena auf der Vespa in sein noch leicht baufälliges Schloss entführt hatte, trug er sie auf Händen. Ihre Liebe war im Laufe der vergangenen Monate weiter gewachsen und zu einem innigen Gefühl der Vertrautheit geworden.

»Lass mal schauen.« Lena sah zur Uhr. »Jetzt ist es sieben. Die Klappstühle habe ich ja schon heute Nachmittag aufgestellt, Tante Hildes Schnittchen sind fertig, aber du weißt ja, es gibt immer noch etwas zu tun, wenn das Leseparadies einlädt.«

Beherzt klappte Benjamin seinen Laptop zu, erhob sich und kam zu ihr herüber.

»Habe ich dir eigentlich schon mal gesagt, wie glücklich du mich machst?«, raunte er, während seine Lippen zärtlich ihr Haar streiften.

»So ungefähr zehn Millionen Mal?« Sie funkelte ihn verschmitzt an. »Aber ich höre es immer wieder gern.«

Daraufhin hockte er sich auf die Sessellehne und legte einen Arm um sie.

»Verstehe. Also, Lena Hagedorn, du machst mich unendlich glücklich. Du hast dem kühl kalkulierenden Vernunftmenschen gezeigt, dass Liebe größer ist als alle graue Theorie, und du hast dem Streuner ein Zuhause gegeben. Wer hätte das gedacht?«

»Ich am allerwenigsten«, seufzte sie.

»Tja«, er strich ihr eine Haarsträhne aus der Stirn, »das heißt wohl, dass man manchmal dahin gehen sollte, wohin das Schicksal einen lebt.«

Wahnsinn. War das wirklich Benjamin Floros, der hier sprach? Lena lachte leise in sich hinein.

»Den Satz solltest du in deinem neuen Buch erwähnen.«

»Steht schon drin, meine Königin«, schmunzelte er. »Und jetzt sollten wir wirklich aufbrechen, schließlich ist der heutige Abend eine Premiere.«

»Wohl wahr.«

Nachdem sie sich festes Schuhwerk übergestreift hatten – Lena gefütterte Boots, Benjamin seine unvermeidlichen Cowboystiefel –, mussten sie draußen vor dem Haus erst einmal den Wagen vom pappigen Schneematsch befreien. Benjamin hatte sich einen etwas klapprigen Ford Mustang zugelegt, einen Oldtimer der jüngeren Generation, der zwar ein zickiges Eigenleben führte und manchmal nicht ansprang, für die kalte Jahreszeit jedoch weit besser geeignet war als die Vespa. Außerdem gab es da noch die eine oder andere Überlegung, die in die nähere Zukunft führte. Lena spürte eine heiße Glückswoge, wenn sie daran dachte.

Die schlingernde Fahrt über eisglatte Straßen dauerte nur zwanzig Minuten. Mit liebevoller Umsicht hatte Benjamin die Lage ihres neuen Domizils so ausgesucht, dass Lena nicht viel Zeit für An- und Abfahrtswege zum Leseparadies verlor. Wenn die Straßen trocken waren, schaffte sie es mit dem Bus in einer Viertelstunde.

Als sie in die Straße einbogen, in der Lenas Buchladen lag, sahen sie schon von Weitem eine Menschentraube auf dem Bürgersteig. Neugierig blinzelte Lena durch die halbmondförmigen Schlieren auf der Windschutzscheibe; die leise vor sich hin jammernden Scheibenwischer wurden kaum mit dem stärker werdenden Schneeregen fertig.

»Alle Achtung«, murmelte Benjamin, der den Wagen in eine freie Parklücke bugsierte. »Das scheint so was wie ein Glühweinstand zu sein.«

Sie stiegen aus und schlitterten Arm in Arm über den Bürgersteig vorwärts, bis sie Lenas Leseparadies erreichten. Tatsächlich. In dick wattierten Mänteln standen Tante Hilde und Bert hinter einer improvisierten Theke aus alten Weinfässern und schenkten Punsch in Kaffeebechern aus. Davor drängten sich die ersten Gäste des Abends und wärmten ihre Finger an den Tassen, aus denen es aromatisch duftete.

»Kind, da seid ihr ja!«, rief Tante Hilde erfreut aus, als sie Lena entdeckte. »Möchtet ihr etwas trinken? Es gibt Punsch mit Schuss und ohne.«

Lena umarmte erst Tante Hilde, dann Bert, der eine sehenswerte Mütze aus sandfarbenem Kunstfell trug.

»Für mich lieber ohne, und danke für die tolle Idee!«

»Lieber ohne?« Tante Hilde kniff ein Auge zusammen. »Wieso? Du musst doch heute gar nicht auftreten? Gibt es irgendetwas, was ich wissen sollte?«

»Ich schreibe an einem neuen Buch«, erklärte Benjamin.

»Es heißt: *Die ultimative Beziehung*«, ergänzte Lena, die ihren »Punsch ohne« in Empfang nahm.

»Ja, und?«, schaltete Bert sich ein. »Seid ihr deshalb etwa Abstinenzler geworden?«

»Nun ja«, Benjamin drückte Lena an sich. »Diese junge Dame hilft mir bei der Recherche. Es ist eine sehr, sehr gründliche Recherche, die auf einem lebenslangen Experiment mit zwei Probanden basiert.«

»Könnten demnächst auch drei Probanden werden«, lächelte Lena geheimnisvoll.

Tante Hilde, die eine Schöpfkelle in der Hand hielt, erstarrte mitten in der Bewegung, mit der sie eine Tasse füllen wollte. »Kind«, flüsterte sie ergriffen, »ihr … ihr …«

»Pssst.« Lena legte einen Finger an die Lippen. »Es ist noch so winzig, dass wir auf dem Ultraschallbild nur ein Pünktchen erkennen konnten.«

»Wie ein Planktonpünktchen im großen, großen Meer«, fügte Benjamin spitzbübisch hinzu.

Bert, der mit offenem Mund zugehört hatte, nahm einen großen Schluck aus seinem punschgefüllten Kaffeebecher.

»Da brat mir doch einer einen Storch!«

»Nee, nee, so was sagt man heute nicht mehr«, wurde er von Michelle korrigiert, die mit Sven samt einer ganzen Kinderschar heranrauschte. »Wir leben jetzt übrigens vegan, nur, damit ihr's wisst. Fleischlose Weihnachten allerseits!«

»Genau, die essen jetzt nur noch Fruchtfleisch!«, krähte ein etwa elfjähriges Mädchen in einem rosa Kunstfelljäckchen, dessen Gesichtszüge auffallend an Benjamin erinnerten. »Aber keine Sorge, Papa: Madeleine und ich waren heute schon an der Würstchenbude.«

»Anna!« Benjamin bedachte seine Tochter mit einem strengen Blick. »Hatten wir nicht ausgemacht, dass du Michelles Spielregeln befolgst, wenn du sie besuchst?«

»Wieso? Beim Mensch-ärgere-dich-nicht wird doch auch gemogelt, oder? Wer Sahne will, muss Kühe schütteln, sagst du immer.«

Ja, Benjamins Tochter war ein aufgewecktes Kind. Lena hatte sich auf Anhieb bestens mit Anna verstanden, und wenn sie einmal im Monat das Wochenende bei ihnen verbrachte, gab es immer viel zu lachen.

»Wir gehen dann alle mal rein«, befand Tante Hilde, die immer noch feuchte Augen hatte. »Hier draußen wird es langsam zu kalt für meine Nichte.«

»Och, kein Problem«, beteuerte Lena.

»Nichts da, jetzt ab ins Warme!«

Folgsam trotteten alle in den Laden, wo bereits einige Gäste auf den Klappstühlen Platz genommen hatten. Es roch ein bisschen nach feuchten Mänteln, doch niemand störte sich daran. Auf dem Ladentresen und in den Ecken standen große Vasen mit Tannenzweigen, die den etwas muffigen Geruch überdeckten. Auch der Lesetisch war weihnachtlich geschmückt. Das Gesteck aus Tannenzapfen, Zimtrinden und bunt schillernden Kugeln erinnerte Lena für einen kurzen Moment an das Doppeldate im Amore mio. Es schien Jahre her zu sein, dass sie sich in diese ebenso zweifelhaften wie amüsanten Dates gestürzt hatte.

»Weißt du noch?«, fragte Benjamin, als er ihr aus dem Mantel half. »Hier an der Tür hast du gestanden, als ich zu spät bei meiner Lesung erschien. Und dann sagtest du: ›Ich bin Lena Hagedorn, die ganz, ganz leicht verstimmte Geschäftsführerin dieser Buchhandlung.‹«

»Ich kann nicht glauben, dass du dich noch daran erinnerst«, erwiderte sie verblüfft.

Seine Miene nahm einen verträumten, aber auch entschlossenen Ausdruck an.

»Ich erinnere mich an alles, Lena Hagedorn. Vor allem an deinen flammenden Blick, der mich mitten ins Herz traf. Von da an habe ich nur noch gegen die Tatsache angekämpft, dass ich mich auf der Stelle in dich verliebt hatte.«

Das Ziehen in der Herzgegend meldete sich zurück. Dieses wunderbare Gefühl, gegen das auch Lena lange angekämpft hatte.

»Du lieber Himmel.« Sie schluckte. »Heißt das etwa, es war Liebe auf den ersten Blick?«

Er nickte nur, und seine Züge wurden weich, wie stets, wenn er von dem verschlungenen Pfad sprach, den sie auf dem Weg in ihr Liebesparadies hatten zurücklegen müssen.

»Wow, Benjamin, mein Prinz«, Lena zeigte auf ihre bloßen Unterarme, die unter den hochgeschobenen Ärmeln des Pullovers zum Vorschein kamen und auf denen sich die Härchen senkrecht gestellt hatten. »Das ist eine fette Piloerektion.«

»Vorsicht«, lachte Benjamin, »eines teile ich mit Antonio: Ich finde es wahnsinnig sexy, wenn du mit diesen Fremdwörtern um dich schmeißt. Sag doch lieber Gänsehaut, ja? Sonst kann ich für nichts garantieren.« So rasch, dass Lena gar nicht wusste, wie ihr geschah, streifte er ihr einen schmalen goldenen Ring an den linken Ringfinger. »Am Ende landen wir noch in der Abstellkammer, weil sich dein zukünftiger Ehemann nicht beherrschen kann.«

»Mein zukünftiger …«

Lena starrte auf den Ring. Es war von Anfang an klar gewesen, dass sie heiraten würden, doch dass Benjamin ihr ausgerechnet hier, wo die Liebe sie wie ein Blitz getroffen hatte, den offiziellen Antrag machte, bewies so viel Zartgefühl, dass sie ihn nur noch mehr dafür lieben musste.

»Meine Königin«, hauchte er in ihr Ohr.

In diesem Moment wurde es auf einmal still im Laden. Tante Hilde, heute in einem altrosa Kunstseidenkleid mit asphaltgrauen Blumenapplikationen, hatte sich mit ihrem Bert vor dem Lesetisch postiert und bat nun um Gehör.

»Platz nehmen, die Herrschaften!«, kommandierte sie. »Lena, Benjamin, Michelle und Sven, bitte kommt nach vorn, hier sind vier Stühle für euch reserviert.« Sie wartete, bis alle saßen, was bemerkenswert schnell vonstattenging, so gebieterisch hatte ihre Stimme geklungen. »Damit herzlich willkommen zu unserem adventlichen Vortragsabend für die Liebhaber des kurzweiligen Reims. Bevor ich mit meinem Lebensgefährten Bert Hansen die schönsten Gedichte von Heinz Erhardt rezitiere, möchte ich noch eine Ansage machen.«

Die Gäste reckten gespannt die Köpfe, auch Lena fragte sich, was denn nun kommen würde.

»Ich freue mich, Ihnen mitteilen zu können, dass dieser Buchladen auf einem soliden finanziellen Fundament ruht«, fuhr Tante Hilde nach einer gekonnten Kunstpause fort. »Hiermit gewähre ich unserer lieben Lena Mieterlass bis an mein Lebensende und darüber hinaus, da sie dieses Haus dereinst erben wird. Ich tue es aus vollem Herzen. Gut, ich gebe zu, anfangs war ich skeptisch. Obwohl ich selber Bücher liebe, hätte ich niemals geglaubt, was für einen Unterschied es macht, wenn sich ein Buchladen vor Ort befindet. Ein Laden, wo Inspirationen in der Luft liegen, wo man die Leselust spürt, die Magie der Bücher. Es ist allein Lenas Verdienst, dass sie uns gezeigt hat, wie wichtig ein Buchladen ist, der mit Feuer und Engagement geführt wird!«

Applaus erhob sich, begleitet von jubelnden Hurra-Rufen. Lena, die neuerdings noch näher am Wasser gebaut war als sowieso schon, liefen Tränen über die Wangen.

»D-danke«, stammelte sie, »d-danke, Tante Hilde.«

Benjamin drückte ihr die Hand mit dem Ring. Als er sie wieder losließ, spürte Lena einen freundschaftlichen Knuff. Er kam von Michelle, die neben ihr saß.

»Oh. My. God.« Wie zuvor Lena, starrte nun ihre Freundin auf den Ring. »Ihr werdet also ein richtiges Ehepaar? Das ist ja irre! Und Benjamin will wirklich monoton werden?«

»Monogam ja, monoton wird es wohl eher nicht«, kicherte Lena, die sich mit dem Handrücken die Tränen von den Wangen wischte und, zwischen Lachen und Weinen hin- und hergerissen, gar nicht wusste, wohin mit ihren überschäumenden Gefühlen.

»Ruhe in der ersten Reihe!« Tante Hilde lächelte vergnügt, trotz ihres gestrengen Tonfalls. »Aus gegebenem Anlass beginnen wir den heutigen Gedichtabend mit dem Gänseblümchen. Sie finden den Text sowie weitere Gedichte auf den Zetteln unter Ihren Stühlen. Und nicht vergessen: Humor ist unendlich wichtig, eine göttliche Gabe. Oder, wie Heinz Erhardt über den griechischen Göttervater Zeus sagte: ›Im Himmel machte er die Blitze, auf Erden aber lieber Witze.‹«

Ein großes Lachen und Rascheln setzte ein, als sich alle nach den Zettelstapeln unter den Klappstühlen bückten.

Lena war nur noch glücklich. Das war typisch Tante Hilde. Sie wollte keine Performance abliefern, sie wollte jeden einbeziehen und begeistern.

Und schon ging's los. Alle sprachen mit, als die ersten Sätze erklangen, und am lautesten erhob Benjamin seine Stimme.

»Ein Gänseblümchen liebte sehr ein zweites gegenüber, drum rief's: ›Ich schicke mit 'nem Gruß dir eine Biene rüber!‹ Da rief das andere: ›Du weißt, ich liebe dich nicht minder, doch mit der Biene, das lass sein, sonst kriegen wir noch Kinder!‹«

In die allgemeine Erheiterung hinein krähte Anna laut und vernehmlich: »Ja, hatten die Bienen denn keine Kondome?«

Spätestens jetzt wusste Lena, dass eine sehr, sehr schöne und sehr, sehr unterhaltsame Zukunft vor ihr lag.

DANK

Es ist Zeit für ein großes, großes Dankeschön!

An dieser Stelle möchte ich zunächst allen Leserinnen und Lesern danken, die mir seit mittlerweile zehn Jahren die Treue halten. Wir haben unendlich viel miteinander erlebt, stimmt's? Gemeinsam haben wir mit den Helden meiner Geschichten geliebt, gelacht und gefiebert. Das ist so beglückend! Bedanken möchte ich mich auch bei allen Leserinnen und Lesern, die im Laufe der Zeit hinzugekommen sind. Wir sind eine verschworene Gemeinschaft, die Bücher liebt und an das große Glück glaubt – auch wenn uns die Wirklichkeit manchmal ganz andere Geschichten erzählt. Doch wir dürfen nie aufgeben. Wir dürfen sogar träumen. Denn ohne unsere Träume verlaufen wir uns in der Realität und verlieren irgendwann das Wichtigste aus dem Blick: die Kraft der Liebe.

Bevor ich dem großartigen Aufbau-Team meinen Dank ausspreche, gilt ein dickes Extra-Dankeschön allen Buchhändlerinnen und Buchhändlern. Ihr seid einfach nur bewundernswert. Ohne eure Leidenschaft und euer Engagement wäre unser Land sehr viel ärmer. Das wurde mir einmal mehr während der Corona-Krise bewusst, als die Buchläden besonders hart vom

Shutdown betroffen waren. Deshalb ist Lenas Geschichte auch eine Liebeserklärung an euch, die Buchhändlerinnen und Buchhändler! Danke, dass ihr wunderbare Oasen der Leselust erschafft, danke, dass ihr eure Liebe zu Büchern zum Beruf gemacht habt und sie täglich an eure Kunden weitergebt. Was wären wir Autoren, was wären die Verlage ohne euch?

Und nun zu den Kollegen des Aufbau Verlags. Es ist für mich ein kleines Wunder, wie engagiert und einfallsreich ihr mich seit nunmehr zehn Jahren unterstützt. Allen voran möchte ich meiner grandiosen Lektorin Stefanie Werk danken. Im Laufe der Zeit sind wir zu einem Dreamteam zusammengewachsen. Das ist ein Glücksfall und keineswegs die Normalität in der Welt der Bücher. Danke für deine vielen Tipps und Ideen, liebe Stefanie, die mich immer wieder inspirieren und bei meiner Arbeit beflügeln. Hinzu kommen weitere großartige Kollegen wie Reinhard Rohn, Oliver Pux, Esther Madaler, Martina Gorniak, Nora Friedrich, Silke Ohlenforst, Martin Lorentz, Andrea Lödermann und Vincent Lampert. Der Aufbau Verlag ist mein emotionales Zuhause geworden, und das weiß ich sehr zu schätzen. Wer weiß, was wir noch gemeinsam erleben werden. Neue Geschichten möchten erzählt werden, und mit euch an meiner Seite macht es doppelt Spaß.

Ganz zum Schluss noch eine Anmerkung. Es heißt, dass Schreiben eine einsame Sache sei. Ist es aber nicht. Wenn ich manchmal bis spät in der Nacht am Schreibtisch sitze, weiß ich mich eins mit euch, der großen Community, die Geschichten liebt. Ein besonderer Dank gilt an dieser Stelle all jenen, die mir Nachrichten auf meiner Website hinterlassen und mich mit ihren herzensklugen Kommentaren auf Portalen wie LovelyBooks erfreuen. Auch die vielen Briefe und Autogrammanfragen, die mich über den Verlag erreichen, machen mich sehr, sehr glücklich. Das gibt mir Rückenwind, in allen Lebenslagen; denn auch Autorinnen wie ich kennen das Auf und Ab der Liebe, das könnt ihr mir gerne glauben. Tausend Dank für euren Zuspruch!

Eure Ellen

LITERATURNACHWEIS

Jane Austen, Die Liebe der Anne Elliot oder Überredungskunst. Roman. Aus dem Englischen und mit einem Nachwort von Gisela Reichel. Aufbau Verlag, Berlin 1968

Heinz Erhardt, Der große Heinz Erhardt © in der Carlsen Verlag GmbH, Hamburg 2009

Die Zitate aus Jane Austens »Stolz und Vorurteil« und »Die Abtei von Northanger« wurden von der Autorin selbst übersetzt.

LESEPROBE

CHRISTINA PISHIRIS
This is NOT a Love Song
ROMAN
Wer glaubt schon noch an Liebe?
atb

Kapitel 1

♪ The First Cut is the Deepest

Dass ich nicht mehr an die Liebe glaube, würde ich so nicht sagen, aber meine letzte Beziehung dauerte ganze zwölf Tage.

Vielleicht wären es sogar zwei Wochen geworden, wenn ich nicht einen Wochenendtrip vorzeitig abgebrochen und ihn mit der Hand in der Bluse einer Barfrau erwischt hätte.

Ein Jammer, wirklich. Es war meine Stammkneipe, und samstagabends servieren sie da zwei Mojitos zum Preis von einem.

Wenn jemand fragt, sage ich immer, meine einzig wahre Liebe sei die Musik. Denn mal ehrlich: Wenn es etwas gibt, das mich durch endlose Tage und einsame Nächte hindurch tröstet, dann ist es Musik. Eigentlich höre ich fast alles, das Einzige, was ich absolut nicht ausstehen kann, sind schnulzige Lovesongs.

Und nun will mein Bruder in ein paar Wochen heiraten und hat mich um einen Tipp für den Eröffnungstanz gebeten. Ich habe ihm »Love's a Slap in the Face« von Kiss empfohlen.

Liebe als Ohrfeige? Den Vorschlag fand er weniger gut – und sucht noch immer den perfekten Song.

Aber kein Song ist perfekt. Genau deshalb hören wir ja immer wieder hin. Wer will schon Perfektion? Ich habe ihm geraten, seinen eigenen Song zu schreiben, aber das ist ihm wohl zu viel Arbeit.

Ich hingegen habe so einige Erfahrung damit, mir Sachen auszudenken und aufzuschreiben. Bevor ich Musikjournalistin wurde – manchmal muss ich mich da immer noch kneifen –, habe ich meinen eigenen persönlichen Rockstar erfunden. Auf diese Weise wurde ich Präsidentin des »Zak Scaramouche Fanclub«, der bei der letzten Zählung aus exakt zwei Mitgliedern bestand: mir und Simon Baxter.

Als Simon und ich zwölf Jahre alt waren, haben wir uns Zak Scaramouche ausgedacht, wobei wir die Initialen unserer Namen verwendeten: »Z« für Zoë und »S« für Simon. Wir stellten ihn uns als eine Art Geheimagenten-Rockstar vor – James Bond mit Lidstrich sozusagen.

Simon war es, der unbedingt wollte, dass Zak Geheimagent ist. Im Kino lief gerade *GoldenEye*, und er war ein Riesenfan von Pierce Brosnan. Zak wusste beide Rollen mühelos in sich zu vereinen: Er spielte Akkorde auf seiner Les Paul und hatte dabei die geladene Walther PPK diskret im Schulterholster stecken. Ich stellte ihn mir immer wie Marc Bolan von T. Rex vor: mit wilden Locken und einem stechenden Blick aus kajalumrandeten Augen. Was wäre eine bessere Tarnung für einen Spion als ein Image als Glamrocker mit einem Hang zu übermäßig viel Make-up? Wer würde auch nur ahnen, dass sich unter dem aufgeknöpften Hemd und der Schlangenlederhose die Lizenz zum Töten verbarg?

Zak legte seine Konzerttermine immer so, dass sie mit seinen Aufträgen zusammenfielen, und mit seinen Auftraggebern kommunizierte er über den Fanclub.

Wenn einer von uns in den Urlaub fuhr, schrieb er dem anderen Postkarten von Zak. Auf Simons erster Karte sah man vorn unter dem *Grüße aus Lanzarote!* einen Esel mit Sonnenbrille. Die Rückseite war von oben bis unten mit seiner sauberen Handschrift bedeckt.

Liebes Fanclub-Mitglied,

für ein Open-Air-Konzert bin ich gerade an der Playa Blanca von Lanzarote. Die Proben laufen gut, aber scheiße nochmal: Der blöde Sand kriecht einfach überall rein!

Ich bin wahnsinnig beschäftigt. Nach meinem zehnten Album und der vierten Scheidung hab ich jetzt Baccara gelernt – und mich als echtes Naturtalent gezeigt. Bei der Gelegenheit habe ich im hiesigen Casino Royale doch glatt den internationalen Waffenhändler The Crook gesichtet, nicht weit von der Playa Blanca entfernt.

So weit für heute, lieber Fan.

Tanz den Fandango!

Diese Postkarten bedeuteten mir alles. Ich war jung und voller Hoffnung und außerdem absolut sicher, dass die Bösen immer ihre wohlverdiente Strafe bekamen und Liebe aus Herzchen und Blümchen bestand. Doch dann wurde ich älter, und die Postkarten wurden weniger, und ich verlor meinen Glauben an die Romantik. Und nach Simons Heirat kamen gar keine Postkarten mehr. Ich gab dem Internet die Schuld. Wer schickte überhaupt noch irgendwas per Post? Auch die Liebe hat das Internet ruiniert. Dating-Apps fordern dich auf, binnen weniger Sekunden über einen Menschen zu urteilen. Was ist aus dem langsamen Kennenlernen geworden? Für so was ist das Leben mittlerweile viel zu schnell.

Vor etwa einem Jahr kam dann die Einladung, dem »Zak Scaramouche Fanclub« auf Facebook beizutreten, was unseren juvenilen Geheimbund wiederbelebte. Sonst hatte sich allerdings nichts geändert. Wir waren noch immer die einzigen beiden Mitglieder, und Zak reiste noch immer durch die Weltgeschichte und begeisterte seine Fans, während er nebenher Halunken fing.

Und was Simon und mich betraf: Wir tanzten weiter den Fandango und benutzten einen imaginären Rockstar, um um unsere Gefühle füreinander herumzulavieren, ohne die richtigen Schritte zu wagen.

Kapitel 2

♪ You're So Vain

Ich saß dem Mann gegenüber, der für Millionen Schulmädchen der erste Schwarm ihres Lebens war.

Zu einem gewissen Grad konnte ich es sogar nachvollziehen – allein die glückliche Kombination seiner Gene qualifizierte ihn dafür, Mitglied einer Boygroup zu sein: Er war ein hübscher Kerl mit weit auseinanderliegenden blauen Augen und harmlos weichen Wangen, die nicht jeden Morgen mit einer Rasierklinge abgeschabt werden mussten. Seine Haartolle war lang genug, um rebellisch zu wirken, gleichzeitig kurz genug, um Mittelschichteltern nicht zu beunruhigen. Das ist nämlich die Krux bei einem Teenieschwarm: Sich die heimliche Fummelei unter der Bettdecke mit ihm vorzustellen mag verlockend sein, in Wahrheit aber möchten wir ihn immer heiraten.

Im Moment allerdings entsprach Jonny Delaney – alias »Der Süße« der Boygroup Hands Down – nicht unbedingt dem Bild des Traumlovers; er sah eher aus, als hätte er Verstopfung. Seine gezupften Brauen stießen in der Mitte fast zusammen, während er akribisch sämtliche Gründe aufzählte, aus denen unsere Rezension der neuen Platte seiner Band »total arschmäßiger Schwachsinn« war. Ich versuchte, Interesse vorzutäuschen, nippte an meinem Champagner und nickte, tatsächlich suchte ich jedoch den Raum nach jemand anderem ab: Patrick Armstrong, dem Mann, der hier am heutigen Abend gefeiert wurde.

Die Bar war dunkel, deshalb konnte ich die Gesichter nicht richtig erkennen. Wände und Decke waren mit schwarzem Velours bespannt, und die einzige Beleuchtung bildeten Kandelaber aus Plexiglas, die auf verspiegelten Tischen standen. Ich kam mir vor, als würde ich in Ozzy Osbournes Schlafzimmer sitzen, während mich eins von Sharons Schoßhündchen ankläffte.

Das Einzige, was ich klar erkennen konnte, waren Jonny Delaneys Zähne. Sie waren bläulich weiß und so symmetrisch wie zwei Reihen Kaugummidragees. Die mussten falsch sein – kein Mensch in London hatte von Natur aus solche Zähne.

Er schnappte sich eine Flasche Bier vom Tablett des nächstbesten Kellners und legte zum Trinken den Kopf in den Nacken. Ein Schimmer Grau ließ mich hoffen: War das etwa eine Amalgamfüllung? Wenn er den Mund nur ein bisschen weiter aufmachen würde …

»Hören Sie mir überhaupt zu, Zadie?«

Zadie? Sollte er etwa *Zähne zeigen* von Zadie Smith auf dem Nachttisch liegen haben? Na, das passte ja.

Ich korrigierte meine Blickrichtung und sah ihm in die Augen. »Natürlich höre ich Ihnen zu.«

»Es ist das beste Album, das wir je gemacht haben. Sie müssen das noch mal neu besprechen.«

»So läuft das nicht.«

»Dann sehen Sie zu, dass es so läuft – Sie sind doch Chefredakteurin.«

Dass ich die Chefredakteurin war, bedeutete noch lange nicht, dass alles so lief, wie ich es wollte. Ich hatte mir den Mund fusselig geredet, um meinen Verleger zu überzeugen, dass eine Boygroup wie Hands Down in unserem Magazin grundsätzlich nichts zu suchen hatte, doch man sieht ja, was dabei herausgekommen ist. Allerdings triggerte der Artikel dann so viele Kommentare auf unserer Webseite, dass der plötzliche Datenverkehr fast unsere Server gekillt hätte. Und auch die Printausgabe profitierte: Nach fast zwei Jahren rückläufiger Verkaufszahlen war der Absatz zum ersten Mal wieder gestiegen.

Aber weder unsere Stammleser noch die Neukunden waren glücklich: In meinem Mailpostfach stapelten sich Hassmails aus unserem Stammleserbezirk Hackney, während ich auf Twitter von erbitterten Teenagermädchen angefeindet wurde, natürlich in Großbuchstaben.

In dieser Woche hassten mich offenbar alle – bis auf meinen Verleger.

Ich klinkte mich wieder in Delaneys Frequenz ein, der sein angetrunkenes Gejammer lautstärkenmäßig weiter hochgefahren hatte. Sein Atem schlug mir entgegen – und er stank allen Ernstes nach gammligem Knoblauch. Der heißeste Küsser des Planeten – zumindest nach Aussage der Yellow Press – litt unter üblem Mundgeruch.

»Ich wette, Sie haben es sich nicht mal angehört, Sie blöde Kuh.«

Wow. Dachte er etwa, es würde ihn weiterbringen, mich zu beschimpfen?

Ich hätte mich nicht wundern sollen. Vor mir stand jemand, dessen ausgefeilteste Formulierung persönlichen Danks im CD-Booklet aus Emojis bestand.

In einer Hinsicht hatte er allerdings recht: Ich hatte das Album nicht gehört. Ich hatte noch nicht einmal die Rezension geschrieben. Aber das wollte ich ihm nicht auf die Nase binden; lieber wollte ich mir einen kleinen Spaß erlauben.

»Das brauchte ich auch nicht«, sagte ich. »Das dritte Album einer Boygroup ist immer das ›Erwachsenenalbum‹. Ihr schreibt an jedem Song selbst mit, weshalb sich jede Nummer um Sex dreht. Ihr holt euch ein paar Gast-Rapper mit krimineller Vorgeschichte dazu, die euch Glaubwürdigkeit verleihen sollen. Auf dem Cover zeigt ihr eure frisch gestochenen Tattoos, und der einzige Song, der nichts mit Sex zu tun hat, handelt davon, welch hohen Preis ihr für euren Ruhm bezahlen müsst. Nächstes Jahr um diese Zeit wird einer von euch ein Kind haben, einer wird sich als schwul outen, und einer hat zu Jesus gefunden. Keiner von euch wird je wieder ein Album aufnehmen.«

Delaney blieb der Mund offen stehen, und weil ich nicht auf den nächsten Schwall heißer Luft und schlechten Atems warten wollte, machte ich mich schleunigst davon. Erst nachdem ich etliche Personen zwischen mich und den Traumprinzen für Minderbemittelte gebracht hatte, holte ich wieder Luft. Ich strich mein Chiffonkleid glatt und entspannte meine Hand, die immer noch das Champagnerglas umkrampft hielt.

Professionell gesehen, hatte ich gerade keinen Glanzauftritt hingelegt, aber das war mir egal. Von diesem Idioten würde ich mir nicht verderben lassen, wofür ich heute eigentlich hier war: den Ruhestand von Patrick Armstrong zu feiern, einem der bedeutendsten Manager in diesem Business und zugleich mein Freund und Mentor.

Als Patrick vor vielen Jahren seine *Armstrong Associates* gründete, mietete er ein Büro über dem Restaurant meiner Eltern im Stadtteil Acton und holte sich bei ihnen seine tägliche Ration Keftedes und Zaziki. Damals arbeitete ich in den Ferien immer ab Mittag hinter der Theke und hasste es, weil meine Mum mir genau die Sachen nie zutraute, die Spaß machten, etwa, Spirituosen per Dosierer aus den an der Wand montierten Flaschen einzuschenken oder Irish Coffee zuzubereiten – obwohl ich heimlich geübt hatte, die Sahne über einen Löffelrücken zu gießen, um die perfekte Schichtung hinzukriegen. Aber nein: Alles, was meine Mühe mir einbrachte, waren ein knallrotes Gesicht vom Dampf der Spülmaschine und halb taube Ohren von all dem griechischen Siebziger-Jahre-Pop, den mein Vater unbedingt spielen und zu dem meine Mutter auch noch singen musste, vorzugsweise einen halben Ton daneben.

Patricks Besuche waren da ein Highlight, und wir kamen ins Reden. Ich war von seiner Arbeit fasziniert, und später, als ich mit der Uni fertig war, stellte er mich ein paar Musikjournalisten vor, die mir anboten, mal eine Rezension zu schreiben. Es war also Patrick, dem ich meine Karriere verdankte. Er kannte jeden im Geschäft und war dafür bekannt, um den Hals stets eine Fliege und in der Hand meist ein Glas *Gordon's* zu tragen. Zwanzig Jahre und unzählige Gins später standen nun zweihundert Leute in diesem Privatclub in Fitzrovia, Londons einstigem Bohème-Viertel, um ihn angemessen in den Ruhestand zu verabschieden.

Seine Firma war irgendwann aus der kleinen Bude im Außenbezirk in ein dreistöckiges Bürogebäude in der Innenstadt umgezogen, aber jetzt hatte er sie an *Pinnacle Artists* verkauft, einen Medienkonzern, dessen zentral gelegenes Hauptbüro wegen seiner stachligen Stahlfassade schon den Zorn von Prince Charles auf sich gezogen hatte.

Während ich an der Theke entlangging, hielt ich nach anderen mondgesichtigen Boygroup-Mitgliedern Ausschau – für den Fall, dass ihr Radar angeschlagen hatte, weil ich einen von ihnen beleidigt hatte. Aber die Luft war rein.

Patrick stand in einer kleinen Gruppe an einem Stehtisch neben der Bar. Ich fing seinen Blick auf, als eine Bedienung im Bleistiftrock sich gegen ihn lehnte, ihm ins Ohr flüsterte und etwas in seine Jackentasche schob. Man hätte auf die Idee kommen können, dass sich da etwas Anrüchiges abspielte, doch ich erkannte es als das, was es war: Eine geschäftstüchtige Jungmusikerin wollte ihr Demotape an den – unbestritten einflussreichsten – Mann bringen. Patrick nickte, die Bedienung verabschiedete sich mit kokettem Lächeln, und er wandte sich zu mir um.

»Nie sind es hübsche junge Männer, die mir etwas ins Ohr hauchen«, bemerkte er.

»Ich bezweifle, dass heute Abend überhaupt welche hier sind. Aber wenn ich einen sehe, schicke ich ihn zu dir.«

Er stieß mit seinem Gin- an mein Champagnerglas, und wir tranken beide einen Schluck. Meiner war – dank Delaney – deprimierend warm.

»Ich hätte dich fast nicht erkannt«, sagte er. »Du trägst ja ein Kleid.«

»Alles zu deinen Ehren, Patrick.«

»Noch dazu siehst du darin sehr gut aus. Mir ist aufgefallen, wie dieser Hands-Down-Typ dich beäugt hat.«

»Das war vor Wut und nicht vor Wonne«, sagte ich. »Was hat der hier überhaupt zu suchen?«

»Pinnacle vertritt die Band. Ich habe die Verkaufszahlen gesehen. Du wirst nicht glauben, was die für Umsätze machen.« Er schüttelte den Kopf. »Meine Patentochter hat mich gebeten, ihr zum zehnten Geburtstag Konzerttickets zu besorgen.«

Ich rümpfte die Nase. »Zehn scheint mir ein bisschen jung für diese Jungs. Hast du mal deren Texte gehört? Das Anzüglichste, was die Beatles über Sex singen durften, war ›I Want to Hold Your Hand‹. Aber Hands Down jaulen von Rammeln und Stoßen, ohne jeden Versuch einer Metapher, und sie werden für zehn- bis zwölfjährige Mädchen vermarktet. So was gefällt mir nicht.«

»Sind das nicht einfach nur Liebeslieder?«

Ich verdrehte die Augen. »Diese Jungs würden Liebe nicht mal erkennen, wenn sie ihnen in die gewaxten Ärsche beißt.«

Patrick zwinkerte. »Vielleicht sollte ich ihr stattdessen lieber ein Abo von *Re:Sound* kaufen?«

»Gute Idee!« Ich drückte ihm liebevoll die Hand. »Ach Patrick, ich werde dich vermissen. Bist du sicher, dass du aufhören willst?«

Er lächelte erfrischend nikotingefärbt. »Die schwerste Entscheidung, die ich je getroffen hab.«

»Du bist fünfundsechzig und hast dir eine Belohnung für gutes Betragen verdient. Eine Chance, dieses Haupt mit dem verdächtig vollen Haar öfter mal aufs Ruhekissen zu betten.«

Er fuhr mit der Hand durch besagtes Haar, das mir bei jedem Treffen voller vorkam. »Ich weiß nicht, worauf du anspielst. Kann sein, dass Elton mir mal den Namen eines Spezialisten genannt hat, aber mehr verrate ich nicht …«

»Du hättest Diplomat werden sollen«, sagte ich. Und fügte völlig undiplomatisch hinzu: »Von Marcie hast du wohl noch nichts gehört?«

Er schüttelte den Kopf, und ich bekam ein flaues Gefühl im Magen. Marcie Tyler zog sich notorisch vor der Öffentlichkeit zurück, aber ich hatte fest darauf gebaut, dass ich sie für unser Magazin interviewen könnte. Sie hatte 150 Millionen Alben verkauft, war angeblich die Inspiration für David Bowies »Heroes« gewesen und gerade frisch aus dem Entzug entlassen. Nachdem Patrick jahrelang ihr Manager gewesen war, hatten wir gehofft, sie würde heute Abend aufkreuzen, allerdings hatten die beiden sich irgendwann zerstritten und seit zehn Jahren nicht mehr miteinander gesprochen. Gerechterweise muss ich hinzufügen, dass sie in den letzten zehn Jahren mit fast niemandem gesprochen hatte – vor allem nicht mit Journalisten. Doch nun munkelte man, dass ein lang ersehntes Album in Vorbereitung sei. Ein Interview mit dieser Ikone wäre ein spektakulärer Coup und würde meinem Verleger beweisen, dass meine Vision für unser Magazin die richtige war. Abgesehen von der *klitzekleinen* Tatsache, dass sie keine Interviews gab.

»Ich bin sicher, du findest einen Weg, mit Marcie zu sprechen«, sagte er. »Du warst schon früher kreativ, wenn es darum ging, eine Lösung zu zaubern.«

Patrick fand immer die richtigen Worte, doch bevor ich ihm für sein Vertrauen danken konnte, stieß Justin zu uns, sein fester Freund seit dreißig Jahren. »Sorry, Zoë, ich muss dir Patrick leider entreißen.«

Patrick zwinkerte mir zu. »Oje, das klingt, als wäre ich in Schwierigkeiten.«

Er zog sein Portemonnaie aus der Tasche und entnahm eine Visitenkarte. »Meine neuen Kontaktdaten. Über Weihnachten bin ich auf diesem Weingut auf Kreta. Komm uns da besuchen, dann betrinken wir uns und suchen dir einen netten griechischen Mann, so wie deine Eltern es sich schon immer gewünscht haben.«

Ich hatte es aufgegeben, mir einen netten Mann zu suchen, ob nun griechisch oder sonst was. Die Musik war eine tolle Branche, um darin zu arbeiten, gab als Kontaktbörse aber nicht viel her.